JOSEPH IANNUZZI

DAS ENDE DES PATEN

Leben und Sterben einer Mafia-Familie

Aus dem Englischen
von Ulrike Laszlo

Deutsche Erstausgabe

WILHELM HEYNE VERLAG
MÜNCHEN

HEYNE ALLGEMEINE REIHE
Nr. 01/8576

Titel der Originalausgabe
JOE DOGS: THE LIFE AND CRIMES OF A MOBSTER

Redaktion: Werner Heilmann

Printed in Germany 1995
Umschlagillustration: J. Allen
Umschlaggestaltung: Atelier Ingrid Schütz, München
Satz: Buch-Werkstatt GmbH, Bad Aibling
Druck- und Bindung: Presse-Druck, Augsburg

ISBN: 3-453-08859-X

Für Francie

Die Personen

Die Gambino Famiglia

Carlo ›Don Carlo‹ Gambino, Boß der Gambino-Familie, die bis zu seinem Tod 1976 die bedeutendste Mafiafamilie des Landes war.

Paul ›Big Paulie‹ Castellano, seit 1976 Nachfolger von Carlo Gambino und damit Boß der Gambino-Familie; wurde 1985 umgebracht.

Joseph N. Gallo, lange Zeit *consigliere* der Gambino-Familie; Erzfeind von Joe ›Joe Dogs‹ Iannuzzi.

Aniello ›Neil‹ Dellacroce, Mentor von John Gotti und Rivale von Paul Castellano; Unterboß in der Gambino-Familie – sowohl für Carlo Gambino als auch für Castellano.

Joseph ›Piney‹ Armone, Capo des New Yorker Zweigs der Gambino-Familie.

Thomas ›T. A.‹ Agro, Gefolgsmann der Gambino-Familie; Mitglied von Joe ›Piney‹ Armones Mannschaft; führte die Geschäfte der Gambino-Familie im Südosten Floridas; Joe Iannuzzis Boß und Mentor.

Robert ›Skinny Bobby‹ DeSimone, **Louie Esposito**	Gefolgsleute der Gambino-Familie; Mitglied von Tommy Agros Mannschaft in Florida.
Paul Principe, **Frank Russo**	Gefolgsleute der Gambino-Familie; Schläger in Tommy Agros Mannschaft in New York.

Andrew ›Fat Andy‹ Ruggiano, Capo der Gambino-Familie in Miami.

Gerald Alicino,
Frank ›Fingers‹ Abbandando,
Salvatore Reale,
Ronald ›Stone‹ Pearlman
} Mitglieder der Mannschaft von Fat Andy Ruggiano.

Die Colombo Famiglia

Carmine ›the Snake‹ Persico, Boß der Mafia-Familie Colombo.

Gennaro ›Gerry Lang‹ Langello, Unterboß der Mafia-Familie Colombo .

Dominick ›Donny Shacks‹ Montemarano, Capo der Colombo-Familie.

Dominick ›Little Dom‹ Cataldo, Gefolgsmann und Killer der Colombo-Familie; einige Zeit Partner von Joe Iannuzzi.

Ralphie,
Billy Ray
} Mitglieder von Little Dom Cataldos Mannschaft in New York.

Nick ›Jiggs‹ Forlano, Capo der Colombo-Familie in Miami.

John ›Johnny Irish‹ Matera, Gefolgsmann der Colombo-Familie in Fort Lauderdale; Nachfolger von Jiggs Forlano als Capo nach dessen Tod.

Tony Black, Gefolgsmann der Colombo-Familie in Florida.

Thomas Farese, Gefolgsmann der Colombo-Familie in Florida und Drogenhändler.

Robert ›Bobby Anthony‹ Amelia, Mitarbeiter der Colombo-Familie; Drogenhändler im kleinen Stil.

Freddie ›Freddie Campo‹ Campagnuolo, Mitarbeiter der Colombo-Familie in Palm Beach; Buchmacher.

Robbie, Mitglied der Mannschaft von Freddie Campo Campagnuolo.

PROLOG

West Palm Beach, Florida, März 1981

»Meine Leute werden dir deine verdammten Augen aus dem beschissenen Gesicht reißen! Du blöder Bastard! Und sie sind verdammt loyal und schrecken vor nichts zurück. Ich brauche ihnen nur zu sagen, daß sie mit ihren Knarren zu einer bestimmten Zeit an einem bestimmten Ort auftauchen sollen, dann pusten sie jeden dort um. Sie fackeln nicht lange und stellen keine Fragen. Es ist ihnen egal, worum es geht. Sie legen dich einfach um. Du glaubst wohl, du hast etwas am Laufen? Nichts hast du.

Du glaubst, mit mir kann man das machen? Denkst du denn, ich wäre heute da, wo ich bin, wenn ich mir etwas gefallen ließe? Was ich schon getan habe, davon träumst du nicht einmal, mein Junge. Was glaubst du, warum sich alle vor mir fürchten, du verdammter Schwachkopf? Etwa, weil ich mich auf der Straße wie ein Trottel benommen habe? Du bist reichlich naiv, du Scheißkerl. Den größten Fehler hast du begangen, als du mich aufs Kreuz legen wolltest. Die Leute haben Angst vor mir, du Vollidiot. Du bist nur noch am Leben, mein Freund, weil Dons Frau gerade hereinkam. Und nicht, weil wir dich verschonen wollten. Eigentlich hättest du nie mehr aufstehen dürfen. Und ich werde dir noch etwas verraten, damit du dir deine verdammten Illusionen abschminken kannst. Ich habe dich dreimal verfehlt. Zweimal habe ich dich dort bereits gesucht, du blödes Arschloch.«

Ich lag im Bett und hielt den Telefonhörer weit von mir gestreckt, während ich zuhörte, wie Tommy Agro sich die Lunge aus dem Leib schrie. Mein Kopf schmerzte. Meine kaputten Rippen brannten wie Feuer. Und meine Nase war in der Mitte gebrochen und saß schief im Gesicht. An das Telefon war ein Tonband angeschlossen, das mir vom FBI-Büro in West Palm Beach, Florida, zur Verfügung gestellt worden war. Es hatte nicht lange gedauert, bis ich Tommy Agro dazu gebracht hatte, zu verraten, daß er und zwei seiner New Yorker Schläger nach Palm Beach County gekommen waren, um mich zu Tode zu prügeln. Um an mir ein Exempel zu statuieren.

Vor zwei Monaten, am 19. Januar 1981, hatte mich Tommy Agro in die Pizzeria von Don Ritz bestellt. Er kam mit zwei Jungs aus seiner Bande, Paul Principe und Frank Russo. Sie benützten Bleirohre und einen Baseballschläger. Das letzte, an das ich mich erinnern kann, ist der Fußtritt von Agro – er zog ein Bein zurück und stieß mir dann seinen hübschen kleinen Krokodillederschuh mit aller Wucht in die Rippen.

Tommy leitete eine Gang außerhalb New Yorks für die Gambino-Familie. Normalerweise führte er jeden Auftrag bis zum Ende durch. Ich wußte das, weil ich in Florida seine rechte Hand war. Aber Don Ritz' Frau kam herein und jagte ihm einen Schrecken ein, als er gerade meine rechte Hand abhacken wollte. Wie das bei der Mafia so üblich ist.

Während Agro weitertobte, lächelte ich. Noch nach acht Wochen schmerzte mein geschwollenes Gesicht dabei, doch ich konnte es nicht unterdrücken. Über eine Viertelstunde lang beschimpfte er mich wüst. Ich hatte nur einen Gedanken: Jetzt habe ich ihn, und das ist das Ende. Aber es war erst der Anfang.

Mit dem Tonband begann eine achtzehnmonatige Untersuchung, die einige Wiseguys, alles Mitglieder der Mafia, Lieutenants, Capos und Bosse der Gambino- und Colombo-Mafiafamilien von Miami bis New York hinter Gitter – oder ums Leben brachte.

Zwei Tage, nachdem sie mich verprügelt hatten, kam ich im St. Mary's Hospital zu mir. An meinem Bett stand ein Priester. Meine Mutter und meine Schwester, die wohl von New York hergeflogen waren, sagten, er hätte mir die Sterbesakramente gegeben. Die letzte Ölung, wie meine Mutter es nannte. Meine Frau Bunny war auch da, und meine Geliebte, Donna, stand neben einer meiner Töchter. Mein erster Gedanke war: Was habe ich getan? Das habe ich nicht verdient. Dann fiel mein Blick auf die Agenten neben der Tür. Larry Doss und Gunnar Askeland, Spezialagenten vom FBI.

Auch Tommy hatte an diesem Tag angerufen. Als ich aus dem Koma erwachte, hörte ich als erstes seine Stimme. »Du besorgst mir schleunigst das Geld! Geht es nicht in deinen verdammten Schädel, daß du verschwinden mußt? Du kannst dich in ganz Florida nicht mehr blicken lassen! Du gehörst nirgendwo mehr hin. Du bist ganz auf dich gestellt. Wie ein Hund. Ich habe dir den richtigen Namen gegeben – Joe Dogs!« Er beschimpfte mich auf die gleiche Weise, wie er es zwei Monate später wieder tun würde. Doch damals hatte ich kein Tonband.

Mann, war ich wütend! Nicht wegen des unerträglichen Schmerzes an meiner gebrochenen Nase, nicht wegen der gebrochenen Rippen oder der Beule an meiner Schläfe, die die Größe einer Grapefruit erreicht hatte. Nicht wegen der ausgeschlagenen Zähne oder dem linken Ohr, das halb abgetrennt war. Ich war stinksauer, weil mein Mentor, mein enger Freund, mein *compare* mir das angetan hatte. Und das nur, weil ich lausige drei Monate mit den Zahlungen im Rückstand war. Ich kochte vor Wut.

Deshalb tat ich mich mit dem FBI zusammen. Bis heute kann ich kaum glauben, daß ich das wirklich getan habe. Ich wurde dazu gezwungen. Ich war am Ende und stand unter Schock. Über ein Jahr danach litt ich noch unter Sehstörungen. Und ich haßte mich dafür, was aus mir geworden war.

Nachdem ich jedoch eine Zeitlang mit den FBI-Agenten gearbeitete hatte, fing es an, mir Spaß zu machen. So konnte ich mich rächen. An der Mafia. Und Rache ist süß.

Erster Teil

Wie alles anfing

1

Jäger der Nacht

»Joey, komm her!« rief meine Mutter. »Iß deinen Haferbrei und mach dich sauber. Du gehst mit deinem Vater. Heute ist Samstag.«

Ich ließ alles liegen und stehen, womit ich im Hinterhof des Zweifamilienhauses in Port Chester, einem Vorort von New York, gerade beschäftigt war, und lief ins Haus meiner Eltern. Natürlich genoß ich es, samstags meinen Vater zu begleiten, denn alle sahen zu ihm auf. Er war der Buchmacher des Ortes und auch für die Nummernspiele zuständig, die sie hier ›Zahlenlotto‹ nannten. Sogar in dieser Kleinstadt, die fünfundzwanzig Meilen nördlich von New York lag, war einiges los.

Wir machten unsere Runde durch Imbißstuben, Restaurants, Bars und suchten sogar einige reiche Leute in ihren Häusern auf. Ich bekam Geld, weil ich Joe Iannuzzis Sohn war. So erinnere ich mich daran, wie ich in einer Villa den Schwarzen traf, der in der alten Jack Benny Show den Rochester gespielt hatte. Ich weiß nicht, ob er dort lebte oder arbeitete, aber er gab mir zwei Silberdollar. An diesem Tag hatte er Glück im Spiel gehabt.

Und dann gab es Tom Mix, den alten Cowboydarsteller. Mein Dad fuhr oft zu seiner herrlichen Ranch in Harrison, New York. Tom setzte mich auf ein Pferd und ließ sich mit mir fotografieren. Auch er gab mir einen Silberdollar. Wir spielten richtig Indianer und Cowboys, denn anschließend zogen wir ins Indianerreservat der Gegend. Dort waren sie ganz verrückt auf Wetten. Aber von den Leuten dort bekam ich nur indianisches Kleingeld.

Danach nahm mich mein Vater in ein Restaurant mit, und ich durfte alles essen, was ich wollte. Alle nannten ihn ›Cheecha‹. Ich hatte keine Ahnung, warum er so hieß. Damals war ich sieben Jahre alt. Und der Apfel fiel nicht weit vom Stamm.

»Deine Großmutter mußte die Kaution bezahlen, du Bastard. Du bist genau wie dein Vater, ein Taugenichts. Du machst mir das Leben zur Hölle.« Das mußte ich mir vor meiner Mutter anhören. Sie hatte mich gerade aus dem Gefängnis geholt.

Man hatte mich zum ersten Mal geschnappt. April 1945. Ich war vierzehn Jahre alt. Wir hatten eine Gang und nannten uns ›Night Raiders‹, Jäger der Nacht. Manchmal brachen wir in einen Laden ein, raubten ihn aus und hinterließen unsere Visitenkarte, auf der stand: »Mit freundlichen Grüßen von den Night Raiders.«

Wir waren nur dumme Jungs, die sich auf diese Weise ein wenig Geld besorgten. Meine Eltern waren bereits geschieden. Gott sei Dank. Mein Vater hätte mir den Kopf abgerissen. Meine Mutter tobte nur und schrie, wie peinlich das alles sei. »Du verdirbst mir und Eddie alles.«

Eddie war der Ire, mit dem sie ein Verhältnis hatte. Später, nachdem mein Vater gestorben war, heiratete sie ihn. Eddie und ich kamen nie miteinander aus. Wir prügelten uns. Vermutlich war ich eifersüchtig, weil er mit meiner Mutter ging und meine Schwestern besser behandelte als mich.

»Scheiß auf Eddie«, sagte ich zu ihr. »Es ist mir egal, ob ich dem Mistkerl etwas verderbe.«

»Paß auf, was du sagst! Aus dir wird noch ein Gangster. Du bist genau wie dein Vater. Er war ein Schwein.«

Dann schob meine Mutter mich zu meiner Großmutter ab. Ich machte den gleichen Mist durch, den alle Scheidungswaisen durchmachen; lief von zu Hause weg, kam zurück, lief wieder weg. Schließlich trat ich in die Armee ein. Meiner Mutter gefiel das. Nun trug jemand anderes die Verantwortung für mich.

In der Armee wurde ich auf Gehorsam getrimmt. Ich mußte Befehle ausführen. Das war das Beste, was mir je passierte. Ich trat der Boxmannschaft bei und lernte meine Fäuste zu gebrauchen. In Korea wurde ich ausgezeichnet. Ein chinesisches Bajonett durchstach meinen Oberschenkel. Doch sobald ich ehrenhaft entlassen war, landete ich wieder auf der Straße. Dann heiratete ich, wurde Vater von zwei Töchtern, ließ mich scheiden, heiratete wieder, bekam noch eine Tochter und wurde schließlich mit meiner Familie seßhaft – mit Sheryl, Debbie, Stephanie und Bunny, meiner Frau. Allerdings glaube ich, daß die meisten Leute das, was ich tat, nicht direkt als ›seßhaft werden‹ bezeichnen würden.

2

Joe Diner

»Joey, hast du die Wetten von letzter Woche ausgerechnet?«

»Ja, Hook, hier sind sie.« Es war im Jahr 1966. Ich war fünfunddreißig Jahre alt, lebte in Glen Cove, Long Island, und arbeitete in einem Speiselokal. Außerdem hatte ich gute Beziehungen zu zwei Buchmachern, Hook und Zabie. Auch nach Korea hatte ich mir nie selbst vorgemacht, ich könnte meinen Lebensunterhalt mit ehrlicher Arbeit verdienen. Ich war ein verdorbener Junge gewesen, der es immer bis zum Äußersten trieb. Das blieb mein einziges beständiges Merkmal. Man wird nicht zum Wiseguy geboren, sondern gemacht. Und nach dem Krieg begann ich damit, mein Image aufzubauen.

Ich zog nach Yonkers, New York, wurde aber bald von dort vertrieben, nachdem ich mir einigen Ärgern mit den etablierten Buchmachern und Geldverleihern eingehandelt hatte. Da meine Frau Bunny und ihre Familie in Long Island lebten, landete ich in Glen Cove.

Hook und Zabie waren Mitarbeiter – keine anerkannten Mitglieder – der Colombo-Mafiafamilie und zahlten ihre Beiträge an Buster Aloi, einen Colombo-Capo. Ich kümmerte mich am Telefon um ihre ›Bilanzen‹, das heißt, ich nahm die Wetten an.

»Das war eine gute Woche für uns, Hook«, erklärte ich. »Wir haben sogar Chubby geschlagen.«

Chubby, ein Buchmacher in Queens, der einige seiner Pferdewetten über uns abwickelte, wettete selbst sehr gern. Oft hatte er am Tag Wetten für 10000 bis 15000 Dollar laufen. Und er nahm nur Wetten für Pferderennen an. Chubby wußte immer Bescheid. Er machte uns fertig.

»Wir haben Chubby mit mehr als achtundvierzigtausend übertrumpft« berichtete ich Hook. »Und sechs Stammkunden und acht von der Laufkundschaft haben verloren. Unser einziger Verlust ist der alte Vito. Er bekommt dreihundert.«

Hook grinste und schüttelte den Kopf. »Dieser Vito kostet uns jede Woche etwas. Sieht fast so aus, als würden wir Miete bezahlen. Glücklicherweise wettet er nicht um große Summen!«

Das Geschäft lief gut. Ich verdiente etwa 250 Dollar pro Woche in dem Speiselokal, weitere 300 Dollar mit den Scheinen am Nachmittag und noch mal 300 Dollar mit den Wettscheinen für Trabrennen in der Nacht.

Dann schnappten sie mich. Die Bullen traten meine Tür ein und nahmen mich fest wegen Buchmacherei und Besitz von Wettunterlagen. Es war nur ein minderes Delikt. Doch sie erleichterten mich um einige tausend Dollar, die Einnahmen für Hook, und schnappten sich weitere 400 Dollar von den Ersparnissen meiner Frau. Hook und Zabie zahlten es ihr am nächsten Tag zurück.

Jetzt war ich arbeitslos. Eine Woche lang. Dann saß ich wieder am Telefon. Im Haus einer Freundin meiner Frau. Sie war Deutsche und sah gut aus. Hook und Zabie bezahlten die Telefongebühren und die Miete, und damit war sie zufrieden.

»Joey, ein dringender Anruf für dich.«

Der Caddie fuhr den Golfwagen in Schlangenlinien den dreizehnten Fairway entlang. Ich war ein begeisterter Golfspieler – und ein guter dazu. Mit Handicap acht. Atemlos teilte mir der Caddie mit, daß das Krankenhaus angerufen habe. Bunny hatte einen Sohn geboren. Joseph Iannuzzi, der Dritte. Es war der 26. November 1967. Ich eilte zum Krankenhaus – etwa sechs oder sieben Stunden später. Schließlich mußte ich das Ereignis zuerst mit meinen Spielpartnern im Clubhaus feiern.

Mein *compare* – mein Pate, mein Meister und Mentor, der Mann, der sich um mich kümmerte – war damals Mike ›Midge‹ Belvedere, ein Buchmacher in West Babylon, Long Island. Midge stand auch in Verbindung mit der Colombo-Familie. Seine Frau Ann und er waren die Taufpaten meines Sohnes. Midge sah gut aus – er war ein Sizilianer mit bronzefarbener Haut, dichtem, gelocktem schwarzem Haar und sehr dunklen, fast schwarzen Augen. Wenn er dich ansah, hattest du das Gefühl, seine Augen würden sich wie Messer durch deinen Kopf bohren. Midge zog sich gut an und spielte die Rolle des Gangsters perfekt.

Seine Frau Ann war sehr schön. Sie sah aus wie Elizabeth Taylor, nur hatte sie eine bessere Figur. Doch sobald sie ihren Mund öffnete ... *Marrone,* wenn man sie nicht ansah, hätte man glauben können, ein Lastwagenfahrer würde sich am Gespräch beteiligen.

Als wir einmal alle gemeinsam unsere Ferien in Florida verbrachten und gerade aus einer Vorstellung von Sergio Franchi kamen, drängte sich die Filmschauspielerin Joi Lansing durch die Menge, die darauf wartete, daß der Hotelboy die Autos vorfuhr. Joi Lansing lächelte Midge verführerisch an. Ann trat langsam neben sie und sagte: »Wenn du nicht sofort aufhörst, meinem Mann solche Blicke zuzuwerfen, schlage ich dir mit deiner eigenen Riesentitte eins in die Fresse, du Schlampe.« Ann war umwerfend.

Ich arbeitete also im Bonton Restaurant in Babylon und rechnete für Midge die Wettscheine aus, als er mich eines Tages aufforderte, mit ihm nach Queens zu fahren, um Schuhe zu kaufen. Schließlich änderte er seine Meinung und fuhr nach Brooklyn. Dort erstand er vier Paar Slipper aus Krokodilleder – er muß dafür wohl 800 oder 900 Dollar ausgegeben haben. Auf dem Rückweg zum Auto kam plötzlich ein Mann auf Midge zu, umarmte und küßte ihn, und die beiden lachten und fingen an, sich angeregt zu unterhalten.

»Frankie«, sagte Midge schließlich, »darf ich dir einen guten Freund vorstellen, Joe Diner.« Jeder hatte damals einen Spitznamen, so auch Frankie, den ich als ›Frankie Five Hundred‹ erkannte. Er war einer der größten Buchmacher in New York.

»Hi, Joe«, sagte Frankie und streckte mir die Hand entgegen. »Kommt doch beide mit und leistet mir beim Abendessen Gesellschaft. Ich muß den Scheißkerl Smitty im Cypress Garden Restaurant treffen. Eigentlich kann ich den Mistkerl nicht ausstehen, aber er ist mein Capo, und ich muß meine Beiträge bezahlen.«

Midge wollte mich überreden mitzugehen, aber ich mußte an diesem Abend im Lokal arbeiten und konnte es mir nicht leisten, den Job zu verlieren. Ich bot an, ein Taxi zu nehmen, damit Midge mit Frankie Five Hundred essen gehen konnte, und Midge bestand sogar darauf, die Fahrt zu bezahlen, und drückte mir dreißig Dollar in die Hand. Doch in letzter Minute überlegte er es sich anders und erklärte Frankie, daß er sich mal wieder bei seiner Frau sehen lassen müsse.

Dann verabschiedeten wir uns. Midge setzte mich vor dem Lokal ab und fuhr nach Hause. Nach dem Abendessen war das Geschäft sehr ruhig, und ich hörte mir die Radioübertragung eines Spiels der Yankees an, als sie plötzlich wegen einer aktuellen Nachricht unterbrochen wurde.

»Heute abend tötete ein noch nicht identifizierter Mann drei Personen, die im Cypress Gardens Restaurant zu Abend aßen. Nach Meldungen der Polizei war die Mordwaffe eine Automatic. Die Opfer sind James ›Smitty‹ D'Angelo, angeblich ein fahrendes Mitglied der Bonanno-Familie, sein Bruder Tom, ein Eisenbahnschaffner, und ein Mann, der angeblich im Buchmachergeschäft eine bedeutende Rolle spielte und bisher nur als Frankie Five Hundred identifiziert werden konnte. Wir bringen weitere Nachrichten nach dem Spiel.«

Einige Tage später ging ich mit Midge in Frankies Bezirk, wo ich den Colombo-Capo Buster Aloi zum erstenmal traf. Midge erzählte immer wieder, daß ich ihm Glück gebracht hätte und daß er, wenn ich nicht gewesen wäre, wohl auch hops gegangen wäre. Buster sah mich nur an und nickte.

3

Land der Verheißung

1968 verließ ich New York und ging nach Florida. Wir befanden uns in einer wirtschaftlichen Rezession, und das Geld war sehr knapp. Im Süden hatte man mir einen Job angeboten – ich sollte helfen, Trockenmauern zu bauen. Florida erlebte zu dieser Zeit einen Boom, und ich hatte irgendwie die vage Idee, daß ich versuchen sollte, meinen Lebensunterhalt auf ehrliche Weise zu verdienen. Als ich dorthin zog, war ich total pleite, und der einzige Job, den ich bekommen konnte, war bei einem Bauunternehmer, der den Auftrag ergattert hatte, Trockenwände in einem Schwesternheim einzuziehen. Ein alter Freund von mir brachte mich mit ihm zusammen, und er stellte mich ein, obwohl ich nicht einmal genügend Geld in der Tasche hatte, um der Gewerkschaft beizutreten.

»Hör zu, Joe«, sagte er, »wenn der Typ von der Gewerkschaft hier auftaucht, gebe ich dir Bescheid. Dann verkrümelst du dich. Sollte er dich aus irgendeinem Grund finden, dann steckt dir mein Bruder den Gewerkschaftsausweis zu. Mach dir keine Sorgen, der Typ ist sowieso blind.«

Der Gewerkschaftsheini kam fast jeden dritten Tag vorbei, und schließlich kam mir der Vertrauensmann auf die Schliche. Er wollte mich verpfeifen, deshalb ging ich zu meinem Boß und erzählte es ihm.

»Wirklich, Joe? Nun, dem Kerl werde ich es zeigen. Wenn ich dich brauche, sage ich dir Bescheid.« Dann entließ er alle. Den Vertrauensmann warf er zuletzt raus.

So war das Gesetz in Florida. Wenn man den Vertrauensmann der Gewerkschaft loswerden wollte, konnte man ihm nur als letzten kündigen. Am nächsten Tag ernannte mich mein Boß zum Vertrauensmann und stellte alle Arbeiter wieder ein – bis auf den früheren Vertrauensmann. Jetzt besaß ich nicht einmal einen Gewerkschaftsausweis und war Vertrauensmann! Florida gefiel mir.

Ich legte es darauf an, aus jedem etwas herauszuholen. Man hätte es Erpressung nennen können. Wenn ein Subunternehmer Material anliefern wollte, dann mußte er zuerst mich bezahlen. Selbst wenn sie in der Gewerkschaft waren, mußten sie löhnen. Und alle zahlten. Hauptsächlich waren es gewerkschaftlich nicht organisierte Unternehmen, die es immer eilig hatten, abladen zu können, ohne Gewerkschaftler anheuern und gewerkschaftlich festgelegte Löhne zahlen zu müssen. Pro Woche konnte ich mir so 600 bis 800 Dollar extra in die Tasche stecken. Der Job gefiel mir außerordentlich gut, und ich bedauerte es sehr, als das Schwesternheim schließlich fertiggestellt und die Arbeit erledigt war.

1969 kaufte ich ein Haus in West Palm Beach mit vier Schlafzimmern. Ich bezahlte den größten Teil bar. Die kleine Hypothek, die ich aufnahm, lief auf den Namen meiner Frau. Florida war mein neues Zuhause. Ich war froh, nicht mehr in New York zu leben, und auch Bunny und den Kindern gefiel es hier. Das Geschäft mit den Trockenmauern lief gut, und schon bald hatte ich nebenher einiges am Laufen. Ein wenig Geldverleih, ein wenig Buchmacherei. Manchmal wurde ich auch nur angeheuert, um jemandem die Leviten zu lesen. Es hat mir nie etwas ausgemacht, einen Kerl zu verprügeln.

Gegen Ende des Jahres 1970, zwei Jahre, nachdem ich mich in Florida niedergelassen hatte, rief mich Louie Esposito an, ein Freund von Midge und Mitarbeiter der Gambino-Familie. Louie sagte mir, er hätte achtzehn Leute aus Babylon, New York, über Silvester eingeladen, und ich sollte Hotelzimmer in Fort Lauderdale buchen.

»Louie, bist du verrückt geworden?« fragte ich ihn. »Wir haben Hauptsaison. Weißt du, wieviel Anzahlung sie verlangen?«

»Bezahl, was sie wollen, Joey. Nimm dir frei – ich gebe dir hundert Dollar für jeden Tag, den du nicht arbeiten kannst.«

Ich besorgte ihm im Fort Lauderdale Holiday Inn soviel Zimmer, wie er brauchte. Als die ganze Gruppe ankam, erklärte Louie, daß wir am darauffolgenden Tag alle zur Rennbahn gehen würden.

»Welche ist geöffnet?« fragte Louie.

»Gulf Stream«, antwortete ich. »Aber, Louie, ich kann nicht mitkommen. Ich kann es mir nicht leisten, nicht zur Arbeit zu gehen.«

»Vergiß es, Joe. Du kommst mit. Hier sind zweihundert – damit kannst du wetten.«

Marrone, dachte ich. Dem Kerl muß es verdammt gut gehen. Am nächsten Tag gingen wir zur Rennbahn, und Louie schickte mich zum Schalter, um für ihn zu setzen. »Welches Pferd gefällt dir, Joe?« fragte er mich. Ich zeigte ihm ein Pferd und erklärte, daß es kein Favorit sei, es aber vielleicht schaffen könne.

»Hier hast du vierhundert. Setz auf Sieg.« Er reichte mir achtzig Fünf-Dollar-Scheine. Ich sah ihn an und lächelte.

Am Schalter setzte ich 410 Dollar auf Sieg. Schließlich wollte ich nicht mein ganzes Geld verlieren! Das Pferd gewann bei einer Quote von fünf zu eins – 1260 Dollar. Louie strich 2520 Dollar ein. Ich bekam dreiundsechzig Dollar. Das war mehr, als man Anfang der 70er Jahre an einem Tag verdiente!

»Hast du auch auf das Pferd gesetzt?« wollte Louie wissen. »Wieviel?«

Es war mir peinlich, daß ich nur zehn Dollar riskiert hatte. Er muß es mir wohl angesehen haben.

»Hier sind einhundert Dollar, du Feigling«, sagte er und zählte zehn Zehn-Dollar-Scheine ab. »Du hast das Pferd ausgesucht und wettest nicht darauf? Das kann ich nicht glauben.«

Marrone, nochmal hundert Dollar! Dann gab er mir hundert Fünf-Dollar-Scheine.

»Setz auf die Nummer drei. Aber nicht alles am gleichen Schalter.«

Diesmal setzte ich hundert Dollar von meinem eigenen Geld. Das Pferd gewann, und die Quote war gut. Ich bekam 200 Dollar zurück, und Louie nahm 1000 Dollar ein. Louie setzte an diesem Tag noch zweimal auf einen Gewinner. Ständig war ich damit beschäftigt, Fünf-Dollar-Noten einzuzahlen. Als wir zurück in seinem Hotelzimmer waren, zeigte er mir einen riesigen Koffer, der mit Fünf- und Zehn-Dollar-Noten gefüllt war. Später fand ich heraus, daß das Geld sein Anteil an dem großen Aqueduct-Raubüberfall war. Der Kerl war nicht nur ein Pferdekenner.

1972. Louie Esposito war nach einem mißglückten Raubüberfall in New Jersey untergetaucht. Er und ein anderer Kerl hatten einen Tip bekommen, daß in einem Haus über zwei Millionen in bar in der Bibliothek aufbewahrt wurden. Der Informant war für seine Zuverlässigkeit bekannt.

Louie und sein Komplize verkleideten sich als Priester und gaben vor, eine Autopanne zu haben. Nachdem das Mädchen sie ins Haus gelassen hatte, zogen sie die Kanonen gingen schnurstracks zur Bibliothek. Die Lage wußten sie von dem Informanten.

Als sie die Tür öffneten, sahen sie in den Bücherregalen jede Menge Bargeld. Doch die Hausherrin hatte offensichtlich bemerkt, was geschah, und rannte zur Eingangstür. »Überfall, Überfall!« schrie sie laut, und bevor es ihnen gelang, sie zum Schweigen zu bringen, hatten die Nachbarn die Polizei gerufen.

Louie erzählte, daß es nach wenigen Minuten vor Streifenwagen nur so wimmelte. Er und sein Partner flohen in die Wälder hinter dem Haus. Louie versteckte sich die ganze Nacht auf einer Baustelle. Sein Komplize wurde geschnappt. Louie sagte, er müsse vorläufig untertauchen, da er nicht wisse, ob ihn sein Partner verpfiffen habe.

»Aber Louie«, fragte ich ihn, »was ist mit dem vielen Geld aus dem Aqueduct-Überfall geschehen?«

»Machst du Witze, Joey?« Er sah mich verblüfft an. »Mein Anteil betrug nur achthunderttausend. Das habe ich in einigen Monaten durchgebracht. Ach, ich wünschte nur, ich hätte mein Haus abbezahlt. Auf jeden Fall brauche ich jetzt einen Job, bis ich wieder ein Ding drehen kann. Hast du nicht etwas für mich?«

Ich arbeitete auf einer der Baustellen.

»Na klar, Louie. Du kannst für mich arbeiten und dich in einem der Räume auf der Baustelle verstecken. Ich bin Vorarbeiter. Du kannst dort leben, ohne daß es dich etwas kostet. Und ich setze deinen Namen auf die Lohnliste.«

»Gut, Joe, danke. Aber ich werde mich bald nach einer eigenen Bleibe umsehen. Ich möchte meinen Sohn herholen. Meine Frau hat Schwierigkeiten mit ihm. Er hört überhaupt nicht auf sie, der verdammte Bengel! Dabei habe ich ihm immer alles gegeben – ich verstehe nicht, warum er so geworden ist.«

»Ja, Lou«, bestätigte ich. »Es ist wirklich seltsam, daß dein Sohn so ist – wenn man bedenkt, daß sein Vater in Penn State war. Oder war es das *state pen?*«*

Louie sah mich verständnislos an. Nun, mit ihm war alles in Ordnung, er war ein guter Dieb, hatte immer ehrliche Jobs und drehte zusätzlich einige große Sachen, Raubüberfälle und so. Ich war sicher, daß er mir meinen Gefallen einmal vergelten würde.

»Joe, gehst du bitte ans Telefon?« sagte Bunny. »Es ist wahrscheinlich sowieso für dich.«

»Hallo?«

»Hallo. Kann ich bitte Louie sprechen?« – »Wen?«

»Louie. Louie! Sagen Sie ihm, es ist Tommy A.«

»Sie haben sich verwählt«, sagte ich. »Hier gibt es keinen Louie. Welche Vorwahl haben Sie gewählt? Sie sind hier in Florida.«

»Ja, das weiß ich«, sagte die Stimme am anderen Ende. »Mein Freund Louie hat mir diese Nummer gegeben. Er wollte dort bei einem Freund namens Joe Diner wohnen. Sind Sie das?«

»Nein. Ich weiß nicht, wovon Sie sprechen. Sie haben die falsche Nummer.« Dann legte ich auf.

Louie war im Garten. Ich ging zu ihm hinaus und sagte ihm, daß die Bullen wahrscheinlich wüßten, wo er wäre. »Ein Typ, der sich Tommy nannte, rief an und fragte nach dir. Ich sagte zu ihm, er habe sich verwählt, und legte auf. Du mußt vorsichtig sein.«

---

*Penn State = Am. Universität, state pen = Staatsgefängnis (Anm. d. Ü.)

Louie lachte. »O verdammt, Joey. Ich habe vergessen, dir zu sagen, daß ich meinem Freund Tommy A. von dir erzählt habe. Ich habe ihm gesagt, daß ich bei dir untertauchen werde, bis sich die Aufregung gelegt hat. Hoffentlich ruft er nochmal an.«

In diesem Moment klingelte das Telefon wieder. Als ich ins Haus lief, hörte ich Bunnys Stimme. »Hören Sie zu, Mister, hier gibt es niemanden, der Louie Esposito heißt.«

Ich riß ihr den Telefonhörer aus der Hand. »Tommy, es tut mir leid. Louie hat mir nicht erzählt, daß du anrufen wirst. Hier ist er.«

Louie sprach zehn Minuten und legte dann auf. »T. A. sagt, es war toll, wie du das gemacht hast, Joe. Er läßt dir und deiner lieben Frau schöne Grüße ausrichten und möchte euch zum Abendessen einladen. Morgen ist er in der Stadt, und dann gehen wir aus. Kennst du ein gutes Restaurant?«

»Ja, wir könnten nach Boynton Beach fahren. Mein Cousin Ozzie hat dort einen Laden – Alfredo's.«

»Dort wird es ihm sicher gefallen«, warf Bunny ein. »Das Essen ist phantastisch.«

Dann erzählte mir Louie alles über T. A., Tommy Agro, damit ich nicht nur auf ein Gespräch mit ihm, sondern auch auf seine Eigenheiten vorbereitet wäre. Louie sagte, T. A. habe eine Neigung, manchmal total auszurasten. Er bekäme dann Schweißausbrüche und benähme sich wie ein Verrückter, wie Jimmy Cagney in *White Heat*. Das klang wirklich interessant.

Außerdem berichtete Louie, daß T. A. es ›fast geschafft‹ habe und bereits ›versprochen‹ sei.

»Wenn die Bücher wieder geöffnet werden, dann wird es für ihn soweit sein«, meinte Louie. Ich wußte nicht, was er damit meinte. Versprochen? Bücher? Verdammt, dachte ich, heiratet der Kerl etwa? Aber ich hörte Louie weiter zu und tat so, als wüßte ich genau Bescheid.

»Das ist ja großartig. Wirklich? Also wenn die Bücher wieder geöffnet werden, nicht wahr?«

Ich hatte nicht die leiseste Ahnung, worum es ging.

4

Tommy A.

»Hi, Joey, wie geht's? Louie hat nur Gutes von dir erzählt.«

Wenn man Tommy Agro, alias T. A., alias Tom Ambrosio, betrachtete, wäre man nie auf die Idee gekommen, welch großen Einfluß er auf mein Leben nehmen sollte. Er war ein untersetzter kleiner Mann, der aussah wie das blühende Leben. Auf Zehenspitzen maß er einssechzig. Auf seinem schmalen Körper balancierte er enorm breite Schultern, zu denen nur der große Bauch zu passen schien. Der dichte, lockige schwarze Haarschopf hätte an einem Pferd sicher gut ausgesehen. Und obwohl er Schuhe mit turmhohen Absätzen trug, die ihn dem Himmel näherbringen sollten, war er immer der letzte, der merkte, wenn es regnete.

T. A. war einige Jahre älter als ich, tadellos gekleidet, gewandt und aufgeweckt. Man sagte von ihm, er sei ›durch und durch Mafiosi‹, und das zeigte er deutlich durch Sprache und Verhalten. Obwohl er keine konventionelle Bildung aufweisen konnte, war er schlau und gerissen. Wenn man ihn nicht kannte, konnte man glauben, er hätte studiert.

»Hi, Tom, das ist meine Frau Bunny. Louie sagte mir, daß ihr zwei gute Freunde seid. Bitte entschuldige, daß ich am Telefon so mit dir gesprochen haben, aber ich mußte einfach vorsichtig sein. Du weißt, was ich meine.«

»Natürlich, Joey. Ich habe es Louie schon gesagt – du hast richtig gehandelt. Hallo, Bunny. Louie hat mir erzählt, wie gut du kochen kannst.«

Tommy war in Begleitung einer großen blonden Stewardeß – sie sah umwerfend gut aus. Jung, dumm und scharf im Bett, dachte ich.

Nachdem ich einige Gläser Scotch intus hatte, fragte ich Tommy, ob es ihm etwas ausmachen würde, wenn ich mit seinem Mädchen tanzte. Die Band spielte, und Phil Tolatta, der Manager des Lokals, sang ›Strangers in the Night‹.

Einen Moment lang sah Tommy mich seltsam an, dann lachte er und sagte: »Nein, Joey, geh ruhig. Sandi, tanz mit

Joey. Aber sei vorsichtig und tu ihm nicht weh. Bunny sieht so aus, als ob sie dich dafür umbringen würde.«

Auf der Tanzfläche erzählte mir Sandi, daß ich der erste Mann sei, der sie jemals in Tommys Anwesenheit zum Tanzen aufgefordert habe. »Hast du keine Angst vor ihm?« wollte sie wissen. »Alle fürchten ihn.« Der Abend verlief ausgezeichnet. Alle amüsierten sich prächtig, und als wir uns verabschiedeten, lud ich Tommy und Sandi für den folgenden Abend ein. Tommy nahm die Einladung bereitwillig an.

»Ich kann morgen abend nicht«, erklärte Louie.

»Das geht in Ordnung, Louie«, antwortete ich. »Ich bin alt genug, um es allein zu schaffen.«

Ich führte Tom und Sandi zum Dinner in den Palm Beach Kennel Club, der sich an der Hunderennbahn befand. Dort wettete ich leidenschaftlich gern – und erfolgreich – auf Hunde. Tommy war beeindruckt, daß es mir immer wieder gelang, die Gewinner herauszusuchen, und verkündete, er wolle demnächst wieder mit mir zum Rennen gehen.

Anschließend gingen wir ins Alfredo's, und Tommy und ich begannen, uns vertraulicher zu unterhalten.

»Joey«, sagte er, »wenn du jemanden kennst, der Geld braucht – und auch jede Woche pünktlich die Zinsen bezahlt –, dann laß es mich wissen. Aber es müssen zuverlässige Leute sein. Du verstehst schon, was ich meine. Und du kannst dabei auch etwas verdienen.«

»Wieviel Zinsen verlangst du?« fragte ich ihn.

»Joey, das kommt ganz darauf an, wieviel Geld die Leute wollen und wieviel wir auftreiben können, ohne Probleme zu bekommen. Verstehst du, was ich meine?«

»Nun, ich glaube, ich kenne da jemanden. Vor kurzem hat mich ein Typ gefragt, ob ich einen Geldverleiher wüßte. Ich sagte ihm, hier in Florida nicht. Aber ich könnte ihm von dir erzählen, und dann kannst du das übernehmen. Ich glaube, er braucht fünftausend.«

»Gut, Joey, hör zu. Wenn er dich wieder darauf anspricht, dann sagst du ihm, du wüßtest jemanden. Aber verrate keine Namen. Sag ihm, es kostet fünf Prozent die Woche. Das sind zweihundertfünfzig pro Woche. Aber geh nicht zu ihm, um es ihm anzubieten. Warte, bis er dich fragt. Und glaube mir, Joey, er wird wieder auf dich zu kommen. Hier ist meine private Telefonnummer«, damit zog Tommy ein Stück Papier aus seiner Tasche. »Ruf mich an, wenn er das Geld will. Du kannst mich auf jeden Fall gelegentlich anrufen, wenn du möchtest.«

Schnell steckte ich die Karte mit Tommys Telefonnummer in meine Brieftasche, doch dann zog ich sie wieder heraus übermalte die Nummer und schrieb sie verschlüsselt daneben.

Ich wollte ihn beeindrucken, wollte sein wie er. Ich wollte an seiner Seite in der Mafia arbeiten und war ganz verrückt danach, etwas für ihn zu tun. In diesem Moment war Tommy Agro mein Idol geworden!

Bunny hatte wohl bemerkt, daß ich mich komisch verhielt. Sie drückte meine Hand, küßte mich auf die Wange und flüsterte mir zu, ich solle vorsichtig sein.

Ich beachtete sie gar nicht. Mit Tommy A. zusammen fühlte ich mich stark.

Am nächsten Abend gingen wir wieder zum Hunderennen und gewannen pausenlos. Wir hatten genug abgesahnt, um das Dinner zu bezahlen, großzügige Trinkgelder zu verteilen und noch einige hundert Dollar mit nach Hause zu nehmen.

In dieser Nacht gab Tommy mir meinen neuen Namen. Aus ›Joe Diner‹ wurde ›Joe Dogs‹.

5

Wer allein ißt, stirbt allein

Zwei Wochen später war Tommy wieder in Florida. Er war sofort losgeflogen, als ich ihn angerufen und ihm gesagt hatte, er habe recht gehabt. Lou Masiello, der Mann, der mich nach einem Geldverleiher gefragt hatte, war tatsächlich wieder zu mir gekommen.

»Lou, du zahlst Joey jede Woche zweihundertfünfzig«, erklärte Tommy dem Kunden an dem Treffpunkt, den ich ausgesucht hatte. »Und sei pünktlich, denn ich möchte keine Probleme.«

»Keine Sorge, Tommy, das geht in Ordnung«, versicherte Masiello. »Es ist nicht das erste Mal, daß ich mir Geld leihe. Ich bin nur momentan etwas knapp. Wahrscheinlich brauche ich es nur einige Monate. Und außerdem würde ich nie etwas tun, was Joe schaden könnte.«

»Hör zu, Lou«, sagte Tommy und ballte die Fäuste. »Ich werde es dir genau erklären. Joe hat uns nur miteinander bekannt gemacht. Er tut mir einen Gefallen, wenn er das Geld für mich kassiert. Auf diese Weise ist es bequemer. Ich habe hier unten genügend Mitarbeiter, die nur zu gern jede Woche bei dir vorbeikommen und die Zinsen abholen würden. Habe ich mich klar ausgedrückt? – Joe gehört zu mir, Lou«, fuhr T. A. fort. »Verstehst du, was ich damit meine?«

Masiello schien Tommys Bemerkung tatsächlich zu verstehen. Und ich? Ganz genau wußte ich nicht, was er damit sagen wollte, aber ich begriff ungefähr den Sinn.

Als Tommy weitersprach, erschienen plötzlich kleine Schweißtropfen auf seiner Stirn. »Lou, ich frage mich, warum zum Teufel ich dir diese Dinge erkläre? Wenn du das Geld zu diesen Bedingungen leihen willst, kannst du es haben. Wenn nicht, dann vergiß es, und ich will dich nie wieder sehen. *Capisci?*«

»Ja, Tommy, ich verstehe«, stammelte Masiello. »Ich möchte nicht, daß du böse auf mich bist. Ich möchte dein Freund sein. Wirklich, Tom.«

»Na gut, Lou. Wir sind Freunde. Du triffst Joey jede Woche, dann bleiben wir auch Freunde, okay? Nun gib mir die Hand, nimm das Geld und verschwinde. Ich habe mit Joey noch etwas Geschäftliches zu besprechen.«

Nachdem Masiello gegangen war, wurde ich plötzlich nervös. Ich fragte mich, wo ich da hineingeraten würde. Wollte ich das? Wollte ich solch ein Leben leben? Ich war einundvierzig, also in einem Alter, in dem die meisten Männer zur Ruhe gekommen sind und gerade den Höhepunkt ihrer Karriere anstreben. Und ich war dabei, ein Mitglied der Mafia zu werden. Ja, beschloß ich dann. Tommy war so professionell mit Masiello umgegangen. Er war geschickt und schlau. Er hatte Lou nicht nur genau gesagt, wie es lief, sondern auch klargestellt, daß ich zu ihm gehörte! Zu ihm! Ich fühlte mich groß und stark – wie King Kong.

»Joey, meine Frau kommt morgen hierher.« Tommys Stimme riß mich aus meinen Gedanken. »Ich habe ihr alles über dich und Bunny erzählt, und sie möchte euch kennenlernen. Morgen abend werden wir gemeinsam ausgehen, aber heute werden nur wir beide uns bei ein paar Drinks unterhalten und uns amüsieren.«

Auf dem Weg zur Bar fuhren wir bei mir vorbei. Ich erzählte Bunny von Tommys Frau Marian und sagte ihr, daß wir am nächsten Tag eine Verabredung zum Dinner hätten.

»Heute abend bleiben die Männer unter sich, Schätzchen«, erklärte ich. »Keine Sorge, ohne Frauen«, fügte ich hinzu.

»Das möchte ich hoffen.« Bunny sah Tommy an. »Ach, übrigens, Tommy, hast du deiner Frau auch von Sandi erzählt?«

Tommy warf ihr einen Blick zu und lachte. »Nein, meine Liebe, und du solltest das besser auch nicht tun.«

Plötzlich lachte er nicht mehr.

Ich ging mit Tommy ins Holiday Inn, das nicht weit von meinem Haus entfernt lag. Wir setzten uns an die Bar und genehmigten uns einige Drinks.

»Joey, entspann dich«, forderte T. A. mich auf. »Ich weiß, du versuchst, mich zu beeindrucken, aber übertreibe es nicht. Du gefällst mir, und deine Frau gefällt mir auch. Ich mag die Art, wie du dich gibst, und jetzt werde ich dir sagen, was ich von dir erwarte. Versuche, weitere Kunden wie diesen Lou aufzutreiben. Vergrößere deinen Geschäftsradius. Wenn Probleme auftauchen sollten, dann rufst du mich einfach an. Ich werde dir helfen. Und wenn deine Geschäfte gut laufen, dann denk an mich. Ich habe auch meinen *compa-*

re, den ich nicht vergesse. – In diesem Leben krepierst du, wenn du keine Freunde hast«, fügte Tommy hinzu. »Denk daran und merke dir, was ich dir sage. Du glaubst, du hast schon einige wichtige Leute kennengelernt? Vergiß sie. Du gehörst jetzt zur größten Organisation, die es gibt. Sei also vorsichtig, wenn du Geschäfte abwickelst. Paß auf dich auf. Wenn dir jemand Probleme macht und du bemerkst, daß du sie nicht bewältigen kannst, dann laß die Finger davon. Tu nichts Unüberlegtes, denn es lohnt sich nicht, für etwas in den Knast zu wandern, das man auch auf eine andere Weise lösen kann. Joey, wenn du zu mir gehörst, dann kann dir auf dieser verdammten Welt keiner etwas anhaben. Nicht einmal der Papst! Das schwöre ich im Namen meiner Tochter Kimmy.«

Ich war total weg, als Tommy mir Feuer gab. Hook und Midge und sogar Louie Esposito waren nichts im Vergleich zu Tommy Agro. Der Mann hatte – wie könnte ich es anders ausdrücken? – einfach Klasse!

Am nächsten Tag lernten wir Marian kennen. Zu viert gingen wir in den Kennel Club – wohin sonst? Wir gewannen wieder, ich hatte eine Glückssträhne. Bunny und Marian verstanden sich ausgezeichnet, aber Bunny kam eigentlich mit jedem gut aus. Sie war eine tolle Frau, und ich nahm sie überallhin mit.

»Das ist einer deiner Nachteile«, erklärte mir Tommy, bevor er zurück in den Norden flog. »Joey, schlepp nicht immer deine Frau mit herum. Das macht keinen guten Eindruck.«

6

Anspruch auf die Goldküste

Während der nächsten Jahre wurde ich Tommy Agros bester Mann in Florida. Dieser Staat war damals noch unberührtes Land. Nur Miami hatte eine Tradition, die auf Meyer Lansky und Joey Adonis zurückreichte. Die Goldküste zwischen Nord-Miami und Palm Beach erlebte einen enormen wirtschaftlichen Aufschwung und schien reif für die Ernte.

Ich kassierte Gelder für Jobs, von denen die Gewerkschaft nichts mitbekommen sollte. Ich beteiligte mich an einigen Pferderennen, die nicht ganz sauber abliefen. Und ich hatte ungefähr acht gute Kunden, die sich Geld liehen. Sogar Lou Masiello, unser erster Kunde, hatte sein Darlehen auf 12000 Dollar erweitert und zahlte jetzt 600 Dollar Zinsen pro Woche.

Die Leute in der Gegend um Palm Beach kannten mich und begegneten mir mit großem Respekt. Einige hatten auch Angst vor mir. Ich konnte sehr unangenehm werden – aber nur Leuten gegenüber, die aus der Reihe tanzten. Das gehörte zum Geschäft. Ich tat es nicht gern, aber wenn ein Schuldner nicht bezahlte, fand er sich mit einem gebrochenen Bein wieder. Daher rollte man mir, immer wenn ich ein Restaurant oder einen Club betrat, den roten Teppich aus.

Und das gefiel mir außerordentlich gut.

Tommy steckte gerade das Gebiet der Goldküste für die Gambino-Familie ab. Wenn er im Süden ein Problem hatte, dann rief er mich an und beauftragte mich, es zu lösen. In den meisten Fällen erledigte ich das persönlich – ich traute anderen nicht genug, um meine Aufgaben an sie zu delegieren.

Bei jedem Besuch von T. A. lernte ich weitere Mitglieder seiner Mannschaft kennen. Einer seiner Männer war Bobby DeSimone aus Hollywood, Florida. Bobby war ein naiver Dummkopf, ein käuflicher Herumtreiber, der sich jeder Mannschaft aus irgendeiner Familie anschloß, die ihn anheuerte. Er war bereits bei einigen Familien in New York gewesen, die ihn jedoch alle zum Teufel gejagt hatten. Tommy erklärte mir, er würde Bobby behalten, weil er sich ›verpflichtet‹ fühlte. Warum das so war, sagte er mir jedoch nicht. Ich traute Bobby DeSimone nicht über den Weg.

Trotz meiner Lebensweise als ›harter Mann‹ war ich der Mafia gegenüber immer noch auf gefährliche Weise naiv. Zum Beispiel wußte ich nicht einmal, zu welcher Cosa-Nostra-Familie ich eigentlich gehörte. 1973, als Tommy mich wieder einmal besuchte, stellte ich ihm schließlich diese Frage. Ich fühlte mich wie ein Idiot, aber ich mußte es wissen. Bisher hatte ich so getan, als wüßte ich genau Bescheid. »T. A., wie heißt unsere Familie?«

Tommy traten beinahe die Augen aus dem Kopf, und er lachte wie verrückt. Dann erzählte er mir, daß wir zu den Gambinos gehörten, der größten Mafia-Familie in den Vereinigten Staaten, und daß der Boß der Familie Don Carlo Gambino sei. Anschließend klärte er mich über die Hierarchie in der Familie auf.

Da gab es Don Carlo, der in West Palm eine Winterresidenz besaß. Direkt unter dem Don kam natürlich der Unterboß. Zu jener Zeit war das Aniello, bzw. Neil, Dellacroce. Nach ihm folgte unser *consigliere,* also unser Berater Joe N. Gallo. Obwohl der *consigliere* offiziell keine Macht in der Familie besaß und seine Anweisungen nur vom Boß bekam, hatte Gallo eine wichtige Schlüsselfunktion in der Familienstruktur. Unter anderem schlichtete er Streitigkeiten in der Familie und war dabei, wenn die Capos sich trafen. Oft mußte er entscheiden, wer recht hatte oder wer eins aufs Maul bekam.

Im nachfolgenden Rang saßen die Captains, auch Capos genannt, die jeder ihre eigene Mannschaft regierten. Diese Gruppen bestanden aus sogenannten *madeguys* oder *buttons,* die auch Wiseguys genannt wurden. Dann gab es noch viele, die Geschäfte für die Mafia machten und hofften, Mitglieder der Mafia zu werden, wenn die Bosse ›die Bücher öffneten‹. Dann würden sie den *button,* das Abzeichen, bekommen. Wenn ein Captain mehr als einen Wiseguy in seiner Mannschaft hatte – was üblicherweise der Fall war –, dann ernannte er einen von ihnen zu seinem Lieutenant. Natürlich hatten alle Anwärter ihre eigene Bande, und einige von diesen Leuten hatten wiederum ihre Mannschaft. Zu Beginn war das alles ein wenig verwirrend.

Aber eines war sicher. Diese Typen lebten dafür, aufgenommen zu werden. Für sie war der *button* das Ehrenabzeichen. Nur wenn man reiner italienischer Abstammung war, konnte man initiiert werden. Aber das hielt die Capos und

Mob-Soldaten nicht davon ab, auch Juden, Iren und hin und wieder sogar Nigger für ihre Crew anzuheuern.

Tommy hatte seinen *button* noch nicht. Er gehörte zu der Bande, die von dem langjährigen Gambino-Capo Joe ›Piney‹ (pine = Tannenbaum) Armone angeführt wurde. Armone hatte seinen Spitznamen in den dreißiger Jahren bekommen, weil er den Christbaumverkäufern in New Yorks Lower East Side ihr Geld abgeknöpft hatte. Ich war aber kein Mitglied seiner Crew, sondern nur einzig und allein Tommy Agro unterstellt. Was in den Rängen über ihm passierte, hatte nichts mit mir zu tun. Das dachte ich zumindest.

Nachdem Tommy mir das alles erklärt hatte, befahl er mir, es sofort wieder zu vergessen. Er meinte damit, ich sollte es nie wieder erwähnen.

»Es funktioniert folgendermaßen«, sagte er. »Wenn du ein Ding gedreht hast – Rauschgift, Raub, Erpressung, Entführung, oder irgend etwas anderes – und du hast dabei hunderttausend verdient, was würdest du dann machen? Würdest du es mir sagen? Oder würdest du es für dich behalten? Na, komm schon, Joey, ich will es wissen.«

Ich zögerte einen Moment und überlegte mir meine Antwort sorgfältig. »Um ehrlich zu sein, Tom, wenn ich etwas ohne dein Wissen gemacht hätte, würde ich dir trotzdem deinen Anteil geben. Warte einen Moment und laß es mich erklären. Wenn ich dann nämlich ein Problem oder irgendwelche Schwierigkeiten hätte, könnte ich mich an dich wenden, damit du mir hilfst.«

Während ich sprach, holte ich ein Kuvert aus meiner Jakkentasche und schob es über den Tisch. »Für mich bist du wie mein Arbeitgeber, mein *compare*. Deshalb sollte ich dir auch etwas zukommen lassen, wenn ich keine Probleme habe.«

Tommy nahm das Kuvert in die Hand und öffnete es. Er zählte 10000 Dollar ab, steckte sie in die Tasche und bestellte zwei weitere Drinks.

»Was hast du gemacht?« wollte er wissen.

»Du erinnerst dich sicher daran, daß du mir im letzten Jahr unsere Freunde Little Dom Cataldo und Little Vic Orena vorgestellt hast. Nun, vor einigen Wochen waren sie hier und baten mich, für sie ein Problem zu lösen. Es war keine große Sache, eigentlich eher ein Kinderspiel. Ich will keine Einzelheiten erzählen, aber da du mich mit ihnen bekannt gemacht hast, verdienst du deinen Anteil daran.«

Die Bedienung brachte unsere Drinks. Tommy tätschelte ihr den Hintern und schob ihr einen Hundert-Dollar-Schein in die Hand. Dann gab er mir freundlich einen leichten Schlag auf die Backe.

»Little Dom hat mir erzählt, daß er dich für eine Sache brauchte, und er und Little Vic haben dich gelobt. Allerdings haben sie mir nicht gesagt, daß du dabei Kohle gemacht hast. Dominick ist ein feiner Kerl, Joey. Er hat einen ähnlichen Job wie ich, aber bei einer anderen Familie. Und Little Vic ist, wie mein *compare*, ein Capo in der gleichen Familie. Sie gehören zu den Colombos, Joey.«

»Tommy, Tommy, das habe ich nicht gewußt. Ich dachte, sie gehörten zu uns. Habe ich etwas falsch gemacht, weil ich mich mit ihnen eingelassen habe?«

»Nein, Joey, das ist schon in Ordnung. Sie haben mir ja davon erzählt, und das war richtig. Doch selbst wenn sie geschwiegen hätten, hast du dich vertrauenswürdig gezeigt und mir meinen Anteil gegeben.«

Bei Tommy fühlte ich mich einfach immer gut. Ich verstand nicht, warum einige Leute ihn hinter seinem Rücken den verdammten Verrückten nannten. Allerdings wunderte ich mich, daß er ständig diese Pillen einwarf.

7

Little Doms Boot Hill

Peekskill, New York, 1973.

»Meine Güte, Joe, ich habe dir gesagt, du sollst eine Achtunddreißiger besorgen. Dieses verdammte Ding ist zu groß. Ich will doch keinen Bären damit umlegen.«

Little Dom Cataldo und ich duckten uns auf den Vordersitzen seines Wagens, während wir warteten, daß die Geldboten aus dem Kreditinstitut herauskamen. Dominick hatte einen Tip bekommen. 80000 bis 100000 Dollar sollten dabei herausspringen. Für Little Dom war ich von Florida hierher geflogen, um ihm als Fahrer zu assistieren.

»Hey, Dom, beruhige dich. Ich konnte nur eine Magnum bekommen. Außerdem hast du mir gesagt, du wolltest damit nur jemanden einschüchtern.«

»Klar, Joe, aber man weiß ja nie.«

Little Dom Cataldo bemühte sich gerade um seinen *button* in der Colombo-Familie. Er war etwa einen Meter siebzig groß und hatte eine gute Figur. Irgendwie ähnelte er dem Schauspieler John Garfield. Wenn man ihn ansah und mit ihm sprach, hätte man nie gedacht, daß er bereits mehr als zehn Leute auf dem Gewissen hatte. »Ich bringe ihn nach Boot Hill«* – das war einer seiner liebsten Aussprüche. Das war keine Aufschneiderei, sondern Tatsache.

Es gab tatsächlich einen Friedhof, den Dominick bevorzugte – einen kleinen Hügel, der ungefähr zwanzig Meilen von New York City entfernt an der Taconic-Autobahn lag. Er erzählte mir, er traue niemandem. Wenn er jemanden begraben mußte, dann packte er den Betreffenden in den Kofferraum seines Wagens und fuhr ihn nach Boot Hill. Dort nahm er sich ein Zimmer in einem Motel und schlief bis drei Uhr morgens. Zu diesem Zeitpunkt stand er auf und schaufelte das Grab.

»Es darf nicht zu tief sein, Joe, nur etwa einen Meter tief, verstehst du? Dann schüttest du Kalk auf den Körper, schaufelst ihn zu und streust Grassamen aus. Es dauert nur eine Stunde, dann kannst du wieder verschwinden. – Da war dieser fette Scheißkerl von den Lucchese, dieses dicke Schwein«, fuhr Dominick fort. Er meinte ein Mitglied einer anderen New Yorker Mafia-Familie. »Ich konnte das Arschloch nicht ausstehen. Schließlich brachte ich seinen engsten Mitarbeiter dazu, daß er mir den Ort verriet, wo das

*Boot Hill = Westernausdruck für Friedhof. (Anm. d. Ü.)

Schwein sich mit dieser Schickse treffen wollte. Sein eigener Mann – er hieß Johnny – hat ihn reingelegt.

Als sie an dem Parkplatz ankamen, ging ich zu ihnen und machte ihn in Johnnys Wagen kalt. ›Was zum Teufel soll ich jetzt mit ihm tun?‹ fragte Johnny. Ich dachte nach und erklärte Johnny, daß ich seine Hilfe bräuchte, weil der Kerl so fett wäre. Er mußte mir helfen, den Bastard in den Kofferraum meines Autos zu legen. Ich sagte ihm, daß ich dann eine Hacke und eine Schaufel besorgen würde und daß ich einen Platz wisse, wo wir ihn vergraben könnten. Verstehst du, Joe?« Dominick setzte ein ernstes Gesicht auf. »Es wäre einfach nicht richtig gewesen, das Problem Johnny zu überlassen. Schließlich hatte er mir verraten, wo ich das Schwein erwischen konnte. Deshalb mußte ich ihm auch helfen, die Leiche loszuwerden. Was hätte er sonst seiner *Famiglia* erzählen sollen?

Es war schon ziemlich spät, als wir Boot Hill erreichten. Ich zeigte Johnny, wo er graben mußte und machte ihm klar, daß er ein tiefes Loch ausheben sollte, weil man sonst den Kalk riechen würde. Er hatte keine Ahnung, was ich meinte, da befahl ich ihm, etwa zwei Meter tief zu graben. Dann verabschiedete ich mich für einige Stunden.

In dem Motel, in dem ich immer absteige, sagte ich dem Portier, er solle mich nach zwei Stunden wecken, und ruhte mich ein wenig aus. Als ich zurückfuhr, war es bereits vier Uhr morgens. Johnny hatte ein mächtig tiefes Loch gebuddelt.

Ich stellte das Auto so nah wie möglich an der Grube ab. Mit Johnnys Hilfe hob ich den Dicken aus dem Kofferraum und warf ihn hinein. ›Mist, Johnny‹, sagte ich dann. ›Ich habe vergessen, ihm die Uhr, den Ring und die Kohle abzunehmen. So können wir ihn nicht vergraben.‹ Johnny erklärte sich bereit, die Sachen zu holen, und sprang in das Loch. Da schickte ich ihm eine Kugel hinterher. Nach dem Kalk und der Erde streute ich die Grassamen aus – diesmal verbrauchte ich eine ganze Menge, weil ich ja ein zweistöckiges Grab vor mir hatte. Das ist doch wirklich witzig, Joe, nicht wahr? Ein zweistöckiges Grab. Ha, ha.«

Little Dominick bog sich vor Lachen. Dann sahen wir, daß die Geldboten das Gebäude verließen.

»Da kommen sie, Joe. Sie sind zu zweit. Du weißt, was du zu tun hast. Los!«

Es war ziemlich kalt. Ich trug eine schwarze Lederjacke und dicke Handschuhe, die mit Blei gefüttert waren. Unsicher torkelte ich zu dem Auto der Geldboten, legte mich auf die Kühlerhaube und tat so, als müßte ich kotzen. Die beiden faßten mich am Arm, und einer sagte: »Hey, du verdammter Säufer, verschwinde hier.«

Little Dom deckte mich. So fest ich konnte, schlug ich dem einen Typen mit der Faust ins Gesicht. Der Schlag saß so gut, daß ich hören konnte, wie sein Kiefer brach. Dominick schob dem anderen den Lauf der Magnum in den Mund. Als er ohnmächtig wurde, packte Dom den Geldsack, und wir hauten ab. Das Ganze hatte nicht länger als dreißig Sekunden gedauert.

Dominick fuhr den Wagen, und ich wollte gleich das Geld zählen. »Nicht hier, Joey. Warte, bis wir irgendwo anhalten.«

In Bear Mountain nahmen wir uns ein Zimmer in einem Motel und zählten die Beute. Es waren 143000 Dollar. Dom erklärte mir, daß der Fall von den Behörden untersucht werden würde, weil es sich um Geld aus Drogengeschäften handelte. Es gehörte einem Wiseguy, und der konnte nichts unternehmen, weil sein Captain darüber nicht Bescheid wußte. Er hatte seinen Capo übers Ohr hauen wollen, deshalb würde er kein Wort darüber verlieren.

Dom wollte dem Informanten 23000 Dollar geben, die restlichen 120000 teilten wir.

»Nicht schlecht, Joe, oder? Ein Haufen Kohle für ein paar Minuten Arbeit.«

»Das ist wirklich gut. Aber sag mir doch eines, Dom.«

»Was, Joe?«

»Nachdem du den Kerl erschossen hattest, der den Schmuck aus dem Loch holen wollte – bist du dann selbst hinuntergestiegen und hast dir das Zeug besorgt?«

»Nein, Joe. Solche Fehler mache ich nicht. Es geht mir nicht immer nur ums Geld. Wenn ich etwas tue, dann habe ich dafür einen Grund. Und ich hinterlasse keine Spuren, Joe. Die Bullen sind heutzutage ziemlich schlau. Meine Art zu arbeiten ist vielleicht mühsam, aber dadurch bleibe ich sauber.«

»Hey, Dom, warum hast du ausgerechnet mich gebeten, dir bei diesem Job zu helfen? Du kennst doch jede Menge Jungs.«

»Weil ich nicht wollte, daß irgend jemand davon erfährt, Joe – nicht einmal mein Captain. Er hat in diesem Jahr sein Geld schon von mir bekommen. Wirst du Tommy A. davon erzählen?«

»Ich wüßte nicht, warum«, erwiderte ich. »Vergiß es. Ich werde ihm einfach sagen, ich hätte im Süden ein Geschäft erledigt.«

»Das ist gut, Joe. Je weniger davon wissen, um so besser.«

»Geht klar«, antwortete ich.

8

»Er weiß, daß ich ihn fertig mache«

»Joey, ich bin in meinem Apartment«, erklärte Tommy A. am Telefon. »Sag niemandem, daß ich hier bin. Komm doch her und koch uns etwas.«

Es war Ende 1974. Seit zwei Jahren gehörte ich nun zu T. A.s Mannschaft. Tommy war auf der Flucht, weil er jemanden erpreßt hatte. Ein Typ, der auf Pferde setzte, hatte ihm eine Menge Geld geschuldet, und Tommy hatte ihn bedroht. Jetzt suchten sie ihn, weil er vor dem Untersuchungsausschuß aussagen sollte. Es war erstaunlich, woher diese Leute ihre Informationen bekamen. Tommy versteckte sich in seinem Apartment in Hollywood und wartete, bis sich die Aufregung gelegt hatte.

»Bunny, mein Schatz, ich gehe noch weg und kann nicht genau sagen, wann ich zurückkomme.« Schnell versuchte ich, zur Tür zu kommen, bevor der alte Streit wieder losging, doch es gelang mir nicht.

»Joe, wohin gehst du?« wollte sie wissen. »Als wir kaum Geld hatten, waren wir so glücklich. Seit du dich mit Tommy eingelassen hast, sehe ich dich kaum mehr. Früher sind wir immer gemeinsam unterwegs gewesen und haben alles zusammen unternommen. Seit einigen Jahren heißt es nur noch Tommy hier und Tommy da. Was ist denn bloß los mit dir?«

»Hör zu, ich will keinen Streit.« Ich konnte das wirklich nicht mehr hören. »Ich habe dir dieses Haus gekauft. Wir haben es zu etwas gebracht. Du hast dein eigenes Auto, Schmuck, Geld auf der Bank. Was zur Hölle willst du noch von mir? Ach ja, und vergiß das Boot nicht«, fügte ich hinzu.

Bunny fing an zu weinen. »Wäre Louie Esposito bloß nie hier aufgetaucht! Wir waren doch so glücklich. Ich hasse diese Bastarde, die unser Leben ruinieren.«

»Hör zu, Schätzchen, es tut mir leid«, lenkte ich ein. »Ich komme zurück, so schnell ich kann, aber ich darf dir einfach nicht sagen, wohin ich gehe.«

»Okay, Joey. Aber ruf mich bitte an.«

Ich konnte Bunny nicht weinen sehen. Sie war immer an meiner Seite gewesen, wenn ich sie brauchte. Ich behandle sie nicht gut genug, dachte ich. Ohne mich wäre sie besser dran – aber ich liebe sie.

Eine Stunde später hatte ich den Streit schon wieder vergessen.

»Hi, Tom. Was gibt's Neues? Hi, Buzz, Louie, Bobby. Wie geht's euch?«

»Na komm schon und koch uns etwas, du verdammtes Stinktier!« schrie Tommy. Ein nettes Kosewort.

»Okay, Tommy. Aber zuerst spielen wir eine Partie Binokel, sonst könnt ihr Mistkerle verhungern.«

Immer wenn Tommy hierherkam, trafen wir uns in seinem Apartment und spielten Binokel. Ich war dabei der Verlierer. Die anderen Jungs waren schließlich alle schon im Knast gewesen und hatten dort den ganzen Tag nichts anderes getan, als Karten zu spielen. Tommy saß mit Louie Esposito, Bobby DeSimone und einem Kerl namens Buzzy am Tisch. Ich hatte Buzzy schon öfter getroffen, aber er hatte mir nie seinen Nachnamen verraten, und ich fragte ihn auch nicht danach.

DeSimone, der Dummkopf, dem Tommy sich ›verpflichtet‹ fühlte, war bereits zweimal im Kittchen gewesen. Er war groß, schlank und hatte ein loses Mundwerk. Sie nannten ihn ›Skinny Bobby‹, den dünnen Bobby. Er kam aus einer ziemlich miesen Familie. Seine beiden Brüder waren total verrückt und gehörten einer üblen Bande an. Bobby war ein Möchtegern, seine Brüder absolute Nullen. Buzzy war sehr groß und sah gut aus – der Spitzname war nicht geeignet, denn er war Italiener. Eigentlich paßte er gar nicht in diese Mannschaft – er war Drogendealer.

»Hier, Tom, das ist für dich«, sagte ich und reichte T. A. einen Briefumschlag mit 5000 Dollar.

Er warf einen Blick hinein. »Wofür ist das?« wollte er wissen.

Die anderen sollten nichts von meinen Geschäften erfahren, deshalb sagte ich Tommy, daß ich es ihm später erklären würde.

»Wenn du vor uns nicht darüber sprechen willst, warum hast du Tommy dann jetzt das Geld gegeben?« fragte DeSimone. »Sind wir dir nicht gut genug.«

Tommy wirbelte auf seinem Stuhl herum. »Bobby, du solltest dir dein verdammtes Maul mit Seife auswaschen. Joey liefert zumindest seinen Anteil ab. Und was ist mit dir, du dünner Scheißkerl?«

»Ich hab doch nur Spaß gemacht, T. A.«, erwiderte Bobby mit seiner hohen, weinerlichen Stimme. »Ich hab's nicht böse gemeint.«

»Aber ich meine es ernst!« schrie Tommy. »Halt dein verdammtes Maul. Buzzy, du bist dran.«

»Ich eröffne«, sagte Buzzy. »Ach, übrigens will dich dieser Bobby Anthony sprechen. Du weißt schon, warum.«

Es war wirklich erstaunlich. Wir gehörten alle zusammen, waren in einer Mannschaft, und trotzdem sprachen wir in einer Art Code, als ob einer von uns ein Bulle wäre. Das machten wir immer so.

»Kennst du diesen Kerl, Buzz?« fragte Tommy.

»Ja«, antwortete Buzzy. »Er ist in Ordnung. Sie haben ihn gerade rausgelassen. Er mußte zehn Jahre absitzen, weil er diesen Cop umgelegt hat. Früher hat er in der Werbung gearbeitet. Ich glaube, er hat den Slogan für diese Schlankheitskur erfunden. ›Du hast einen langen Weg hinter dir, Baby‹, oder so ähnlich. Damit hat er sich eine goldene Nase verdient.«

»Klingt gut«, bemerkte Tommy. »Was will er von mir?«

»Keine Ahnung. Er ist bei der Harlem-Gruppe. Du weißt schon, mit Charlie und Jerry.«

»Ja, die kenne ich. Sag ihnen, sie sollen nächsten Montag herkommen. Soviel ich weiß, halten sie sich im ›Diplomat‹ auf und werfen mit Geld um sich.«

»Hör zu«, sagte Tommy A. zu Bobby Amelia, alias Bobby Anthony, einem kleinen Drogenhändler aus Harlem. »Du wolltest dich mit mir treffen, und du willst dir Geld borgen. Was springt für mich als Investor dabei heraus? Das möchte ich gern wissen.«

Bobby Anthony warf seinem Partner, den er nur als Rabbit vorgestellt hatte, einen raschen Blick zu. »Nun, Tom, wenn du etwas investieren willst, dann mußt du auch das Risiko mittragen. Falls es eine Razzia gibt und falls wir den Stoff verlieren, dann seid ihr euer Geld los. Aber wenn du uns das Geld leihst, dann tragen wir die Verantwortung. So einfach ist das. Wenn du aber mit einsteigst, springt für dich vielleicht ein zehnfacher Gewinn dabei heraus. Das kann ich garantieren.«

Tommy sah ihn mißtrauisch an. »Bist du verrückt? Woher soll ich wissen, was läuft? Ihr könntet einfach sagen, daß ihr aufgeflogen seid. Was kann ich dann tun? Das gibt nur Ärger. Vergiß es – da mach ich nicht mit.«

»Hör zu, Tom. Ich mach dir einen Vorschlag«, sagte Rabbit. »Du wirst stiller Teilhaber. Ich persönlich garantiere dir, daß du innerhalb von zwei Monaten einen Gewinn von hundertfünfzigtausend einsteckst. Wenn nicht, zahlen wir dir in diesem Zeitraum dein Geld zurück und legen fünftausend drauf.«

»Also du willst mir eine Garantie geben?« fragte Tommy spöttisch. »Und wer bist du? Du sitzt nur hier, weil du Bobbys Partner bist und weil ich es ihm freundlicherweise erlaubt habe, dich mitzubringen. Also hör auf, dich wie ein Arschloch zu benehmen.«

Ich glaubte, daß Bobby Anthony versuchte, Tommy übers Ohr zu hauen, aber da ich nicht sicher war, hielt ich lieber den Mund. Bobby gefiel mir. Er war schlank und sah gut aus. Und man konnte richtig Spaß mit ihm haben. Wahrscheinlich war T. A. ein wenig eifersüchtig auf ihn.

Schließlich unterbrach ich das angespannte Schweigen: »Hör zu, Bobby. Wir denken darüber nach. Spätestens am Donnerstag bekommst du von uns Bescheid. Das ist in drei Tagen. Im Moment kannst du nicht mit einer Antwort rechnen. Wenn du das verlangst, müssen wir aussteigen.«

Ich bemerkte, daß es Tommy gefiel, wie ich mit Bobby sprach. Mittlerweile fühlte ich mich stark genug, um mit diesen Kerlen so umzugehen – ich hatte einiges gelernt. Bobby willigte ein, sich am Donnerstag mit uns zu treffen, doch Rabbit entgegnete, daß er dann in New York sein müsse.

»Wie schade«, bemerkte Tommy. »Dann sollten wir die Sache wohl vergessen.«

Bobby Anthony grinste. Er wußte, welche Masche T. A. jetzt versuchte und auch, daß sein Partner ein Pessimist war. Als ich ihn nach draußen begleitete, nahm mich Bobby am Arm und sagte, ich solle ihn anrufen. Nachdem die beiden gegangen waren, fragte Tommy uns, was wir von dem Geschäft hielten.

Ich antwortete als erster. »Ehrlich gesagt, Tom, dachte ich zuerst, sie wollten uns bescheißen. Aber das Drogengeschäft beinhaltet ein großes Risiko. Entweder trauen wir diesen Leuten, oder du mußt diesen Deal sausen lassen. Und du willst dich da wohl nicht reinziehen lassen, oder?«

»Zum Teufel, nein«, erwiderte Tommy. »Bist du verrückt? Mein *compare* hat mir befohlen, meine Geschäfte so abzuwickeln, daß ich dabei anonym bleibe. Und das ist ein Befehl von dem großen Typen – du weißt, wen ich meine. Nicht den an der Spitze, sondern den eins drunter.«

Jetzt verständigten wir uns wieder in dieser Geheimsprache. Tommy sprach von seinem Captain, Piney Armone, der seine Befehle von Neil Dellacroce bekam. Neil war Carlo Gambinos Unterboß und lag derzeit in Streit mit Gambinos Cousin Paul Castellano, alias ›Big Paulie‹, der den alternden Don Carlo ersetzen sollte.

»Ja«, sagte ich. »Ich weiß, wen du meinst.«

»Nun, er fühlt sich im Moment wie der König, Joey. Aber das funktioniert mit Carlo nicht. Der Boß ist sehr krank. Ich habe keine Ahnung, wer sein Nachfolger sein soll. Mein *compare* hat mir gesagt, daß es vielleicht Paulie wird. Ich hoffe es, weil ich mit Neil nicht so gut klarkomme. Er hat etwas gegen mich, deshalb sollte ich mich von ihm fernhalten.«

»Und was tun wir nun mit Bobby und seinem schlauen Partner Rabbit?« fragte ich.

»Darüber sprechen wir später, Joey. Jetzt holen wir die Mädchen ab.«

Ich hatte mich mit Anna verabredet, Tommys Mädchen hieß Tracy. Beide waren jung und hübsch. Anna war fast einsachtzig groß und schlank. Sie hatte lange Beine, einen hübschen Hintern, einen kleinen Busen und dunkles Haar. Aus Blondinen machte ich mir nichts mehr. Tracy war eine kleine Blonde mit großen Titten und einem gewaltigen Hintern. Tommy mochte kleine Frauen. Wir fuhren nach Biscayne in Miami zum Hunderennen und räumten noch einmal ab. Unseren Gewinn von etwa 600 Dollar überließen wir den Mädchen.

»Schau mal, Joey«, sagte Tommy spät nachts zu mir. »Diese Mädchen sind wirklich nett. Ich mache mir nichts aus Nutten. Warum soll ich etwas bezahlen, wenn ich einen guten Fick haben will?«

Ich dachte an das teure Abendessen und die 600 Dollar von der Rennbahn, dann empfahl ich Tommy, am nächsten Tag nicht in die Sonne zu gehen. »Dein Kopf verbrennt allmählich.«

Am nächsten Tag beschlossen wir, den Deal mit Bobby Anthony abzuschließen. Tommy sah jetzt kein großes Risiko mehr bei der Sache.

»Ich glaube nicht, daß er versuchen wird, mich übers Ohr zu hauen«, sagte er. »Er weiß, daß ich ihn sonst fertigmache.«

Wir arrangierten ein Treffen in meinem Haus in West Palm, aber Tommy wollte plötzlich, daß ich Anthony nicht ins Haus ließe. Es gefiel ihm nicht, daß ich mich mit Mitgliedern der anderen Familien so gut verstand. Er wollte mich nur für sich selbst behalten.

»Joey, sie wollen dich doch nur ausleihen«, sagte er. Er meinte damit, daß mich jeder jederzeit benützen könnte, wenn es ihm gefiel. »Aber du gehörst doch zu meiner Mannschaft.«

Ich dachte mir, daß er ein paranoider Verrückter sei und außerdem allmählich zur Plage würde. Viele der Typen mochte ich eben – zum Beispiel Bobby Anthony. Tommy wollte immer wissen, was ich gerade tat und mit wem ich zusammen war. Natürlich versuchte er, es mir anders zu verkaufen. Er gab vor, darüber informiert sein zu müssen, damit er mir notfalls helfen könne. Aber ich wußte genau, daß es ihm nur um seinen Anteil ging.

Bobby Anthony erschien pünktlich vor meinem Haus, und Tommy bestand darauf, daß wir das Geschäft vor der Tür abwickelten. Bobby warf mir einen erstaunten Blick zu, ging dann aber darauf ein.

»Ich habe mit meinem Partner darüber gesprochen, Tommy«, sagte er dann. »Ich weiß, daß du Rabbit nicht leiden kannst, aber er ist mein Freund, und persönliche Gefühle sollten nicht ins Spiel kommen. Ich habe auch nicht gerade einen Narren an dir gefressen, aber Geschäft ist Geschäft. Du gibst uns fünfzehntausend, und innerhalb von zwei Monaten erhältst du das Zehnfache zurück. Wenn allerdings etwas schiefläuft, zahlen wir dir die fünfzehntausend zurück und legen noch fünftausend drauf. Das ist mein Angebot – du kannst es annehmen oder nicht.«

Ich fand es bewundernswert, wie Bobby Anthony mit Tommy redete. Er zeigte Respekt, sagte aber trotzdem eindeutig seine Meinung. Ganz offensichtlich hatte er keine Angst vor Tommy.

»Gib ihm das Geld«, sagte Tommy schließlich. »Er soll es im Auto zählen und dann von hier verschwinden.«

An diesem Abend kochte Bunny für uns. Tommy setzte sich an den Tisch und überlegte laut: »Joey, wenn Bobby das Ding in den Sand setzt, dann kümmere ich mich darum. Ich möchte dich da nicht mit hineinziehen. Ich muß wahrscheinlich sowieso ein Jahr in den Knast für die Geschichte mit dem Buchmacher. Dann wirst du hier für mich Augen und Ohren offenhalten. Deshalb wirst du nichts unternehmen, verstanden? Wenn er versagt, dann erledige ich das, okay? Meine Güte, Bunny, das schmeckt wirklich großartig. Essen Juden so etwas?«

»Nein, Tommy«, erwiderte Bunny. »Juden essen kein Schweinefleisch.«

9

»Wenn du Tommy siehst, dann machst du ihn kalt, okay?«

Tommy Agro war ein Mensch, dem selbst seine besten Freunde am liebsten aus dem Weg gingen. Eine Woche nachdem wir das Geschäft mit Bobby Anthony abgeschlossen hatten, wurde mir klar, wie verrückt der Kerl war. Bunny und ich gingen ins Hotel Diplomat in Hollywood, Florida. Jiggs Forlano hatte mich angerufen. Er wollte mich wegen eines Geschäfts sprechen, und wir beschlossen, die Gelegenheit zu nützen, um unsere Frauen auszuführen. Ich hatte vorher angerufen, und Tony, der Oberkellner, hatte mir wie immer einen guten Tisch reserviert.

Nick ›Jiggs‹ Forlano war früher Capo bei der Colombo-Familie gewesen und hatte sich nun in den Ruhestand begeben. Er war ein sehr ruhiger, zurückhaltender Typ. Zu seiner Zeit war er sehr gefürchtet gewesen – man sagte, er hätte es abgelehnt, die Führung der Colombo-Familie zu übernehmen, als Joe Colombo 1971 erschossen wurde, und sich statt dessen einen Bezirk in Florida gesichert. Ich kam sehr gut mit ihm aus. Seine reizende Frau Sophie und er warteten in der Empfangshalle des Dip auf uns.

Plötzlich kam Bobby Anthony herein, und ich lud ihn auf einen Drink ein. Er setzte sich zu uns, und als ich ihn mit Jiggs und Sophie bekannt machte, blamierte er mich fürchterlich, indem er anfing, davon zu sprechen, was für ein berühmter Killer Jiggs früher einmal gewesen wäre. Jiggs starrte ihn an und kaute auf seiner Zigarre herum.

»Warte mal, Cap«, sagte Bobby nervös. »Ich habe nur Spaß gemacht – ich kann einfach mein großes Maul nicht hatten.«

Jiggs nickte bestätigend und lächelte. »Alles klar. Setz dich und halt die Klappe, sonst muß ich Gerry sagen, daß er dir eine Abreibung verpassen soll.« Er meinte damit Bobbys Boß in Harlem.

Kurz darauf kam Bobby DeSimone mit seiner Frau Betty. Ich fragte nach Tommy.

»Er wird gleich kommen«, erwiderte DeSimone. »Aber er hat keine Ahnung, daß du hier bist – er wird überrascht sein, dich zu sehen.«

»Ich habe versucht, ihn anzurufen», erklärte ich. »Seine Leitung war ständig besetzt.«

»Das ist keine Entschuldigung«, entgegnete das Großmaul. »Du weißt doch, daß Tommy einen zweiten Anschluß hat.« Das Arschloch konnte mich nicht leiden, weil ich mich mit Tommy so gut verstand.

Wenige Minuten später kam Tommy mit Lily, Louie Espositos Mädchen, hereinspaziert. Louie hatte geschäftlich nach New York fliegen müssen, und obwohl Lily bekanntermaßen die größte Hure in Queens war, hatte Tommy sie mitgebracht. Wenn ich es mir recht überlege, war das wohl genau der Grund dafür gewesen.

»Setz dich, Tom«, sagte Jiggs. Der Tisch war zwar voll besetzt, aber wir rutschten zusammen, damit die beiden noch Platz fanden.

Tommy sah uns alle an. Dann schüttelte er Jiggs die Hand und gab Sophie einen Kuß. Mich ignorierte er einfach, obwohl er mir direkt gegenüber saß.

»Hey, mein Freund, was ist los? Geht's dir nicht gut?« fragte ich.

»Alles in Ordnung«, antwortete er, ohne mich anzusehen.

Irgend etwas beschäftigte ihn – mir gefiel es gar nicht, wie er sich benahm. Als er sich eine Zigarette in den Mund steckte, riß ich ein Streichholz an, doch er schlug mir auf die Hand und gab sich dann selbst Feuer.

Nach zehn Minuten holte er die nächste Zigarette aus der Schachtel, und ich zündete wieder ein Streichholz für ihn an. Diesmal schlug er härter zu. »Das mache ich selbst. Gib doch deinem Freund hier Feuer«, sagte er und deutete auf Bobby Anthony.

Minchia, dachte ich. Du meine Güte! Ich war verärgert, aber auch ein wenig beunruhigt.

Kurz darauf entschuldigte ich mich und ging zu Miguel, einem der kubanischen Kellner. Ich sagte zu ihm, ich müßte am Schuh meiner Frau etwas richten, und bat ihn um ein scharfes Messer. Falls Tommy Streit anfangen wollte, würde ich vorbereitet sein. Jeder wußte, daß er ständig eine spitze Schere mit sich herumtrug.

Bevor ich an den Tisch zurückging, steckte ich das Messer in den Hosenbund und schob das Jackett darüber. Die Show war gerade vorbei, und Jiggs und Sophie wollten gehen. Da wir keine Gelegenheit gehabt hatten, uns zu unterhalten, verabredeten Jiggs und ich uns für den nächsten Tag auf der Rennbahn. Während ich mich verabschiedete, ging Tommy zur Bar hinüber. Wenige Minuten später rief er mich.

»Hier bin ich, Tom, was ist los?«

Er fing an, nach meinen Schienbeinen zu treten. »Dir werde ich's zeigen!« schrie er.

Ich konnte einfach nicht glauben, was da ablief. Noch nie hatte ich mir so etwas gefallen lassen müssen. Da erwies ich diesem Kerl allen Respekt, und er behandelte mich auf diese Weise in der Öffentlichkeit! Ich holte aus und versetzte ihm mit dem Handballen einen Schlag auf die Stirn. Er fiel auf den Hintern und verlor dabei beinahe sein Toupet.

Als er sich wieder hochrappelte und an seine Hosentasche griff, riß ich das Messer heraus. Mit der rechten Hand fuhr ich mit dem Ding einige Male durch die Luft und hielt es dann gefährlich nahe an seinen Unterleib. Plötzlich packte mich ein Bulle in Zivil, den ich kannte, von hinten.

»Bleib ganz ruhig, Joey«, sagte er. Mittlerweile hatten einige Leute Tommy gepackt.

Als Tommy das Hotel schließlich mit Lily verließ, rieten mir der Oberkellner und der Manager, noch eine Weile zu warten. Bobby Anthony saß immer noch am Tisch. Bobby DeSimone und seine Frau folgten T. A. DeSimone warf mir auf dem Weg zur Tür noch einen bösen Blick zu. Als Bobby Anthony das bemerkte, fragte er DeSimone, ob er vielleicht draußen noch etwas mit ihm zu erledigen hätte. Das Großmaul schüttelte den Kopf und verließ hastig das Lokal.

Bunny hatte schreckliche Angst. Zehn Minuten später führte uns der Oberkellner durch eine Hintertür in der Küche nach draußen. Bobby Anthony begleitete uns. Auf dem Parkplatz wollte er wissen, ob ich eine Waffe zu Hause hätte. »Ja«, antwortete ich. Auf der Heimfahrt fragte mich Bunny, ob ich wirklich glaubte, daß Tommy uns folgen würde.

»Ich habe keine Ahnung, mein Schatz, aber mach dir keine Sorgen. Ich erledige das schon. Wahrscheinlich hätte ich schon früher auf dich hören sollen.«

»Ich erwähne das ungern, aber das habe ich dir schon immer gesagt.«

Wir lachten beide nervös, als wir die Einfahrt zu unserem Haus erreichten.

»Joe, mein Liebling, komm ins Bett. Es ist schon drei Uhr morgens.«

Ich saß am Fenster und hatte eine Schrotflinte, einen Karabiner und eine Fünfundvierziger auf dem Schoß. Ich wollte kein Risiko eingehen, denn ich befürchtete, daß Tommy A. sich rächen wollte. Bruno, unsere achtzig Kilo schwere gefleckte Dogge, saß neben mir.

»Geh wieder schlafen, Bunny«, flüsterte ich. »Ich komme gleich. Ich mache mir ein wenig Sorgen.«

»Joe? Er wird doch den Kindern nichts antun, oder? Ich habe solche Angst. Warum rufen wir nicht die Polizei?«

»Die Bullen?« rief ich entsetzt. »Bist du verrückt geworden? Was glaubst du, was die machen würden, du Idiotin? Sie kennen mich doch, und sie wissen, mit wem ich zusammen bin. Glaubst du wirklich, es interessiert sie, was bei uns los ist? Sie werden uns auslachen. Außerdem will ich keine Polizei hier haben. Wenn das Arschloch kommt, dann mach ich ihn selbst fertig. Und jetzt geh endlich ins Bett – du tötest mir noch den letzten Nerv.«

Ich sprach nicht gern so mit Bunny, aber ich war wirklich beunruhigt und ließ meine Angst an ihr aus. Es war kaum zu glauben, daß es zwischen Tommy und mir soweit gekommen war. Noch vor vierundzwanzig Stunden hätte ich alles für diesen Mann getan.

»Joe, es wird schon hell. Komm endlich ins Bett und hör auf, mich anzuschreien!« rief Bunny aus dem Schlafzimmer.

Ich lächelte. Sie war eine tolle Frau. Eigentlich hatte sie etwas Besseres als mich verdient. Sie war nicht aufs Geld aus, sondern wollte nur, daß ich sie liebte und ihr treu war. Bevor ich mich mit der Mafia eingelassen hatte, war das auch kein Problem gewesen.

»Okay, mein Schatz«, antwortete ich. »Ich komme – aber nur unter einer Bedingung: Wenn du Tommy siehst, dann legst du ihn um.«

»Nein, ich werde dich dann einfach wecken, okay?«

Ich legte die Fünfundvierziger neben mein Kopfkissen, schlief ein und hatte einen Alptraum über Korea. Um fünf Uhr nachmittags schüttelte mich Bunny wach. Jiggs war am Telefon und wollte mich unbedingt sprechen.

»Joey, wir wollten uns doch heute auf der Rennbahn treffen. Was war denn los? Du wolltest doch mit mir reden.«

Meine Güte, dachte ich. Ein Capo wollte mir einen Gefallen tun, und ich hatte einfach die Verabredung vergessen. Ich hatte mir einige Diamanten unter den Nagel gerissen und mußte sie jetzt absetzen. Über T. A. wollte ich das Geschäft nicht abwickeln, deshalb hatte ich mich an Jiggs gewandt.

»Jiggs, es tut mir so leid. Ich bin gerade erst aufgewacht. Hast du gehört, was letzte Nacht im Dip noch passiert ist?«

Jiggs wußte nichts davon. Ich berichtete kurz.

»Mußtest du denn gleich ein Messer ziehen, Joe?« fragte Jiggs. »Das macht die Lage ziemlich schwierig.«

»Ich konnte nicht anders – er hatte schon die Hand an der Schere. Die ganze Nacht saß ich wach und hielt ein paar Knarren bereit, weil ich damit rechnete, daß er in mein Haus kommen würde.«

Jiggs lachte. »So dumm ist er nicht, Joe. Ich werde ihm jetzt einen Besuch abstatten. Du bleibst zu Hause und wartest auf meinen Anruf.«

Drei Stunden später rief Jiggs wieder an.

»Weißt du, was los ist, Joey? Als Tommy dich mit diesem Drogenhändler Bobby Anthony sah, dachte er, daß du hinter seinem Rücken Geschäfte mit ihm machst. Ich sagte T. A., er sollte dich lieber festhalten und aufpassen, daß dir keiner ein Haar krümmt, weil du schließlich eine Menge Kohle für ihn ranschaffst. Nun hör gut zu: Du kommst morgen vormittag um elf Uhr in Tommys Apartment. Ich werde auch da sein. Dann möchte ich, daß ihr beide euch aussprecht. Sei pünktlich, weil ich anschließend zur Rennbahn muß.«

»Jiggs«, sagte ich langsam, »es wird doch nichts passieren, oder? Ich werde mich warm anziehen. Du verstehst doch, was ich meine?«

Ich gab Jiggs damit zu verstehen, daß ich eine Waffe bei mir tragen würde.

»Joey, ich habe dir doch gesagt, daß ich da sein werde. Wenn du eine Knarre dabei hast, stopfe ich dir das verdammte Ding ins Maul. *Capisci?* Komm nicht zu spät.«

10

Sei immer auf der Hut!

Am nächsten Morgen um halb zehn verließ ich West Palm Beach. Die Fahrt nach Hollywood dauerte eine Stunde und fünfzehn Minuten. Ich parkte mein Auto in der Tiefgarage und blieb noch einige Minuten sitzen. Um drei vor elf klopfte ich im elften Stock an Tommys Tür.

Ich hatte mich nicht ›warm angezogen‹.

Tommy öffnete, ging aber sofort wieder hinein. Er begrüßte mich nicht, umarmte mich nicht, sondern ignorierte mich einfach – das beunruhigte mich. Jiggs saß bereits im Wohnzimmer.

»So, nun gebt euch die Hand und besprecht eure Probleme«, forderte er. »Ich will keine Drohungen hören, und ihr werdet euch nicht prügeln. Wenn ich davon irgend etwas bemerke, dann müßt ihr euch mit mir auseinandersetzen – und ich bin sicher, daß ihr das nicht wollt. Ich gehe jetzt auf den Balkon, und ihr macht euch an die Arbeit. Aber beeilt euch, damit ich rechtzeitig zur Rennbahn komme. Los, sprecht jetzt miteinander.«

Ich fing an.

»Tom, ich habe keine Ahnung, warum das passiert ist. Ich möchte, daß wir das Ganze vergessen und uns wieder vertragen. Du weißt, daß du für mich wie ein Bruder bist. Ich glaube, ich habe bewiesen, daß ich alles für dich tun würde.«

»Joey, ich weiß nicht, was du mit diesem Bobby Anthony zu schaffen hast, und es ist mir auch egal. Ich kann dich nur warnen – sei vorsichtig. Er ist ein schlechter Kerl. Und dieser verdammte Blödmann Rabbit ebenso.«

»Aber Tommy, ich habe doch nur ...«

»Warte einen Moment, Joey, ich bin noch nicht fertig. Wenn ich zu Ende gesprochen habe, dann höre ich dir zu, aber jetzt bin ich an der Reihe. Du erinnerst dich an meine fünfundsiebzigtausend Dollar? Du sagtest mir, du hättest das Geld verliehen. Nun gut, jetzt will ich es zurückhaben. Du hast einen Monat Zeit, es zu beschaffen. Außerdem will ich die Namen und Adressen von all deinen Kunden erfahren.«

Daher weht also der Wind, dachte ich und überlegte fieberhaft. Der Idiot glaubte wohl, er täte mir einen Gefallen, wenn er mir das Geld zu 1,5 Prozent Zinsen in der Woche zur Verfügung stellte. Ich zahlte jede Woche über 1100 Dollar dafür. Und nun wollte er innerhalb eines Monats alles zurückhaben. Scheiß auf ihn, dachte ich. Meinetwegen konnte er es morgen schon bekommen. Ich besaß noch einiges Geld, von dem das Arschloch keine Ahnung hatte.

»Bei allem Respekt, Tommy«, antwortete ich. »Natürlich werde ich mein möglichstes tun. Die Namen und Adressen meiner Kunden werde ich dir allerdings nicht verraten. Sie gehören mir und nicht dir. Im Augenblick zahle ich dir über 1000 Dollar Zinsen in der Woche. Wenn du darauf verzichten willst, beschaffe ich dir schon morgen die 75000 Dollar. Du weißt, daß ich mit der Colombo-Familie gut stehe – ich kann jederzeit für sie arbeiten.

Und was ist mit der Buchmacherei in Gulfstream? Das war meine Idee. Willst du das auch haben? Wer soll das Geschäft führen? Vielleicht der dünne Bobby DeSimone, der ständig um dich herumschwänzelt? Er hat doch nicht einmal den Verstand eines Flohs.

Dann denk doch mal an die beiden Schecks pro Woche aus den Jobs in Century Village, von denen die Gewerkschaft nichts weiß. Jede Woche macht das sechs Scheine aus. Soll ich mir einen neuen *compare* suchen, der anstelle von Mr. Russo und Mr. Demarco das Geld eintreibt? Soll ich noch weiterreden, Tom?«

Tommy starrte mich eine Zeitlang an, dann rannte er plötzlich auf mich zu, umarmte mich und küßte mich auf beide Wangen. »Joey, ich wollte einfach nur wissen, was für ein Mensch du bist. Jetzt weiß ich – du bist ein richtiger Mann.«

Wir lachten beide und umarmten uns. Jiggs kam lächelnd herein. »Na gut, Jungs, das reicht dann wohl. Ihr seht aus wie zwei *finocchios*.« Er konnte Schwule nicht ausstehen.

Wir verabschiedeten uns. Im Fahrstuhl sah mich Jiggs durchdringend an.

»Ich bin froh, daß ihr euch wieder versteht, aber hör auf mich. Sei vorsichtig und immer auf der Hut. Mehr sage ich nicht, also stell mir auch keine Fragen.«

Dann wechselte er das Thema.

»Die Steine sind in Ordnung. Ich habe deinem *compare* da oben nichts davon gesagt. Du kannst fünftausend pro Stein haben. Natürlich sind sie mit jeweils einem Karat pro Stück das Dreifache wert, aber du weißt ja, wie es läuft. In der langen Kette will jeder seinen Anteil haben.«

»In Ordnung. Verkauf sie.« Ich reichte Jiggs ein Säckchen mit sechsundzwanzig Diamanten. Er versprach, mir in einer Woche das Geld dafür zu geben, und wir verabredeten uns auf der Rennbahn.

Gulfstream war für die Saison 1974 schon geschlossen. Die Rennen fanden jetzt auf dem Calder Race Course in Miami statt. Dort traf ich Jiggs eine Woche später. Er überreichte mir 130000 Dollar in bar. Für seine Mühe gab ich ihm 20000 Dollar zurück und bedankte mich. Zuerst wollte er das Geld nicht nehmen und sagte, er hätte mir nur einen Gefallen getan. Erst als ich drohte, den Kies für die Bedienung auf dem Tisch liegen zu lassen, steckte er ihn ein.

»Du verdammter Idiot«, sagte er lächelnd.

Ruby Stein war Jiggs Hauptmieter, das hieß, er zahlte ihm die meisten Zinsen. Man sagte, daß Ruby Stein in manchen Wochen bis zu 2 Millionen in Umlauf hatte. Den größten Teil verlieh er an Wiseguys und Geschäftsleute. Wenn das wirklich stimmte – und daran hatte ich keine Zweifel –, dann kassierte Ruby 20000 Dollar Zinsen pro Woche. Angeblich bekam Jiggs davon 25 %, also 5000 Dollar. Das brachte ihm eine Viertelmillion im Jahr. Er brauchte allerdings jeden Cent davon, denn er war ein hoffnungsloser Spieler.

»Hey, Joey, dieses Pferd steht bei vier zu eins«, sagte er. »Ich werde einen Tausender wetten.«

»Wenn du das am Schalter machst, geht es mit neun zu fünf ins Rennen«, erwiderte ich. »Gib deinen Einsatz lieber Abbie Roth.«

Abbie Roth war schon seit einer Ewigkeit der Buchmacher in Calder. Deshalb hatten wir auch keinen eigenen Mann dort plaziert – warum sollten wir uns Ärger einhandeln?

»Ich möchte niemanden beleidigen« erklärte Jiggs leise. »Hier, gib du dem Typ das Geld. Wenn du sagst, er ist in Ordnung, glaube ich das auch.«

Wir wetteten beide 1000 Dollar, und das Pferd startete mit einer Quote von sieben zu zwei. Nach dem Rennen wurden 9,20 bezahlt, das bedeutete für jeden von uns einen Gewinn von 3060 Dollar. Den Rest des Tages verbrachten wir damit, uns über die Familien zu unterhalten – die Mafia-Familien, nicht unsere eigenen. Als Jiggs erfuhr, daß ich mit einigen Mitgliedern der Colombo-Familie, wie zum Beispiel Little Dom Cataldo, gut stand, und daß ich sogar für Little Vic Orena ein Geschäft erledigt hatte, konnte er nicht begreifen, warum ich bei Tommy A. und den Gambinos blieb. Ich zuckte nur die Schultern.

Abends hatte Jiggs 5800 Dollar gewonnen, und ich hatte 2000 kassiert. Als wir die Rennbahn verließen, warnte er mich noch einmal. Ich sollte vorsichtig sein.

11

»Du bist verrückt, Onkel Joe!«

Als ich während des Streits mit Tommy den Job erwähnt hatte, der hinter dem Rücken der Gewerkschaft lief, war mir der Gedanke gekommen, daß ich mich wieder mehr um meinen Beruf kümmern müsse. Im Januar 1974 hatte ich eine Baufirma für Trockenmauern eröffnet und besaß somit wieder ein legales Geschäft. Bis heute glaube ich, daß ich es damit geschafft hätte, ein braver Bürger zu werden, wenn mich die schnell verdienten Piepen nicht so gereizt hätten. Den Hauptteil der Verantwortung in der Firma überließ ich meinem Bruder Frank, den ich als Vorarbeiter eingestellt hatte.

Am Tag, nachdem Jiggs und ich beim Rennen abgesahnt hatten, beschloß ich, nach Century Village zu fahren. Meine Firma hatte dort einen größeren Auftrag bekommen. Am frühen Nachmittag traf ich dort ein und suchte meine Nichte Marsha im Baucontainer auf. Ich hatte Marsha aus New York geholt und sie als Sekretärin und Buchhalterin eingestellt.

»Was gibt's Neues?«

»Fast alle Männer waren in der Mittagspause hier, Onkel Joe«, berichtete sie. »Sie verlangten ihr Geld und wollten die

Arbeit niederlegen. Solange Onkel Frank der Vorarbeiter und ihr Aufseher bliebe, würden sie nicht mehr hier arbeiten.«

Fünfzehn Minuten später hatten sich zweiundfünfzig Bauarbeiter vor dem Container versammelt und beschwerten sich, daß mein kleiner Bruder – der bei einer Größe von einsachtzig 110 gut durchtrainierte Kilo auf die Waage brachte – während der Arbeit auf sie geschossen habe.

Auf keinen Fall konnte ich so etwas durchgehen lassen. Also stellte ich Frank vor der versammelten Mannschaft zur Rede.

»Hast du auf diese Jungs geschossen und ihnen gedroht, sie kalt zu machen, wenn sie sich weigern, im vierten Stock des Gebäudes zu arbeiten?«

»Hey, Bruder«, erwiderte Frank. »Denkst du wirklich, ich würde so etwas tun? Du solltest mich besser kennen. Sie können mich nur nicht leiden, weil ich Italiener bin.«

»Gut, das war's dann«, verkündete ich. »Wer gehen will, soll sofort verschwinden und am Freitag seinen restlichen Lohn abholen. Entweder macht ihr euch wieder an die Arbeit, oder ihr fliegt raus. Ihr habt drei Minuten Zeit, euch zu entscheiden.«

Alle gingen an ihre Arbeit zurück. Sie verdienten gut bei mir, und die Schecks, die sie bekamen, waren immer gedeckt. Es war ihnen klar, daß ich in weniger als drei Tagen für jeden von ihnen Ersatz gefunden hätte. Die Lohnkosten meiner Firma betrugen zwischen 50000 und 60000 Dollar die Woche, aber mein Auftraggeber schickte das Geld immer so pünktlich, daß man die Uhr danach stellen konnte.

Ich ging in den Container zurück und fragte Frank, welche Waffe er benützt hätte. »Hast du mit einer Achtunddreißiger geschossen?«

»Nein«, erwiderte Frank. »Ich hatte nur eine kleine Zweiundzwanziger. Keine große Sache.«

»Na, dann ist es ja etwas anderes.« Ich lächelte. »Komm, wir gehen etwas essen.«

Marsha war entsetzt. »Onkel Joe, du bist verrückt! Und dir habe ich geglaubt, Onkel Frank! Ihr beide seid unmöglich!«

Frank und ich schüttelten nur die Köpfe und lachten.

12

Man darf sich nichts gefallen lassen

»Verdammt. Dieses Miststück«, schimpfte Gino vor sich hin.

Gino war ein muskulöser Kerl aus Boston. Ich hatte ihn für den Fall angestellt, daß ich auf der Baustelle einen starken Mann brauchen sollte. Er hatte gerade zehn Jahre abgesessen. Ich war froh, ihn hierzuhaben, denn er hatte Mumm und war bereit, alles für mich zu tun.

»Was ist denn los, Gino? Worüber ärgerst du dich so?«

»Das Mädchen im Restaurant gegenüber will mir nicht mehr erlauben, deinen Kaffee zu machen. Ich sagte ihr, daß sie immer zu viel Milch in den Kaffee schüttet und daß du das nicht leiden kannst. Aber sie erwiderte, ich solle meine Finger von der Kaffeekanne lassen. – Außerdem sagte sie, daß der Manager uns nicht mehr dort sehen wolle. Wir sollten uns ein anderes Restaurant suchen.«

Das sogenannte Restaurant auf der anderen Straßenseite war der Deerfield Beach Country Club. Er lag auf einem gepflegten Golfgelände, und zu Mittag verkehrte dort eine ziemlich affektierte Gesellschaft. Da der Club jedoch so nahe an der Baustelle lag, nahm ich häufig einige der Vorarbeiter zum Mittagessen mit dorthin. Ich gab so hohe Trinkgelder, daß die Mädchen sich überschlugen, um an unserem Tisch bedienen zu können, und ich hatte gedacht, daß man uns gern dort sähe. Einer der Vorarbeiter von Century Village war ein gutaussehender Schwarzer mit dem Namen Johnny Coleman. Irgendwie hatte ich das Gefühl, daß dieser Streit etwas mit Johnny zu tun hatte.

»Gino, geh nochmal hinüber und hol mir Kaffee. Wenn das Mädchen ihn nicht richtig macht, dann nimmst du die Tasse und zeigst sie dem Manager.«

Fünf Minuten später kam Gino mit einem Plastikbecher zurück. Ich hob den Deckel und sah, daß das Gebräu aus mehr Milch als Kaffee bestand.

»Gino, hast du diesen Kaffee eingeschenkt, oder war es die Bedienung?«

»Ich habe den Becher nicht angerührt. Der Manager hat mir befohlen, draußen zu warten.«

»Das darf ja wohl nicht wahr sein. Ich werde sofort rübergehen.«

»Ich komme mit dir«, schlug Gino vor, aber ich machte ihm unmißverständlich klar, daß er das bleiben lassen sollte. Als ich den Club betrat, stand der Manager bereits an der Tür, als hätte er auf mich gewartet. »Verzeihen Sie, Sir«, sagte ich zu dem Arschloch. »Ich glaube, hier gibt es ein Mißverständnis. Jeden Morgen schicke ich einen meiner Angestellten zu Ihnen, um ...«

»Es handelt sich nicht um ein Mißverständnis«, unterbrach er mich. »Ich muß Ihnen sagen, daß wir auf Ihre Anwesenheit keinen Wert legen. Deshalb werde ich alles tun, um ihre Mannschaft davon abzuhalten, hierherzukommen. Wie Sie sehen, gehört unsere Kundschaft einer anderen Klasse an.«

Eine Zeitlang starrte ich diesen Scheißkerl an. Am liebsten hätte ich ihm die Kehle aufgeschlitzt, aber dann dachte ich an T. A.s Ratschlag und blieb ganz ruhig.

»Nun, es tut mir leid, das zu hören, Sir«, erwiderte ich. Dann drehte ich mich um und ging hinaus. Auf der Baustelle befahl ich Gino, Johnny Coleman in meinen Container zu schicken, und zwar sofort.

Einige Minuten später stand Johnny vor meinem Schreibtisch. »Hier bin ich, Joe. Was gibt's?«

»John, wieviele Nigger arbeiten hier für dich?«

»Hey, Mann, nenn meine Männer nicht Nigger. Ich laufe auch nicht durch die Gegend und bezeichne euch als Itaker und Spaghettifresser.«

»Tut mir leid, John. Das war ein Fehler von mir«, lenkte ich ein. »Ich wollte nur wissen, ob du dir hundert Mäuse verdienen willst. Außerdem spendiere ich dir und all deinen ... schwarzen Mitarbeitern heute und morgen ein Mittagessen.«

Ich erzählte ihm, was im Country Club vorgefallen war, und erklärte ihm meinen Plan. Dann schickte ich Marsha mit einem Scheck über 400 Dollar zur Bank. Als sie zurückkam, gab sie mir achtzig Fünf-Dollar-Scheine. Kurz nach halb zwölf standen ungefähr fünfzig Schwarze vor meinem Container.

»Hört zu, Jungs«, forderte ich sie auf. »Ich gebe jedem von euch fünf Mäuse. Damit geht ihr in diesen Club gegenüber und bestellt euch etwas zu essen. Ich möchte, daß sich jeweils vier von euch an einen Tisch setzen. Und bitte benehmt euch anständig. Macht euch nicht sauber, bevor ihr geht, sondern benützt den Waschraum im Restaurant. Bestellt euer Essen, gebt ein wenig Trinkgeld, aber laßt euch nichts gefallen. Wenn jemand versucht, euch rauszuwerfen, dann rufen wir die NAACP* an und machen sie fertig. Vergeßt nicht: Fangt keinen Ärger an. Morgen treffen wir uns zur gleichen Zeit wieder hier, dann spendier ich euch nochmal das Mittagessen. Aber macht ja keinen Quatsch!«

Diese Jungs waren wirklich ein Anblick! Zwei von ihnen hatten so große Löcher in den Hosen, daß man die Arschbacken sehen konnte. Die meisten trugen zerrissene T-Shirts. Sie sahen wirklich aus wie völlig verdreckte Zulu.

Um halb drei nachmittags kam ich vom Essen zurück. Johnny Coleman wartete schon neben meinem Container auf mich.

»Joe, das hättest du sehen sollen! Als wir den Laden betraten, waren ungefähr zwölf Leute beim Essen. Innerhalb von fünfzehn Sekunden waren sie verschwunden. Wir setzten uns hin und bestellten alle Suppe, doch die Bedienung rannte weg. Dann bestellten wir Club Sandwiches, doch der Koch schmiß alles hin und lief davon. Als wir endlich bedient wurden, gingen wir – immer zehn gleichzeitig – in den Waschraum. Der war anschließend so dreckig, daß sogar die Ratten Reißaus nahmen.

Wir verhielten uns freundlich und ruhig, aber sie holten trotzdem die Polizei. Und jetzt, hör zu, Joe: Zwei der Bullen, die auftauchten, waren schwarz. Ich ging zu ihnen und fragte, ob es ein Problem gäbe. Ich erklärte ihnen, daß wir gegenüber arbeiteten und daß dies doch ein öffentliches Lokal sei.

---

*National Association for the Advancement of Colored People = Nationale Vereinigung zur Gleichstellung von Farbigen (Anm. d. Ü.)

Der Manager stand direkt neben mir, als ich den Bullen sagte, wir wollten ab jetzt jeden Tag hierherkommen. Dann fragte ich sie, ob sie etwas dagegen hätten. ›Zum Teufel, nein‹, erwiderten sie.

Dann wandten sich die Cops an den Manager und sagten ihm, daß sie unnötige Anrufe nicht schätzten und daß er das in Zukunft lieber bleiben lassen sollte.«

Wir bogen uns vor Lachen.

Es dauerte nicht lange, dann tauchten die großen Bosse von Century Village bei mir auf. Die Geschäftsleitung des Country Clubs hatte sie informiert, und sie wußten, daß ich hinter der ganzen Sache steckte. Sie versicherten mir, daß es sich um ein Mißverständnis gehandelt habe und daß meine Vorarbeiter und Aufseher im Club jederzeit willkommen seien. Dann erzählten sie mir, daß sie den Manager des Restaurants gefeuert hätten.

Am nächsten Morgen ließ ich Johnny Coleman zu mir kommen. Ich drückte ihm 200 Dollar in die Hand und sagte ihm, er solle die schwarze Mannschaft zum Essen einladen – aber nicht in den Deerfield Beach Country Club. Dann trommelte ich meine Vorarbeiter und Aufseher zusammen und ging mit ihnen in den Club. Das Mittagessen gab's auf Kosten des Hauses. Sogar der Koch war zurückgekommen. Es gab nur einen kleinen Unterschied: Club Sandwiches standen nicht mehr auf der Speisekarte.

13

Die Crew

Als Mitglied einer Crew fühlt man sich irgendwie, als wäre man noch in der Schule. Die Jungs schließen sich in Gruppen zusammen und stolzieren herum wie eitle Gockel. Wenn man über Mädchen spricht, geht es immer nur um ein Thema, und die Witze kommen über ein bestimmtes Niveau nicht hinaus. Ich erinnere mich an einen Sonntag im Frühjahr 1974. Tommy versteckte sich immer noch in seinem Apartment in Hollywood, und ich besuchte ihn, um für ihn und die Crew zu kochen. Außerdem wollten wir nach dem Essen etwas Geschäftliches besprechen.

»Joey, sieh mal«, sagte Tommy, »der Küchenchef vom Diplomat hat mir diese Tintenfische geschenkt. Weißt du, wie man die Dinger zubereitet? Meine Mutter hat sie immer gefüllt. Hast du eine Ahnung, wie man das macht?«

»Natürlich, aber dafür bräuchten wir eine Reibmühle, um die Köpfe zu zerkleinern, und du hast keine.«

»Geht das nicht auch mit einem Mixgerät?« fragte Buzzy.

»Keine Ahnung. Ich werde einfach versuchen, die Köpfe und Tentakel mit einem scharfen Messer zu zerhacken.«

»Vergiß nicht, die Augen zu entfernen«, warf Bobby DeSimone ein. »Ich glaube, sie sind giftig.«

»Unsinn, aber man ißt sie nicht«, klärte ich ihn auf.

»Tommy schon«, entgegnete Buzzy. »Er tut das ständig. Erst gestern hörte ich, wie er einem Typen damit drohte, ihm die verdammten Augen aus dem Gesicht zu beißen, wenn er das Geld nicht rechtzeitig besorgen würde.«

Es war einfach nett, mit den Jungs zusammen zu sein. Irgend jemand war immer zu Scherzen aufgelegt. Wenn Tommy gute Laune hatte (was allerdings nur selten der Fall war), dann mußte meistens er für unsere Späße herhalten.

Normalerweise trafen wir uns zu fünft. Das bedeutete, daß beim Binokel immer einer aussetzen mußte und dann in der nächsten Runde mit einem der Verlierer spielte. Ich war als Partner nicht begehrt. Zum Teufel, ich konnte mir kaum zehn Karten merken – geschweige denn achtundvierzig. Die anderen beschimpften mich ständig, aber das war mir egal. Mir machte es trotzdem Spaß. Der Verlierer des Tages mußte den Abwasch erledigen – schon nach kurzer Zeit besorgte ich mir Gummihandschuhe!

Während des Essen teilte Tommy uns mit, daß der Untersuchungsausschuß die Suche nach ihm aufgegeben hatte.

»Mein *compare* möchte, daß ich mich wieder an die Arbeit mache, also werde ich noch diese Woche die Stadt verlassen«, erklärte er. »Ausgerechnet jetzt, wo ich diese tolle Puppe getroffen habe. Sie ist ungefähr einundzwanzig und sieht einfach heiß aus. Ich habe ihr die Nummer von dem Anschluß im Schlafzimmer gegeben – sie wollte sich heute bei mir melden.«

Tommy hatte zwei Telefonanschlüsse. Das Telefon im Wohnzimmer war für die geschäftlichen Dinge, und der Anschluß im Schlafzimmer war sein ›heißer Draht‹. Diese Nummer gab er nur besonderen Freundinnen. Wir alle kannten sie natürlich auch, benützten sie aber nie.

»Joey, du solltest ihren Hintern sehen«, fuhr Tommy fort. »Das Mädchen sieht einfach großartig aus. Ich bin total in sie verknallt.«

Ich mußte gerade wieder aussetzen und überlegte mir, was ich jetzt anstellen könnte. »Tommy, kann ich telefonieren? Ich muß Bunny anrufen.«

»Natürlich. Du weißt doch, daß du mich nicht zu fragen brauchst.«

Von dem Anschluß im Wohnzimmer wählte ich die Nummer im Schlafzimmer. Als das Telefon klingelte, dachte Tommy, es wäre sein Mädchen. Er stand auf und schlenderte lässig ins Schlafzimmer. Sobald er den Hörer abnahm, legte ich auf. »Verdammt, niemand dran. Das war bestimmt sie«, murmelte er.

»Mach dir keine Sorgen, Tommy, sie ruft sicher noch einmal an«, beruhigte ihn Bobby. »Wahrscheinlich hat sie gedacht, du wärst nicht zu Hause, weil du den Hörer erst nach dem fünften Klingeln abgenommen hast.«

»Hast du deine Frau angerufen, Joey?« fragte Tom.

»Ja, aber die Leitung war besetzt. Ich versuche es nach dem nächsten Spiel noch einmal.«

Tommy war jetzt mein Spielpartner. Er war sauer, weil er den Hörer nicht rechtzeitig abgenommen hatte, und ließ seinen Zorn an mir aus. »Warum zum Teufel spielst du Pik aus, Joey? Hast du nicht gesehen, daß ich auf meinen Ring gedeutet habe? Das bedeutet Karo, du verdammter Idiot.«

Ich hatte sein Zeichen absichtlich ignoriert, weil ich so schnell wie möglich wieder telefonieren wollte. Jeder, der ausgesetzt hatte, konnte sich seinen nächsten Partner aus den Verlierern des vorherigen Spiels aussuchen – und ich wurde nie gewählt. Kurz darauf hatte ich Gelegenheit, die Nummer wieder zu wählen.

Diesmal stand Tommy etwas schneller auf und eilte ins Schlafzimmer. »Oh, oh – ich wette, daß ist mein Püppchen«, flötete er.

Nach dem vierten Klingelzeichen drückte ich auf die Gabel.

»Verdammt, sie hat schon wieder aufgelegt.«

»Du mußt einfach schneller ans Telefon gehen«, schlug ich hilfsbereit vor.

»Verflixt, das ist ein großes Apartment, du Idiot. Ich bin so schnell ins Schlafzimmer gegangen, wie ich nur konnte.«

»Wenn es das nächste Mal klingelt, gehe ich ran«, sagte DeSimone. »Ich schaffe es sicher beim zweiten oder dritten Läuten.«

»Du läßt die Finger von diesem Telefon, Bobby«, befahl Tommy. »Das Mädchen erschrickt, wenn es deine schwule Stimme hört. Ich werde mich einfach beeilen.«

Ich mußte in die Küche gehen, weil ich das Lachen nicht mehr unterdrücken konnte. Tommy sprach mittlerweile mit sich selbst. »Verflucht, ich hoffe, sie meldet sich noch einmal. Ich wollte heute abend mit ihr ausgehen.«

»Warum rufst du sie nicht an?« fragte ich. »Hat sie dir ihre Nummer nicht gegeben?«

»Ich rufe keine Weiber an, Joey, sondern gebe ihnen meine Nummer. Wenn sie sich dann melden, ist es in Ordnung. Wenn nicht, haben sie Pech gehabt.«

Beim nächsten Spiel verlor ich wieder, und Louie Esposito reichte mir die Gummihandschuhe. »Hier, Joey. Mach dich an die Arbeit und achte darauf, daß das Geschirr auch richtig sauber wird.«

Marrone, ich hatte es allmählich satt, abzuspülen. Als ich fertig war, ging ich ins Wohnzimmer und wählte wieder Tommys zweiten Anschluß.

T. A. sprang auf und machte einen Satz zur Schlafzimmertür. Als das Telefon zum zweitenmal klingelte, rutschte er in der Diele aus. Auf allen vieren kroch er eilig weiter und erwischte den Hörer beim vierten Läuten. Ich legte auf.

»Mein Rücken«, stöhnte er. »Ich glaube, ich habe mich verletzt. Wenn ich das Weib wiedersehe, schlage ich sie grün und blau.«

»Sie kann nichts dafür, Tommy«, antwortete Bobby. »Wenn du mir erlaubt hättest, den Hörer abzunehmen, wäre das nicht passiert.«

»Halt die Klappe«, knurrte Tommy. »Joey, gehst du schon? Wir sehen uns später. Der Tintenfisch war wirklich gut. Ist noch etwas übrig?«

»Ja, im Kühlschrank«, erwiderte ich. »Der Küchenchef hat dir so viel dagelassen, daß du damit eine ganze Armee verpflegen könntest.«

Zu Hause erzählte ich Bunny von meinem Streich. Wir lachten wie verrückt und konnten uns über eine Stunde lang kaum beruhigen. Doch wie sollte ich es Tommy beibringen? Es lag kein Witz in der Sache, wenn er nichts davon wußte, aber mir war klar, daß er es nicht lustig finden würde. Ich wartete bis zum Abend, dann rief ich ihn an. »Hallo, Tip, wie geht's dir? Hat dein Mädchen angerufen?« Manchmal nannte ich ihn Tip, das war die Abkürzung für Tommy.

»Nein, Joey, das Miststück hat sich nicht gemeldet. Wahrscheinlich hat sie keine Lust mehr, es noch einmal zu versuchen. Aber meinem Rücken geht es besser. Wenn ich daran denke, daß ich nur wegen einer solchen Schickse gestürzt bin ... Kommst du heute ins Diplomat?«

»Vielleicht. Tom, hör zu, ich muß dir etwas sagen. Das Mädchen hat dich nicht angerufen.«

»Wie meinst du das? Woher willst du das wissen? Natürlich hätte es auch jemand anderer sein können – aber warum bist du dir so sicher?«

»Weil ich vom Wohnzimmer aus die andere Nummer gewählt habe.«

»Du verdammter Mistkerl!« schrie Tom. »Du bist schuld, daß ich mir beinahe das Genick gebrochen hätte! Du kommst jetzt sofort hierher, dann werde ich mit dir abrechnen! Sofort, Joey, das ist ein Befehl!«

»Vergiß es«, sagte ich lachend. »Ich denke nicht daran. Zuerst mußt du dich wieder beruhigen. Überleg nur, wie ko-

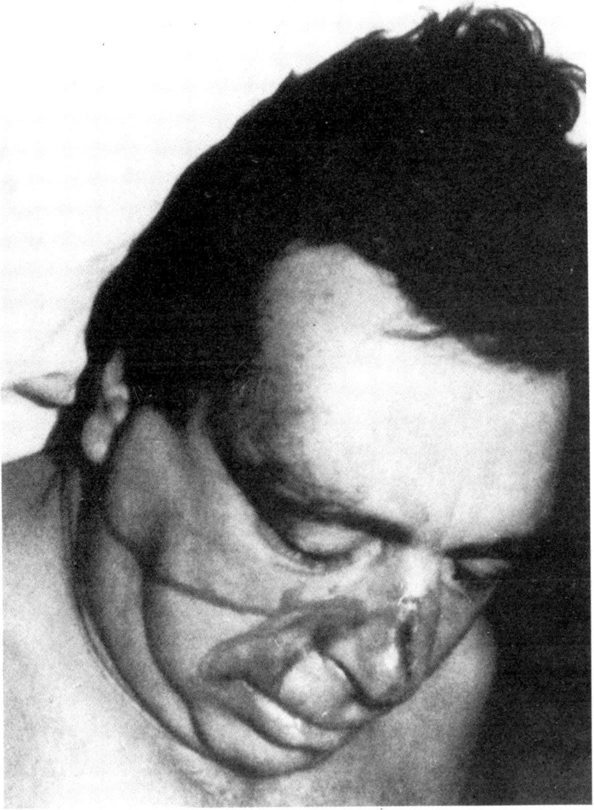

19. Januar 1981. Das FBI zeigte mir dieses Foto von mir kurz bevor ich 1984 zur ersten Gerichtsverhandlung ging. Es erinnerte mich daran, wie verrückt ich gewesen war. Das Bild half mir, die erste Verhandlung durchzustehen, in der ich 28 Tage im Zeugenstand bleiben mußte.

Unser Club in 100 Broadway, Riviera Beach, Florida.

rechte Seite:
Im Erdgeschoß von Suite 100. An der Wand ein Bild von Bette Davis (Foto von Howard Loth).

Im oberen Stockwerk von Suite 100.

März 1982. Suite 100. Ein reizendes Mädchen.

misch du ausgesehen hast – du hast dir für das Mädchen wirklich die Beine ausgerissen!«

»Das wirst du mir büßen, Joey«, erwiderte er, aber ich hörte an seiner Stimme, daß er lächelte. Dann legte er auf.

Ich sagte Bunny, daß er darüber hinwegkommen würde. Eines Tages würden wir alle herzhaft über den Streich lachen.

Trotzdem blieb ich an diesem Abend zu Hause.

14

Mein erster Feind – der Consigliere

Am nächsten Tag rief mich Tommy an. »Ich kann es einfach nicht glauben, daß ich auf diesen Mist hereingefallen bin«, sagte er lachend. »Dabei hätte ich es mir denken sollen – so oft hast du deine Frau noch nie angerufen. Das Mädchen ist übrigens gestern abend im Dip aufgetaucht, und ich habe ihr von deinem Streich erzählt. Sie hat sich halb totgelacht und gesagt, daß alle Typen, die sie trifft, sich wie in einem Gangsterfilm benähmen. Kommst du heute abend? Ich möchte mit dir sprechen. Morgen fahre ich weg.«

Am Abend traf ich mich mit T. A. im Diplomat. Er löcherte mich mit tausend Fragen über Jiggs und wollte unbedingt wissen, wie ich ihn kennengelernt hatte. Ich erzählte ihm, daß ›Freddie Campo‹ Campagnuolo mich bei einer Show von Sinatra mit Jiggs bekannt gemacht hätte. Freddie war ein gemeinsamer Freund von uns und ein bekannter Buchmacher im Süden Floridas.

»An unserem Tisch saßen achtzehn Leute«, erklärte ich. »Da war Freddie mit seinem Mädchen und Tommy Farese, der Drogenhändler der Colombos, mit einigen seiner Männer. Jiggs hatte seine Frau mitgebracht. Er war offensichtlich beeindruckt, daß wir den vordersten Tisch in der Mitte hatten. Selbst Stars wie Jackie Gleason saßen hinter uns. Ich fragte mich, ob Sinatra Jiggs erkannt hatte, denn er sang eine

Stunde lang direkt vor unserem Tisch. Anschließend bat er mich sogar um etwas Eis für seinen Wein – er trank Rotwein, daran erinnere ich mich. Danach traf ich Jiggs öfter auf der Rennbahn, und wir freundeten uns an. Einmal besorgte ich ihm erstklassige Karten für ein Konzert von Liza Minelli. Er hatte mich darum gebeten, weil Freddie Campo deswegen angeblich zu viel Aufhebens machte. Durch Jiggs lernte ich auch Ally Boy kennen.«

Der Capo Alphonse ›Ally Boy‹ Persico war der Bruder von Carmine ›the Snake‹ Persico, dem Boß der Colombo-Familie. Als ich den Namen Persico erwähnte, horchte Tommy Agro auf.

»Du weißt also, wer Jiggs ist?« fragte er.

»Hey, Tom, der Kerl ist mein Freund – ich mache keine Geschäfte mit ihm«, log ich. »Ich habe gehört, daß er früher ein Capo der Colombos war – aber das habe ich dir doch schon erzählt, Tommy.«

»Ist schon in Ordnung«, erwiderte Tommy. »Ich kann den Kerl auch gut leiden. Er wird von allen respektiert – und er weiß, daß du zu mir gehörst. Jiggs ist ein richtiger Mann – nicht einer von diesen Schwachköpfen. Joey, hör mir gut zu: Ich weiß, daß du noch viel lernen mußt, aber mach dabei nicht zu viele Fehler. Ich mag dich sehr.«

Wenn T. A. so offen mit mir sprach, lag immer ein drohender Unterton in seinen Worten. Wahrscheinlich war das einfach seine Art. Der Streit zwischen uns war vergessen, und darüber war ich sehr froh. Ich fühlte mich jetzt in seiner Gegenwart wieder wohl. Und er mochte mich, weil ich kein Schnorrer war, sondern ihm gutes Geld beschaffte. Außerdem erledigte ich alle möglichen Dinge für ihn.

»Was ist eigentlich passiert, als du dich mit meinem *compare* getroffen hast?« fragte er plötzlich. »Er hat dich doch aus Naples angerufen, nicht wahr?«

Marrone, das war wirklich eine blöde Geschichte gewesen! Tommy meinte Joe N. Gallo, den *consigliere* der Gambino-Familie. Vor einigen Monaten hatte Tom ihm vorgeschlagen, er solle mit mir sprechen. Dummerweise wußte ich nicht, um wen es sich bei ihm handelte, und wir waren überhaupt nicht miteinander klargekommen.

»Er rief mich eines Morgens an und wollte mich gleich sehen«, erzählte ich. »Ich erklärte ihm, daß ich mich zuerst um meine Geschäfte kümmern müsse, ihn aber gern nach vier Uhr treffen würde. ›Was soll das?‹ schnauzte er mich an. ›Machst du Witze?‹ Dann nannte er mich einen Esel.

Du kennst mich, Tom. So lasse ich nicht mit mir reden, und das sagte ich ihm auch ganz deutlich. Dann machte ich ihm klar, daß ich nur mit ihm sprechen würde, weil er ein Bekannter meines *compare* T. A. wäre.

›Ein Bekannter?‹ schrie er in den Telefonhörer. ›Um halb acht erscheinst du in dem verdammten Diplomat! Und komm nicht zu spät.‹

Ich wußte nicht, was ich tun sollte, deshalb habe ich dich angerufen, Tommy. Du hast mir nicht gesagt, um wen es sich bei diesem Joe handelt.«

»Ja, ich weiß.« Tommy schüttelte den Kopf. »Als er mich anrief, sagte ich ihm, daß du nichts über ihn wüßtest. Er fand es lustig – aber nicht sehr.«

»An diesem Abend ging ich ins Dip«, fuhr ich fort. »Er wartete an der Rezeption auf mich. ›Joe Dogs?‹ fragte er. ›Joe N.?‹ erwiderte ich. Dann umarmten wir uns, und er entschuldigte sich dafür, daß er mich beschimpft hatte. Nachdem wir gegessen und uns ein paar Drinks genehmigt hatten, bat er mich, ihn am folgenden Tag abzuholen und ihm Naples zu zeigen. Er wollte sich dort ein Haus bauen.

Da du ihm erzählt hattest, daß ich im Baugewerbe tätig bin, wollte er mir den Auftrag dafür geben. Der Kerl will ein Haus haben, das eine Viertelmillion Dollar wert ist, aber nichts dafür bezahlen. Was soll der Scheiß, Tommy?«

»Ich weiß, Joey«, antwortete T. A. »Diese Typen sind alle gleich – sie denken, ihnen gehört die ganze Welt. Aber vergiß nicht, daß er die Nummer drei in der Familie ist. Er ist der *consigliere.*«

»Oho!« rief ich sarkastisch. »Da bin ich aber wirklich beeindruckt!«

»Hör auf damit, Joey. Er ist ein guter Mann.«

»Weißt du, Tom, ich komme eigentlich mit allen klar. Mir ist es scheißegal, ob jemand Kohle hat oder nicht. Aber wenn sich jemand aufführt wie ein König, dann pfeife ich auf ihn. Das kann ich nicht leiden. Hat Joe dir erzählt, daß ich mit ihm beim Pferderennen war?«

Tommy wußte von dem Tag in Calder. Es war ein Fiasko gewesen. Anfang des Jahres hatten mein Onkel und ich ein Pferd mit dem Namen Elfin Water gekauft. Bei den ersten drei Rennen war die Stute mit Abstand die letzte gewesen. Einige Wochen vor Gallos Eintreffen hatte mich Little Dom Cataldo besucht und mir ein Dopingmittel aufgeschwatzt, das angeblich nicht nachzuweisen war. Das erste Mal, als Elfin Water damit gedopt werden sollte, ging sie mit fünf zu eins ins Rennen. Ich setzte 1000 Dollar auf sie – und sie ging als letzte ins Ziel.

Little Dom rief mich später aus New York an und erklärte, er wäre nicht an den Stallburschen rangekommen. Er versprach mir, daß es das nächste Mal klappen würde, und ich vergaß die Sache. Zufällig ging Elfin Water genau an dem Tag wieder ins Rennen, an dem ich mit Gallo auf der Bahn war. Er hatte keine Lust, den ganzen Tag mit mir zu verbringen oder meine Freunde kennenzulernen, deshalb trennten wir uns auf der Haupttribüne. Vorher fragte er mich nach meinem Pferd. Ich sagte ihm nur, daß die Stute wahrscheinlich einen Schuß bekommen hätte – nicht mehr, und nicht weniger. Joe N. Gallo sollte sein Geld nicht zum Fenster hinauswerfen.

Aus Loyalität setzte ich zwanzig Dollar auf meine Stute. Fünf Minuten vor Annahmeschluß stand sie mit siebzig zu eins auf der Liste. Schnell lief ich zu einem der Schalter und setzte 200 Dollar auf Sieg. Mit fünfundzwanzig zu eins ging sie dann ins Rennen und gewann um drei Längen. Die Quote war 52,80 Dollar – das brachte mir mehr als 12000 Dollar ein.

Nach dem Rennen kam Gallo auf mich zugestürmt und beschimpfte mich. Er war stinksauer, weil er nicht auf mein Pferd gewettet hatte. Nach dem zweiten Rennen machte ich mich aus dem Staub. Kaum war ich zu Hause, rief Little Dom an. Er hatte für mich bei seinem New Yorker Buchmacher 2000 Dollar auf Sieg gesetzt und 50000 Dollar kassiert.

Damit betrug mein Gesamtgewinn 62000 Dollar – und Joe N. Gallo war leer ausgegangen.

»Das war die ganze Geschichte, Tom«, schloß ich.

»Na gut, Joey, aber mein *compare* glaubt, daß du ihm absichtlich etwas vorenthalten hast. Er ist immer noch wütend auf dich.«

»Du weißt, das ich so etwas nie tun würde«, protestierte ich. »Ich habe einfach nicht geglaubt, daß Little Dom es schaffen würde. Außerdem habe ich Gallo doch gesagt, daß das Pferd einen Schuß bekommen sollte. Was soll ich denn jetzt tun? Etwa meinen Wettgewinn mit ihm teilen?«

»Ich will dir damit nur sagen, daß Joe eine ganze Weile nicht gut auf dich zu sprechen sein wird. Natürlich habe ich versucht, ihm die Sache zu erklären, aber er hat es mir nicht abgenommen.«

»Hör zu, Tom. Ich bin mir nicht einmal sicher, ob es Little Dom wirklich gelungen ist, den Stallburschen zu bestechen. Nach diesem Rennen ist mein Pferd noch zweimal auf den zweiten Platz gekommen und hat weitere zweimal gewonnen.«

»Das weiß ich, Joey.«

Tommy wußte das? Das erstaunte mich.

»In New York haben wir dreimal auf sie gesetzt«, fuhr er fort. »Hast du dabei nichts kassiert?«

»Nur ein paar Dollar auf der Rennbahn«, antwortete ich. »Willst du damit etwa andeuten, daß mit meinem Pferd etwas gelaufen ist, wovon ich nichts weiß?«

»Ich kenne Dominick besser als du«, erwiderte Tommy. »Er hat mit deinem Pferd ein Vermögen verdient.«

»Es tut mir leid, aber ich kann einfach nicht glauben, daß Little Dom mein Pferd gedopt hat, ohne mir etwas davon zu sagen.«

Tommy grinste breit. »Du Träumer! Wenn Geld im Spiel ist, kennt Dominick keine Hemmungen.«

»Vielleicht hast du recht, Tom. Eine Frage hätte ich noch: Warum hast du mir nichts davon erzählt?«

Tommy antwortete nicht. Er sah mich nur an und wußte offensichtlich nicht, was er sagen sollte.

15

Drei Prozent die Woche

Tommy fuhr im Frühsommer 1974 nach New York, und eine Zeitlang gingen die Dinge ihren normalen Gang. Schon bald nachdem ich Howie Ruben als Trainer eingestellt hatte, verkaufte ich Elfin Water an einen Kerl, der sie in Rhode Island auf der Narragansett laufen lassen wollte. Seit ich Ruben eingestellt hatte, war das Pferd ein Verlierer. Einmal wurde die Stute noch zweite, und einmal belegte sie den dritten Platz. Inzwischen denke ich, daß der frühere Trainer mit dem Pferd besser umgehen konnte als Ruben.

Eines Tages saß ich in Calder, Miami, auf der Haupttribüne, als Ruben auf mich zukam. Er fragte mich, ob ich ein gutes Pferd zu einem sehr günstigen Preis kaufen wolle. »Das Pferd hat einen guten Stammbaum, Joe. Es ist ein Nachkomme von Forli, dem italienischen Champion.«

Verdammt, was verstand ich schon von Pferden? Ich wußte über Wetten Bescheid und konnte erstklassig fluchen, wenn ich verloren hatte. Und ich konnte die Gäule auf der Zielgeraden anfeuern.

»Was kostet mich das Pferd?« fragte ich. »Und wer will es verkaufen?«

»Der Besitzer verlangt dreißigtausend für den Einjährigen. Das Pferd wird gute Rennen laufen, und der Preis ist wirklich günstig«, erwiderte Ruben. »Auf der Jahresauktion in Ocala werden diese Pferde für mindestens hunderttausend gehandelt. Hör zu, ich werde dem Besitzer sagen, daß er zwanzigtausend auf die Hand bekommt und den Rest erst dann, nachdem das Pferd sein erstes Rennen gewonnen hat. Wir melden ihn als Erstling an, und kein Mensch wird Wind davon bekommen, daß du damit zu tun hast.«

Ruben hatte mein Interesse geweckt – und ich Dummkopf zeigte das auch ganz deutlich.

»Hör zu, Howie. Du kennst mich nicht«, sagte ich. »Bevor du mit mir Geschäfte machst, solltest du dich besser über mich informieren. Verstehst du mich?«

»Das Pferd ist meine Garantie«, erwiderte er. »Mehr brauche ich nicht.« Schließlich kaufte ich das Pferd und gab Ruben 20000 Dollar in bar. Zwei Tage später zeigte er mir meinen Neuerwerb. »Ist er nicht wunderschön?«

»Ja. Wie heißt er?«

Sein Name war Glorious Request, aber Ruben wies mich darauf hin, daß ich ihn auch anders nennen könnte. Mir fiel kein besserer Name ein – solange der Gaul im Rennen gewann, war es mir sowieso egal, wie er hieß.

»Mach dir keine Sorgen«, beruhigte mich Ruben. »Dieses Pferd wird uns einiges einbringen. Vielleicht schafft er es sogar, ins Derby zu kommen.«

Mann, das war eine tolle Sache! Ich fühlte mich wie ein König, weil ich ein Pferd besaß, das es möglicherweise bis zur Teilnahme im Derby schaffen würde! Ruben gab mir eine Garantie auf das Pferd, also hatte ich nichts zu verlieren. Was verstand ich schon davon? In meinen Augen sah das Pferd gesund und kräftig aus. Seine Beine waren stark und muskulös.

Jeden Morgen stand ich früh auf und fuhr zu den Ställen. Da ich keinen Ausweis besaß, holte mich Ruben immer am Tor ab. Wie mein anderes Eigentum, lief auch das Pferd auf den Namen meiner Frau – ich hätte sowieso keine Lizenz dafür bekommen, weil ich schon einiges auf dem Vorstrafenregister hatte. Allerdings – und darauf war ich stolz – handelte es sich bei allen Einträgen nur um mindere Delikte. Ein Jahr zuvor war ich wegen Körperverletzung angeklagt worden, aber ich kam mit einer Geldstrafe davon. Nach einigen Monaten erkannte mich das Schutzpersonal auf dem Rennplatz und ließ mich einfach durchfahren.

Jeden Tag sah ich Glorious Request beim Training zu: Aufwärmen, Galopp und Start. Im Januar 1975 wurde das Pferd zwei Jahre alt, und ich fragte Howie, wann wir es endlich in einem Rennen laufen lassen könnten.

»Es ist noch nicht soweit«, sagte mir der Trainer. »Im Winter sollte er für Gulfstream bereit sein. Wir müssen ihm noch die richtige Kondition verschaffen.«

Ruben erzählte mir ständig von den Jungs aus Detroit, die er angeblich gut kannte. Er nannte einige Namen, die mir nichts sagten – na gut, ich hatte damals mit dem Namen Joe N. Gallo auch nichts anfangen können.

Alles in allem klang er sehr überzeugend. Es war mir auch egal. Hauptsache, das Pferd würde Gewinn bringen, wenn es darauf ankam. Ich dachte, ich müßte einfach noch abwarten.

Eines Morgens bat Howie mich um einen Gefallen. »Ich muß dir etwas sagen, Joey. Hier und da verschiebe ich ein wenig Kokain, und jetzt brauche ich Geld. Kannst du mir etwas vorschießen?«

»Kann man damit Kohle machen?« fragte ich ihn, obwohl ich über das Geschäft genau Bescheid wußte.

»Du kannst dir das gar nicht vorstellen«, ereiferte sich Howie. »In einem Monat kann ich aus zwanzigtausend hunderttausend machen.«

»Nimmst du das Zeug?« fragte ich ihn.

»Nur hin und wieder, Joey. Es hilft mir, einen klaren Kopf zu bekommen. Möchtest du es einmal versuchen?«

»Nein danke, Howie. Aber ich leihe dir zwanzigtausend für drei Prozent die Woche, und ich will nicht wissen, was du mit dem Scholter anfängst. Du mußt mir nur jede Woche die Zinsen pünktlich bezahlen. Das sind dann 600 Dollar pro Woche. *Capisci*?«

»Na hör mal, das ist aber ziemlich viel, Joe. Können wir uns nicht auf zwei Prozent einigen?«

»Gerade hast du mir noch erzählt, wieviel dabei herausspringt. Willst du den Gewinn allein einstreichen? Drei Prozent, Howie. Und wage es nicht – das möchte ich betonen –, mit den Zinsen im Rückstand zu sein. Übrigens ist mein Kopf klar genug. Ich brauche das Zeug nicht.«

»In Ordnung, also drei Prozent«, willigte er ein. »Wir sind doch Freunde, nicht wahr? Ich brauche das Geld nur für ungefähr einen Monat.«

»Es ist mir egal, wie lange du es behältst«, entgegnete ich. »Das ist deine Angelegenheit. Du kennst die Bedingungen, und du weißt, was passiert, wenn du dich nicht danach richtest. Deine Jungs aus Detroit können dir sicher einiges darüber erzählen.«

»Natürlich, aber wegen einer so geringen Summe möchte ich sie nicht belästigen«, sagte Howie hastig.

Ruben zahlte seine Zinsen immer pünktlich. Inzwischen ging ich nicht mehr jeden Tag zum Trainingsplatz, sondern traf ihn einmal in der Woche in einem Café in Hallandale nördlich von Miami. Manchmal verabredete ich mich mit Jiggs, während ich auf Howie wartete. Jiggs wohnte in der Nähe des Cafés und spazierte zu Fuß dorthin. Dann aß er ein halbes Sandwich und kaute auf seiner Zigarre herum. Nur hin und wieder zündete er sie an. »Zigaretten bringen dich um«, erzählte er mir jedesmal, wenn wir uns trafen. »Ich weiß das – schließlich habe ich fünfundvierzig Jahre lang geraucht.«

16

Der Diamant aus Glas

Kurz nachdem ich Ruben im Februar 1975 das Geld vorgestreckt hatte, rief mich Bunny eines Tages im Container auf der Baustelle an. Sie war völlig außer sich, weil bei uns eingebrochen worden war.

»Was haben sie erwischt?« erkundigte ich mich.

»Sie haben deine Waffen mitgehen lassen.«

»Ist das alles? Was ist mit der Bowlingkugel?« Bunny wußte, was ich meinte. In der Bowlingkugel in meinem Schrank hatte ich ungefähr 200000 Dollar in bar versteckt.

»Keine Sorge, Schatz«, beruhigte sie mich. »Die Bowlingkugel ist in Sicherheit. Soll ich die Cops rufen?«

»Ja, tu das«, sagte ich. »Und vergiß nicht, ihnen zu sagen, wie sehr du deinen wertvollen Diamantring und das Silberbesteck vermißt. *Capisci*?«

Bunny kicherte. »Natürlich. An den Sachen habe ich so gehangen.« Meine Frau mochte es, daß ich immer Herr der Lage war, auch wenn es manchmal nicht ganz sauber ablief. Sie besaß zwar einen kostbaren Ring, aber kein Silberbesteck. Warum sollte ich das Formular für die Versicherung nicht ein wenig frisieren? Ich konnte damals ja nicht wissen, daß mich meine Gerissenheit in Schwierigkeiten mit der Gambino-Familie bringen würde.

Einige Stunden später fanden sie den Jungen, der in mein Haus eingebrochen war. Es war ein vierzehnjähriges Kind aus der Nachbarschaft. Als die Bullen mir die Fünfundvierziger und das Gewehr zurückbrachten, erkundigte ich mich nach dem Diamantring und dem Silberbesteck.

»Der Junge behauptet, er wisse nichts davon«, berichtete der Polizist. Ich sah ihm an, daß er etwas ahnte. »Wollen Sie auf Schadenersatz klagen?«

»Vergessen Sie es«, sagte ich. »Irgend jemand ist wohl nach dem Jungen eingedrungen und hat die wertvollen Sachen geklaut. Der Diamant an dem Ring meiner Frau war allein schon zehntausend wert.«

»So war es wohl«, bemerkte der Cop trocken und zog ab.

Meine Versicherung lief über die Comine Insurance Company, die ihren Sitz etwas außerhalb von Miami hatte. Freddy, mein Versicherungsvertreter, war der Neffe von Nino, einem Gambino-Capo in New York. Ich sah keinerlei Probleme, den ›gestohlenen‹ Ring ersetzt zu bekommen. Sie schickten mich zu einem Javier-Juwelier in Miami, wo mir der Ring meiner Frau durch einen zweikarätigen, birnenförmigen Diamanten in einer hübschen Goldfassung ersetzt wurde. Angeblich war er 10000 Dollar wert.

Ein halbes Jahr später brauchte ich Geld und bat Bunny um den Ring. Der Vertrag in Century Village war mir durch die Lappen gegangen, weil ich von einem meiner Angestellten bei der Steuerbehörde verpfiffen worden war. Ich hatte daraufhin einen Karate-Experten angeheuert, der den Kerl flott gemacht hatte. Seine Verletzungen waren ziemlich schwer, und der Big Boß von Century Village hatte mir deshalb den Auftrag entzogen. Ich konnte noch froh sein, daß niemand etwas über die Jobs herausbekommen hatte, die hinter dem Rücken der Gewerkschaft gelaufen waren.

»Jiggs, kannst du mir einen Gefallen tun?« fragte ich ihn bei unserem nächsten Treffen. »Hör dich bitte um, wieviel du für diesen Stein bekommen kannst.« Wir saßen in dem Café in Hallandale und warteten auf Howie, der die Zinsen abliefern sollte.

»Was wiegt er?«

»Er hat zwei Karat und müßte etwa 10000 Dollar wert sein.« Kurz erklärte ich Jiggs den Hintergrund der Geschichte.

»Ich werde sehen, was ich tun kann«, erwiderte Jiggs. Ein wenig später erschien Ruben.

»Hallo, Howie, wie geht's dir? Du kommst zehn Minuten zu spät«, scherzte ich.

Ruben entschuldigte sich stotternd – er war immer verdammt nervös. Wahrscheinlich zog er sich zuviel von diesem Zeug in die Nase. Aber das war schließlich seine Sache.

»Das war nur Spaß, Howie. Aber sei bitte das nächste Mal pünktlich.«

In der darauffolgenden Woche wartete ich gespannt auf Jiggs.

»Der Diamant taugt nichts«, erklärte er mir.

Er machte wohl Scherze.

»Du bekommst nicht einmal fünfhundert dafür«, fuhr er lachend fort.

»Diese Arschlöcher in Miami haben mir erzählt, er wäre über 10000 Dollar wert!« Und ich dachte, ich hätte die Versicherungsgesellschaft übers Ohr gehauen, dabei hatten diese Schweine mich beschissen! Ich war wirklich stinksauer.

»Gib mir ihre Namen, dann kümmere ich mich darum«, sagte Jiggs ernst. »Oder gib Tommy A. Bescheid, damit er etwas unternimmt. Hast du nicht gesagt, Ninos Neffe Freddy hatte damit zu tun?«

»Das stimmt«, bestätigte ich. »Vielleicht kann er nichts dafür. Aber du bringst mich auf eine Idee: Ich werde Freddy anrufen und mit ihm darüber sprechen. Ich möchte Tommy nicht mit jeder Kleinigkeit behelligen. Diesmal werde ich die Sache selbst in die Hand nehmen.«

Am nächsten Tag rief ich Freddy bei Comine Insurance an. Er tat sehr erstaunt und konnte nicht glauben, was mir passiert war. »Bist du sicher, daß dein Schätzer ehrlich zu dir ist?« Einen Augenblick lang war ich versucht, den Namen Nick ›Jiggs‹ Forlano fallen zu lassen, doch ich wollte ihn da nicht mit hineinziehen.

»Was zum Teufel redest du da, Freddy? Willst du vielleicht andeuten, daß ich lüge? Ich wiederhole nur, was mein Freund mir gesagt hat.«

»Rede nicht in diesem Ton mit mir, Joe. Das kann ich nicht leiden. Ich habe nur gesagt, daß sich dein Freund vielleicht getäuscht hat.«

»Es ist mir scheißegal, ob dir mein Ton gefällt oder nicht. Für wen hältst du dich eigentlich? Sieh zu, daß ich die zehntausend so schnell wie möglich zurückbekomme, sonst bleibt es nicht bei diesem Telefonat.«

Drei Wochen später wurde Glorious Request auf der Rennbahn in Calder als Erstling zugelassen. Tommy A. kam mit einigen der anderen Jungs zu dieser Premiere. Für Tommy war ich jetzt ein wichtiger Mann, denn mir gehörte ein Pferd – und ich gehörte ihm. Einige Tage vor dem Rennen trafen wir uns im Diplomat, und er zog mich zur Seite.

»Nino hat mich in New York angesprochen, Joey. Er beklagte sich, daß ein gewisser Joe Dogs in Florida Ärger angefangen habe. Ich wußte nicht, was ich ihm sagen sollte. Was ist denn los, Joey?«

Als ich ihm von dem Vorfall berichtete, bekam er beinahe einen Tobsuchtsanfall.

»Warum hast du es mir nicht schon eher erzählt, Joey? Dann hätte ich Nino gleich sagen können, daß er sich seinen verdammten Neffen vorknöpfen soll. Und jetzt setz dich mit diesem Freddy in Verbindung und sag ihm, daß ich ihn sehen will. Er soll ins Dip kommen. Ich werde Nino Bescheid sagen.«

Als ich Freddy anrief, erklärte er, er müßte das erst mit seinem Onkel besprechen. »Tu verdammt noch mal, was du nicht lassen kannst«, sagte ich. »Aber sei morgen pünktlich um zwei Uhr im Dip.«

Am nächsten Tag saß ich mit Tommy am Swimmingpool, als Freddy auf uns zuschlenderte. Er umarmte zuerst Tommy und begrüßte dann mich. »Mein Onkel läßt grüßen.« Nachdem wir uns eine Zeitlang über Nichtigkeiten unterhalten hatten, kam Tommy auf die Angelegenheit zu sprechen.

»Hör zu, Freddy. Mein enger Freund Joe Dogs hat mir erzählt, daß er bei euch versichert ist. Ihr habt ihm einen Diamantring im Wert von 10000 Dollar ersetzt, der ihm gestohlen wurde oder verloren gegangen ist. Der Juwelier, zu dem ihr ihn geschickt habt, hat ihm allerdings eine wertlose Kopie aus Glas gegeben.« – »Aber Tom, Joe hat den Stein vielleicht vertauscht, und ...«

»Warte mal einen Moment«, unterbrach ihn Tommy. »Ich erweise dir nur wegen deines Onkels Respekt. Wenn du jetzt andeuten willst, daß mein Freund versucht, dich um ein paar Tausender zu bescheißen, ist unser Gespräch zu Ende. Ich kann dir nur raten, von hier zu verschwinden und die Sache mit deinem Onkel zu klären. Ich werde dann in New York mit ihm darüber sprechen.«

»Es tut mir leid, Tommy«, lenkte Freddy ein. »Was hältst du davon, wenn Joe und ich den Stein zur Diamantenbörse in Miami bringen und sehen, was die Leute dort dazu sagen?«

Tommy sah den Jungen wortlos an. Er ließ sich nichts vormachen, aber er hielt sich an die Spielregeln. Es war ihm sehr peinlich gewesen, als Nino ihn zur Rede gestellt hatte. Doch jetzt begriff er, daß ein kleiner Ganove versuchte, sich großzutun, nur weil sein Onkel einen gewissen Namen hatte.

»Hör zu, mein Freund«, sagte Tommy schließlich. »Ich werde deinem Onkel nicht erzählen, wie du mit mir gesprochen hast, sonst reißt er dir bei lebendigem Leib die Augen aus dem Kopf. Aber du wirst die Sache bereinigen. Wenn du recht hast, werde ich mich entschuldigen. Wenn nicht, zahlst du Joe sofort die zehntausend zurück. Mehr sage ich dazu nicht. Sieh zu, daß du die Angelegenheit noch heute klärst.«

Ich hatte den Stein bei mir, und wir machten uns auf den Weg zur Diamantenbörse. Unterwegs bestand Freddy darauf, bei Javiers anzurufen. Entweder versuchte der Kerl, mir zu zeigen, daß er mit der Sache nichts zu tun hatte, oder er wollte dem Juwelier Instruktionen geben.

In der Börse arbeiteten etwa fünfzig Juweliere.

»Komm, Joey, wir gehen zu dem Typen dort drüben«, schlug Freddy vor. »Entschuldigung, wir möchten diesen Stein schätzen lassen.«

Der Juwelier untersuchte den Diamanten mit der Lupe. Dann drehte er ihn in der Hand hin und her und wog ihn schließlich. »Nun«, sagte er, »diesen Stein können Sie für einen Betrag von zehn- bis zwölftausend kaufen. In manchen Läden zahlen Sie vielleicht auch nur acht- bis neuntausend dafür. Es kommt ganz auf das Geschäft an – oft bezahlt man schon eine große Summe allein für den Namen.«

Freddy grinste erfreut. Am liebsten hätte ich ihm ins Gesicht geschlagen.

»Verzeihung, Sir, ein befreundeter Juwelier schätzte den Stein nur auf etwa fünfhundert Dollar. Ich hoffe wirklich, daß Sie sich nicht täuschen. Freddy ist mein Zeuge für Ihre Beurteilung. Ich werde einen weiteren, unvoreingenommenen Juwelier aufsuchen. Sollte sich herausstellen, daß dieser Ring weniger wert ist, als Sie behaupten, werde ich Sie verklagen.«

Natürlich bluffte ich. Freddy wußte das, aber der Juwelier nicht.

»Warten Sie einen Moment, damit will ich nichts zu tun haben«, sagte der Schätzer hastig. »Ich erhielt einen Anruf von Javiers. Sie haben mir den Stein genau beschrieben und mich gebeten, ihn auf über 10000 Dollar zu schätzen. Aber ich will keinen Ärger bekommen oder meine Lizenz verlieren. Der Diamant ist wertlos.«

»Meine Güte, Joey, du hattest also recht. Die Leute von Javiers müssen den Diamant ersetzen.« Dieser Freddy bewies wirklich Nerven, das mußte ich ihm lassen.

»Vergiß den Stein«, erwiderte ich. »Ich will das verdammte Geld. Sag ihnen, daß ich es mir am Freitag abholen werde.«

Am nächsten Tag sollte mein Pferd ins Rennen gehen, und ich hatte jetzt wirklich andere Dinge im Kopf. Als ich Tommy Bericht erstattete, freute er sich riesig, Nino in New York die Meinung sagen zu können.

»Ich werde dem verdammten Kerl vor allen Leuten klarmachen, daß sein Neffe versucht hat, dich übers Ohr zu hauen. Stell dir nur vor, wie dumm er dann dastehen wird.«

Später rief Freddy bei Tommy an und bat um etwas mehr Zeit, um das Geld zu beschaffen.

17

Ein Pferd mit einem tollen Stammbaum

Glorious Request startete mit einer Quote von zwanzig zu eins. Die Pferde, gegen die er antrat, hatten alle zwischen hunderttausend und einer Viertelmillion gekostet. Mach dir keine Sorgen, beruhigte ich mich selbst. Er ist schließlich ein Nachfahre des italienischen Champions Forli.

In der Wintersaison war auf der Rennbahn immer viel los, und eine Menge Geld wechselte den Besitzer. Ich gab meinem Jockey letzte Instruktionen und schärfte ihm ein, alles zu tun, um zu gewinnen. Das Training war gut gelaufen – aber nicht nur für mein Pferd, sondern für alle anderen auch.

Schließlich ging Glorious Request bei acht zu eins ins Rennen. Ich setzte so viel Geld, daß meine Freunde mich für verrückt erklärten. Tommy riskierte auf meinen Rat hin 1000 Dollar, und die anderen Jungs gaben zwischen 200 und 500 Dollar aus.

Kurz nach dem Start ging das Viertel-Million-Dollar-Pferd in Führung. Das Rennen ging über tausend Meter, und bereits nach zweiundzwanzig Sekunden hatte das teuerste Pferd ein Viertel der Strecke zurückgelegt. Glorious Request lag eine Länge hinter ihm auf dem zweiten Platz. In fünfundvierzig Sekunden hatte der Vorderste bereits die Hälfte geschafft – für einen Zweijährigen ist das eine sehr gute Zeit. Glorious Request hielt immer noch den zweiten Platz, fiel aber langsam zurück. Wenige Sekunden später war das Rennen vorüber. Mein Pferd hatte nach der halben Strecke schlappgemacht.

Ich war wie vor den Kopf geschlagen, als der Jockey nach dem Rennen zu mir kam.

»Das verdammte Pferd ist noch nicht soweit«, schimpfte er. »Und der idiotische Trainer muß das gewußt haben. Glorious Request hat noch einen weiten Weg vor sich.«

Wütend sah ich mich nach Ruben um, doch der Kerl hatte sich verzogen. Ich schwor, ihm die Gurgel umzudrehen, wenn ich ihn erwischte.

Tommy packte mich am Arm. »Bis zum zweiten Pfosten lief das Pferd ausgezeichnet. Vielleicht muß man einfach noch mehr mit ihm arbeiten. Gib dem Trainer eine Chance.«

Damit hatte er Ruben vor einer Tracht Prügel gerettet – und mich vor einer Anklage verschont. Die Jungs drückten mir alle ihr Bedauern aus. Ich bemühte mich, ganz ruhig mit Howie Ruben zu sprechen, dann verließ ich die Rennbahn um 10000 Dollar leichter.

Jetzt hatte ich nicht mehr viel Zeit, mich auf der Rennbahn herumzutreiben. Ich mußte arbeiten wie nie zuvor und war den ganzen Tag mit Geldverleih, Buchmacherei und Erpressung beschäftigt. Schließlich begann ich, auch mit Drogen zu handeln. Der Verlust des Auftrags in Century Village hatte mich schwer getroffen. Das Geschäft mit den Trockenmauern hatte immerhin über 5000 Dollar die Woche eingebracht, und ich war im Geld geschwommen. Jetzt mußte ich jede Gelegenheit wahrnehmen, ein paar Piepen zu verdienen.

»Hey, Howie, wann wird dieses Pferd endlich siegen?«

Glorious Request hatte an vier Rennen teilgenommen. Sein bestes Ergebnis war der sechste Platz bei insgesamt acht Pferden. Natürlich setzte niemand mehr auf diesen Versager.

»Howie, mein Freund, ich habe jetzt schon über 20000 Dollar verloren, weil du mir ständig versicherst, das Pferd wäre jetzt soweit. Sei mal ehrlich: Wird es jemals gewinnen?«

Es war sechs Uhr morgens. Howie und ich standen am Geländer des Übungsplatzes und beobachteten das Training über 1000 Meter.

»Ihr Itaker seid doch alle gleich. Wenn eure Pferde nicht gewinnen, gebt ihr dem Trainer die Schuld. Hast du dir schon einmal überlegt, daß ich auch Gefühle habe?«

Ich gab ihm mit der flachen Hand einen klatschenden Schlag ins Gesicht. Howie landete auf dem Hintern, hielt die Hände vors Gesicht und versuchte wiederaufzustehen. Da stieß ich ihm den Fuß in den Magen – eigentlich hatte ich nach seinem Unterleib gezielt, ihn aber verfehlt. Als er sich zusammenkrümmte, packte ich ihn an den Haaren und schlug ihm mit der flachen Hand links und rechts auf die Wangen. Genauso wie man es mit einer Hure macht.

»Hör zu, du Arschloch«, zischte ich. »Du weißt, daß ich dir zwanzigtausend für ein Pferd gezahlt habe, für das du mir eine Garantie gegeben hast. Und du erinnerst dich sicher an die zwanzigtausend, die ich dir geliehen habe. Und du weißt auch, daß ich weitere zwanzigtausend verloren habe, weil ich auf das verdammte Pferd gesetzt habe. Du hast genau zweiundsiebzig Stunden Zeit, mir diese sechzigtausend zu beschaffen. Vielleicht solltest du dich mit deinen sogenannten Freunden in Detroit in Verbindung setzen, Howie, denn wenn du mir das Geld in diesem Zeitraum nicht besorgst, dann wird dir das sehr leid tun. In drei Tagen bin ich wieder hier. Du kannst gerne jemand zu unserem Treffen mitbringen.«

Ich schlug ihm die Faust ins Gesicht, dann drehte ich mich um und ging.

Eines muß man Howie Ruben lassen – er war ein verdammter Scheißkerl, aber er ging nie zur Polizei. Vielleicht hatte er einfach nur zu viel Angst vor den Folgen. Ich erwartete nicht, daß er das Geld auftreiben würde. Für meine Wettschulden war er eigentlich auch nicht verantwortlich, aber ich war einfach ausgerastet. Als ich drei Tage später zur Rennbahn fuhr, nahm ich vorsichtshalber drei Mitglieder der Crew mit. Wir waren alle bewaffnet.

Am Tor hielt uns der Wachmann auf und wollte wissen, wer meine Begleiter wären. Ich erklärte ihm, daß wir daran dächten, ein Konsortium zu gründen, und daß sie meine potentiellen Partner seien. Da ließ er uns ohne weiteres passieren. Wir fuhren zu der Stelle, an der ich Howie fertiggemacht hatte. Er wartete bereits auf uns – allein.

Als ich aus dem Wagen stieg, sah ich, daß er zitterte.

»Hey, Howie, reg dich ab. Es wird dir nichts geschehen.« Erst als ich die anderen in die Cafeteria schickte, entspannte er sich ein wenig.

»Ich konnte nur dreißigtausend auftreiben, Joe. Dafür mußte ich eine Hypothek auf mein Haus aufnehmen. Kannst du mir noch etwas Zeit geben, um den Rest zu besorgen?«

»Hör zu, Howie«, sagte ich beruhigend. »Erstens tut es mir leid, daß ich dich verprügelt habe. Du hättest aber nicht so mit mir sprechen dürfen. Zweitens mußt du meine Wettschulden nicht bezahlen. Aber du hast mir eine Garantie auf das Pferd gegeben, und darauf bestehe ich. Gib mir also zwanzigtausend für das Pferd. Mit den restlichen zehntausend kannst du einen Teil deines Kredits abbezahlen, wenn du willst. Dann schuldest du mir noch zehntausend, und deine Zinsen betragen nur dreihundert die Woche.«

»Bitte nimm die zwanzigtausend und laß mich den Rest behalten«, bat Howie. »Ich möchte noch etwas von dem Zeug kaufen, verstehst du? Natürlich bezahl ich weiterhin sechshundert die Woche.«

»Das ist deine Entscheidung, Howie.«

»Das Pferd gehört weiterhin dir, Joe. Du mußt mir auch für das Training nichts bezahlen. Wir lassen ihn in einem kleineren Rennen starten. Der Gewinn gehört dann natürlich dir.«

»Gut, Howie, ganz wie du willst. Allerdings bin ich nicht sicher, ob das Pferd selbst in einem Rennen, in dem es als einziger läuft, gewinnen würde«, erwiderte ich. »Übrigens habe ich dir für das Training noch nie Geld gegeben – das war Teil unserer Vereinbarung.«

»Natürlich, Joe, das hatte ich vergessen. Noch eine Kleinigkeit, Joe: Wenn meine Frau dich fragen sollte, kannst du ihr bitte sagen, daß ich dir die gesamte Summe gegeben habe?«

Angewidert schüttelte ich den Kopf. »Geht klar.«

Später rief ich Little Dom in New York an und erzählte ihm von meinem Pferd. Ich dachte, er könnte mir etwas von dem Dope besorgen, das Elfin Water auf Trab gebracht hatte. Little Dom lachte. »Joe, mit diesem Klepper kannst du nichts machen.«

»Aber Dominick!« protestierte ich. »Das Pferd stammt von Forli, dem italienischen Champion ab! Mit einer kleinen Dosis kann er gewinnen.«

»Joe, sein Stammbaum ist mir scheißegal. Das Pferd wird nie siegen. Erinnerst du dich an den Tag, an dem es sechster wurde? Du hast mir geraten, einen Tausender auf Sieg zu setzen.«

»Ich weiß.«

»Nun, eigentlich wollte ich es dir nicht erzählen, Joe. Ich habe fünftausend auf Sieg gesetzt, weil wir ihn behandelt haben wie damals Elfin Water. Du verstehst, was ich meine? Trotzdem hat dieser nichtsnutzige Gaul nur den sechsten Platz gemacht. Am liebsten wäre ich in das nächste Flugzeug gestiegen, um zuerst dem Pferd und dann dem Trainer den Kopf abzuschlagen.«

Ich mußte lachen. »Den Trainer habe ich bereits vermöbelt«, erklärte ich. »Er hat mir das Geld für das Pferd zurückgegeben. Jetzt schuldet er mir noch zwanzigtausend. Der Kerl steht auf Coke, aber seine Zinsen zahlt er immer pünktlich. Ich wünschte, ich hätte weitere zehn Kunden wie ihn.«

»Das klingt gut, Joey«, Dominick lachte. »Du solltest ihm trotzdem klarmachen, wo's langgeht. Ich muß jetzt aufhören, aber ich ruf dich nächste Woche wieder an. Kennst du den Kerl im Bridge Restaurant in Fort Lauderdale? Du weißt doch, von wem ich spreche, oder? Ich möchte am Telefon seinen Namen nicht nennen.«

Er meinte Tommy Farese, den Drogenhändler der Colombo-Familie, der mit uns das Sinatra-Konzert besucht hatte.

»Ja, Dom, ich weiß, von wem du sprichst. Warum fragst du?«

»Verstehst du dich mit diesen Jungs? Sie gehören nämlich zu meiner ...« Dom räusperte sich. »Du weißt ja, was ich meine.«

Dominick wollte mir sagen, daß Farese ein Mitglied seiner Familie war.

»Ich weiß Bescheid, Dom. Ja, ich komme bestens mit ihnen aus. Sie würden jederzeit mit mir zusammenarbeiten. Warum?«

»Das sage ich dir nächste Woche, Joey. Bis dann.«

18

Frostiges Klima in Miami

Seit über einem Monat hatte ich von Freddy, dem erstklassigen Versicherungsvertreter, nichts mehr gehört, deshalb rief ich ihn an.

»Freddy? Hier ist Joe Dogs. Wie geht's dir?«

»Gut, sehr gut, Joey. Erst vor ein paar Tagen habe ich mit meinem Onkel über dich gesprochen. Ich wollte dich schon anrufen.«

Freddy konnte keinen Satz sagen, ohne seinen Onkel Nino zu erwähnen. Er dachte wohl, der Name würde mich einschüchtern.

»Wie steht es mit deinen Verpflichtungen? Bist du endlich bereit, sie zu erfüllen, oder muß ich andere Methoden anwenden?« fragte ich. »Du hattest verdammt viel Zeit.« Ich scherte mich einen Dreck um einen freundlichen Ton bei diesem Idioten.

»Hör zu, Joey, warum gehen wir nicht morgen zusammen zu Javiers? Du wirst sicher zufrieden sein.«

»Morgen habe ich keine Zeit«, erklärte ich ihm. »Du rufst diesen Kerl an und sagst ihm, daß ich am Freitag um halb zwei da sein werde.« Ich ließ ihm keine Chance zu antworten, sondern legte einfach auf.

Am Freitag kassierte ich zuerst die Zinsen von Ruben in Hallandale und erzählte Jiggs, daß ich bei Javiers ein Geschäft zu erledigen hätte. Jiggs erbot sich sofort, mich zu begleiten, und ich nahm das Angebot dankbar an.

»Ich kenne diese Mistkerle dort«, sagte er. »Wenn sie mich sehen, machen sie sich in die Hosen.«

Jiggs und ich betraten den Juwelierladen getrennt; er stellte sich in eine Ecke und tat so, als würde er sich einige Schmuckstücke in den Vitrinen ansehen. Unter seinem Mantel hatte er einen kleinen Fischhaken versteckt. Er hatte mir gesagt, daß er damit liebend gern jemandem die Augen ausstechen wurde, sollte es ein Problem geben. Ich ging an die Ladentheke und gab dem Kerl, der mir damals den Stein gegeben hatte, ein Zeichen.

»Hier hast du deine Glasscherbe zurück, du verdammtes Arschloch.«

»Sprechen Sie nicht so mit mir. Was denken Sie eigentlich, wer Sie sind?« erwiderte er. »Ich gebe Ihnen sechstausend für den Ring – aber keinen Dollar mehr.«

Eine Verkäuferin und ein weiterer Angestellter kamen herbeigeeilt.

»Jetzt hört mir mal alle gut zu: Ihr gebt mir sofort meine zehntausend zurück. Wenn das länger als fünf Minuten dauert, muß ich fünf Prozent Zinsen berechnen – das gilt rückwirkend für die letzten acht Monate. Außerdem kannst du dich dann auf etwas gefaßt machen.«

Ich zog den Kerl an der Krawatte über den Tisch und schlug ihm so hart ins Gesicht, daß seine Nase zu bluten begann. In dem Moment stellte sich Jiggs neben mich. »Hallo, Joe«, sagte er freundlich. »Gibt es ein Problem?«

»Nein, ich glaube nicht, Jiggs. Mein Freund hier hat Nasenbluten, und ich gebe ihm gerade einen guten Rat, was er dagegen unternehmen sollte.«

Der Typ erkannte Jiggs, nickte zur Begrüßung und verschwand eilig in sein Büro. Als er zurückkam, reichte er uns einen Scheck über 10000 Dollar. »Ich habe keinen Namen eingetragen, weil ich nicht wußte, auf wen der Scheck ausgestellt werden soll«, sagte er.

»Nimm diesen Fetzen und schick einen deiner Handlanger damit zur Bank«, forderte ich. »Ich will Bargeld. *Capisci?*«

Er ging wieder in sein Büro und tauchte kurz darauf mit zehntausend in bar auf. Dann befahl er der Verkäuferin, mir ein goldenes Armband zu bringen. »Das ist für Sie – mit besten Empfehlungen unseres Hauses.«

Auf dem Rückweg nach Hallandale steckte ich Jiggs 1000 Dollar zu. Er wollte sie zuerst nicht nehmen, aber ich bestand darauf. Wir gingen zur Rennbahn und gewannen beide.

Später schickte ich 2000 Dollar mit einer kurzen Erklärung an Tommy ab.

»Hast du mir auch ein Armband mitgebracht?« fragte er mich bei unserem nächsten Telefonat.

»Nein«, erwiderte ich. »Aber du kannst meines haben. Vor kurzem habe ich einen Schwulen mit so einem Ding am Handgelenk gesehen. Es gehört dir, wenn du willst.«

»Wenn du weiter so mit mir sprichst, werde ich dir irgendwann dein verdammtes Maul stopfen«, sagte Tommy lachend.

Zweiter Teil

Der Spieler

1

»Ich bringe ihre Eltern um!«

Seit vier Jahren gehörte ich nun zu T.A.s Crew in der Gambino-Familie. Trotz Tommys Warnungen hatte ich hinter seinem Rücken einiges am Laufen. Warum sollte ich nur mit einer *Famiglia* Geschäfte machen? Das wäre doch undemokratisch gewesen. Ich war mittlerweile fünfundvierzig Jahre alt und fühlte mich unbesiegbar. Als Little Dom Cataldo mich Anfang 1976 anrief und wissen wollte, ob ich ihm eine Ladung Hasch besorgen könnte, zögerte ich nicht lange. Die Gambinos sahen verächtlich auf die Colombos herab und behandelten sie manchmal fast wie Nachwuchsmitglieder. Tatsächlich erledigten die Mitglieder der Colombo-Familie eine Menge schmutziger Arbeit für die Gambinos. Deshalb hatte ich beinahe das Gefühl, für die Verwandtschaft zu arbeiten – Tommy hätte das sicher anders gesehen.

»Ich brauche ungefähr sechshundert Pfund«, sagte Dom. »Aber niemand darf erfahren, daß der Stoff für mich ist.«

Tommy Farese würde mir soviel Pot besorgen, wie ich nur wollte. Ich kam gut mit ihm aus, außerdem hatte ich in Riviera Beach für seinen *compare* John ›Johnny Irish‹ Matera einen Lagerraum gemietet, den sie für ihre Rauschgiftgeschäfte benützen konnten.

»Kein Problem, Dom«, versicherte ich. »Wer wird den Stoff abholen?«

»Ich schicke dir Billy Ray. Er wird die Ladung zur Bahn bringen.« Billy Ray gehörte zu Little Doms Crew.

Am nächsten Tag traf ich mich mit Farese und seinem Partner Harry Roth. Gemeinsam luden wir 580 Pfund Kolumbianisches Gold in meinen Wagen. Ich versprach ihnen, daß sie das Geld in zwei oder drei Wochen bekommen würden.

»Wir haben dir zehn Pfund extra eingepackt, Joey«, erklärte Farese. »Du bezahlst uns aber nur 580 Pfund zu je eins dreißig. Das macht dann fünfundsiebzig vier. Sagen wir fünfundsiebzig, okay?«

»Ja, danke. Ich werde euch das Geld so schnell wie möglich beschaffen.«

»Kein Problem, Joey. Wir vertrauen dir.«

»Hey, Dom, kannst du mich hier zurückrufen? Ich bin in einer öffentlichen Telefonzelle«, sagte ich und gab ihm die Nummer.

Dom rief mich prompt zurück. »Hast du den Stoff?«

»Ja, fünfhundertachtzig Pfund. Wir schulden den Lieferanten fünfundsiebzigtausend. Ich habe ihnen versprochen, in zwei Wochen zu zahlen. Es handelt sich um Kolumbianisches Gold – also solltest du mindestens drei Mäuse pro Pfund verlangen.« Ich meinte damit natürlich 300 Dollar. »Uns kostet es eins dreißig. *Capisci*?«

»Klingt gut«, bemerkte Dom. »Wir sind Partner, Joey. Tu mir bitte einen Gefallen: Miete dir einen Wagen und lade das Zeug auf. Ich werde es in Lorton, Virginia, übernehmen lassen. Das spart uns eine Menge Zeit.«

»In Ordnung, Dom. Ich gebe dir noch Typ und Farbe des Wagens und die Nummer des Kennzeichens.«

Ich wandte mich an ein Mitglied der Crew und bat ihn, jemanden loszuschicken, um ein Auto zu mieten. Diese Vorsichtsmaßnahmen hören sich vielleicht unverständlich an, aber ich wollte ganz sicher gehen, daß mir die Bullen nicht auf die Schliche kamen. Schließlich bekamen wir einen fünftürigen Buick. Einer meiner Männer fuhr den beladenen Wagen zum Autozug, um damit nach Lorton, Virginia, weiterzureisen. Als er sich dort mit Billy Ray in Verbindung gesetzt hatte, rief er mich an, und ich ließ mir von Billy persönlich die Übernahme bestätigen.

»Dieser Stoff ist großartig«, schwärmte Dom später am Telefon. »Ich denke, ich kann die ganze Ladung auf einmal verkaufen, wenn ich mit dem Preis etwas heruntergehe. Was meinst du dazu?«

»Schwer zu sagen, Dom«, erwiderte ich. »Wenn du den Stoff in kleineren Mengen verkaufst, kannst du vierhundert pro Pfund verlangen. Beim Verkauf der gesamten Ladung würde ich nicht unter dreihundert gehen.«

»In Ordnung, Joey. Ich wollte nur wissen, wie du darüber denkst.«

»Die Entscheidung mußt du treffen, Dominick – ich möchte dir da nicht hineinreden«, bemerkte ich. »Hauptsache, du besorgst mir die fünfundsiebzigtausend so schnell wie möglich.«

Little Dom versprach, in den nächsten Tagen in den Süden zu kommen. »Eine solche Summe kann man nicht mit der Post schicken«, meinte er.

Bevor wir das Gespräch beendeten, erwähnte ich noch, daß Tommy Farese zehn Pfund zusätzlich eingepackt hatte. »Vielleicht kannst du damit einer Braut imponieren.«

»Nein, Joey, das wirkt nicht«, erwiderte Dom. »Die stehen auf Schnee – das bringt sie nach oben.« Dann legte er auf.

Er war höchste Zeit, daß ich meiner Familie etwas Gutes tat, deshalb lud ich sie nach Disney World ein. Die Kinder waren überglücklich, und auch Bunny war begeistert. Ich war wirklich ein beschissener Ehemann und Vater geworden – nie war ich zu Hause, sondern verbrachte meine Freizeit damit, zu spielen oder mich mit Frauen herumzutreiben. Inzwischen wettete ich auch bei Jai-Alai-Spielen. Immer öfter ging ich zur Sporthalle in West Palm Beach und beobachtete dort in einem Nebenraum den Spielverlauf auf einem Monitor, während ich mich mit einer der Tischdamen vergnügte. Manchmal trieb ich es mit zwei Bedienungen gleichzeitig. Ich hatte mich wirklich zu einem Hurenbock entwickelt, und manchmal empfand ich schon vor mir selbst Abscheu. Ich machte die Mädchen an, zog sie dann ins Bett und verließ sie wieder.

Bunny war mittlerweile sehr mißtrauisch geworden. Ständig verdächtigte sie mich, daß ich mit dieser oder jener Frau schlafen würde. Ich stritt natürlich alles ab. »Denkst du denn, ich wäre King Kong?« pflegte ich zu sagen, aber mir war klar, daß sie Bescheid wußte.

Mit der Zeit entwickelte sie sich zu einer richtigen Detektivin. Einmal verfolgte sie mich sogar bis ins Apartment eines meiner Mädchen. Sie klopfte an die Tür, stürmte herein und ging mit dem Messer auf die Braut los. *Marrone*, was für eine verflixte Situation! Ich entwand ihr das Messer und schnitt mich dabei in die Hand. Dann trug ich meine um sich tretende, strampelnde Frau ins Freie.

Obwohl ich auf die Bibel schwor, daß ich so etwas nie wieder tun würde, war sie zwei Wochen lang sauer auf mich. Schließlich fuhr ich mit ihr übers Wochenende nach Naples. Wir quartierten uns in einem hübschen Hotel ein, und ich verwöhnte sie, so gut ich konnte. Trotzdem blieb sie mißtrauisch und schnüffelte mir ständig nach.

»Bunny, mein Schatz, ich schwöre dir, daß ich dich nicht mehr betrügen werde, okay? Ich kann dich nur einfach nicht immer mitnehmen.«

Ich fühlte mich wie ein Gefangener.

»Wo zum Teufel warst du?« schrie Dominick in den Hörer. »Ich habe ständig versucht, dich zu erreichen.«

Ich erzählte ihm, daß Bunny mich erwischt hatte und daß ich sie mit einem Wochenende in Naples versöhnen mußte.

»Meine Frau erwischt mich ständig, Joey«, erwiderte er. »Wenn sie dann damit droht, mich zu verlassen, sag ich ihr, sie soll ruhig gehen. Leider müßte ich dann ihre Eltern umbringen.«

»Du verrückter Kerl«, sagte ich lachend. »Das ist keine Lösung für mich – Bunnys Eltern sind bereits tot.«

»Mach dir keine Gedanken darüber, Joey. Wo soll sie denn mit vier Kindern hingehen? Aber ich wollte dich geschäftlich sprechen – du weißt schon, worüber.« Dann gab er mir die Nummer der Telefonzelle, in der er wartete.

Ich verließ das Haus und rief ihn von einem öffentlichen Telefon zurück. »Was ist los?«

»Ich habe den Stoff für zweiachtundvierzig losgeschlagen«, berichtete Dom. »Die ganze Ladung ging an einen Empfänger. Er hat mir einhundertfünfundsechzigtausend gegeben. Wenn du dem Lieferanten die fünfundsiebzig bezahlt hast, bleiben jedem von uns fünfundvierzig. Willst du etwas extra für den Mietwagen und die Decken?«

»Zum Teufel mit dir, Dom! Hältst du mich etwa für kleinlich?« scherzte ich.

Little Dom sagte mir, er würde Ralphie, einen seiner Leibwächter aus der Crew, mit 120000 Dollar zu mir schicken. »Ich habe ihn bereits bezahlt«, erklärte er. »Du mußt ihm nur ein Hotelzimmer und eine Braut besorgen.«

»Machst du Witze? Wo soll ich denn ein Mädchen finden, das bereit ist, mit dem häßlichen Kerl ins Bett zu gehen? Er sieht aus wie Godzilla.«

»Tut mir leid, Joey«, entgegnete Dom. »Ich habe ihm bereits gesagt, daß du ihm eine hübsche Blondine besorgt hast.«

Dann gab er mir die Flugnummer. Ralphie würde noch an diesem Abend um acht Uhr in West Palm ankommen. Das brachte mich wirklich in Verlegenheit. Ich wußte, der Wüstling würde durchdrehen, wenn ich ihm kein Mädchen besorgte. Plötzlich hatte ich eine Idee. Ruben ließ auf der Gegengeraden immer einige Mädchen arbeiten. Sie wärmten die Pferde auf und halfen beim Training. Die meisten waren jung, hübsch und aufgeschlossen. Howie hatte mich hin und wieder mit einer von ihnen zusammengebracht. Ich rief ihn sofort an.

»Hallo, Howie. Ein Freund von mir ist gerade entlassen worden. Ich brauche eine hübsche Blondine für ihn und bin bereit, zweihundert auszugeben.«

Als ich nach Hause kam, erzählte ich Bunny die Geschichte. Ungläubig sah sie mich an. »Machst du Witze? Mit Ralphie? Das arme Mädchen.« Zwei Stunden später rief mich Howie aus dem Holiday Inn an und verabredete sich mit mir für halb sieben – das gab mir zwei Stunden Zeit, um anschließend Ralphie abzuholen. Howie wartete bereits, als ich eintraf. Neben ihm saß ein hübsches, blondes, junges Mädchen. Sie sah einfach umwerfend aus.

»Joe, darf ich dir Janice vorstellen? Sie leistet gute Arbeit beim Training – und sie ist verrückt nach Glorious Request.«

»Wirklich?« Ich schüttelte ihr die Hand. »Dann soll sie ihn haben.«

Ich bestellte einige Drinks und bezahlte Howie für das Zimmer, das er gemietet hatte. Dann klärte ich Janice auf.

»Der Typ, mit dem du dich treffen wirst, sieht ein wenig grobschlächtig aus«, begann ich. »Aber er ist ein netter Kerl und tut keiner Fliege etwas zuleide. Er war lange Zeit weg, deshalb möchte ich, daß du nett zu ihm bist. Wenn er dich sieht, wird er sich sofort in dich verlieben. Er ist ein guter Freund von mir, und ich werde deine Bemühungen großzügig entlohnen.«

Janice war beleidigt. »Ich will kein Geld von dir – ich bin doch keine Prostituierte«, entgegnete sie. »Ich wollte damit nur Howie und dir einen Gefallen tun. Wenn du dich erkenntlich zeigen möchtest, dann laß mich deine Pferde trainieren.«

Vor kurzem hatte ich einige billige Pferde gekauft, damit Glorious Request Gesellschaft hatte. »Hör zu, Schätzchen«, sagte ich, »wenn irgend jemand außer dir es wagen sollte, morgens eines meiner Pferde zu reiten, rufst du mich an. Ich werde dann ein vertrauliches Gespräch mit unserem Mr. Ruben führen.«

Howie ging kurz darauf, und ich bestellte für Janice noch einen Drink. Sie erzählte mir, daß Beverley, eine ihrer Kolleginnen auf der Rennbahn, geschwärmt hätte, was für ein toller Kerl ich sei. Ich fühlte mich ziemlich mies – außerdem hatte ich Angst, daß Bunny mir nachspionierte. Trotzdem wünschte ich mir, daß das Flugzeug mit Ralphie abstürzen würde. Das Mädchen gefiel mir wirklich außerordentlich gut.

Viel zu schnell wurde es Zeit aufzubrechen. Ich bat Janice, im Hotel zu warten, weil ich zuerst allein mit Ralphie sprechen wollte. Auf der Fahrt zum Flughafen verfluchte ich Dominick. Warum mußte er mir diesen Job aufs Auge drücken?

Ralphie wartete schon in der Halle auf mich. Mit seiner karierten Hose sah er aus wie ein typischer Tourist. Leider trug er keine Maske.

»Hey, Ralphie, wie geht's dir?«

Ich bemerkte, daß er lediglich eine kleine Reisetasche bei sich hatte. Er wollte anscheinend nur über Nacht bleiben – Gott sei Dank!

»Hallo, Joe. Ich dachte schon, du hättest mich vergessen. Wo ist die Braut?«

»Tut mir leid, Ralphie, aber ich bin in einen Verkehrsstau geraten. Das Mädchen wartet im Holiday Inn. Sie hat ein Zimmer gemietet und freut sich schon auf dich.«

»Wie sieht sie aus, Joey? Ist sie blond?« fragte er.

»Sie sieht umwerfend aus. Hör zu, Ralphie: Sei nett zu ihr. Ich habe ihr gesagt, daß du ein guter Freund und ein anständiger Kerl bist. Also behandle sie ordentlich und tu ihr nicht weh.«

»Geht klar, Joey. Das werde ich auf keinen Fall tun. Hoffentlich macht sie das, was ich möchte.«

»Natürlich, kein Problem«, erwiderte ich. Woher sollte ich auch wissen, was er von ihr erwartete.

Als Janice sich freundlich mit Ralphie bekanntmachte, hätte ich alles getan, um mit dem ungehobelten Kerl tauschen zu können. Sie unterhielten sich über das Wetter und Ralphies Flug. Ich mußte einfach weg – ich konnte nicht mehr mitansehen, wie die beiden miteinander turtelten. Einen Augenblick sah Janice enttäuscht drein, als ich verkündete, ich würde jetzt mit meiner Frau essen gehen.

»Ich fliege morgen um viertel nach acht«, sagte Ralphie. »Soll ich mir ein Taxi nehmen?«

»Nein, ich hole dich um sechs Uhr ab«, versprach ich. »Janice, hier ist meine Telefonnummer. Ruf mich an, wenn du Probleme hast.«

Ralphie ging zur Bar, um die Drinks zu bezahlen. Ich gab Janice einen raschen Kuß und machte mich auf den Weg.

»Wie sah das Mädchen aus?« fragte Bunny.

»Na ja, ein wenig mollig. Nicht mein Geschmack, aber immer noch zu gut für Ralphie. Sie kann nur bis Mitternacht bei ihm bleiben, dann muß sie nach Hause zu ihrem Mann«, log ich. »Ich habe sie in einem Hotel in der Innenstadt untergebracht.«

»Wie kommt sie heim?« Bunny war nichts so leicht zufriedenzustellen.

»Wahrscheinlich wird sie sich an Ruben wenden. Ich habe ihr unsere Telefonnummer gegeben – nur für den Fall, daß sie Probleme mit dem Kerl hat.«

Bunny war immer noch mißtrauisch. »Du mußt sie doch wohl nicht nach Miami bringen?«

»Zur Hölle, nein. Das ist Rubens Sache.«

Endlich schien Bunny beruhigt, und ich war erleichtert. Eigentlich hatte ich ja nichts angestellt, und nachdem das Mädchen eine Nacht mit Ralphie verbracht hatte, würde ich es sowieso nicht mehr anrühren.

»Ich muß Ralphie um halb sieben abholen«, erklärte ich. »Nachdem ich ihn zum Flughafen gebracht habe, fahre ich zur Rennbahn und sehe mir das Training an. Willst du mitkommen?« Ich wußte genau, daß sie dazu keine Lust hatte.

»Nein, Liebling. Du weißt ja, daß ich Ruben nicht ausstehen kann. Betrügt er seine Frau?« Sie lächelte. »So wie du?«

Bunny war eine hübsche Frau und eine gute Mutter. Leider hatte sie einen lausigen Ehemann. Aber was konnte ich dafür, daß mir auch andere Mädchen so gut gefielen?

Das Klingeln des Telefons weckte mich. »Hi! Vergiß nicht, deinen Freund abzuholen«, sagte eine süße Stimme.

Bunny öffnete die Augen und warf mir einen Blick zu.

»Natürlich, Ralphie. Kein Problem. Wir haben noch genügend Zeit«, sagte ich schnell. »Ich springe rasch unter die Dusche, dann komme ich.«

»O Joe, es tut mir leid. Ich habe ganz vergessen, daß deine Frau zu Hause ist.« Janice legte auf.

»Ich dachte, du solltest ihn aufwecken«, bemerkte Bunny mißtrauisch.

»Ralphie hat Angst, seinen Flug zu verpassen.« Ich beeilte mich, da ich befürchtete, Ralphie würde anrufen.

Als ich das Hotelzimmer betrat, war er bereits angezogen und hatte gepackt. Janice lag nackt auf dem Bett und schlief.

»Sie möchte, daß du sie nachher nach Miami bringst«, meinte Ralphie im Auto.

»War sie gut. Hat sie das getan, was du wolltest?«

»Sie war großartig – sie hat genau gemacht, worum ich sie gebeten haben. Ich habe ihr fünfhundert Dollar in die Tasche gesteckt. Wenn ich das nächste Mal hier bin, möchte ich sie wiedersehen.«

»Okay, Ralphie. Sag Dom, er soll mir rechtzeitig Bescheid geben.« Ich setzte ihn ab und parkte den Wagen auf dem Flughafengelände. Dann fuhr ich mit einem Taxi zurück –

Mrs. Sherlock Holmes sollte mein Auto nicht vor dem Holiday Inn entdecken. Janice saß – immer noch nackt – auf dem Bett und tauchte ihre Hände in eine Eiskübel. Sie sah mich traurig an, dann hob sie die Arme. Ihre Hände waren rot und geschwollen.

»Was zum Teufel ist passiert?« fragte ich. Plötzlich begann sie hysterisch zu lachen und konnte sich gar nicht mehr beruhigen.

«Nachdem du weg warst, ging ich mit Ralphie aufs Zimmer, und wir zogen uns aus. Er ist ziemlich kräftig gebaut«, erzählte Janice. »Dann sagte er mir, er habe von dir erfahren, daß ich alles machen würde, was er sich wünschte. Ich bekam ein wenig Angst und fragte ihn, was er sich denn vorgestellt habe. ›Ich möchte, daß du mir den Arsch versohlst, während ich mir einen runterhole‹, sagte er. Ich erklärte ihm, daß ich so etwas noch nie getan hätte und daß er mir zeigen müsse, wie er es haben wolle. Da legte er mich übers Knie und schlug mir auf den Hintern. Es tat sehr weh, doch er verlangte, ich solle ihn noch viel fester schlagen.«

Janice begann wieder zu lachen und steckte die Hände zurück in den Eiskübel.

»Dann kniete er sich hin«, fuhr sie fort, »und ich klatschte ihm auf den Hintern. ›Fester, viel fester!‹ schrie er, während er onanierte. Es dauerte mindestens fünfundvierzig Minuten, bis er fertig war. Dann legte er sich hin und schlief ein.«

Janice verzog das Gesicht zu einer Grimasse. »Jedem das Seine«, bemerkte sie und brach wieder in hysterisches Gelächter aus.

»Als er aufwachte, wollte er das gleiche noch einmal haben. Diesmal kam er schneller. Wahrscheinlich hatte ich meine Leistung schon gesteigert. Irgendwie hat mich das angemacht. Bist du interessiert, Joe?«

Irgend etwas hielt mich zurück, obwohl ich dieses Mädchen haben wollte – sehr sogar. Ich setzte mich zu ihr aufs Bett, und wir umarmten und küßten uns fast eine Stunde lang. Zu mehr kam es nicht.

Nachdem Janice geduscht und sich angezogen hatte, entdeckte sie die 500 Dollar in ihre Tasche. Sie wollte sie mir zurückgeben, doch ich fand, daß sie das Geld verdient habe, und bestand darauf, daß sie es behielte.

»Glorious geht heute ins Rennen. Ich werde die Summe auf ihn setzen. Howie sagte, er wird gewinnen.«

Ich sah sie nachdenklich an. »Wirklich? Gib mir das Geld – ich werde für dich wetten. Wenn du zur Rennbahn kommst, erzähl allen, daß Glorious Request heute siegen wird, okay?«

»In Ordnung, Joe. Aber dann wird er vielleicht der Favorit sein.«

»Tu einfach, was ich dir sage, und stell keine weiteren Fragen.«

Auf dem Weg zur Rennbahn rief ich Little Dom an. Wir hatten noch Zeit, denn Glorious Request würde erst im dritten Rennen starten.

»Dein Gaul läuft heute«, erinnerte er mich sofort. »Er hat keine Chancen, aber ich habe einen ›Freund‹, der ein Pferd im gleichen Feld starten läßt. Bist du dabei?«

»Ja, Dom. Setz bitte fünf Nickel für mich.« Normalerweise stieg ich mit vier Nickel, also 2000 Dollar, bei ihm ein.

»Geht klar, Joe. Aber bitte gib keine Wetten an den Schaltern ab – denk an die Quoten. Warum setzt du heute fünf statt vier?«

»Weil ich verliebt bin – ein Nickel ist für sie.«

Dom lachte. »Laß dich nicht wieder von Bunny erwischen«, warnte er. »Hat Ralphie dir die Moneten gegeben?«

»Ja, und ich habe mich um ihn gekümmert. Der Kerl hat eine Meise, Dom. Hast du das gewußt?«

»Natürlich, Joe. Die meisten Jungs hier sind krank.«

Kurz vor dem dritten Rennen traf ich Howie in einem schicken Anzug. Er glaubte, er würde mit Glorious Request nach dem Sieg fotografiert werden.

Janice hatte ihre Sache gut gemacht. Sie kam auf mich zu und fragte mich, ob ich die 500 Dollar für sie gesetzt hätte.

»Keine Sorge«, beruhigte ich sie.

Zwei Minuten vor Annahmeschluß ging ich zum Schalter und setzte ein sogenanntes ›wheel‹ auf das Pferd von Dominicks ›Freund‹, da so die Quoten nicht beeinträchtigt wurden. Mit vier zu eins ging das Pferd ins Rennen.

Natürlich gewann es. Das Pferd, das mit zwölf zu eins gestartet war, wurde zweiter. Glorious Request läuft wahrscheinlich immer noch. Für meine zwanzig Dollar Einsatz bekam ich 1680 Dollar. Janice war völlig am Boden zerstört.

»Honey, hör zu. Ich habe am Schalter einen Fehler gemacht und versehentlich auf die Nummer drei gesetzt. Durch Zufall hast du gewonnen – und ich auch. Hier ist dein Geld. Howie erzählen wir besser nichts davon. Soll er doch denken, wir hätten verloren.«

»Aber warum?« fragte sie.

»Tu einfach, was ich dir sage, Schätzchen.«

»Ich glaube, ich könnte mich in dich verlieben«, bekannte sie.

»Hör auf damit. Das geht sicher bald vorüber.«

Kurz darauf fuhr ich nach Hause.

2

Total erschöpft

Für meine Wette, die ich über Dom abgeschlossen hatte, bekam ich 10000 Dollar aus New York, doch ich konnte mich nicht richtig darüber freuen. Meine Gedanken kreisten ständig um dieses Mädchen – ich war wirklich dabei, mich zu verlieben. Ich konnte es kaum glauben. Jetzt war ich seit zwölf Jahren verheiratet und hatte vier Kinder. Es war einfach nicht vernünftig. Außerdem – und das war ein wichtiges Argument – billigten die Bosse der Mafia es nicht, wenn ein Mann seine Frau verließ. Selbst 1976 hatten sie zu diesem Thema noch Ansichten wie in der Steinzeit. Eine Freundin wurde toleriert, aber eine zweite Ehefrau, die meist jung und dumm war, konnte einen Mobster in Schwierigkeiten bringen. Ich brauchte Zeit, um darüber nachzudenken, deshalb hielt ich mich einen Monat lang von der Rennbahn fern. Am Telefon war ich nur für Little Dom und T. A. zu sprechen.

Janice rief allerdings nie an und wußte dabei nicht, ob mich das erleichterte oder eher unglücklich machte. Ruben meldete sich jeden Tag und wollte wissen, wo ich war und wie er seine fälligen Zinsen bezahlen sollte. Schließlich fuhr ich nach Hallandale, um mich mit ihm zu treffen.

Jiggs kam auf mich zu. »Wo zum Teufel bist du gewesen? Ruben dreht schon durch. Er wußte nicht, wem er das Geld geben sollte, deshalb habe ich es für dich kassiert. Hier, bitte.« Er reichte mir 2400 Dollar.

Ich erklärte Jiggs, daß ich ein Problem hätte und daß ich deshalb kaum unter die Leute gehen könne. In diesem Moment tauchte Ruben auf.

»Ich glaube, wir sind in Schwierigkeiten«, sagte ich ernst und stieß ihm einen Finger in die Rippen. »Jiggs erzählt mir gerade, daß du ihm das Geld nicht geben wolltest.«

Howie ging mir nicht auf den Leim, sondern grinste mich an. Nachdem Jiggs sich verabschiedet hatte, setzten wir uns zusammen.

»Diese Janice ist ganz verrückt nach dir. Sie ist total fertig und hat nicht einmal mehr Interesse daran, die Pferde zu trainieren. Jeden Freitag hat sie mich hierher begleitet, weil sie hoffte, dich treffen zu können.«

»Wenn du dieses Mädchen feuerst, breche ich dir beide Beine – das schwöre ich dir, Howie. Und ich meine es ernst. Warum ist sie heute nicht hier, wenn du sie jeden Freitag mitbringst?«

Howie, der Süchtling, grinste. »Sie wartet im Wagen auf dich.«

Ich war so glücklich, daß ich ihn umarmte. Dann rannte ich hinaus. Janice weinte. »Was ist los?« fragte ich.

»Ich warte schon so lange hier«, schluchzte sie. »Ich dachte, du wolltest mich nicht mehr sehen. Seit Wochen sitze ich hier und halte Ausschau nach deinem Auto. Howie hat mir gesagt, ich dürfe nicht mit ihm hineingehen, weil du dich dort mit deinem Onkel treffen würdest.«

Mein Respekt für Howie stieg – ich hätte nicht gedacht, daß er soviel Grips hatte.

»Komm, Janice. Laß uns übers Wochenende wegfahren.«

Als Howie aus dem Café kam, wandte sie ein, daß sie Dienst habe. Howie müsse ihr erst Urlaub geben.

»Was zum Teufel ist los mit dir?« fragte Howie. »Willst du, daß man mich verprügelt? Nimm dir drei Wochen frei. Und wenn du danach deinen Urlaub verlängern willst, bekommst du dein Gehalt trotzdem.«

Auf der Fahrt nach Key West lachten Janice und ich ununterbrochen. Wir mieteten uns in einem Motel am Strand ein und verließen das Zimmer das gesamte Wochenende nicht. Janice bat mich, meine Frau zu verlassen. Als ich sie am Montag morgen an der Rennbahn absetzte, versuchte ich, ihr die Situation klarzumachen.

»Ich mag dich sehr, und vielleicht habe ich mich sogar in dich verliebt. Es tut mir leid, aber du darfst nicht an eine Zukunft mit mir denken. Meine Frau und meine Kinder bedeuten mir alles. Ich bin jetzt so ehrlich mit dir, weil ich dich nicht an der Nase herumführen möchte. Es hat einfach keinen Sinn mit uns. Lebwohl.«

Es war nicht leicht, aber so spielt das Leben. Auf dem Rückweg nach Palm West mußte ich plötzlich lachen, als ich an Ralphie dachte. Wer sollte ihm jetzt den Hintern versohlen?

Als ich die Auffahrt zu unserem Haus hinauffuhr, lief mir Bunny entgegen.

»Joe, was ist passiert? Wo bist du gewesen? Geht's dir gut? Du siehst furchtbar aus.«

Wie sollte man sonst aussehen, wenn man drei Tage ausschließlich mit Bumsen verbracht hatte?

»Du stellst mehrere Fragen gleichzeitig«, stellte ich sarkastisch fest. »Welche soll ich dir zuerst beantworten?«

»Vergiß es«, erwiderte Bunny gekränkt. »T. A. möchte dich sprechen. Auch er hat sich Sorgen um dich gemacht.«

Tommy und ich hatten eine Code vereinbart. Wenn ich ihn am Telefon anlügen mußte, nannte ich ihn Tipperino – dann wußte er Bescheid.

»Hallo, Tipperino«, meldete ich mich. »Ich wurde am Freitag entführt. Sie waren zu dritt. Wahrscheinlich waren es Colombos.«

»Du verdammter Idiot.« Tommy lachte. »Du hast uns wirklich in Aufregung versetzt. Ich hoffe, sie war es wert. Sieht sie gut aus?«

»Ich hatte wirklich Glück, Tom. Aber sie haben mir ständig zwischen die Beine getreten.«

»Ich verstehe. Du bist jetzt total erschöpft und kannst dich kaum noch um deine Frau kümmern. Ruf mich morgen an. Wir müssen etwas besprechen.« Dann legte er auf.

Bunny hatte sich dicht hinter mich gestellt. »Also, schieß los. Ist sie blond, brünett oder rothaarig? Du Schwein!«

»Natürlich hatte ich von jeder Sorte eine!« brüllte ich sie an. »Das denkst du doch, nicht wahr?«

Dann knallte ich die Schlafzimmertür zu und legte mich schlafen.

3

Der große Bluff

»Hey, Tom. Was ist los?«

»Hör zu, Joe, geh zur Rennbahn in Gulfstream. Im Restaurant des Clubhauses fragst du nach Sean O'Leary.«

»Warum?« wollte ich wissen.

»Hey, Joey!« schrie Tommy Agro in den Hörer. »Du solltest besser aus der Sonne gehen und nicht ständig den Weibern hinterherjagen! Wenn ich sage, du sollst den verdammten Kerl treffen, dann tust du das auch. Soll jeder verdammte Idiot Bescheid wissen, du Bastard?«

Natürlich hatte er recht. Ich hatte nicht nachgedacht und ihn von zu Hause aus in seiner Wohnung angerufen. Wir könnten beide abgehört werden. Außerdem wußte ich bereits, worum es ging. Ich hätte eine Wette darauf abgeschlossen, daß es sich um ein Rennen handelte, das wir manipulieren wollten. Anscheinend ahnte niemand, wie leicht es ist, an Jockeys, Trainer und deren Mitarbeiter heranzukommen. Die Rennbahn war die ideale Umgebung für Ganoven. Die

Wintersaison 1976 in Gulfstream hatte gerade begonnen, und ich war sicher, daß Tommy sich einen guten Trick ausgedacht hatte.

»In Ordnung, Tip. Es tut mir leid, aber ich bin gerade erst aufgewacht.«

»Er wartet auf dich, also mach dich auf die Socken.«

Ich fuhr nach Hallandale, und der Oberkellner führte mich sofort zu Sean O'Leary.

»Ich bin Joe Dogs«, stellte ich mich vor. »Leider habe ich keine Ahnung, warum ich hier bin. T. A. sagte, du würdest mir alles erklären.«

Sean O'Leary sah nicht wie ein Ire aus. Sein Äußeres war nichtssagend – er war der Typ, den man sofort wieder vergaß.

»Du brauchst ungefähr vierzig- oder fünfzigtausend. Damit können wir im Rennen kräftig absahnen«, behauptete er. »Diese Investition schließt die Unkosten und die Wetteinsätze ein. Es könnte die ganze Saison über laufen. In Calder konnte ich das nicht machen, weil Matty Brown Fortunato mir gesagt hat, daß die Leute von Kansas City das Geschäft bereits in der Hand haben.«

›Matty Brown‹ Fortunato war ein Capo der Genovese-Familie in New York.

»Und in Hialeah sind die Kontrollen zu scharf«, fuhr er fort. »Wenn du das Geld dabei hast, können wir den Handel sofort abschließen.«

Ich hatte das Geld tatsächlich bei mir, aber zuerst sollte er mir alles genau erklären. Ich wollte wissen, was er vorhatte,wie er seinen Plan durchführen wollte, wie hoch das Risiko war, wer sich daran beteiligte, und wieviel wir dabei absahnen konnten. Danach würde ich mit T. A. darüber sprechen.

Natürlich war ich aufgeregt. Es gab nichts Besseres als eine sichere Wette.

Ein Wort zu Wetten. Die meisten Leute wissen, wie man auf Sieg, Platz oder Einlauf wettet. Aber bei den komplizierteren Sachen wie Zweier- und Dreierwetten blicken die wenigsten durch.

Bei einer Zweierwette in einem Pferde- oder Hunderennen müssen mindestens fünf Tiere laufen. Man setzt auf den ersten und zweiten Platz – die Tiere müssen dann genau in dieser Reihenfolge durchs Ziel gehen. Normalerweise kostet diese Wette zwei Dollar.

Man kann sich auch aus einem Zehnerfeld vier Pferde heraussuchen, von denen zwei auf dem ersten und zweiten Platz liegen müssen.

Das kostet dann schon etwas mehr. Auf den meisten Rennplätzen beträgt der Mindesteinsatz für eine Zweierwette zwei Dollar. Wenn man auf vier Pferde wetten will, nimmt man die darunterliegende Zahl – also drei – und multipliziert sie mit vier. Das ergibt zwölf. Diese Zahl wird verdoppelt, das heißt der Wetteinsatz beträgt vierundzwanzig Dollar. Wenn man auf fünf Pferde wetten will, rechnet man fünf mal vier und verdoppelt. Also setzt man vierzig Dollar ein. Bei sieben Pferden zahlt man dementsprechend vierundachtzig Dollar.

Bei einer Dreierwette muß man auf die Pferde setzen, die den ersten, zweiten und dritten Platz belegen. Es müssen mindestens sechs Pferde laufen. Eine einfache Dreierwette kostet ebenfalls zwei Dollar. Leider kann ich nicht genau beschreiben, wie man den Wetteinsatz ausrechnet, wenn man auf die ersten drei Plätze setzen will, ohne die Reihenfolge einhalten zu müssen, aber auf den Rennplätzen liegen Broschüren aus, in denen man nachlesen kann, wieviel es kostet. Deckt man drei Pferde ab, setzt man zwölf Dollar ein. Eine Dreierwette mit vier Pferden kostet achtundvierzig Dollar, und so weiter.

Schließlich gibt es noch das sogenannte ›wheel‹. Dabei handelt es sich eigentlich um eine Zweierwette, nur daß man auch den Rest des Feldes abdeckt. Nehmen wir als Beispiel ein Zwölferfeld. Wenn man überzeugt ist, daß das Pferd mit der Nummer sieben siegen wird, setzt man alle anderen Pferde mit zwei Dollar pro Kopf auf Platz zwei. Das ›wheel‹ in einer Dreierwette kostet etwas mehr. Auch hier kann man die genauen Einsätze auf den Rennplätzen erfahren.

Dann gibt es noch das ›back wheel‹, bei dem man wettet, daß ein bestimmtes Pferd als zweites einlaufen wird. Alle anderen setzt man auf Platz eins. Doch ich denke, das reicht erst einmal für den Anfang.

Sean O'Leary erklärte mir die Methode:

»Das Risiko für euch ist minimal. Ich weiß, an welche Jockeys man sich heranmachen kann. Ich werde die Jungs jeweils am Morgen vor dem Rennen bestechen, daß sie auf keinen Fall unter den ersten drei liegen. Natürlich kann etwas Unvorhergesehenes passieren – dagegen bin ich machtlos. Ansonsten garantiere ich persönlich für die Einsätze. Wenn etwas schiefläuft, werde ich das Geld innerhalb von dreißig Tagen zu einem vernünftigen Zinssatz zurückzahlen. Und so wird es funktionieren«, fuhr O'Leary fort und deutete auf das Programmheft in seinem Schoß. »Nehmen wir an, es starten neun Pferde, und ich kann fünf von den Jockeys bestechen. Natürlich wende ich mich an keine Neulinge, mit denen es Ärger geben könnte. In diesem Rennen müßten wir ungefähr zwölf Riesen einsetzen. Der Favorit startet mit einer Quote von acht zu eins, und der Jockey würde dreitausend verlangen. – Der hier«, sagte er und deutete wieder auf das Programm, »will auch drei Riesen. Für das Pferd, das mit fünf zu eins ins Rennen geht, müßten wir zweitausend hinblättern. Die anderen zwei Jockeys kann ich für jeweils fünfzehnhundert bekommen. Dann bleiben nur noch vier Pferde und Jockeys übrig. Darauf schließen wir eine Zweierwette ab, die alle abdeckt. Das kostet uns vierundzwanzig Dollar pro Wette.

Das ganze machen wir vierhundertmal und legen dafür neuntausendsechshundert auf den Tisch. Die restlichen vierhundert riskieren wir für ein ›wheel‹. Wir brauchen also insgesamt einundzwanzig Riesen für den Wetteinsatz und die Jockeys. Wenn ein Pferd gewinnt, das mit zwanzig zu eins ins Rennen gegangen ist, und der zweite bei einer Quote von dreißig zu eins liegt, können wir kräftig absahnen. Obwohl wir mit unseren Wetten die Quoten etwas gedrückt haben, bekommen wir ungefähr das Dreihundertfache zurück.

Das heißt, wir kassieren 124800 Dollar! Wenn wir mit dem ›wheel‹ Glück haben, können wir weitere zehn bis zwanzig Riesen einstreichen. Verstehst du das, Joey?«

Verblüfft sah ich Sean an. Ich kannte ihn kaum, aber im Moment erschien er mir wie der Weihnachtsmann. Sein Plan klang großartig.

»Ich muß mit T. A. darüber sprechen«, erklärte ich ihm. »Dann gebe ich dir Bescheid.«

»In Ordnung, Joe. Aber sei am Samstag mit dem Geld hier, denn da läuft das große Geschäft. Und sag Tommy, daß ich meinen Anteil haben will, ohne investieren zu müssen.«

»Geht klar, Sean. Aber vergiß nicht, daß du dich persönlich für die Einsätze verbürgst.«

»Das ist richtig«, bestätigte er. »Erklär bitte Tommy, daß wir bei einigen Rennen nur ein Achterfeld haben werden. Wenn wir dann drei Jockeys bestechen, können wir zehn- bis fünfzehn Riesen setzen und kassieren dann einhundertfünfzigtausend.«

»Das sage ich ihm, Sean. Es klingt wirklich interessant. Wir sehen uns dann voraussichtlich am nächsten Samstag.«

Je mehr ich über Seans Plan nachdachte, um so mehr gefiel er mir. Ich hatte keine Schwierigkeiten, meinen Anteil beizusteuern. Tommy konnte das Geld auch aufbringen, wenn er wollte. Ich rief ihn in New York an und gab ihm die Nummer des öffentlichen Telefons. Als er mich zurückrief, erklärte ich ihm die Geschichte.

»Und er hat gesagt, daß er für die Einsätze geradesteht?« wollte T. A. wissen. »Weiß er, was ihm blüht, wenn er sein Wort nicht hält?«

Ich lachte. »Sean braucht vierzig- bis fünfzigtausend. Wenn du die Hälfte beisteuerst, lege ich den Rest drauf, und wir teilen den Gewinn durch drei.«

»Bist du verrückt, Joey?« schrie Tommy. »Das ist allein meine Sache. Du bist nur beteiligt, um mir den Rücken freizuhalten, mein Freund. Und jetzt hör gut zu. Kennst du Freddie mit der krummen Nase?«

Natürlich kannte ich Freddie Campo, den Buchmacher.

»Geh zu ihm und sag ihm, daß ich dich geschickt habe«, befahl Tommy. »Erklär ihm die Sache und frag ihn, ob er die Moneten aufbringen kann.«

»Na gut. Ich werde ihm sagen, daß wir die Garantie für den Einsatz übernehmen.«

»Nein, Joey. Du sagst ihm, daß ich – Tommy A. persönlich – mich dafür verbürge. Der Gewinn wird dann durch vier geteilt. Wenn du ihm erklärst, was wir dabei absahnen können, wird er mitmachen.«

Ich versprach Tommy, ihn wieder anzurufen, und legte auf.

Mir war nicht klar, warum Tommy mich zu Freddie schickte. Campo war ein erfolgreicher Buchmacher in Palm Beach, gehörte aber zu keiner Familie. Er wollte keine Schutzgelder zahlen und lebte ganz gut damit. Wenn er allerdings einmal ein Problem hatte, konnte er sich an niemanden wenden.

Als ich Freddie die Sache erklärt hatte, war er begeistert. »Wenn Tommy mir eine Garantie für das Geld gibt, bin ich dabei. Allerdings möchte ich das von ihm selbst hören.«

Dieser dünne, häßliche Mistkerl glaubte mir wohl nicht. Gerade als ich antworten wollte, überlegte er es sich anders. »Es reicht mir, wenn du mir dein Wort gibst. Eigentlich will ich nicht, daß der Verrückte meine Telefonnummer bekommt.«

Ich mußte lachen. Tommy Agro hatte einen zweifelhaften Ruf. »Keine Sorge, Freddie, ich werde sie ihm nicht geben. Kannst du bis Samstag fünfzigtausend auftreiben?«

»*Marrone,* das ist eine Menge Geld. Würden vierzigtausend reichen?«

»Ja, ich glaube schon.« Ich überlegte, daß ich den Rest besorgen würde, falls wir mehr bräuchten.

Ich setzte mich mit Sean in Verbindung und verabredete mich mit ihm für den folgenden Samstag in Gulfstream. Er bat mich, vor Mittag da zu sein, da er die Jockeys im voraus bezahlen müsse.

»Kein Problem«, versicherte ich. »Ach, übrigens, Sean, wir müssen durch vier teilen. Wir haben einen weiteren Partner.«

Mehr wollte ich ihm nicht sagen – er sollte ruhig glauben, daß T. A. das Geld bereitstellte.

»Den will ich aber nicht kennenlernen«, erwiderte Sean vorsichtig.

»Er will auch unerkannt bleiben, Sean. Es könnte ja etwas schiefgehen. Verstehst du, was ich meine?« Damit wollte ich ihn daran erinnern, mit wem er es zu tun hatte.

»Ja, Joe. Bis Samstag.«

4

Der Weihnachtsmann besucht die Rennbahn

Sean hatte das sechste Rennen getürkt. Es liefen zehn Pferde, die alle schon über drei Jahre alt waren und nicht öfter als zweimal in ihrem Leben gewonnen hatten.

Er sagte mir, er hätte fünf der zehn Jockeys für 9000 Dollar gekauft. Soweit ich das beurteilen konnte, war er ein ehrlicher Kerl, denn wenn er behauptet hätte, daß es ihn 15000 Dollar gekostet hätte, hätte ich ihm auch das geglaubt.

»Setz fünfhundertmal auf die restlichen fünf«, schlug er vor. »Damit können wir am meisten Kohle machen.«

»Das bedeutet vierzig Dollar pro Wette. Wir müssen also sechzehn Riesen einsetzen«, überlegte ich laut. »Warum wetten wir nicht sechshundertmal?« schlug ich dann vor. »Ich habe vierundzwanzigtausend bei mir.«

Sean war einverstanden. »Sprich den Rest des Tages nicht mehr mit mir«, warnte er mich dann. »Wir treffen uns heute abend im Diplomat und teilen den Gewinn auf.«

Er hatte ja keine Ahnung, daß T. A. und ich beschlossen hatten, das Geld erst aufzuteilen, wenn der ganze Deal gelaufen war. Natürlich würde Freddie seinen Einsatz zurückbekommen, aber die restlichen Moneten würde ich bis zum Schluß behalten.

Als ich Freddie auf der unteren Haupttribüne entdeckte, zeigte ich ihm Sean, der völlig in das Renngeschehen vertieft war. Jetzt kannte Freddie Sean, aber Sean wußte nicht, wer der vierte Partner war. Damit wollte ich sicherstellen, daß Freddie sich um Sean kümmern konnte, falls die Dinge nicht nach Plan abliefen. Tommy und ich hatten beschlossen, die Verantwortung dafür Freddie aufzuhalsen – egal, ob er dann jemand beauftragte oder den Job selbst durchführte.

»Hier sind die Zahlen«, erklärte ich. »Warte bis zum sechsten Rennen. Ungefähr fünf Minuten vor dem Start stellst du dich vor dem Schalter an, bei dem man die Zehn-Dollar-Wetten abgeben kann. Versuch es so hinzukriegen, daß du erst zwei oder drei Minuten vor Beginn des Rennens die Wetten abgibst, damit niemand außer dem Angestellten etwas ahnt. Dann gibst du dem Kerl dieses Blatt Papier mit den Nummern und setzt dreihundertmal darauf. Das kostet uns zwölf Riesen. Ich mache das gleiche an einem anderen Schalter. Nach dem Rennen treffen wir uns wieder hier. Ich hoffe nur, daß es klappt.«

Freddie warf mir einen merkwürdigen Blick zu und zog los.

Als das sechste Rennen begann, hatten wir auf die fünf Pferde gesetzt, die den Prognosen nach auf keinen Fall unter die ersten drei kommen würden. Wenn der von Sean gefürchtete unvorhersehbare Fall nicht eintrat, konnten wir mit unseren Zweierwetten die Kassen sprengen.

Drei Minuten vor Annahmeschluß stand ich vor dem Schalter. Der Angestellte bearbeitete die Ticketmaschine und holte einen Wettschein nach dem anderen heraus. Die Leute hinter mir murrten ungeduldig. Als nur noch eine Minute Zeit blieb, fingen sie an zu schreien.

»Beeil dich, du Arschloch! Wir wollen auch noch setzen!«

Fünfundfünfzig Sekunden vor Annahmeschluß wünschten sie mir die Pest an den Hals.

Kurz darauf zog ich mit einer großen Papiertüte voll Zehn-Dollar-Tickets ab. Damals gab es auf der Rennbahn noch keine Computer, und der Angestellte am Schalter mußte für eine Wette wie die unsere ziemlich schnell sein. Die höchste Zweierwette, die man abschließen konnte, belief sich auf zehn Dollar. Heutzutage kann man auch einen Wettschein für 100000 Dollar kaufen – und wenn man Pech hat, klaut einem irgendein Mistkerl das Ding.

Schließlich war Annahmeschluß. Wir hatten auf die Nummern eins, zwei, fünf, neun und zehn gesetzt. Nummer neun brachte eine Quote von eins zu achtzehn. Das Pferd mit der Nummer zwei wurde Zweiter und brachte zwölf zu eins. Wenn wir die Unkosten für die Jockeys und den Wetteinsatz berücksichtigen, blieb uns ein Gewinn von 196680 Dollar.

»Hey, Freddie, lös die Scheine bei dem Typen ein, von dem du sie gekauft hast«, befahl ich. »Gib ihm ein paar Hunderter und sieh zu, daß auch die anderen etwas abbekommen. Wir wollen doch, daß sie auch weiterhin gut mit uns zusammenarbeiten.«

In den 70er Jahren bekam man seinen Gewinn immer bar ausgezahlt – egal, wie hoch der Betrag war. Heute werden Gewinne über 10000 Dollar mit einem Scheck beglichen. Angeblich soll man dadurch vor Diebstahl geschützt werden. Allerdings ist man damit auch der Steuerbehörde ausgeliefert.

Freddie und ich fuhren zum Diplomat und trafen uns dort mit Sean. Da ich Freddie sein Kapital zurückzahlen konnte, bestand keine Gefahr mehr. Im Dip mußte ich Sean reinen Wein einschenken.

»Freddie bekommt das Geld zurück, das er investiert hat – den Rest behalte ich vorläufig«, erklärte ich. »Tommy sagt, daß an niemanden etwas ausgezahlt wird, bevor die ganze Sache gelaufen ist. Du bekommst fünfzehn Riesen für die nächste Aktion. Und er möchte, daß sie spätestens nächste Woche über die Bühne geht. Ich habe gerade am Telefon mit ihm gesprochen und soll dir schöne Grüße bestellen. Du sollst dich anständig benehmen. Ist aas soweit in Ordnung?«

»Ich schulde mehreren Buchmachern und Geldverleihern einiges«, jammerte Sean. »Und habe versprochen, heute zu zahlen. Kannst du mir nicht wenigstens fünftausend geben, damit ich die Zinsen bezahlen kann?«

»Ich befolge nur Befehle, Sean. Aber ich werde noch einmal mit Tommy sprechen.«

»Sean braucht fünf Riesen für Orangensaft«, erklärte ich Tom am Telefon. Saft war unser Codewort für Zinsen.

»Gib ihm das Geld«, erwiderte T. A. »Schließlich bin ich der Obsthändler, von dem er seine Orangen kauft.«

»Du Halunke kassierst wirklich bei jedem ab.«

»Was denkst du denn? Glaubst du, ich bin bescheuert? Gib Sean das Geld und sag ihm, er soll mich in ein paar Tagen anrufen. Ich habe die Ladung Orangen für ihn.«

Tommy war meiner Meinung, als ich vorschlug, Freddie nichts davon zu sagen – er brauchte von T.A.s Geschäften nichts zu wissen. Ich gab Sean das Geld, und Freddie zahlte die Rechnung für das Essen und bedankte sich auf dem Weg nach draußen dafür, daß ich ihn an dem Deal beteiligt hatte.

»Du hast deinen Einsatz zurückbekommen, und ich habe Sean zwanzig Riesen gegeben. Achthundert haben wir unter das Personal verteilt, also bleiben uns 175880 Dollar. Bist du damit einverstanden, Fred?«

»Natürlich, Joe. Das ist in Ordnung.«

An diesem Abend kam ich ausnahmsweise früh nach Hause. Bunny sah mich verblüfft an. »Was ist los? Hat dich jemand versetzt, oder hast du plötzlich beschlossen, dich um mich und die Kinder zu kümmern?«

5

Jemand bekommt eine Abreibung

Im Frühjahr 1976 war alles wieder beim alten. Obwohl mein Geschäft mit den Trockenmauern nicht mehr lief, ging es mir wieder gut. Das Buchmachergeschäft funktionierte prächtig, und der Deal auf der Rennbahn war ebenfalls einträglich. Meine Kunden, an die ich Geld verliehen hatte, zahlten pünktlich ihre Zinsen, und seit einiger Zeit wickelte ich einige Drogengeschäfte mit T. A. und Little Dom ab. Natürlich ohne daß einer von dem anderen wußte. Im Drogenhandel war das große Geld zu holen. Ich schätze, daß ich jährlich zwischen 200000 und 300000 Dollar damit verdiente, ohne dafür Steuern zu zahlen. Zehn Prozent von meinem Gewinn bekam mein *compare* Tommy Agro. Natürlich gab ich alles sofort wieder aus. Das war bei allen Mitgliedern der Organisation so. Wir verschleuderten unser Geld hauptsächlich für Frauen. Dann mußten die Anwählte bezahlt werden, die uns aus der Klemme halfen, und die Bürgen, um Kaution zu bekommen. Die Rechtsanwälte sahnten am meisten ab. Wir nannten sie Huren, weil sie von einem Kunden zum nächsten hetzten. Mein Anwalt war besonders gut. Als ich einmal zu einem Monat Haft verurteilt worden war, schaffte er es, mich schon nach dreißig Tagen frei zu bekommen!

Mir gefiel mein Leben. Natürlich war nicht alles so angenehm wie ein getürktes Pferderennen; als Gangster mußte man manchmal auch jemanden um die Ecke bringen, und das machte mir Schwierigkeiten. Anschließend konnte ich nie das Dessert nach dem Abendessen genießen.

»Joe, wach auf, Dominick ist am Apparat.« Bunnys Stimme riß mich aus einem schönen Traum, in dem Janice die Hauptrolle spielte.

»Sag ihm, daß ich ihn später zurückrufe«, murmelte ich verschlafen. »Ich bin jetzt müde, um mit ihm zu sprechen.«

»Er sagt, es sei wichtig.«

»Verdammt ... Hallo, Dom. Was ist los?«

»Wach auf, Joey. Ich komme heute abend um viertel nach neun in Fort Lauderdale an. Hole mich vom Flughafen ab. Leider kann ich mich nicht warm anziehen. Bring also für dich und für mich die richtige Kleidung mit. *Capsici*?«

Dominick Cataldo wollte mir damit sagen, daß er im Flugzeug keine Waffe tragen konnte und daß ich für uns beide etwas besorgen sollte. Ich hatte keine Ahnung, warum er in den Süden kam. Seit wann befolgte ich eigentlich Anordnungen der Colombo-Familie? Selbst ein guter Freund wie Little Dom, mit dem ich von Zeit zu Zeit gern zusammenarbeitet, wußte, daß ich zu den Gambinos gehörte. Seit beinahe vier Jahren war ich jetzt einer von T.A.s Mannschaft. Warum zum Teufel bezahlte ich meinen Mitgliedsbeitrag, wenn irgendein New Yorker Mafioso mich einfach anrufen und mir Befehle erteilen konnte, als wäre ich sein Leibeigener?

»Joey? Joey, hörst du mich? Bist du endlich wach, du Idiot?«

»Ja, Dom, ich höre ich. Du solltest lieber zuerst Tommy A. anrufen und ihn fragen, ob das in Ordnung geht. Ich habe keine Lust, in etwas hineingezogen zu werden. Du weißt schon, was ich meine.«

»Da bin ich dir schon einen Schritt voraus«, entgegnete Dominick. »Ich habe bereits mit ihm gesprochen. Er will, daß du mir hilfst.«

»Hey, Dom, du weißt, daß ich alles für dich tun würde«, log ich. »Aber du weißt auch, wie Tommy sich aufführt, wenn ich etwas ohne sein Wissen tue. Welche Größe soll dein Jackett haben?«

»Ich trage Größe achtunddreißig«, sagte Dom. »Und mein Mädchen braucht eine Hose in Größe zweiundzwanzig.«

»Okay, Dom. Bis heute abend.«

Was zum Teufel wollte Dominick mit einer Achtunddreißiger und einer Zweiundzwanziger? Das werde ich sicher bald erfahren, dachte ich schlaftrunken und drehte mich auf die andere Seite.

Ich holte Dominick am Flughafen ab. Im Auto gab er mir eine Adresse in den Keys.

»Ich treffe dort einige Kolumbianer«, erklärte er. »Du wartest im Wagen. Hast du die Waffen mitgebracht?«

Ich reichte ihm zwei Achtundreißiger und eine kleine Zweiundzwanziger. Dom schob zwei der Waffen in seinen Hosenbund.

»Was ist eigentlich los?« fragte ich.

»Nichts Besonders, Joey. Ich will mit diesen Kerlen nur ein Wörtchen reden. Die Waffen brauche ich, falls sie scnwerhörig sind. Es wird nur ein paar Minuten dauern. Du kannst den Motor laufen lassen.«

Das kleine Haus lag im Schatten einer dichten Hecke.

»Fahr um den Block und warte dort«, befahl Dom.

Als ich eingeparkt hatte, stülpte er sich ein blonde Perücke über den Kopf und klebte sich eine schwarzen Bart ins Gesicht.

»Fahr los«, sagte er dann. »An der Ecke setzt du mich ab. Dann machst du das Licht aus und fährst langsam vor das Haus. Laß den Motor laufen und stell keine Fragen.«

Er sah aus wie ein Schwuler, als er mit kleinen Schritten zur Haustür trippelte. Sobald er im Haus war, fuhr ich ihm langsam nach. Plötzlich hörte ich ungefähr zwölf Schüsse. Dominick kam eilig herausgerannt und sprang auf den Beifahrersitz.

»Los«, befahl er. »Bring mich zum Flughafen in Miami und fahr dann nach Hause.«

Auf der Fahrt erzählte er mir, daß einige Typen ihn und seinen *compare*, den Colombo-Capo Allie LaMonte, bei einem Drogengeschäft um 80000 Dollar betrogen hatten. »Ich mußte mich verkleiden, falls noch jemand im Haus sein würde«, fügte er hinzu. »Gut, daß ich es getan habe, denn eine Frau und zwei kleine Kinder haben mich gesehen.«

»Dominick! Du hast doch nicht etwa ...?«

»Nein, Joey. Kindern und Frauen tue ich nichts. Aber ohne die Verkleidung hätte ich keine andere Wahl gehabt. Mein Gott, bin ich hungrig! Können wir hier irgendwo ein Sandwich bekommen?«

Der Kerl hatte gerade einige Männer fertiggemacht, und jetzt hatte er Hunger! Manchmal konnte ich einfach nicht glauben, mit welchen Typen ich mich abgab. Wir hielten an einem kubanischen Lokal und fuhren dann weiter zum Flughafen. Auf dem Weg versenkte Dom die Waffen im Miami River. Nachdem ich ihn abgesetzt hatte, fuhr ich ins Diplomat. Ich brauchte jetzt dringend einen Drink. Während ich mir die letzte Show ansah, traf ich ein hübsches Mädchen und nahm sie mit aufs Zimmer. Im Dip bekam ich inzwischen ja Rabatt.

6

Der große Bluff Nr. 2

Am nächsten Morgen rief ich Bunny an. Sie sagte mir, daß Sean mich auf der Rennbahn treffen wolle. Er brauchte 30000 Dollar. Ich verständigte Freddie, und wir trafen uns um halb eins. Sean hatte sich bereits um fünf von den neun Jockeys gekümmert, die im dritten Rennen starteten.

»Setz vier- oder fünfhundertmal auf sie«, befahl Sean.

»Hey, Sean, ich weiß schon, was ich zu tun habe«, erwiderte ich verärgert.

Auf dem Weg zum Schalter traf ich zwei alte Freunde, die mit unserer Sache gar nichts zu tun hatten. Ich empfahl Gerry und seiner reizenden Frau Glenda, auf vier unserer Pferde zu wetten, sagte ihnen aber nicht warum. Dann suchte ich Freddie und gab ihm die Nummern.

»Wir wetten sechshundertmal auf sie«, erklärte ich. Bei vierundzwanzig Dollar pro Wette brauchen wir vierzehn vier. Ich habe dreißig Riesen bei mir, also setzen wir noch achttausend auf ein ›wheel‹. Hier hast du das Geld – du weißt, was du zu tun hast. Nach dem Rennen treffen wir uns im Dip. Sei vorsichtig – keiner soll uns zusammen sehen.«

Als Freddie loszog, kam Checko Brown von der Colombo Familie auf mich zu.

»Tommy hat mir erzählt, was los ist«, keuchte er . »Gib mir die Nummern.«

»Ich habe keine Ahnung, wovon du sprichst«, sagte ich.

»Hey, Joey, laß den Quatsch. Ich will nur eine Dreierwette für zehn Dollar machen.«

»Heute passiert hier nichts, Checko, also halt den Mund. *Zitto! Capsici?*«

Ich drehte mich um und ließ ihn stehen. Auf der Haupttribüne traf ich Gerry und Glenda wieder.

»Diese Pferde sehen erbärmlich aus«, bemerkte Gerry. »Bist du dir sicher?«

»Bitte stell mir keine Fragen. Ich tue dir nur einen Gefallen. Jetzt zieh los und laß dich nicht mehr mit mir zusammen sehen. Kein Wort zu irgend jemandem, verstanden?«

Beim Start zum dritten Rennen hatte ich zusätzlich aus reinem Vergnügen daran noch dreihundertmal auf die Nummer eins gesetzt. Das Pferd mit der Nummer acht ging als erster ins Ziel. Die Gewinnquote lag bei fünfundzwanzig zu eins. Nummer fünf plazierte sich und zahlte drei zu eins.

Mein Gewinn betrug 39600 Dollar, und Freddie mußte ungefähr ebensoviel kassiert haben.

Ich verteilte 600 Dollar unter das Personal und fuhr mit 39000 Dollar ins Dip, um dort Freddie zu treffen. Er hatte noch 13000 Dollar extra gemacht. In zwei Rennen hatten wir über eine Viertelmillion abgesahnt. Tommy war sehr zufrieden, als ich ihn anrief. Ich versprach ihm, das nächste Mal rechtzeitig Bescheid zu geben, wenn Sean wieder etwas drehen konnte. Tommy wurde für gewöhnlich sehr schnell ungeduldig und bombardierte mich dann mit Telefonanrufen.

Dann berichtete ich von Checko Brown und fragte T. A., warum er ihm davon erzählt hatte. »Die Colombos sollten davon nichts erfahren«, sagte ich. »Jetzt wird Checko es allen auf die Nase binden. Du hast mich in eine schwierige Lage gebracht, denn ich mußte einen Gemachten der Colombos anlügen.«

»Ich wollte dich nur auf die Probe stellen, Joey. Ich werde Checko sagen, daß er dich in Ruhe lassen soll. Aber du hättest ihm eine Wette gönnen können.«

»Kommt nicht in Frage. Ich kann den Kerl nicht ausstehen. Und wenn Sean davon Wind bekommt, wird er garantiert stinksauer.«

»Ich weiß, Joey, aber Checko ist ein guter Freund von mir. Ich wollte ihm ein paar Dollar zuschanzen. Nur weil er einer anderen *Famiglia* angehört, ist er noch lange kein schlechter Kerl.«

Mir fiel ein, daß Tommy das ganze Geschäft aufgezogen hatte, also konnte ich ihm schlecht vorschreiben, wem er damit etwas zukommen lassen wollte.

»Hör zu, Tip. Wenn Sean mir das nächste Mal grünes Licht gibt, werde ich für Checko setzen und ihm den Gewinn in deinem Namen zukommen lassen. Freddie und Sean werden nichts davon erfahren.«

»Gute Idee, Joey. Aber du kannst Checko ruhig sagen, daß das Geld von dir ist.«

»Lieber nicht«, erwiderte ich. »Ich kann den Kerl nicht leiden. Mal sehen, in welcher Stimmung ich dann bin.«

»Sag ihm, was du willst, Joey.« Tommy lachte. »Aber schluck eine Hormontablette, bevor du dich mit ihm triffst. Meiner Freundin hilft das, wenn sie ihre Periode hat.«

»Leck mich! Und vielen Dank auch, daß du mich an Dominick ausgeliehen hast, du Mistkerl. Beim nächsten Mal rufst du mich selbst an und sagst mir, was zu tun ist. Ich will es von dir hören, und nicht von irgendeinem anderen! *Capisci?*«

Tommy verabschiedete sich und legte auf.

7

Eine Gefälligkeit für den Boß

In den folgenden vier Wochen gelang es Sean, fünf weitere Rennen in Gulfstream zu manipulieren. Bei zwei davon räumten wir sämtliche Einsätze ab. Mittlerweile bewahrte ich 800000 Dollar auf, und Sean drängte darauf, seinen Anteil zu bekommen. Aber Tommy war dagegen.

»Wenn du mich nicht auszahlst, steige ich aus der Sache aus«, drohte Sean eines Tages.

»Das soll der Idiot ruhig tun«, bemerkte T. A., als ich ihm davon erzählte. »Dann bekommt er gar nichts.«

Sean wurde so aufmüpfig, daß Tommy schließlich in den Süden flog und ihm gründlich die Meinung sagte. Auch Freddie wurde ungeduldig und forderte seinen Anteil.

»Gib ihnen nichts – warte noch«, befahl Tommy.

»Ich muß mit dir sprechen«, sagte er mir einige Tage später am Telefon. »Mein *compare* – die Nummer drei, du weißt schon – hat eine Aufgabe für dich. Ich kann am Telefon keine Einzelheiten nennen. Nimm dir noch heute abend ein Flugzeug nach La Guardia. Und bring dreihundert Riesen aus unserem Geschäft mit.«

Ohne meine Antwort abzuwarten, legte er auf. Ausgerechnet an diesem Abend hatte ich eine Verabredung mit einer großartigen Blondine. Mir war klar, daß ich nach New York mußte – weder mit Tommy noch mit seinem *compare* Joe N. Gallo, dem *consigliere* der Gambino-Familie, waren diesbezüglich irgendwelche Diskussionen möglich. Auf eine gewisse Weise war ich auch stolz, daß ich es in knapp vier Jahren geschafft hatte, die Aufmerksamkeit der obersten Bosse auf mich zu lenken. Meine Karriere schien vielversprechend.

Um viertel vor zehn kam ich in La Guardia an. Außer Schuhen, Socken, einem Hemd und einem Anzug zum Wechseln trug ich 300000 Dollar in einem speziellen Gürtel bei mir. Ich fragte mich, wofür T. A. das Geld haben wollte. Wir hatten kurz darüber gesprochen, daß alle vier 150000 Dollar haben sollten und daß wir den Rest des Geldes in der ›Firma‹ lassen wollten. Nun, er würde sicher eine gute Erklärung bereit haben.

»Joey, hier bin ich. Wo zum Teufel hast du solange gesteckt?«

Das Flugzeug war wegen des dichten Nebels fast eine Stunde über New York gekreist. »Ich war über den Wolken, Tom, und habe überlegt, ob ich mit all dem Geld wirklich landen soll.« T.A. lächelte und umarmte mich.

Auf der Fahrt nach Brooklyn fragte Tommy nach dem Geld. Ich reichte ihm den Gürtel. »Hier sind dreihundert Riesen.«

»Wieviel hast du noch übrig?« erkundigte er sich.

»Ungefähr fünfhundert.«

»Gut. Gib Sean 150000 Dollar. Und nimm dir deinen Anteil. Wieviel bleibt dann noch?«

»Etwa zweihundertzwanzigtausend.«

»Dann gib Freddie zwanzig Riesen und erzähl ihm kein Wort davon, daß wir Sean ausbezahlt haben. Mit dem Rest des Geldes spielen wir weiter. Mein *compare* wird unser neuer Partner, Joe. Das ist auch gut für dich, denn er ist immer noch verärgert wegen des Vorfalls auf der Rennbahn. Sag Freddie, wir hätten alle nur zwanzigtausend bekommen.«

»Hör zu, Tom, ich gebe dir Freddies Anteil«, erwiderte ich. »Und es ist mir egal, was du damit tust. Joe Gallo hat keinen Grund, sauer auf mich zu sein – ehrlich gesagt, ist mir das auch schnuppe.«

Tommy fuhr an den Straßenrand und hielt den Wagen an. »Weißt du eigentlich, was du da sagst?« fragte er leise. »Bist du wirklich so verdammt naiv? Dieser Kerl könnte dich sofort dafür umlegen, daß du so etwas auch nur denkst, geschweige denn laut äußerst.«

Dann fing er an zu schreien. »Du bist ein Dummkopf, Joe! Ich sage es dir jetzt zum letzten Mal: Hör auf, so respektlos von Gallo zu reden. Du könntest es sonst bereuen. Er ist wie ein Vater für mich, verstehst du das?«

»*Minchia*! Ganz ruhig, Tom«, sagte ich beschwichtigend. »Natürlich werde ich ihm den größtmöglichen Respekt entgegenbringen. Es tut mir leid – wird nicht wieder vorkommen. Verzeihst du mir noch einmal?«

Tom lachte. »In Ordnung, du verdammter Idiot. Aber denk daran, daß ich dich gewarnt habe. Und jetzt hör mir zu: Mein *compare* hat ein Mädchen in Naples. Sie heißt Sophia und ist neunzehn Jahre alt. Ab und zu treffen sie sich, aber ihr Bruder hat etwas dagegen. Er behandelt sie schlecht und schlägt sie. Deshalb will mein *compare*, daß ihm jemand die Leviten liest. Allerdings soll er dabei nicht draufgehen, *capisci*? Natürlich muß die Sache laufen, wenn das Mädchen hier in New York ist. Gallo will auf keinen Fall, daß es Ärger gibt – er will nicht einmal unsere eigenen Leute dafür einsetzen. Ich habe Gallo gesagt, daß du dich professionell darum kümmern wirst, also enttäusche mich nicht. Laß mich nur nicht im Stich, Joey.«

Wir schwiegen beide, bis wir Brooklyn erreichten. Gallo hatte allerdings eine Nachricht hinterlassen, daß er im Skyway in Queens auf uns wartete. Das Skyway war ein Motel mit einem netten Restaurant, in dem immer eine gute Band spielte. Joe N. Gallo ging nicht sehr oft dorthin – er bevorzugte die jungen Mädchen in der Diskothek Regine's, die zu dieser Zeit in war.

Wir begrüßten uns mit einer Umarmung und einem Kuß auf die Wange. Das bedeutete keinesfalls, daß wir schwul waren, sondern folgte der sizilianischen Tradition, Respekt zu bezeigen.

»Wie geht es dir, Joe?« fragte Gallo. »Gut, danke, Mr. Gallo. Wie schön, Sie zu treffen. Sie sehen großartig aus.«

»Hat Tommy dir gesagt, warum ich dich herkommen ließ?«

»Ja. Er hat mir erklärt, daß Sie einen Job für mich haben, Mr. Gallo«, antwortete ich. »Ich bin selbstverständlich zu allem bereit. Und damit meine ich wirklich alles.«

»Danke, Joe. Paß nur auf, daß uns niemand damit in Verbindung bringen kann. *Capsici*?«

Ich nickte, dann umarmten wir uns noch einmal zum Abschied. Tommy begleitete Joe Gallo hinaus. Als er zurückkam, bestellte er für uns beide Nudeln mit Fisch. »Sag dem Chef, daß es für T. A. ist«, befahl er dem Kellner. Dann gab er mir die Adresse von Sophias Bruder und zog sogar ein Foto von ihm aus der Tasche.

»Besorg dir ein paar Nigger aus Miami und gib jedem fünfhundert. Sie sollen sich ihn vorknöpfen, dann bringt ihr ihn zur Alligator Alley und laßt ihn dort liegen. Miete das Auto unter einem falschen Namen und paß auf, daß dir kein Fehler unterläuft. Wenn man dich erwischt, hast du nichts mit uns zu tun. *Capisci*?«

»Wenn man mich schnappt, werde ich natürlich sagen, daß du mich geschickt hast«, erwiderte er sarkastisch. »Ist es wirklich nötig, daß du mir so etwas sagst?«

»Tut mir leid, Joey, ich hab's nicht böse gemeint. Es ist einfach eine Angewohnheit von mir. Aber verrate niemandem etwas davon.« Tom lächelte.

»Das Essen schmeckt wirklich ausgezeichnet«, bemerkte ich.

»Ja, man bemüht sich überall sehr um mich – ganz egal, ob in Queens, Brooklyn oder Manhattan.«

Tom sagte das nicht nur, um anzugeben. Ich hatte es oft genug erlebt, daß die Leute bereit waren, Purzelbäume für ihn zu schlagen, wenn er es verlangt hätte.

Ich erinnere mich noch gut an 1972, das Jahr, in dem ich Tommy Agro kennengelernt habe. Er hatte Bunny und mich nach New York in sein Haus in Kew Gardens, Queens, eingeladen. Die Fußböden waren alle aus Marmor. T. A. stellte uns sein riesiges Schlafzimmer zur Verfügung.

»Habt ihr Lust, heute abend Little Richard zu sehen?« fragte er. »Er tritt im Waldorf-Astoria auf.«

Gegen acht Uhr abends rief er dort an und bestellte uns einen Tisch. »Hallo, Pepi? Hier Tommy A. Halt mir meinen Tisch frei – ich komme mit Freunden vorbei. Ja, ja, wir versuchen, pünktlich zu sein.«

Um zehn vor neun verließen wir sein Haus und fuhren nach Manhattan. Unterwegs hielt er zweimal an, um etwas zu erledigen. Schließlich fragte ich ihn, wann die letzte Show beginnen würde.

»Um zehn Uhr, Joey. Warum fragst du?«

»Es ist schon viertel nach zehn – wir werden die Hälfte verpassen.«

»Wir sind gleich da«, erwiderte Tommy gelassen.

Bunny und Marian, Tommys Frau, unterhielten sich so angeregt auf der Rückbank, daß sie die Zeit völlig vergessen hatten.

Als wir endlich auf den Parkplatz des Waldorf fuhren, liefen uns einige Angestellte aufgeregt entgegen. Der Oberkellner führt uns durch die Lobby und bekam beinahe einen Herzinfarkt, als Tommy stehenblieb, um sich Zigaretten zu besorgen.

»Bitte geh zu deinem Tisch, Tommy«, flehte er. »Es ist beinahe elf Uhr. Ich werde dir die Zigaretten holen.«

Er schleuste uns durch einen Notausgang neben der Bühne in den ausverkauften Saal. Nur ein kleiner Tisch direkt vor der Bühne war noch frei – für Tommy. Alle starrten uns an und murmelten ungehalten. Sobald wir uns gesetzt hatten, begann die Show.

Ich konnte es kaum glauben. Little Richard hatte mit seinem Programm eine Stunde gewartet, bis T. A. erschien. Vier Jahre später saß ich im Skyway und hatte gerade dem dritthöchsten Mitglied der Gambino-Familie einen Gefallen versprochen.

»Okay, Tom, ich breche morgen auf. Sobald du mir Bescheid gibst, daß ich die Sache für deinen *compare* organisieren soll, bin ich bereit. Diese Nudeln sind sicher hausgemacht.«

»Machst du Witze, Joey? Das ist doch selbstverständlich. Der Küchenchef weiß, was ihm blüht, wenn er mir etwas vorsetzt, das nicht absolut frisch ist. Ich habe dich in einem guten Hotel untergebracht. Du brauchst nichts zu bezahlen – gib einfach meinen Namen an.«

»*Marrone*, du hast hier wohl alles unter Kontrolle«, sagte ich bewundernd. »Ich glaube, ich sollte auch wieder nach New York ziehen. In Miami muß ich mich ständig mit Kakerlaken in schäbigen Motels und mit alten Leuten herumplagen. Sie fahren den ganzen Tag mit Fahrrädern spazieren, an die sie Fähnchen stecken. Wenn du mit dem Auto unterwegs bist, mußt du sie entweder umfahren oder solange hinter ihnen herschleichen, bis jemand sie von der Straße vertreibt.«

Tommy lachte. »Du solltest zufrieden sein, Joey. Deine Aufgabe ist es, im Süden die Stellung zu halten – frag mich bitte nicht warum. Tu einfach, was man dir sagt. Du hast es nicht anders gewollt. Ich möchte dich etwas fragen – bitte gib mir eine ehrliche Antwort.«

»Verdammt, Tom, was soll das? Wenn du eine Frage hast, dann schieß los. Ich habe nichts zu verbergen. Warum sollte ich dich anlügen?«

»Du hast recht«, sagte Tom beschwichtigend. »Es geht um unseren Freund, Little Dominick. Hat er dir erzählt, warum du ihn zu den Keys fahren mußtest?«

Ich erzählte Tommy die ganze Geschichte wahrheitsgetreu. Als ich an die Stelle kam, wo Dom wie ein Schwuler in das Haus getrippelt war, mußte Tommy lachen. »Hat dich das angemacht?«

Ich ignorierte diese Bemerkung und fuhr fort: »Schließlich haben wir an einem kubanischen Restaurant angehalten. Dom hat sich ein Sandwich und starken Kaffee bestellt. Dann erzählte er mir, daß zwei Typen ihn und seinen *compare* um achtzig Riesen beschissen hätten.«

»Hast du ihn ausgefragt?«

»Nein, ich habe kein Wort dazu gesagt«, erklärte ich. »Ich wußte ja, was los war. Deshalb hielt ich meinen Mund und setzte ihn am Flughafen ab. Danach ging ich ins Dip und verbrachte die Nacht mit einem heißen Mädchen.«

»Ich muß dir etwas sagen, Joey. Little Dom hatte Anweisung von mir, dir nichts über die Sache zu erzählen.«

Als ich den Mund öffnete, unterbrach mich T. A. »Nein, warte einen Moment. Es hat nichts damit zu tun, daß ich dir nicht vertraue. Ich befürchtete nur, daß der Kleine sich vielleicht plötzlich Sorgen machen könnte – dann wäre dein Leben keinen Pfifferling mehr wert. Verstehst du, was ich meine?«

»Ja, Tom, ich verstehe sehr gut. Glaubst du, daß das passieren wird?«

»Reg dich nicht auf, Joey. Ich habe bereits mit Little Dom gesprochen und ihm gesagt, daß du keine Ahnung von der Sache hast. Außerdem habe ich ihm erzählt, daß du mir gegenüber nichts davon erwähnt hast – das hat ihm gezeigt, daß du den Mund halten kannst.«

»Denk daran, was ich dir am Telefon gesagt habe«, erinnerte ich Tom. »Ich will nicht, daß du mich noch einmal an jemanden ausleihst, der behauptet, er hätte dein Einverständnis. Wenn ich etwas für dich erledigen soll, dann sag es mir bitte selbst.«

»Du bist in Ordnung, Joey. Es wird nicht wieder vorkommen. Kannst du mir noch einmal verzeihen, Darling?«

»Hör auf mit dem Scheiß, Tom. Und jetzt möchte ich in mein Hotel. Ich will morgen früh abfliegen. Übrigens habe ich nicht gesehen, daß du Gallo das Geld gegeben hast. Bist du sicher, daß du es nicht für dich behalten willst?«

Als Toms Gesicht sich vor Zorn rötete, erklärte ich ihm, daß ich nur Spaß gemacht hätte. »Wie gefällt es dir, wenn man an deinem Wort zweifelt?«

Tommy lächelte. »Du lernst verdammt schnell, Joey.«

Er brachte mich zum Hotel und drückte auf die Hupe. Sofort kam der Empfangschef herausgelaufen und begleitete mich auf mein Zimmer. Als ich die Tür öffnete, sah ich zwei hübsche junge Mädchen. Beide waren splitternackt und tranken Champagner.

Es gefiel mir nicht, wie Tom mit Freddies Geld umging. Als ich ihm die zwanzig Riesen gab, hatte er offensichtlich den Verdacht, daß an der Sache etwas faul war.

»Warum zahlst du uns nur einen so geringen Betrag aus?« fragte er mißtrauisch. »Du hast doch inzwischen eine Menge Geld, Joey. Ich hoffe nur, daß Tommy mich nicht übers Ohr hauen will. Als ihr Jungs mich gebraucht habt, war ich zur Stelle. Und vor Gericht war ich auch für dich da, Joe.«

Freddie erinnerte mich daran, daß er mir aus der Patsche geholfen hatte, nachdem wir einen Kerl in einem Restaurant in Boynton Beach verprügelt hatten. Das Arschloch hatte Bunny beleidigt, und wir hatten Tischtennis mit ihm gespielt. Als Schläger benützen wir unsere Achtunddreißiger, und sein Kopf diente uns als Ball. Zu der Zeit, als wir vor Gericht gestellt wurden, verbüßte Freddie gerade eine einjährige Haftstrafe wegen Buchmacherei. Er erklärte sich bereit, sich von dem Staatsanwalt zusätzlich sechs Monate für Körperverletzung aufs Auge drücken zu lassen, die er gleichzeitig mit seiner Strafe absitzen konnte. Ich verließ das Gericht mit einer Geldstrafe von 500 Dollar. Freddie arbeitete nicht direkt mit der Mafia zusammen, aber man konnte sich auf ihn verlassen.

Was die Gelder aus dem Wettgeschäft betraf, hatte er recht. Mir kam die Sache auch komisch vor, und es gefiel mir überhaupt nicht, daß dieser Mistkerl Joe Gallo Freddies Geld kassiert hatte. Ich verstand nicht, warum Tommy das tat, aber ich konnte nichts dagegen unternehmen.

8

Der Killer

1976 war ich in ganz Südflorida dafür bekannt, daß ich gewisse Probleme lösen konnte. Meine Verbindung zur Gambino-Familie trug zu meinem Ruf als Schläger bei. Als mich einer meiner Kunden, ein gewisser Marty Petro, anrief und mir sagte, daß ein Rechtsanwalt mich sprechen wollte, war ich nicht überrascht. Immer öfter rief mich irgend jemand an und bat mich, ihm zu helfen. Der Anwalt, mit dem ich mich verabredete, hieß Roberts und war Teilhaber einer Kanzlei in Boca Raton.

»Ich vertrete ein älteres Ehepaar aus New Jersey«, erklärte er. »Sie sind gute Freunde von mir und haben ein Problem. Bei diesem Job kann einiges herausspringen. Eines muß ich jedoch vorausschicken: es ist mir egal, was Sie für das Geld tun müssen, aber ich will fünfzig Prozent davon.«

Verblüfft sah ich Thomas Roberts an. Ich traute kaum meinen Ohren. Wie hatte Gott nur einen solchen Idioten erschaffen können? Bevor ich ihm den Schädel einschlug, wollte ich allerdings noch weitere Informationen über das Geschäft bekommen. Außerdem interessierte mich, wie er auf mich gekommen war.

»Zuerst habe ich eine Frage, Thomas«, erwiderte ich. »Woher haben Sie meinen Namen? Sie müssen mir nicht antworten, doch dann ist unsere Unterhaltung beendet.«

»Marty Petro hat mir von Ihnen erzählt. Er sagte, er wüßte jemanden, der vor nichts zurückschreckt.«

Ich lachte. »Was soll das heißen?«

»Marty sagte, Sie würden sich um alles kümmern. Deshalb möchte ich Ihnen das Ehepaar vorstellen. Ihr Problem liegt mir sehr am Herzen.«

Natürlich, er fühlte sich ihnen so verbunden, daß er ordentlich abkassieren wollte! Alles was Marty Petro über mich wußte, war, daß ich ihn mir vornehmen würde, wenn er seine Zinsen nicht pünktlich bezahlte. Er hatte einmal beobachtet, wie ich einen seiner Freunde verprügelte, der mit seinen Zahlungen im Rückstand war. Sonst hatte Marty keine Ahnung von meinem Leben.

Das war typisch für einige Leute. Sie wußten nicht einmal deinen Nachnamen, taten aber so, als wären sie enge Vertraute. Roberts Hinweis auf die gute Bezahlung hatte jedoch mein Interesse geweckt, und ich beschloß, mich mit seinen Klienten zu treffen.

»Ich bin Christopher Woods aus Ridgewood, New Jersey«, stellte sich der ältere Herr vor. Er war ungefähr Mitte sechzig und gut gekleidet. Ein wenig ängstlich setzte er sich zu mir in den Wagen. Wahrscheinlich fragte er sich, was ein guter Christ wie er mit einem Typen wie mir zu tun hatte. Ich beschloß, ihn so bald wie möglich wieder loszuwerden.

»Meine Tochter Carolyn hat 1971 ihren Mann bei einem Autounfall verloren«, begann er. »Sie hat eine Menge Geld von der Versicherungsgesellschaft bekommen und ...«

»Wieviel?« unterbrach ich ihn.

»Eine Viertelmillion Dollar. Und sie hatten über fünfzigtausend gespart, als das Unglück passierte. Meine Tochter war völlig verzweifelt. Zwei Jahre lang war sie wie betäubt. Meine Frau und ich konnten sie schließlich zu einer zweiwöchigen Kreuzfahrt überreden. Während dieser Zeit kümmerten wir uns um unserer Enkelin, die damals drei Jahre alt war.

Als Carolyn zurückkam, war sie wie verwandelt. Sie hatte sich in einen Entertainer namens Joseph DeMarco verliebt. Seit dem Tod ihres Mannes hatten wir Carolyn nicht mehr so glücklich gesehen.

Natürlich freuten wir uns für sie, doch wir rieten ihr von einer überstürzten Heirat ab. Wir hatten das Gefühl, sie sollte den Mann erst besser kennenlernen. Hätte sie nur damals auf uns gehört!«

»Erzählen Sie weiter – ich habe nicht die ganze Nacht Zeit«, sagte ich ungeduldig.

»Vor zweieinhalb Jahren haben sie dann geheiratet. Der Mann macht meine Tochter unglücklich. Er schlägt sie und ist übertrieben eifersüchtig. Außerdem hat er ihr ganzes Geld verschleudert und arbeitet jetzt als Autoverkäufer bei Buick. Ich muß einfach dafür sorgen, daß sie von ihm wegkommt.«

»Und warum tun Sie das nicht?«

»Joseph hat gedroht, uns umzubringen. Er sagt, sein Vater ist der Boß der Mafia in New Jersey, deshalb könnte er jeden umlegen lassen.«

Ich lachte leise. Jeder mit einem italienischen Nachnamen behauptete heutzutage, zur Mafia zu gehören! Und die Leute glaubten das auch noch. Der Film ›Der Pate‹ hatte einiges dazu beigetragen.

»Was wollen Sie also von mir, Christopher?« Er hatte mir den Weg zu dem Haus in Deerfield Beach gezeigt, wo seine Tochter mit ihrem Mann lebte.

»Ich möchte, daß Sie ihm eine ordentliche Tracht Prügel verabreichen, damit er meine Tochter in Ruhe läßt.«

»Kein Problem«, erwiderte ich. »Allerdings kann es sein, daß er nach New Jersey kommt und an Ihnen und Ihrer Frau Rache nimmt. Anschließend wird er Carolyn verprügeln, und damit sind wir wieder am Anfang der Geschichte. Wollen Sie das riskieren? Ich kann nicht den Rest meines Lebens für Ihre Familie den Babysitter spielen.«

Als wir in das Viertel kamen, in dem seine Tochter lebte, kroch Christopher in seinem Sitz zusammen und versteckte sich hinter dem Armaturenbrett.

»Sie brauchen keine Angst zu haben«, sagte ich. »Was soll's, wenn er uns sieht? Wenn er uns etwas tun will, überfahre ich ihn einfach.«

Der alte Kerl tat mir leid. Wir fuhren einige Male an dem Haus vorbei, konnten aber niemanden entdecken. Die Gegend und die Maisonettewohnung wirkten sehr hübsch. Schließlich fuhr ich Christopher nach Hause zurück.

Ihm gehörten zwei Eigentumswohnungen in einem Haus direkt am Strand. Eine lag im fünften und die andere im neunten Stockwerk. Der Kerl mußte Geld haben.

»Nun, haben Sie sich entschieden?« fragte ich, nachdem ich den Wagen geparkt hatte und mit ihm ins Haus gegangen war.

»Sie haben recht, Joe«, antwortete er. »Ich kann nicht riskieren, daß Joseph sich an meiner Familie rächt. Ich glaube, wir müssen ihn für immer loswerden. Aber wird es dann nicht eine Untersuchung geben?«

»Nicht, wenn man keine Leiche findet«, erwiderte ich. »Aber die Sache ist teuer, Christopher. Haben Sie eine Ahnung, was Sie dafür hinlegen müssen?«

Er seufzte und murmelte eine Weile vor sich hin. »Ungefähr tausend Dollar?« fragte er schließlich.

Ich lachte und zog ein Bündel Geldscheine aus meiner Hosentasche. »Das sind etwa acht Riesen, Christopher. Für so eine lächerliche Summe würde ich den Kerl nicht einmal verprügeln.«

»Wieviel würde es kosten?« fragte er entschlossen.

Ich wollte den alten Knaben loswerden. »Sechzigtausend Dollar.«

Er zuckte nicht mit der Wimper. »Warten Sie einen Moment im neunten Stock. Am Ende des Gangs ist ein Balkon. Ich möchte mit meiner Frau darüber sprechen.«

»Ich aber nicht, Christopher«, erklärte ich. Dann ging ich auf den Balkon und zündete mir eine Zigarette an. Fünf Minuten später tauchte eine kleine, ältere Dame auf. Sie war höchstens einen Meter fünfzig groß.

»Sind Sie Joe?«

»Ja.«

»Erledigen Sie den Job. Wir fliegen morgen nach New Jersey zurück. Sie bekommen die Hälfte des Geldes im voraus. Den Rest zahlen wir, wenn alles erledigt ist. Sie müssen mir nur Ihr Wort geben, daß sie uns nicht um die dreißig Riesen bescheißen.«

Ich starrte sie verblüfft an, bis ich mir an der Zigarette die Finger verbrannte. Diese Frau mußte sich früher in unseren Kreisen bewegte haben – zumindest sprach sie so.

»Wir brauchen nicht weiter darüber zu sprechen«, sagte sich. »Bitte schicken Sie Ihren Mann noch einmal zu mir. Allein.« Ich wollte immer nur mit einem der beiden sprechen, damit sie später nicht gegenseitig meine Worte bestätigen konnten, falls etwas schieflaufen sollte.

»In Ordnung.« Sie verschwand ebenso schnell wie sie gekommen war. Kurze Zeit später tauchte ihr Mann auf.

»Christopher, wissen Sie, worauf Sie sich da einlassen?« fragte ich eindringlich. »Wenn Sie mir den Auftrag erteilt haben, gibt es kein Zurück mehr. Ein Handschlag ist wie ein schriftlicher Vertrag.«

Er nickte und gab mir seine Telefonnummer in Jersey. Ich sollte ihn anrufen, sobald ich die dreißigtausend abholen wollte.

Auf dem Heimweg rief ich Little Dom an und bat ihn, mich von einer öffentlichen Telefonzelle zurückzurufen. Als ich ihm die Geschichte erzählt hatte, schwieg er einen Moment.

»Meine Güte, sechzig Riesen!« rief er dann. »Wie bist du auf diese Zahl gekommen?«

Ich erklärte Dom, ich hätte den alten Kerl nur loswerden wollen.

»Du hättest hunderttausend verlangen sollen.« Dom lachte. »Wahrscheinlich wäre er auch darauf eingestiegen. Was willst du denn mit den alten Leuten machen, wenn wir den Job wirklich durchführen? Es hört sich nicht so an, als ob du sie anschießend zum Schweigen bringen wolltest. Auf jeden Fall mußt du dir etwas für diesen Thomas Roberts einfallen lassen, der die Hälfte kassieren will. Ich kann das alles gar nicht glauben – die Leute waren wohl zu lange in der Sonne. Du solltest auf jeden Fall morgen das Geld abholen. Dann nimmst du dir ein Taxi nach Queens. Wir treffen uns gegen neun Uhr im Hotel Palmer Avenue.«

Am nächsten Tag verabredete ich mich mit Mr. und Mrs. Woods im Flughafen von Newark. Wir fuhren in ein Restaurant und bestellten etwas zu trinken. Christopher reichte mir eine Papiertüte.

»Wollen Sie es zählen?« fragte er. »Ich verspreche Ihnen, daß es wirklich dreißigtausend sind.«

Ich winkte ab und gab ihm eine Karte. »Das ist mein Telefonnummer. Rufen Sie nur in einem Notfall an – und sagen Sie nichts über die Sache. Ich rufe Sie dann aus einer öffentlichen Telefonzelle zurück. Rufen Sie mich auf keinen Fall an, um mich zu fragen, wie es läuft, und wann ich es mache. Und denken Sie daran: Kein Wort zu irgend jemandem. Vergessen Sie das Ganze. Haben Sie das verstanden? Ich bringe das Geld in unsere Zentrale – dort wird man sich um alles kümmern. Außer dem vereinbarten Betrag müssen Sie für die Unkosten aufkommen, die allerdings sechstausend nicht übersteigen dürften.«

»Kein Problem«, versicherte Mrs. Woods.

Ich nahm mir ein Taxi zum Flughafen von Newark und stieg dort in ein anderes um, das mich nach Queens bringen sollte. Ich wollte ganz sicher gehen, daß mich niemand ver-

Für dieses Foto hatten wir uns im Suite 100 für einen Fotografen in Positur gestellt (Howard Loth, der mittlerweile gestorben ist). Ich stehe zwischen den beiden Undercover-Agenten der Operation ›Home Run‹. Rechts von mir: FBI-Agent Richard McKeen, alias Richard Bennett, genannt R. B. Zu meiner Linken: Jack Bonino alias John Marino.

Bilder aus der Verbrecherkartei

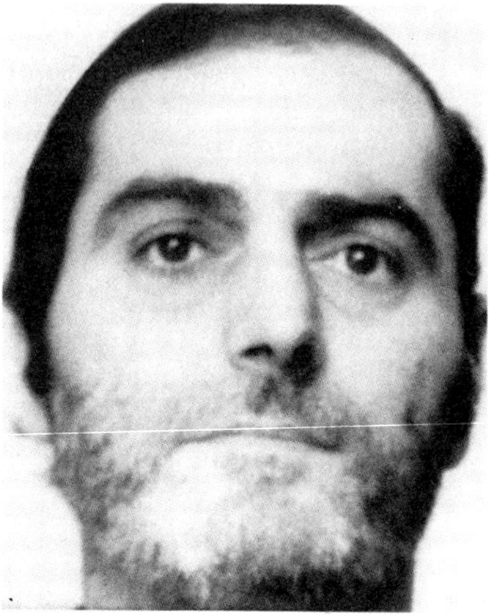

Gennaro ›Gerry Lang‹ Langello

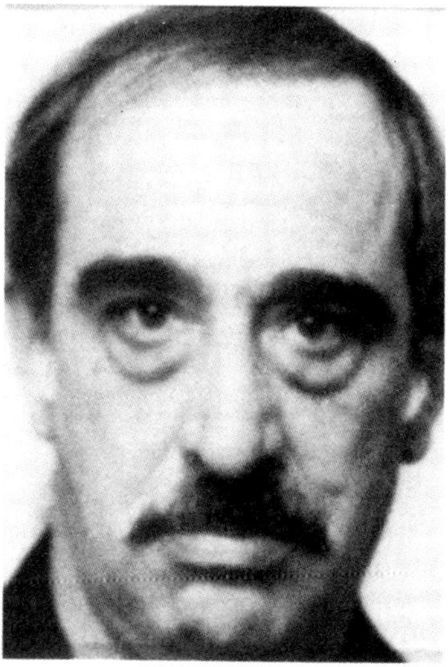

Carmine Persico, alias Junior, alias Snake

Dominic ›Donnie Shacks‹ Montemarano

Frank Junior ›Fingers‹ Abbandando

Thomas DiBella

Alphonse ›Little Boy‹ Persico

folgte. An unserem Treffpunkt überreichte ich Little Dom 15000 Dollar.

»Du bereitest alles vor, Joey. Ich schicke dir dann Billy Ray, um dir zu helfen. Am besten steckst du den Kerl in den Kofferraum deines Lincoln und fährst ihn zu den Glades. Billy wird das Loch graben, damit du keine Blasen an den Händen bekommst. Vergiß den Kalk nicht.«

Ich nickte. Wir besorgten uns zwei Nutten für je zweihundert Piepen und nahmen sie mit aufs Zimmer. Am nächsten Morgen flog ich zurück. Meine liebe Frau holte mich vom Flughafen ab.

»Gestern abend hat jemand für dich angerufen, Schatz«, berichtete sie. »Er klang sehr verärgert, weil du nicht da warst. Anscheinend ist er ein Freund von Tommy A. Sein Name ist Joe. G.«

Es handelte sich natürlich um Joe N. Gallo, den *consigliere*.

»Ich habe ihm gesagt, daß du heute zurückkommst«, fuhr Bunny fort. »Er ruft um drei Uhr wieder an. Was ist denn los?«

»Ach, das ist T. A.s *compare*«, erklärte ich. »Ich soll ihm einen Gefallen tun.« Resigniert hob ich die Hände. »Wird das denn niemals ein Ende nehmen?«

9

Ein Beinbruch

Punkt drei Uhr rief Gallo wieder an und wollte wissen, ob ich mich noch ab die Unterhaltung mit Tommy und ihm vor einigen Monaten erinnerte. Dieser Idiot! Natürlich erinnerte ich mich daran.

»Ja, Sir«, antwortete ich. »Ich kann das Zimmer spätestens morgen abend bekommen. Wann wird Ihre Nichte eintreffen?«

»Am Freitag«, verkündete er. Das gab mir genau zwei Tage Zeit. Auf einmal hatte es der Bastard verdammt eilig.

Glücklicherweise hatte ich bereits einige Vorarbeit geleistet. Ich hatte mir schon vor einiger Zeit das Haus angesehen, in dem Sophias Bruder wohnte, und mich ein wenig in der Nachbarschaft herumgetrieben. Das Gespräch mit Tommy und Gallo lag etliche Wochen zurück, und ich hatte schon gehofft, er hätte die Sache vergessen oder seine Meinung geändert.

»In Ordnung, Joe«, sagte ich. »Der Auftrag wird erledigt.«

Ich hielt mich an Tommys Anweisungen und fuhr noch am gleichen Tag nach Miami. Dort heuerte ich zwei Nigger an und erklärte ihnen, was sie zu tun hatten. Anschließend mietete ich mit einer gefälschten Kreditkarte einen Wagen und fuhr zu dem Haus. Als mir Sophias Bruder die Tür öffnete, erfand ich eine Geschichte über eine Panne an meinem Mietwagen. Der Kerl war ein Zip – so nannten wir Italiener von der anderen Seite – und sprach nur gebrochen Englisch.

»Was passiert? Dein Auto nix gut?«

Mein Italienisch war nicht besonders gut, so verständigten wir uns in einer Mischung aus Englisch und Italienisch. Der Zip war Ende zwanzig, ungefähr eins dreiundsiebzig groß und kräftig gebaut. Die Nigger würden sich anstrengen müssen.

»Komm rein. Telefon in Küche.«

Nachdem ich so getan hatte, als würde ich die Autovermietung anrufen, bot mir Sophias Bruder Alberto ein Glas Rotwein an, und wir unterhielten uns.

Schließlich erzählte er mir von seiner wunderschönen Schwester, die in einen alten Kerl aus Mafiakreisen verknallt sei. Er sagte, er könne diesen Typen nicht ausstehen. »Wenn ich treffe diesen Bastard, ich schlage ein seine Schädel«, knurrte er.

Alberto schenkte mir nach und zeigte mir ein Bild von Sophia. Ich hatte noch nie eine so hübsche Italienerin gesehen. Ihr Haar und die Augen glänzten tiefschwarz. Was zum Teufel tat sie mit einem alten Arschloch wie Gallo?

»Noch Wein, Giovanni?«

»Nur noch einen kleinen Schluck, Alberto. Die Leute von der Autovermietung müssen jeden Augenblick eintreffen.«

Mir war klar, daß ich einen großen Fehler beging, weil ich mich nicht verkleidet hatte. Aber Alberto konnte mich kaum mit den folgenden Ereignissen in Verbindung bringen. Außerdem kam ich so gut wie nie nach Naples.

Schließlich klopfte es an der Tür. Alberto öffnete den beiden Schwarzen, die sich als Mitarbeiter der Autovermietung ausgaben. Sie fragten, ob sie telefonisch im Büro Bescheid geben könnten. Als Alberto dem einen den Weg in die Küche zeigte, stülpte ihm der andere einen Leinensack über Kopf und Arme. Alberto schlug um sich und rief mich auf Italienisch um Hilfe. Einer der Nigger schlug ihm eine Eisenstange über den Schädel. Als er zusammenklappte, fesselten wir seine Hände und Füße und warfen ihn in den Kofferraum meines Wagens.

Ich raste in Richtung Alligator Alley los. Die Straße nach Fort Lauderdale war dunkel und verlassen. Ich wollte mindestens 100 Kilometer zurückgelegt haben, bevor ich ihn aus dem Auto holte, und hoffte, er würde solange nicht zu sich kommen.

Schließlich bog ich in eine kleine Seitenstraße ein. Alberto war immer noch bewußtlos. Ich befahl den zwei Niggern, ihm ein Bein und seine rechte Hand zu brechen und ihm zwei Veilchen zu schlagen. Sie brauchten nur zwei Minuten dazu.

Wir ließen Alberto am Straßenrand liegen, und ich brachte die zwei Kerle wieder nach Miami. Nachdem ich sie mit einem Riesen verabschiedet hatte, brachte ich den Wagen zurück, dann ging ich auf einen Drink ins Diplomat. Kurz nach meiner Ankunft rief mich ein Kellner ans Telefon. Es war Tommy.

»Deine Frau hat gesagt, daß du wahrscheinlich im Dip bist. Mein *compare* wollte wissen, ob du den Job morgen abend erledigst.«

»Welchen Job?« Ich tat erstaunt.

»Du weißt genau, was ich meine!« Seine Stimme klang verärgert.

»Rufst du von zu Hause an, Tommy? Wenn nicht, dann sag mir doch offen, worum es geht. Ich habe wirklich kein

Ahnung, wovon du sprichst. Ich soll irgend etwas für deinen *compare* erledigen?«

T. A. wurde stinksauer. Ich konnte mir richtig vorstellen, wir er vor Wut schäumte.

»Erinnerst du dich nicht mehr an unser Gespräch in New York? Wir haben dort ... Warum zum Teufel lachst du?«

»Sag deinem *compare,* die Sache ist erledigt«, sagte ich. »Ich habe mich heute abend darum gekümmert. Wäre ich sonst hier?«

»*Marrone,* Joe. Das ging aber schnell. Hast du getan, was ich dir gesagt habe? Hast du dir einen Wagen gemietet und zwei Auberginen besorgt?« Er meinte damit die beiden Schwarzen.

»Natürlich, T. A. Sie haben mich einen Riesen gekostet – ich hoffe, der Alte weiß das zu schätzen.«

»Keine Sorge, Joe. Ich werde es ihm gleich erzählen. Er wird sich vor Freude naß machen. Ruf mich morgen an.« Er legte auf.

Ich ging nach Hause und rief Dominick im Casbah in Queens an. Eindringlich schärfte ich ihm ein, er solle Tommy nichts über unser Geschäft mit dem alten Ehepaar aus Jersey erzählen.

10

Reingelegt

Eine Woche, nachdem ich den Job für den *consigliere* erledigt hatte, rief mich Sean O'Leary an.

»Die Saison in Gulfstream dauert nur noch eine Woche«, sagte er. »Laß uns am Samstag noch einmal richtig abräumen.«

Ich verabredete mich mit ihm auf der Rennbahn und beschloß, in der Zwischenzeit an Christopher Woods Auftrag zu arbeiten. Als ich herausgefunden hatte, wo Joseph DeMarco arbeitete, fuhr ich dort vorbei und tat so, als hätte ich

Interesse an einem Buick. Wir unterhielten uns eine Weile und gingen nach einer Probefahrt etwas trinken.

Joseph wollte mich mit nach Hause nehmen, um mir seine Frau vorzustellen, aber ich lehnte ab. Für den Fall, daß etwas schiefging, sollte sie mich besser nicht kennen.

Schließlich fragte er mich nach meiner Telefonnummer. Ich log ihm etwas von einem bevorstehenden Umzug vor und versprach ihm, mich zu melden, sobald ich einen neuen Anschluß hätte. Er glaubte, ich wäre ein Staubsaugervertreter namens Joe Russo, weil ich ihm einen falschen Ausweis vorgelegt hatte.

»Es geht um den Kerl, der behauptet, sein Vater wäre Mafiaboß in New Jersey ...«

»Und?«

»Er hat gelogen. Sein Vater ist Gefängniswärter – eine absolute Null ohne Verbindungen«, berichtete Little Dom am Telefon.

»Das dachte ich mir. Ich bin mit meinen Vorbereitungen vorangekommen. Nur der Kalk fehlt noch«, erklärte ich. »Wann schickst du mir Billy Ray?«

»Wann du willst. Er ist jederzeit bereit. Wie wäre es mit diesem Wochenende?«

»Nein, ich möchte warten, bis die Saison in Gulfstream vorüber ist. Ich muß dort für Tommy etwas erledigen.«

Dominick horchte interessiert auf. »Was läuft denn, Joey? Kann ich mich beteiligen?«

»Tut mir leid, Dom. In ein paar Tagen wird alles vorbei sein – es hat keinen Sinn mehr.«

»Okay, Joey. Sag mir Bescheid, wenn du Billy brauchst.«

»Verdammt, Sean, hättest du nicht noch ein paar Jockeys bestechen können? Wir müssen für sieben Pferde vierundachtzig Dollar pro Schein hinlegen.«

Von den zwölf Jockeys, die an den Start gingen, hatte Sean nur fünf erreichen können. Allerdings handelte es sich um die fünf Favoriten, und Sean war überzeugt, daß wir mit Wetten auf die Außenseiter gut absahnen konnten. Trotzdem blieben sieben Pferde übrig, auf die wir keine Einfluß hatten.

»Es wird gut laufen«, versicherte Sean. »Wieviel Geld hast du dabei?«

»Hunderttausend.«

»Setz alles. Du hättest mehr mitbringen sollen. Vergiß nicht, mit den Wetten rechtzeitig zu beginnen – bei sieben Pferden dauert es eine Weile. Nummer drei und Nummer acht laufen gut.«

Irgendwie gefiel mir die Sache nicht. Außerdem hatte Sean einen neuen Jockey bestochen. Er bestätigte, daß er schon in Kalifornien mit ihm gearbeitet habe, und versicherte mir, ich bräuchte mir wegen ihm keine Sorgen zu machen. Als ich Freddie einweihte, fiel er beinahe in Ohnmacht.

»Sieben Pferde?« fragte er entsetzt. »Ist der Kerl verrückt? Was zum Teufel sollen wir jetzt tun?«

»Sean behauptet, es wird hervorragend laufen, weil es ich um Außenseiter handelt und weil am letzten Samstag der Saison immer besonders hoch gewettet wird.«

»Und was ist mit diesem verdammten neuen Jockey? Wir haben noch nie mit ihm zusammengearbeitet. Mir gefällt das nicht, Joe. Vielleicht hat sich jemand an Sean herangemacht. Am liebsten würde ich aussteigen.«

»Ich auch, Freddie«, sagte ich nachdenklich. »Aber wenn wir falsch liegen? Was sollen wir dann Al Capone in New York erzählen? Er wird uns kein Wort glauben.«

»Du hast recht. Wir müssen mitziehen.«

»Hier ist deine Hälfte.« Ich reichte Freddie fünfzig Riesen. Setz vor allem auf die drei und die acht – Sean sagt, sie sind gut. Und fang rechtzeitig an.«

Das Rennen ging über 1200 Meter. Bei Annahmeschluß lag der neue Jockey mit seinem Pferd bei vier zu eins. Er gewann um acht Längen – und wir hatten 100000 Dollar verloren.

Ich ging zu Freddie. Uns war beiden kotzübel. Da wir nicht an den Jockey rankamen, machten wir uns auf die Suche nach Sean. Er hatte sich hinter den Ställen versteckt. Ich ging auf ihn zu und schlug ihm so hart ins Gesicht, daß er einige Meter durch die Luft flog und unsanft auf der Erde landete. Als er aufstehen wollte, schlug ich noch einmal zu.

»Komm am Mittwoch ins Diplomat«, befahl ich leise. An diesem Tag würde Tommy hier sein.

Gerade als ich ihn mir noch einmal vornehmen wollte, tauchte Matty Brown Fortunato auf, der Capo der Genovese-Familie. Freddie und ich wußten, daß sein Gebiet eigentlich nicht Gulfstream, sondern Calder war. Wir warfen uns einen wissenden Blick zu.

»Verdammt, man hat uns reingelegt«, fluchte ich auf dem Weg nach draußen. »Tommy soll sich um die Sache kümmern.«

Ein Unglück kommt selten allein. Plötzlich ging alles schief. Auf dem Heimweg stoppten mich die Bullen, weil ich zu schnell gefahren war, und der Cop lochte mich ein, weil ich ihn Arschloch genannt hatte. Bunny mußte mich gegen eine Kaution von einem Tausender abholen. Am nächsten Tag rief mich auch noch Christopher Woods aus New Jersey an.

»Bitte rufen Sie mich zurück«, sagte er.

Als ich ihn von einer öffentlichen Telefonzelle aus erreichte, erzählte er mir, daß seine Tochter mit ihrem Mann eine Reise plante. Joseph und Carolyn wollten für zwei Monate nach Europa.

»Rufen Sie die beiden an. Sagen Sie ihnen, daß Ihre Frau krank ist und plant, Carolyn eine halbe Million zu vererben. Wenn Carolyn etwas zustoßen sollte, würden Sie das Geld Ihrer Enkelin zu ihrem fünfunddreißigsten Geburtstag hinterlassen. Ich garantiere Ihnen, der geldgierige Kerl wird Ihre Tochter auf der Reise wie eine Königin behandeln, Christopher. Mich wundert nur, daß der Drecksack nicht noch mehr aus Ihrer Tochter herausgepreßt hat.«

»Das hat er«, erwiderte Christopher. »Wir mußten Carolyn einen neuen Wagen kaufen, mit dem er jetzt herumkutschiert. Er hat uns gedroht, daß wir sonst unser Enkelkind nicht mehr besuchen dürften. Damit sind wir noch gut weggekommen, aber wir fürchten, daß es dabei nicht bleiben wird.«

Diese Leute mußten wirklich steinreich sein. Aber hier ging es nicht nur um Kohle. Inzwischen hatte ich gute Lust, mir den Mistkerl DeMarco selbst vorzuknöpfen.

»Wir müssen jetzt einfach abwarten, Christopher«, erklärte ich. »Unser Vertrag gilt nach wie vor. Erzählen sie Carolyn nichts von mir, und machen Sie sich keine Sorgen. Joseph wird an die halbe Million denken und Ihre Tochter auf Händen tragen.«

11

»Zeig Joe Dogs, wo's langgeht!«

»Hör zu, Tom, Sean hat uns aufs Kreuz gelegt«, erklärte ich T. A. am Telefon. »Es kann kein Zufall sein, daß die Leute von Calder plötzlich in Gulfstream auftauchen und wir hundert Riesen verlieren. Freddie ist stinksauer. Er will seinen Anteil. Sofort.«

»Vergiß Freddie«, knurrte Tommy. »Wieviel haben wir noch?«

»Ungefähr hunderttausend.«

»Wirklich? Also dann am Mittwoch im Dip. Wird Sean kommen?«

»Ich habe ihm gesagt, er soll pünktlich um sechs Uhr dort sein.«

»Okay. Wir werden die Sache klären. Außerdem habe ich noch eine Nachricht von meinem *compare* für dich.« Tommy legte auf.

Ich rief Little Dom an und bat ihn, Billy Ray nicht loszuschicken.

»Mist«, beschwerte er sich. »Ich habe fest mit den Piepen aus diesem Geschäft gerechnet, nachdem ich auf der Rennbahn eine ziemliche Pleite erlebt habe. Aber vielleicht ist es besser so. Wer weiß? Möglicherweise ändern die Leute ihre Meinung und vergessen die Sache.«

»Könnte sein«, erwiderte ich.

Am Mittwoch wartete ich mit Tommy bereits im Diplomat, als Sean O'Leary mit Matty Brown Fortunato auftauchte. Wir besprachen die Wette, und Sean behauptete, daß der Jockey uns hereingelegt habe. Dann beschwerte er sich darüber, daß ich ihn verdroschen hätte.

Matty Brown stellte sich auf seine Seite und verlangte von Tommy, er solle etwas unternehmen. Wenn nicht, müsse er sich selbst darum kümmern.

»Ich bringe dir nur soviel Respekt und Verständnis entgegen, weil ich dich schon so lange kenne«, sagte Matty Brown zu Tommy. »Jetzt erweise auch mir Respekt und zeig Joe Dogs, wo's langgeht.«

»Hör gut zu, Matty. Dieser irische Scheißkerl hat uns um hundert Riesen beschissen. Du mischst dich in diese Sache ein und gehst dabei gegen deine eigenen Leute vor. Natürlich kannst du tun, was du willst, aber vergiß nicht, daß Sean für mich gearbeitet hat.

Ich werde diese Angelegenheit nach ganz oben weitergeben, Matty. Außerdem habe ich Joe Dogs befohlen, Sean fertigzumachen, falls er uns übers Ohr haut. O'Leary ist noch gut davongekommen, denn ich hätte ihm seine verdammten Augen aus dem Kopf gerissen. Ich werde dir Respekt erweisen und ihn nicht anrühren. Doch ich erwarte, daß du ihm die Leviten liest.«

Matty warf Sean einen Blick zu, dann schlug er ihm ins Gesicht. Er erklärte Tommy, daß er nicht genau Bescheid gewußt habe. Ihm sei nicht klar gewesen, daß wir soviel verloren hätten. Dann bat er Tommy, Sean in Ruhe zu lassen.

»Das kann ich nicht versprechen«, erwiderte T. A. »Zuerst muß ich mit meinem *compare* darüber reden.«

Matty gab Tommy die Hand und verließ mit Sean das Hotel.

»Die beiden haben eine nette Show für uns abgezogen«, bemerkte ich.

»Ja, Joey, ich weiß. Aber ich kann nichts dagegen tun – Matty Brown ist ein Capo. Mein *compare* wird die Angelegenheit in die Hand nehmen. Ich bin froh, daß ich ihm Bescheid gegeben habe.«

»Ja, Tom, ich auch. Sollen wir Freddie die Hunderttausend geben, dir wir übrig haben?«

»Du gibst mir das Geld und sagst Freddie, er soll sich mit mir in Verbindung setzen. Ich regle das dann mit ihm. Hast du mich verstanden?«

»Ja, Tom. Du triffst die Entscheidungen. Ich werde dir das Geld morgen bringen. Hoffentlich werde ich nicht vorher ausgeraubt.« Ich lächelte.

»Wenn dir jemand das Geld stiehlt, dann soll er dich auch gleich mitnehmen.«

Am nächsten Tag brachte ich Tommy das Geld und wollte mich gleich auf den Weg machen, um Freddie Bescheid zu geben.

Tommy hielt mich zurück. »Warte bis nächste Woche. Ich werde dann wieder in New York sein. Du sagst Freddie, was er tun soll, aber verrate ihm nicht wie. Wir wollen doch mal sehen, wie Freddie sich anstellt.«

Offensichtlich wollte Tommy feststellen, wie weit Freddies Beziehungen reichten. Zehn Tage später gab ich T. A.s Nachricht weiter.

»Und was ist mit Sean?« fragte Freddie aufgebracht. »Hat Tommy nicht vor, das verlorene Geld wiederzubeschaffen?«

»Ich habe keine Ahnung. Du mußt ihn selbst fragen. Man hat mir befohlen, mich aus der Sache herauszuhalten und mich um meinen eigenen Kram zu kümmern. Ich soll dir nur ausrichten, daß Tommy dein Geld hat.«

12

»Gott wird uns alle bestrafen«

Zu dieser Zeit überbrachte ich häufig Nachrichten von Tommy. In den letzten vier Jahren war ich zu T.A.s wichtigstem Mann in Florida aufgestiegen und hatte damit Skinny Bobby deSimone überholt. Ich glaube, das hatte ich sowohl Tommys Lektionen über das Leben in der Mafia als auch meiner raschen Auffassungsgabe zu verdanken. Ich dachte nie darüber nach, ob es richtig oder falsch war, was ich tat. Es ging immer nur darum, ob es sich für uns auszahlte. Nur deshalb konnte ich auch solche Aufträge wie den von Christopher Woods annehmen.

Es vergingen fast drei Monate, bevor ich wieder von Woods hörte. Der gute Christ aus New Jersey, der wollte, daß ich seinen Schwiegersohn umlegte, rief mich im Sommer 1976 an. Sean O'Learys Betrug war mittlerweile zu einer schlechten Erinnerung verblaßt.

»Sie sind wieder da, Joe«, sagte Christopher Woods aufgeregt. »Ihr Plan hat ausgezeichnet geklappt. Joseph hat Carolyn wie eine Königin behandelt, aber ständig davon gesprochen, was er mit dem vielen Geld anfangen würde, wenn meine Frau endlich tot wäre. Können Sie sich so eine Unverschämtheit vorstellen? Carolyn konnte es kaum erwarten, nach Hause zu kommen. Sie hat jetzt endlich den Mut, ihn zu verlassen. Seit zehn Tagen sind sie wieder in Florida.«

»Rufen Sie mich nur in einem Notfall wieder an«, befahl ich. »Ich melde mich bei Ihnen.«

Ich mietete einen Wagen und ging auf Beobachtungsposten. Wieder einmal kam mir der Gedanke, daß ich sicher ein guter Polizist geworden wäre. Mit einem zerknitterten Anglerhut und einer Sonnenbrille ausgerüstet, folgte ich Joseph, Carolyn und ihrer Tochter an einem Sonntag in den Park. Carolyn war ungefähr einsachtundsechzig groß und hatte eine tolle Figur. Ihre Tochter hatte ihr rötlichblondes, weiches Haar geerbt. Dieser blöde Itaker mußte wirklich ein Arschloch sein! Er besaß eine wertvolle Familie – im wörtlichen und übertragenen Sinn – und machte sich wegen seiner Geldgier alles kaputt.

Sie erweckten den Eindruck, gut miteinander auszukommen. Carolyns leichtes Hinken sah man kaum. Joseph nahm ihren Arm und half ihr fürsorglich in den Wagen. Er benahm sie wie ein idealer Ehemann. Plötzlich kamen mir Zweifel an Christopher Woods' Geschichte. Immerhin wußte ich kaum etwas über diese Leute.

Ich ermahnte mich selbst, kein weiteren Überlegungen anzustellen. Führ deinen Auftrag aus und kassier den Rest des Geldes, dachte ich. So hatte mir die Mafia es beigebracht.

Als ich Dominick anrief und ihn bat, mir Billy Ray zu schicken, erzählte ich ihm von meinen Zweifeln.

»Wahrscheinlich ist der Kerl nur wegen der halben Million nett zu ihr«, meinte Dom. »Du spinnst dir da was zusammen. Als Drehbuchautor wärst du sicher erfolgreich. Ich schicke Billy los – sieh zu, daß die Sache bald über die Bühne geht.«

Zwei Wochen später traf Billy Ray ein. Ich hatte ein Zimmer im Holiday Inn in West Palm für ihn gebucht. Gleich nach seiner Ankunft beschlossen wir, den Auftrag am folgenden Tag zu erledigen.

»Hast du alles, Joey? Auch eine Knarre?«

»Ja, Billy, ich habe alles besorgt – sogar Hacke und Schaufel.«

Am nächsten Morgen weckte mich Bunny. »Telefon für dich, Joe. Es ist ein gewisser Christopher. Er sagt, es wäre sehr dringend.«

Ich ging zu einer öffentlichen Telefonzelle und rief Woods zurück.

»Sie haben es doch noch nicht getan, oder?« fragte er aufgeregt.

»Ich habe Ihnen doch gesagt, Sie sollen mich nicht mehr anrufen. Wir arbeiten daran.«

»Deshalb wollte ich Sie sprechen, Joe. Bitte, bitte machen Sie alles rückgängig. Meine Frau und ich haben erkannt, daß wir damit nicht leben können. Wir werden unsere Tochter von Joseph wegholen, und dann soll sich die Polizei um ihn kümmern. Bitte behalten Sie das Geld, aber tun Sie ihm nichts.«

Ich traute kaum meinen Ohren. Natürlich konnte ich noch alles abblasen. Doch ich dachte an die ganzen Vorbereitungen und die stundenlangen Gespräche, die mich der Auftrag schon gekostet hatte. Außerdem war Billy Ray hergeflogen. Jetzt wollte ich die Sache auch durchziehen.

Einen Augenblick dachte ich nach. »Erstens weiß ich nicht, ob ich den Auftrag noch rückgängig machen kann«, log ich.

»Zweitens erwartet die Zentrale den Rest des Geldes plus der Unkosten bis spätestens morgen. Drittens müßte ich schnellstens den Kerl finden, der mit der Ausführung des Jobs beauftragt ist. Und viertens muß ich erst mit der Zentrale sprechen.«

»Bitte, Joe«, flehte Christopher. »Ich gebe Ihnen den Rest des Geldes morgen – vielleicht sogar noch heute. Wenn Sie Joseph etwas antun, wird Gott uns alle bestrafen. Bitte sagen Sie Ihren Leuten, wir kommen auch für die Unkosten auf, und geben Sie mir schnell Bescheid.«

Ich rief sofort Billy an. »Hey, Billy, alter Sack, der Auftrag ist storniert. Trotzdem möchte ich, daß du noch ein paar Tage bleibst. Ich kläre das mit Dominick und hole dich in einer Stunde ab.«

Nachdem ich gefrühstückt hatte, erklärte ich Little Dom, daß Christopher Woods seine Meinung geändert hatte.

»Solange wir das Geld trotzdem kassieren könne, soll es uns recht sein«, meinte er. »Mir gefiel es sowieso nicht, daß dich so viele Leute dabei kennengelernt haben. Es überrascht mich allerdings, daß die Woods trotzdem den Rest zahlen wollen. Gib Billy fünf Riesen und zieh mir die Kohle von meinem Anteil ab. Du kannst ihn gerne noch eine Woche bei dir behalten.«

Ich gab Christopher Bescheid, daß es mir gelungen wäre, die Sache abzubrechen. Leider würde die Zentrale auf Bezahlung der restlichen 30000 Dollar bestehen.

»Gott schütze Sie, Joe«, sagte Woods erleichtert. »Wenn Sie morgen nach New Jersey fliegen, holen wir Sie vom Flughafen ab und bringen das Geld mit. Wenn es Ihnen lieber ist, könnte ich auch mit meiner Frau zu Ihnen kommen.«

Meine Güte, die Leute waren wirklich anständig. Ich mußte mir einfach noch etwas einfallen lassen.

»Kommen Sie erst am Montag«, erwiderte ich. »Nehmen Sie sich ein Zimmer im Howard Johnson's, das in der Nähe der Wohnung Ihrer Tochter liegt. Wann kommt Ihr Enkelkind normalerweise von der Schule nach Hause?«

»Um drei Uhr. Warum?« fragte Christopher erstaunt.

»Das spielt jetzt keine Rolle. Rufen Sie mich an, wenn Sie im Howard Johnson's in Deerfield Beach angekommen sind. Lassen Sie Ihr Geld zu Hause. Vielleicht finden wir noch einen Weg, die Sache in Ordnung zu bringen, ohne daß dabei jemanden etwas geschieht.«

»Wir werden am Sonntag fliegen und uns am Montag bei Ihnen melden.«

»In Ordnung, Christopher. Aber verraten Sie Carolyn nichts von Ihrem Besuch.«

Am Wochenende erklärte ich Billy meinen Plan. »Sie sollten dich lieber nicht sehen«, schlug ich vor. »Man weiß ja nie, was passiert.« Billy war einverstanden.

Am Montag um halb zwei traf ich mich mit Christopher und seiner Frau im Howard Johnson's. Jetzt mußte ich noch einige Dinge klarstellen.

»Sind Sie sich absolut sicher, daß Ihre Tochter ihren Ehemann verlassen will?« fragte ich Christopher. »Ist sie bereit, mit ihrem Kind zu Ihnen nach New Jersey zu ziehen?«

»Ich möchte ehrlich mit Ihnen sein, Joe – ganz sicher bin ich mir nicht«, erwiderte er zögernd. »Natürlich hat Carolyn uns geschildert, wie unglücklich sie ist. Schon sechs Monate nach ihrer Hochzeit hat sie es bereut, daß sie ihn geheiratet hat. Sie hat uns erzählt, daß er sie ständig schlägt. Ihre Blutergüsse haben wir nie gesehen, aber wir wohnen ja auch tausend Meilen entfernt. Jedenfalls kann ich mir nicht vorstellen, daß Carolyn uns anlügt. Wir sind – oder waren – eine glückliche Familie. Ich kann allerdings nicht sagen, wie unsere Tochter reagieren wird, wenn wir unangemeldet auftauchen.«

»Okay, Christopher, hören Sie mir zu. Ich habe einen Plan. Heute nachmittag um drei Uhr werden wir drei zur Wohnung Ihrer Tochter fahren. Sie werden sie kurz vorher anrufen und ihr sagen, daß wir kommen. In meiner Gegenwart werden Sie Carolyn fragen, ob sie bereit ist, Joseph zu verlassen.

Zwei meiner Männer warten dann bereits in einem Lieferwagen in der Nachbarschaft. Falls Carolyn einverstanden ist, werden meine Leute ihre Möbel einladen. Wenn Sie wollen, bringen wir Ihnen die Sachen sogar nach New Jersey. Machen Sie sich keine Sorgen um Joseph. Wir werden ihm nichts tun, wenn er sich ordentlich benimmt. Und ich will kein Geld dafür – betrachten Sie es als Geschenk.«

»Gott schütze Sie, Joe«, sagten Mr. und Mrs. Woods wie aus einem Mund.

Kurz vor drei rief Christopher seine Tochter an. »Hallo, Karottenköpfchen, deine Mum und ich sind hier im Howard Johnson's gleich um die Ecke ... Ja, wirklich ... Ja, wir kommen sofort.«

Ich trieb Christopher zur Eile an und schob seine Frau aus dem Zimmer. Als ich den Wagen startete, sah ich, daß Billy Ray wie geplant auf den Parkplatz des Hotels fuhr.

Wenige Minuten später hielten wir vor dem Haus. Carolyn wartete bereits auf der Straße. Sie hatte ein dickes Veilchen. Als ich aus dem Wagen stieg, kamen die zwei breitschultrigen Kerle aus meiner Crew auf mich zu.

»Wer sind Sie?« Carolyn sah mißtrauisch von mir zu ihren Eltern.

»Ich bin ein Freund Ihrer Eltern«, antwortete ich. »Wir haben nicht viel Zeit. Sind Sie bereit, Ihren Mann zu verlassen?«

Carolyn sah verwirrt von einem zum anderen. Die Woods nickten bestätigend mit dem Kopf. Plötzlich brach sie in Tränen aus und umarmte ihre Eltern.

»O Mama«, schluchzte sie. »Ich warte schon so lange darauf, daß ihr mich und die Kleine von hier wegbringt. Mein Leben war ein Alptraum. Gott sei Dank ist jetzt alles vorbei.«

Leider mußte ich die rührende Szene unterbrechen. Ich schickte Carolyn mit meinen Männern ins Haus – sie sollte ihnen zeigen, was sie mitnehmen wollte. Sie packte hauptsächlich Kleidung zusammen und ließ die meisten Möbelstücke zurück. Auf dem Weg zum Howard Johnson's versicherte ich ihr, daß sie von Joseph nichts zu befürchten hatte.

»Was ist mit deinem Auge passiert?« fragte Christopher, doch seine Tochter schwieg verlegen. Wahrscheinlich war es ihr peinlich, vor mir und ihrem Kind darüber zu sprechen.

Für Erklärungen blieb sowieso keine Zeit, da Billy Ray in seinem Mietwagen bereits auf die Uhr deutete. Es war schon halb vier.

»Ich habe noch einiges zu erledigen«, erklärte ich Christopher. »Die Angelegenheit ist noch nicht bereinigt. Nehmen Sie sich ein Taxi zum Flughafen und fliegen Sie zurück nach New Jersey. Ich werde Sie heute nacht anrufen – es kann spät werden. Jetzt muß ich gehen.«

Ich war vor Billy an dem vereinbarten Ort und wechselte rasch die Nummernschilder meines Wagens aus. Dann zündete ich mir eine Zigarette an und wartete. Fünfzehn Minuten später tauchten Billy und Joseph in einem hellblauen Oldsmobil auf.

Als ich auf sie zuging, bemerkte ich, daß Billy Joseph DeMarco eine Knarre an die Schläfe hielt. Ich öffnete die Tür auf der Beifahrerseite und befahl Joseph, hinten einzusteigen.

Billy setzte sich neben ihn auf den Rücksitz. Joseph war total eingeschüchtert und flehte um sein Leben. Er hatte kein Ahnung, was los war, erkannte mich aber als Joe Russo.

»Was ist denn los?« stotterte er. »Joe, was soll das? Warum tust du mir das an?«

»Billy, schieb dem Kerl die Knarre in den Mund – er kann ein wenig am Lauf kauen«, sagte ich barsch. »Das Arschloch soll mich nicht unterbrechen.«

Ich fuhr auf einen abgelegenen Parkplatz und stellte den Wagen in einer Ecke vor einem Zaun ab. Dann schaltete ich die Zündung aus und drehte mich um. »Du solltest mir jetzt gut zuhören, Joseph, denn ich werde es dir nur einmal sagen. Ich will kein Wort von dir hören. Billy, nimm die Knarre aus seinem Mund. Wenn er auch nur einen Pieps von sich gibt, während ich mit ihm spreche, haust du ihm das Ding aufs Auge. Hast du es mit Carolyn nicht auch so gemacht, du Scheißkerl?« Ich hatte gute Lust, den Kerl umzulegen. Am liebsten hätte ich ihm die Eier abgeschnitten, aber ich durfte jetzt nicht die Beherrschung verlieren.

»Deine Frau hat dich verlassen, Joseph«, sagte ich. »Ich werde dir sogar verraten, wo sie ist, denn ich bin mir ganz sicher, daß du meine Anordnungen befolgen wirst, nachdem wir mit dir fertig sind. Carolyn ist zu ihrer Mutter nach Ridgeway, New Jersey, gezogen. Sie hat ihre Tochter mitgenommen. Sobald die Scheidung ausgesprochen ist, werde ich Carolyn heiraten und ihr Kind adoptieren. Ich werde dich heute noch verschonen, aber …«

»Du weiß wohl nicht, mit wem du sprichst«, unterbrach er mich. Ich gab Billy ein Zeichen. »Mein Vater …«

Billy zog ihm die Fünfundvierziger übers Auge und die Nase und fügte ihm eine große Platzwunde zu. Ich warf Joseph ein Handtuch nach hinten.

»Wenn du dein verdammtes Maul noch einmal aufmachst, während ich spreche, bekommst du noch einen Schlag aufs andere Auge«, drohte ich. »Und jetzt werde ich dir etwas über deinen Vater erzählen.«

Joseph machte große Augen, als ich ihm den Namen des Gefängnisses nannte, in dem sein Vater arbeitete. Dann reichte ich ihm einen Zettel, auf dem die Privatadresse seiner Eltern stand.

Joseph wurde leichenblaß und ließ sich zurücksinken.

»Wenn du nicht tust, was ich dir sage, bringe ich deinen Vater um. Dich werde ich gründlich aufmischen, aber nicht kaltmachen. Du wirst mit der Tatsache leben müssen, daß du Schuld am Tod deines Vaters trägst. Deiner Mutter werden wir nichts tun, aber sie wird erfahren, warum dein Vater umgelegt wurde. Das möchtest du doch nicht, oder? Sag jetzt nichts, sondern gib mir nur ein Zeichen.«

Joseph schüttelte heftig den Kopf.

»Du bist dir jetzt im klaren darüber, daß wir dich umlegen könnten. Aber ich werde dir noch eine Chance geben. In genau einem Monat wirst du Carolyn anrufen und sie fragen, ob sie bei ihrem Entschluß bleiben will. Bis dahin wirst du keinerlei Kontakt mit ihr aufnehmen. Die meiste Zeit werde ich mit ihr zusammensein, und wenn nicht, kann sie mich jederzeit erreichen. Sollte ihr, ihrem Kind oder ihren Eltern etwas zustoßen, hat dein Vater nicht mehr lange zu leben.

Vielleicht willst du noch wissen, wie gut ich Carolyn kenne? Sie hat ein Muttermal auf der rechten Arschbacke und eine Narbe direkt unter ihrer Muschi an der Innenseite des Schenkels.«

Christophers Frau hatte mir diese Informationen gegeben.

»Wir haben uns getroffen, während du in der Arbeit warst, du Mistkerl. Immer wenn ich von New York wegkonnte, waren wir zusammen. Unser Verhältnis besteht schon seit sechs Monaten. Sie kann dich nicht ausstehen, aber sie wollte nicht, daß wir dich töten. Ich lasse dich nur am Leben, weil ich es ihr versprochen haben. Ein Versprechen kann jedoch leicht gebrochen werden, Joseph. Verstehst du mich?«

Joseph nickte heftig, und ich ließ den Motor an.

Als wir wieder auf dem Parkplatz waren, stieg ich aus und öffnete den Kofferraum des Oldsmobils. Joseph wurde wieder blaß und fing an zu zittern. Ich wollte mich allerdings nur vergewissern, daß ein Ersatzreifen und ein Wagenheber in dem Auto waren. Dann ließ ich mir von Billy die Knarre geben und schoß einen Vorderreifen platt.

»Du kannst jetzt den Reifen wechseln«, sagte ich zu Joseph. »Dann fährst du zurück und erzählst deinem Boss, daß dir dabei der Wagenheber ausgerutscht ist und dich am Auge getroffen hat. Komm Billy, wir gehen.«

Billy konnte sich auf dem Rückweg nach West Palm kaum beruhigen. »Joe, das war wirklich eine tolle Sache. Ich kann es kaum erwarten, Dominick davon zu erzählen. Ich weiß, daß du den Kerl am liebsten umgelegt hättest. Seine Frau sieht super aus – sogar mit einem blauen Auge.«

»Ja, Billy. Das ist wirklich eine nette, anständige Familie«, erwiderte ich. »Das Mädchen hat nur den Fehler gemacht, sich mit einem Idioten einzulassen, der nicht weiß, wie man Frauen und Kinder behandelt. Er hätte ein schönes Leben haben können, wenn er sich nicht so saudumm benommen hätte.«

»Hier, Joe.« Billy reichte mir die fünf Tausender. »Du mußt nur meine Hotelrechnung bezahlen. Dominick kommt für die Flugtickets auf.«

»Nein, Billy, behalt das Geld«, wehrte ich ab. »Dominick weiß von meinem Plan, und er will, daß du deinen Lohn behältst. Wir machen das später unter uns aus. Hier sind noch dreitausend von mir. Ich weiß, du mußtest nicht viel tun, aber du warst zur Stelle, als ich dich gebraucht habe. Und jetzt fahren wir auf einen Drink zu mir.«

13

Er hat sie nur aus Liebe umgelegt

Billy Ray war ein typisches Beispiel für einen Mafiagangster – mit Kerlen wie ihm arbeitete ich jetzt zusammen. Er war sicher nicht der Brutalste, Klügste oder Gerissenste, aber – bei Gott – einer der Verrücktesten in der ganzen Mannschaft. Damit meine ich nicht, daß er bescheuerte Sachen machte, übe die man lachen konnte. Er war auf eine gefährliche Weise meschugge – das fiel sogar mir auf, obwohl ich zu der Zeit selbst ganz schön durchgedreht war. Ich erinnere mich an eine Geschichte, die er mir kurz nach unserer Abrechnung mit Joseph DeMarco erzählte. Mir läuft es immer noch kalt den Rücken herunter, wenn ich daran denke, wie er mir anvertraute, daß er ›gezwungen‹ gewesen wäre, seine geliebte Frau umzulegen.

Nachdem wir mit DeMarco fertig waren, fuhren wir zu mir. Wir waren kaum im Haus, als Bunny aufgeregt auf mich zulief. »Joe, ein Tony Esposito hat versucht, dich zu erreichen. Er wartet schon seit drei Stunden in Deerfield Beach und will wissen, was er mit der Ladung Kleider anfangen soll. Ich habe ihm gesagt, er soll sich im Holiday Inn in West Palm ein Zimmer nehmen. Das ist die Zimmernummer. Wovon spricht er denn, Joe?«

»Tony? Tony? O verdammt!« Erst jetzt fiel mir der Lastwagen mit Carolyns Kleidern wieder ein. »Den habe ich total vergessen. Das hast du gut gemacht, Bunny. Danke.«

»Es hat noch jemand angerufen«, fuhr sie fort. »Ein gewisser Christopher läßt dir ausrichten, du sollst Carolyns Sachen nach New Jersey bringen lassen. Wer ist denn dieser Christopher? Und, vor allem, wer ist Carolyn?«

Vor Bunny konnte man nichts geheimhalten – sie war eine tolle Frau. Ich erklärte ihr, daß ich für Christopher und seine Tochter ein Geschäft abgewickelt hatte und daß Tony – Louie Espositos Sohn – den Lastwagen mit ein paar persönlichen Sachen nach New Jersey bringen sollte.

Am nächsten Morgen traf ich mich mit Tony, spendierte ihm ein Frühstück und steckte ihm einen Riesen zu. Dann gab ich ihm die Adresse der Woods in New Jersey und schickte ihn los. Bevor ich Billy zum Flughafen brachte, brauchte ich ihn noch einmal. »Wir müssen zu dem Anwalt Thomas Roberts«, erklärte ich ihm.

Auf dem Weg nach Boca Raton fing Billy an, über die komplizierten Beziehungen zwischen Mann und Frau zu sprechen. Er sagte, er wisse genau, daß ich Bunny liebte, habe aber auch bemerkt, wie scharf ich auf die süße Carolyn sei. Da er auch einmal sehr verliebt gewesen sei, wisse er über solche Dinge genau Bescheid.

Dann erzählte er mir, daß er vor einigen Jahren seine Jugendliebe geheiratet habe. Mitten in den Flitterwochen mußte er wegen Körperverletzung für achtzehn Monate in den Knast.

»Als ich nach Hause kam, entdeckte ich, daß sie sich mit einem meiner sogenannten Freunde herumtrieb. Schon als ich den ersten Tag im Kittchen saß, ließ sie sich von ihm bumsen! Ich konnte es einfach nicht fassen. Schließlich mußte ich für eine Woche oder zehn Tage geschäftlich nach Kalifornien und versprach ihr, sie jeden Abend anzurufen. Als ich mich von Los Angeles aus bei ihr meldete, sagte ich ihr, wie sehr ich sie liebe. ›Ich dich auch‹, erwiderte sie. Kannst du das verstehen, Joe? Ich wußte genau, daß dieser Scheißkerl bei ihr im Bett lag.« Billy schlug sich mit den Fäusten auf die Schenkel.

Nach dem Gespräch gabelte sich Billy ein Hure für 200 Dollar auf. Am nächsten Morgen gab er dem Mädchen 500 Dollar extra. Er sagte ihr, er wolle jemanden aufs Glatteis führen, und sie solle ihm dabei helfen. Dann gab er ihr seine Privatnummer und bat sie, gegen Mitternacht ein R-Gespräch von Billy unter dieser Nummer anzumelden. Unter falschem Namen nahm er dann einen Flug nach New York und besorgte sich eine Fünfundvierziger mit Schalldämpfer.

»Um zwanzig nach elf parkte ich vor dem nächsten Block und ging zu meinem Haus«, erzählte Billy weiter. »Als ich die Haustür aufschloß, hörte ich Geräusche aus dem Schlafzimmer. Ich öffnete die Tür und schaltete das Licht ein. Sie versuchten gerade, sich schnell anzuziehen. Ich schoß ihn zweimal in den Kopf und einmal ins Herz.

Meine Frau war so erschrocken, daß sie kein Wort herausbrachte. Glaub mir, Joe, ich wollte sie nicht töten. Ich liebte sie doch. Wenn sie es mit irgendeinem Fremden getrieben hätte, wäre ich wahrscheinlich heute noch mit ihr zusammen. Aber mit einem meiner besten Freunde! Ich jagte ihr die restlichen drei Kugeln in den Kopf. Dann löschte ich das Licht und schenkte mir einen Drink ein. Gegen Mitternacht klingelte das Telefon. Die Telefonistin meldete ein R-Gespräch von Billy an. Ich verstellte meine Stimme und sprach einige Minuten wie meine Frau, bevor ich auflegte. Dann schaltete ich alle Lichter und den Fernseher ein und flog noch in der gleichen Nacht nach Kalifornien zurück.

Ich hatte ein perfektes Alibi. Die Bullen haben genaue Nachforschungen bei den Fluglinien, im Hotel und bei der Telefongesellschaft angestellt. Jeder, der mich kannte, wußte, daß ich es getan hatte – auch die Cops. Doch sie konnten es mir nicht beweisen. Wenn dir das passiert wäre, hättest du sicher genauso gehandelt wie ich, Joe. Ich mußte es einfach tun, um mein Gesicht zu wahren.«

»Nein, Billy«, erwiderte ich. »Ich bin zwar kein Psychoanalytiker, aber ich glaube nicht, daß ich fähig wäre, Bunny zu töten, wenn ich sie mit einem anderen erwischen würde. Dein Drang, das Gesicht zu wahren, war stärker als die Liebe zu deiner Frau. Bei mir ist das anders.«

Ich machte kurz halt und rief Thomas Roberts an. Als ich ihm sagte, ich hätte gute Nachrichten und wolle ihm etwas geben, war er so begeistert, daß er mich zu sich nach Hause einlud. Ich befahl Billy, auf Sarah, Roberts Frau achtzugeben. Man erzählte sich, daß sie ständig eine kleine Fünfundzwanziger in ihrer Handtasche hatte und nicht zögerte, sie zu benützen.

Die Roberts begrüßten uns an der Haustür, und Billy fiel sofort auf, daß Sarah ihre Handtasche trug.

»Gehen wir doch ins Wohnzimmer und trinken etwas«, schlug Roberts vor. Sarah setzte sich auf eine kleine Couch, und ich nahm auf dem großen Sofa Platz. Billy ließ sich neben Sarah nieder. Thomas reichte jedem ein Glas und stieß mit uns an.

»Ich habe Ihnen am Telefon gesagt, ich hätte etwas für Sie«, sagte ich zu ihm. »Vergessen Sie das. Sie bekommen nichts von mir.«

»Das verstehe ich nicht«, mischte sich Sarah ein. »Was soll das? Unsere Verbindung zu den Woods hat Ihnen sicher eine Menge Kohle eingebracht. Ein Teil davon steht uns zu.«

»Ich wollte Ihrem Mann schon etwas geben«, erwiderte ich kalt. »Nämlich ein paar auf die Schnauze. Wenn Sie davon auch etwas abbekommen wollen, stehe ich gern zu Diensten. Da Sie sich aufführen wie ein harter Kerl, werde ich Sie auch so behandeln.«

Sarah griff in ihre Tasche, aber Billy Ray packte ihre Hände und versetzte ihr gleichzeitig einen kräftigen Schlag auf den Kopf. Dann riß er ihr die Waffe aus der Hand und ging damit langsam auf Thomas zu.

»Nein, Billy.« Ich stand rasch auf und stellte mich zwischen die beiden. »Laß ihn in Ruhe – er hat nichts zu melden. Der muß sich doch zum Pinkeln hinsetzen. Hier hat eine andere Person die Hosen an – und ihr hast du schon gezeigt, wo's langgeht.«

Ich drehte mich zu Sarah um. »Bevor ich verschwinde, möchte ich Ihnen noch etwas sagen, Lady. Wenn Sie auf den Gedanken kommen sollten, die Bullen zu rufen, dann vergessen Sie nicht, daß Ihr Mann mich als Killer angeheuert hat und daß Sie auf den Profit scharf waren.«

Als wir das Haus verließen, fühlten wir uns richtig gut. »Hey, Billy«, fragte ich auf dem Weg zum Flughafen. »Gehst du mit Frauen immer so um?«

Zwei Tage später brachte ich das Geschäft mit Christopher Woods zum Abschluß. Er und seine Frau holten mich am Flughafen von Newark ab. Ich war ein wenig enttäuscht, daß Carolyn nicht bei ihnen war, aber Träume werden eben selten wahr. Im Auto reichte mir Christopher eine Tasche mit 30000 Dollar nach hinten. Sie hatten mir den Beifahrersitz angeboten, doch bei fremden Leuten steigen ich lieber hinten ein – vorne kann man leichter abgeknallt werden.

Die Woods boten mir an, die Unkosten zu bezahlen, aber ich lehnte ab. »Sie schulden mir jetzt nur noch einen Dewar's Scotch auf Eis«, sagte ich lächelnd.

Wir fuhren in ein Restaurant in der Nähe, in dem Carolyn schon auf uns wartete. Ich erzählte von der ›Probefahrt‹, die Joseph DeMarco nie vergessen würde, erwähnte aber nicht, daß Billy seine Waffe über den Kopf von Joseph gezogen hatte. Ich sagte nur, daß DeMarco jetzt ebenfalls mit einem blauen Auge herumliefe. Carolyn umarmte und küßte mich, und einen Moment lang fühlte ich mich großartig. Dann fiel mir ein, daß sie ja nicht wußte, daß ihre Eltern mich für den Job bezahlt hatten. Außerdem war es ein komisches Gefühl, mit ›anständigen Bürgern‹ in einem Lokal zu sitzen. Nach dem Abendessen rief ich Dominick an und verabredete mich mit ihm am Flughafen von Newark, um ihm seinen Anteil zu geben.

»Sollte Joseph früher als geplant anrufen, geben Sie mir Bescheid«, sagte ich zu Carolyn, als wir uns verabschiedeten. »Sie können mich jederzeit anrufen«, fügte ich hinzu.

Nachdem ich mich mit Little Dom am Flughafen getroffen hatte, flog ich Erster Klasse zurück und bestellte einen Dewar's nach dem anderen. Es gab Situationen, in denen die Polizei einfach nichts ausrichten konnte. Die Woods hatten keine andere Wahl gehabt, als bei jemandem wie mir Hilfe zu suchen. Na gut, sie hatten dafür 60000 Dollar hinblättern müssen, aber damit hatten sie ihre Tochter gerettet. Notfalls hätten sie auch das Doppelte gezahlt.

Bunny war völlig überrascht, mich am frühen Morgen zu sehen. Sie war noch völlig verschlafen, aber wach genug für einen Seitenhieb. »Was ist los, Liebling?« fragte sie. »Gefällt es dir nicht, in New Jersey zu vögeln?«

»Geh wieder schlafen, Bunny. Ich hatte einen harten Tag und will jetzt keinen Ärger. Ich habe den Abend mit sehr netten – anständigen – Leuten und einer Lady verbracht. Die sind nicht so wie du und ich. Und jetzt halt die Klappe.«

14

Erpressung

Südflorida in den siebziger Jahren erinnerte mich an den Wilden Westen – man nahm sich einfach, was man brauchte. Der Staat blühte auf, und viele Geschäftsleute aus dem Norden ließen sich hier nieder. Das bedeutete, es gab jede Menge Restaurants und Baustellen, wo man Schutzgelder erpressen konnte. Junge Unternehmer mußten sich Geld leihen, auf den Rennplätzen wurden Bezirke abgesteckt, der Drogenhandel lief prächtig, und eine Menge Zaster wurde gestohlen. Wer sich durchsetzen konnte, bediente sich. Tommy A. und ich hatten uns bereits einen Namen gemacht und griffen mit beiden Händen zu.

Verbrechen war für uns ein Geschäft wie jedes andere, und wir hielten es für dumm, wenn jemand sein Glück in einer anderen Sparte versuchte, wo er jeden Morgen an der Stechuhr stand. Wir verschwendeten keinen Gedanken an Rentenversicherung oder Finanzierung des Lebensabends. Das Wichtigste war es, für den Augenblick genügend Kies in den Händen zu haben – und ihn sofort wieder ausgeben zu können.

Tatsächlich flehten uns einige Leute an, ihr Geld zu nehmen. Eines Abends im Jahr 1975 saßen Bunny und ich in einem unserer Lieblingslokale, Lord's Restaurant in West Palm, als Benny, der Besitzer, an unseren Tisch kam. »Kann ich dich einen Moment sprechen? Ich muß dir etwas Wichtiges sagen«, flüsterte er.

»Natürlich, Benny. Was gibt es?«

»Ich habe Probleme mit Stanley Gerstenfeld. Er kommt hierher, pöbelt jeden an und will seine Rechnung nicht bezahlen. Ich wollte dich bitten, mir zu helfen.«

Ich kannte Stanley schon länger; er war ein kleiner Buchmacher und Gauner. Außerdem soff er und nahm Drogen. Den ganzen Tag warf er diese Aufputschmittel ein und spülte sie mit Wodka hinunter. Es ist mir immer noch ein Rätsel, wie er seinen Job erledigte. Wenn seine Kunden gewannen, dann zahlte er sie meist nicht aus, wenn sie verloren, war er ihnen wie ein Bluthund auf den Fersen, bis sie ihre Schulden beglichen. Ich hatte einmal eine Wette bei Stanley abgeschlossen und damit groß abgesahnt. Prompt mußte er zu Freddie Campo laufen, um sich das Geld für mich zu borgen. Persönlich hatte ich also keine Probleme mit ihm.

»Hör zu, Benny. Wenn ich mit meiner Frau ausgehe, bespreche ich grundsätzlich keine geschäftlichen Dinge. Morgen bin ich sehr beschäftigt. Das Problem muß noch warten. Versteh mich bitte nicht falsch, aber meine Frau und ich feiern heute unseren Hochzeitstag – deshalb kann ich mich im Moment nicht um dich kümmern.«

»Das verstehe ich, Joe. Aber vergiß es nicht. Melde dich, sobald du Zeit hast«, erwiderte Lord und winkte eine Bedienung herbei, die uns sofort Drinks auf Kosten des Hauses auf den Tisch stellte.

»Alles Gute, euch beiden. Ich wünsche euch noch viele schöne Jahre miteinander.«

Bunnys Gesicht lief dunkelrot an, als Benny sich zurückzog. Unser nächster Hochzeitstag war erst in einem halben Jahr. Sie wollte sofort wissen, was los war.

»Ich hatte keine Lust, mich mit dem Kerl zu beschäftigen«, sagte ich beschwichtigend. »Was geht es mich an, wenn Stanley ihn fertigmacht? Ich bin doch nicht der Seelsorger für alle hier. Allmählich bin ich es leid, diesen Arschlöchern ständig einen Gefallen tun zu müssen, für den ich noch nicht einmal etwas bekomme. Soll er sich doch an die Bullen wenden.«

»Du hast recht, Schatz«, stimmte Bunny zu. »Ich hoffe, du läßt dich da nicht hineinziehen, denn ich komme sehr gern hierher. Es ist mein Lieblingslokal.«

Aber es ließ sich nicht vermeiden. Einige Monate später rief mich Benny Lord an. »Joe, kannst du heute nachmittag vorbeikommen? Ich möchte mit dir sprechen.« Ich verabredete mich mit ihm um vier Uhr.

»Dieser Stanley treibt mich zum Wahnsinn«, erklärte er. »Er bezahlt nie seine Rechnung, und alle hier haben Angst vor ihm. Meine Angestellten drohen mit Kündigung, weil er alle tyrannisiert und nie Trinkgeld gibt. Jedesmal, wenn er hier ist, gibt er einige Runden aus und bezahlt nichts dafür. Ich weiß einfach nicht, was ich tun soll. Kannst du mir helfen?«

»Warum gehst du nicht zur Polizei?« fragte ich. Ich konnte selbst kaum glauben, daß ich jemandem empfahl, die Bullen zu rufen. »Wenn ich dir helfe, dann bin ich so etwas wie ein Beschützer für dich. Wenn nicht, geht es mich nichts an, was Stanley hier treibt. Warum sollte ich meine Nase in seine Angelegenheiten stecken? Ich würde das auch nicht wollen. Was habe ich davon, wenn ich dir einen Gefallen tue? Umsonst gibt es gar nichts.«

»Ich habe ihm schon angedroht, zur Polizei zu gehen«, sagte Benny Lord. »Stanley drohte daraufhin, mich und meine Brüder umzubringen. Gemeinsam mit meinen Brüdern habe ich dann beschlossen, dich um Hilfe zu bitten. Natürlich sind wir bereit, dich für deine Bemühungen zu entlohnen.«

Ich fragte Benny, wieviel ihm meine ›Bemühungen‹ wert seien. Dann erinnerte ich ihn daran, daß ich seine Bitte meinen Leuten unterbreiten müsse. Benny war schon immer nervös gewesen, doch jetzt fuhr er beinahe aus der Haut.

»Beruhige dich, Benny. Ich bin nicht hier, um dich fertigzumachen. Du wolltest mich doch sprechen. Und denk daran, daß wir diesen Job nicht für ein Butterbrot erledigen können.«

»Wie wäre es damit, Joe? Ich gebe euch ein halbes Jahr achthundert im Monat. Wenn die Hauptsaison vorbei ist, zahle ich vierhundert. Kommst du oder einer deiner Freunde hierher, geht die Rechnung auf Kosten des Hauses. Sollte ich einmal nicht da sein, brauchst du nur zu unterschreiben. Über das Trinkgeld will ich gar nicht sprechen – ich weiß, daß du ein Mann mit Prinzipien bist. Wenn du in mein Lokal kommst, werden alle Angestellten nur um dein Wohlergehen bemüht sein.«

»Benny, du willst mich doch nicht etwa als Stammkunden gewinnen?« fragte ich lächelnd. »Ich werde dir am Wochenende Bescheid geben. Halte dir bis dahin Stanley vom Hals.«

Ich fuhr nach Hallandale und berichtete Tommy A. und seiner Mannschaft von dem Angebot. Tommy machte gerade einen seiner regelmäßigen Besuche, um sein Gebiet zu überprüfen. Er sagte, er müsse zuerst in New York Erkundigungen über Stanley einholen. Stanley hatte damit geprahlt, gute Verbindungen zu Henry ›Chubby‹ Buono, einem Gemachten der Genovese-Familie, zu haben. In der Mafia galt es als unschicklich, einer anderen Familie ins Handwerk zu pfuschen.

Wir spielten eine Partie Karten und gingen dann zur Show ins Diplomat. Auf der Bühne stand eine heiße Mieze und sang. Tommy wollte sie sofort haben. Er schickte ihr zwei Dutzend Rosen und ließ sie ihr auf das Klavier legen.

»Magst du Rosen, Schätzchen?« fragte er sie in der Pause. »Sie kommen von Herzen.«

»Ich werde den Rest den Abends nur für dich singen«, erwiderte sie.

»Ich hoffe, sie spielt anschließend Flöte für mich. Diese verdammten Rosen haben mich fünfundneunzig Dollar gekostet. Außerdem mußte ich der Verkäuferin noch zehn Dollar Trinkgeld geben, damit sie die Blumen schön verpackte. *Minchia,* was soll's? Hauptsache, das Mädchen hat heute nacht keine Zahnschmerzen.«

Tommy rutschte aufgeregt auf seinem Stuhl hin und her. Auf seiner Stirn standen Schweißtropfen.

Plötzlich fiel mir etwas ein. »Ich habe etwas vergessen, Tommy. Dieser Stanley ist ein Freund von Freddie Campo.«

Freddie hatte seinen Anteil aus dem Gulfstream-Geschäft nie erhalten. Tommy hatte zu Recht darauf spekuliert, daß der Dummkopf keine Möglichkeit hatte, in New York an ihn heranzukommen. Schließlich gehörte er keiner Familie an. Tommy hatte ihn regelrecht dazu aufgefordert, sich sein Geld zu holen. Als Freddie nicht wußte, wie er das anstellen sollte, hatte Tommy jeglichen Respekt vor ihm verloren.

»Freddie kümmert mich einen Scheißdreck«, knurrte T. A. »Er ist eine Null. Ich werde jetzt versuchen, Chubby Buono zu erreichen.«

Tommy ging zur Telefonzelle und ließ mich mit Louie Esposito, Buzzy und dem Kriecher Bobby DeSimone zurück.

»Hör zu, Joey«, sagte Bobby mit seiner hohen, weinerlichen Stimme. »Wenn es sein muß, fahren wir am Wochenende nach West Palm und zeigen diesem Stanley, wo's langgeht. Wir bringen ihn zu Tommy, damit er sich mit ihm unterhalten kann – Tommy wird ihm schon den Verstand beibringen. Die Sache mit dem Restaurant hört sich gut an. Ich werde Betty einmal die Woche dorthin ausführen, wenn es uns nichts kostet.«

DeSimone war der Schnorrer der Mannschaft. Er schickte seine Frau Betty zur Arbeit, während er sich zu Hause ein faules Leben machte. Außerdem redete er zu viel. Ich fragte mich, warum Tommy A. sich ihm so verpflichtet fühlte.

Als die Musik aufgehört hatte, kam die Sängerin an unseren Tisch. »Wo ist Tommy? Ist er schon gegangen? Ich wollte ihm noch einen Kuß für die Rosen geben.«

»Nein, Schätzchen, er ist noch hier«, erklärte ich. »Du gefällst ihm so gut, daß er noch etwas für dich besorgen wollte. Er ist zum Telefon gegangen, um etwas Besonderes für dich zu bestellen.« Unter der Woche gab es nur eine Show, deshalb war sie jetzt fertig.

»Da kommt er ja schon. Sag bitte kein Wort über das Geschenk, okay?«

»In Ordnung, Joey.«

»Hallo, Liebling«, sagte Tommy. »Benimmt sich Joey auch ordentlich, oder soll ich ihm die Beine brechen?«

»Alles in Ordnung, Tommy, wir haben uns nur unterhalten. Joey hat mir gesagt, daß ich dir gefalle. Ich muß mich noch umziehen. Kannst du eine Stunde auf mich warten?«

Tommy erklärte ihr, er würde notfalls auch die ganze Nacht auf sie warten. Dann wandte er sich zu mir. »*Minchia*, Joey, was hast du denn zu ihr gesagt? Sie hat ausgesehen, als ob sie mich auf der Stelle vergewaltigen wollte! Warte einen Moment, zuerst möchte ich dir sagen, was ich von Chubby erfahren habe. Er kennt Stanley, und als ich ihm erzählte, daß Stanley sich damit brüstete, sein Freund zu sein, hat er nur gelacht.

Stanley ist eine Null. Laut Chubby können wir mit ihm machen, was wir wollen. Aber sag diesem Lord, daß wir jetzt zwölfhundert wollen. In der Nebensaison gehen wir auf sechshundert runter. Und unserer Rechnungen gehen auf Kosten des Hauses. *Capisci*? Und jetzt will ich wissen, was du zu der Maus am Klavier gesagt hast.«

»Ich sagte ihr, daß du ihr eine ganz seltene Blume besorgen wolltest, die du telefonisch bestellen müßtest.«

»Zum Teufel, woher soll ich um diese Zeit eine seltene Blume bekommen« tobte Tommy A. »Du hast mich wirklich in eine beschissene Lage gebracht. Wie soll ich sie jetzt in meine Wohnung bekommen?«

»Reg dich nicht auf, Tom«, erwiderte ich und versuchte verzweifelt, ernst zu bleiben. »Sag ihr einfach, die Blume befindet sich in deinem Apartment. Wenn sie wissen will, um was für eine Pflanze es sich handelt, flüsterst du ihr das Wort ›Cunnilingus‹ ins Ohr.«

»Was? Was ist das, Joey? Sag schon!«

»Cunnilingus. Ich schreib es dir auf, damit du es nicht vergißt. Und jetzt hör mir gut zu: Erwähne dieses Wort erst, wenn ihr miteinander allein sein. Es handelt sich um ein ganz persönliches Geschenk – es wird ihr nicht gefallen, wenn du es vor allen Leuten herumposaunst. Flüstre ihr das Wort leise zu und küß ihr Ohr. Dann sag ihr, daß du nur noch daran denken könntest, seit du sie gesehen hast. *Capisci*?«

»Bist du sicher, daß ihr das gefällt, Joey?«

»Natürlich, Tip. Würde ich dich anlügen?«

Ich hatte das Gefühl, ich sollte mich besser verziehen. Die Mannschaft nahm ich mit. »Tommy will sicher mit diesem Mädchen allein sein«, deutete ich taktvoll an. Als ich Bunny zu Hause die Geschichte erzählte, lachte sie Tränen. »Das wird dir Tommy nie verzeihen«, meinte sie.

»Ich kann mir sein Gesicht gut vorstellen, wenn er herausfindet, was er ihr versprochen hat«, sagte ich lachend. »Nächste Woche gehe ich ihm lieber aus dem Weg, bis er sich beruhigt hat.«

Am nächsten Tag hörte ich nichts von Tommy. Es war ein Freitag, und so führte ich Bunny zum Dinner in Palm Beach aus. Anschließend gingen wir zu Lord's, um noch etwas zu trinken und zu tanzen. Obwohl das Lokal gut besucht war, bekamen wir ohne Probleme einen Tisch. Ich befahl der Bedienung, Benny Lord zu holen, und sagte Bunny, sie solle kurz in den Waschraum gehen.

»Ich kann dein Problem lösen«, erklärte ich ihm. »Aber ...« Ich wiederholte Tommys Forderungen, sagte ihm aber, daß er damit nicht nur vor Stanley Gerstenfeld, sondern auch vor allen anderen Rowdies geschützt wäre.

»Morgen oder am Sonntag bringe ich meine Mannschaft mit. Wir werden uns Stanley vornehmen und ihm ordentlich die Meinung sagen.«

Benny nahm das Angebot dankbar an und zählte mir sofort zwölfhundert Dollar auf den Tisch. Dann rief er eine Bedienung herbei.

»Mr. Lord sagt, daß Sie für nichts bezahlen müssen, Joe. Er möchte allerdings, daß Sie die Rechnung unterschreiben. Das ist nur für seine Unterlagen.«

»Natürlich, Schätzchen«, erwiderte ich. »Sag Mr. Lord, daß auch ich eine Kopie mit seiner Unterschrift für meine Unterlagen bauche.«

Ich traute diesem Kerl nicht. Er könnte ja anschließend behaupten, ich hätte ihn erpreßt.

Bunny und ich tanzten gerade, als Stanley eintraf. Er hatte einen Karatelehrer als Leibwächter bei sich. Ich kannte den Kerl. Als einer meiner Kunden einmal in Zahlungsschwierigkeiten gewesen war, hatte ich ihn angeheuert – und gut bezahlt.

Der Laden war voll, und die Stimmung auf dem Höhepunkt, als ich plötzlich Stanleys Stimme hörte. Er schrie den Barkeeper an und schlug ihm ins Gesicht. Der sah Lord an, und Lord warf mir einen Blick zu. Das konnte ich Stanley nicht durchgehen lassen – nicht vor all den Leuten. Langsam ging ich zur Bar hinüber.

»Stanley!«

Er ignorierte mich.

»Hey, Stanley, hör auf, so zu tun, als würde der verdammte Laden dir gehören!«

Er drehte sich um und schob mich zur Seite. »Was denkst du denn, wer du bist, Joey? Dieser Laden gehört mir!«

Plötzlich war es so still, daß man eine Stecknadel hätte fallen hören können.

Mir wurde klar, daß ich nicht mehr auf T. A. und seine Mannschaft warten konnte.

Ich war etwas größer als Stanley, aber er hatte mindestens zehn Kilo mehr auf den Rippen. Alle Gäste starrten uns gespannt an. Schließlich machte ich einen Schritt auf Stanley zu und packte ihn an den Haaren. Dann schlug ich ihm links und rechts auf die Wangen – so wie man es mit einer Hure tut. Mit meinem Knie traf ich genau in seine Weichteile. Als er sich zusammenkrümmte, versetzte ich ihm noch einen Kinnhaken mit der Linken, packte ihn dann am Hemd und zog ihn in Bennys Büro.

Der Karatelehrer folgte uns. »Willst du in die Sache mit hineingezogen werden?« fragte ich ihn.

»Zur Hölle, nein, Joey.« Er grinste. »Ich bin doch nicht verrückt.«

In Bennys Büro wählte ich T.A.s Nummer. Glücklicherweise erwischte ich ihn zu Hause.

»Erinnerst du dich an die Sache mit Stanley? Leider konnte ich nicht mehr warten – ich mußte mich schon heute darum kümmern. Er hat sich so aufgeführt, daß ich ihn zurechtweisen mußte. Kannst du ihm sagen, daß er sich in Zukunft von diesem Lokal fernhalten soll?«

Ich reichte Stanley den Hörer.

»Hallo, Tom«, sagte Stanley kläglich. Dann lauschte er einige Minuten. »In Ordnung, Tommy. Ich verspreche, daß ich nie wieder in dieses Lokal komme. Ja, ich richte Freddie aus, was du gesagt hast.« Dann reichte er mir den Hörer. »Er will mit dir sprechen.« Als er zur Tür ging, packte ich seinen Arm und bedeutete ihm, hierzubleiben.

»Ja, Tom, was gibt es?«

»Sei vorsichtig, Joe. Ruf mich heute abend an, wenn du zu Hause bist. Aber nicht zu spät.« Er legte auf.

»Es tut mir leid, daß es so kommen mußte, Stanley«, sagte ich. »Tommy wollte morgen abend mit dir sprechen, aber du hast mich schon heute gezwungen zu handeln. Jetzt benimm dich anständig und laß dich hier nicht mehr blicken. Solltest du wieder auftauchen – nun, ich muß dir wohl nicht sagen, was dann los ist.«

»Alles klar, Joe.« Wir gaben uns die Hand, dann verließ Stanley das Restaurant.

Als ich zurück an die Bar ging, wurde ich als Held gefeiert. Ich sagte Benny, er bräuchte sich wegen Stanley keine Sorgen mehr zu machen. Sofort kamen einige der Bedienungen auf mich zu und umarmten und küßten mich.

»Siehst du, Bunny?« wandte ich mich an meine Frau. »Weißt du jetzt, was für ein toller Typ ich bin?«

Bunny sah mich einen Moment an und hielt sich dann die Hand vor den Mund, als müßte sie sich übergeben.

»Ja, Tom, ich bin zu Hause. Stanley hat sich leise aus dem Staub gemacht, nachdem du mit ihm gesprochen hast. Was hast du zu ihm gesagt?« Wir telefonierten noch in der gleichen Nacht.

»Ich erklärte ihm, ich würde ihm einen Cunnilingus verpassen, du Schwachkopf«, sagte T. A. »Als ich dem Mädchen dieses Wort ins Ohr geflüstert habe, fing sie an zu lachen und konnte sich kaum mehr beruhigen. ›Weißt du denn, was das bedeutet, Tommy?‹ fragte sie mich. Ich wollte sie beeindrucken und sagte ihr, daß es ich um eine seltene Blume handeln würde. Als sie erneut zu kichern anfing, wußte ich, daß du mich wieder einmal reingelegt hattest, Joey. Dann erklärte sie mir, worum es ging, und ich mußte selbst lachen. Wir hatten eine Menge Spaß. Aber ich traue dir nie mehr, du verdammter Mistkerl.«

Ich hielt mir den Bauch vor Lachen.

»Es freut mich, daß du eine schöne Zeit hattest, Tommy. Sie sah wirklich süß aus. Und man sah ihr die Promiskuität an.«

»Was? Was soll das jetzt wieder heißen. Na, komm schon, und lüg mich nicht wieder an.«

»Es bedeutet nur, daß sie sehr sexy aussah. Wenn du sie wiedersiehst, kannst du ihr dieses Wort sagen.«

»Glaub ihm kein Wort, Tommy!« rief Bunny über meine Schulter. Ich reichte meinem Spitzel den Hörer, und meine Frau erklärte Tom die Bedeutung des Wortes. »Wenn du das zu ihr sagst, gibst du ihr zu verstehen, daß sie aussieht wie eine Hure.«

»Sei nicht böse, Tom«, bat ich. »Es war nur ein Scherz.«

»Ist schon in Ordnung, Joey. Sie sieht wirklich aus wie eine Nutte. Vielleicht sage ich ihr das heute abend. Wie heißt das Wort? Prom ...?«

»Vergiß es. Hab nur einfach ein wenig Spaß mit ihr. Nächste Woche kannst du sie sowieso nicht mehr ausstehen.«

»Da hast du recht, Joey. Diese Mädchen stehen nur auf uns, weil wir immer genug Geld ausgeben können. Aber es ist doch ein schönes Leben, nicht wahr, Joey? Und jetzt erwarte ich, daß du die Stellung hältst, denn ich muß bald einsitzen.«

»Wirklich? Wie lange?« – »Ein Jahr. Wahrscheinlich bin ich nach zehn Monaten wieder frei. Während meiner Abwesenheit bist du für die Geschäfte im Süden verantwortlich.«

»Und was ist mit Bobby?« wollte ich wissen. »Er erwartet doch sicher, daß du ihn damit beauftragst.«

»Bist du verrückt, Joey? Ich habe dir schon einmal gesagt, daß ich ihn nur als Laufburschen behalte, weil er mir leid tut. Er ... Das erzähle ich dir ein anderes Mal persönlich.«

»Okay, Tip. Ich bin die nächsten Tage zu Hause zu erreichen. Ruf mich an, wenn du etwas brauchst.«

Bunny war begeistert. »Super, dann habe ich dich das ganze Wochenende für mich!«

15

Die Kokain-Cowboys

Im Juni 1976 wanderte Tommy für zehn Monate ins Kittchen. Er mußte eine Strafe wegen Erpressung verbüßen, vor der er sich zwei Jahre erfolgreich gedrückt hatte. Mich beauftragte er mit den Geschäften in Florida – ich hatte es in den letzten vier Jahren weit gebracht.

Benny Lord zahlte fleißig Schutzgelder. Pünktlich jeden Monat gab er uns zwölfhundert. Im Mai 1976 verlangten wir nur noch sechshundert. Im gleichen Sommer verkaufte er den Laden. Da T. A. im Knast saß, überwies ich seine Anteile an seine Mutter.

Stanley Gerstenfeld erschien nie wieder in Lord's Restaurant. Er heiratete eine hübsche Rothaarige und lud mich zur Hochzeitsfeier ein.

Als ich der Braut ein Kuvert mit einer Beileidskarte und einigem Bargeld überreichte, bogen sich alle vor Lachen. Leider fand ich nie heraus, welche Botschaft Stanley von Tommy an Freddie weitergeben sollte, aber eigentlich war es mir auch egal.

Ende Juli – als Tommy bereits im Knast war – rief mich Little Dom aus New York an. Zu der Zeit lief das Drogengeschäft in Florida außerordentlich gut, und Dom hatte sich etwas ausgedacht. Er wandte sich an mich, weil er dazu einen Partner mit Kraft und Mut brauchte. Ich war stolz, daß man mich im Alter von vierundvierzig noch so einschätzte.

»Ein Freund von mir ist bei euch im Süden. Er ist ein Wiseguy bei der Geno und hat den gleichen Rang wie ich, nur ist er bei einer anderen … du weißt schon was. *Capisci?*«

Ich gratulierte ihm. Dom hatte mich damit wissen lassen, daß er – wie sein Freund aus der Genovese-Familie – sein Abzeichen bekommen hatte. Offensichtlich hatte man im Norden die Bücher geöffnet, und Little Dom war als ordentliches Mitglied aufgenommen worden.

Wenn die Bücher geöffnet wurden, geschah das im ganzen Land. Das bedeutete, daß nicht nur die Colombos, sondern auch die Gambinos neue Mitglieder aufgenommen hatten.

»Glückwunsch, Dominick. Hat Tommy auch sein Abzeichen erhalten?«

»Ich habe keine Ahnung. Vielleicht geben sie ihm den ›button‹, wenn er entlassen wird. Aber deshalb habe ich dich nicht angerufen. Im Gegensatz zu Tommy ist mir die Sache ziemlich egal. Mein Freund heißt Pete Conte. Er ist gerade in den Süden gezogen. Triff dich mit ihm im Tender Trap in Hollywood und frag ihn, was er will. Laß dir zwanzig Riesen im voraus geben. Saratoga eröffnet nächste Woche, und ich brauche Geld.«

»Hast du nicht gerade gesagt, der Typ ist ein Wiseguy? Soll ich ihn wirklich um Vorauskasse bitten? Was ist denn los mit dir?«

»Du darfst ihm nicht sagen, daß du weißt, wer er ist, Joey. Er hat ein großes Problem – wenn wir ihm helfen, springt einiges für uns dabei heraus. Behandle ihn einfach, als wäre er ein Drogendealer. Ruf mich wieder an.« Dom legte auf.

Das Tender Trap war ein Steakhaus an der Highway 1. Viele der Colombos, Gambinos und Genoveses trieben sich dort herum. Vincente ›the Chin‹ Gigante, der später die Nachfolge von Anthony ›Fat Tony‹ Salerno als Boss der New Yorker Genovese-Familie antreten sollte, war ständig dort anzutreffen.

Pete Conte wartete schon auf mich und fing gleich an, sich bei mir auszuweinen. Bobby Kelly, ein örtlicher Kokainhändler, hatte ihn um 300000 Dollar betrogen, die er ihm als Abschlagszahlung für eine 200-kg-Ladung gegeben hatte. »Seit sechs Monaten hält der Kerl mich hin«, beklagte sich Pete. Er wollte, daß ich ihm entweder das Geld oder den Stoff besorgte.

»Okay, ich verlange hundert Riesen Finderlohn«, erklärte ich. »Wenn du mir heute noch dreißigtausend im voraus gibst, fang ich morgen mit dem Job an.«

Pete versuchte noch zu handeln, doch dann gab er mir dreißig Riesen.

»Bingo!« rief ich, als ich Dom Bescheid gab. Er war begeistert und versprach, mir einige seiner Jungs zu schicken, die die Schmutzarbeit erledigen sollten.

»Ich besorge dir auch drei oder vier Knarren«, fuhr er fort. »Du sagst den Jungs, was sie zu tun haben. Aber sieh zu, daß das Ganze ohne … du weißt, was ich meine, abläuft.«

Er gab mir damit zu verstehen, daß möglichst niemand dran glauben sollte.

»Ich tue, was ich kann, Dom. Was soll ich mit dem Geld anfangen?«

»Behalte es bei dir. Vielleicht hast du und Bunny nächste Woche Lust, mit mir und meiner Frau nach Saratoga zu fahren. Wir könnten uns eine schöne Zeit machen und das Geld auf den Kopf hauen. Hast du Petes Telefonnummer?«

»Ja. Ich möchte die Angelegenheit so schnell wie möglich erledigen. Schick mir die Jungs bald.«

»Kein Problem, Joey. Ich setze Billy Ray und Ralphie ins Flugzeug – mit beiden hast du ja schon gearbeitet. Außerdem besorge ich dir noch einen guten Mann.«

Seit Tommy saß, verbrachte ich mehr Zeit zu Hause. Bunny war überglücklich. »Es ist wie in alten Zeiten«, sagte sie. »Hoffentlich behalten sie T. A. für immer im Gefängnis.«

16

Bring zuerst Peter um, dann raubst du Paul aus

Bobby Kellys Haus in Hollywood lag etwas abseits hinter einem Palmenhain und war von einem hohen Sicherheitszaun umgeben. In dem leeren Pförtnerhaus befand sich ein Telefon. Billy Ray machte mich auf die Videokameras aufmerksam, die in den Bäumen und am Zaum befestigt waren.

»*Marrone,* der Kerl hat wirklich eine hübsche Hütte«, bemerkte er anerkennend und pfiff durch die Zähne. Billy Ray und Ralphie waren mit zwei anderen Gorillas aus Doms Crew in den Süden geflogen. Nachdem ich den Wagen um die Ecke geparkt hatte, wollte ich versuchen, ins Haus zu gelangen. Ich hatte vor, mich als Anwalt auszugeben. »Warte hier«, befahl ich Billy. »Versuch nicht, mir zu folgen.«

»Was wünschen Sie?« Die Stimme aus der Sprechanlage klang unfreundlich.

»Ich bin Anwalt – ein Freund von Pete Conte«, sagte ich. »Ich bin allein und möchte eine Sache mit Mr. Bobby Kelly besprechen.«

»Wo ist ihr Wagen?« fragte die Stimme mißtrauisch.

»Den habe ich um die Ecke abgestellt. Soll ich ihn holen?«

Plötzlich wurde das Tor geöffnet. Die Auffahrt war fast so lang wie ein Fußballfeld. Das Haus sah aus wie die große Ausgabe einer Fischerhütte. Überall hingen Netze, Körbe, Ruten und Köder. Direkt vor mir sah ich eine verglaste Terrasse. Drei Mädchen im Bikini beugten sich über einen großen, ovalen Spiegel, auf dem einige Linien Koks lagen.

Dahinter standen zwei Kerle in Blue jeans, die offensichtlich ihren Anteil schon intus hatten.

»Ich suche Bobby Kelly«, sagte ich. Eines der Mädchen rief nach ihm. Dann tauchte ein dritter Kerl mit einer Schrotflinte auf. Die anderen beiden zückten ebenfalls ihre Waffen und stellten sich neben mich. Der Typ mit der Schrotflinte packte mich am Arm und zog mich dicht an sich. *Minchia,* warum nur war ich hierhergekommen?

»Ich bin Bobby Kelly«, sagte der Kerl mit der Flinte. »Was willst du von mir?« Er winkte die Mädchen nach draußen. Als eine der beiden rasch versuchte, den Spiegel mitzunehmen, brüllte er sie an: »Laß ihn da. Du hast schon genug gehabt. Geh eine Runde schwimmen!«

»Ich bin im Auftrag von Mr. Conte hier«, erklärte ich und reichte ihm meine Karte, auf der ich mich als ›Joe Russo‹ zu erkennen gab. »Mr. Conte sagte mir, Sie hätten etwas, was ihm gehört. Er will wissen, ob Sie die Ware liefern oder das Geld zurückgeben wollen.«

»Hör zu, Anwalt Russo«, erwiderte er und reichte mir den Spiegel. »Du siehst nicht wie ein Mafioso aus. Möchtest du?«

Ich lehnte ab. Mit dem Zeug kann ich nichts anfangen – schon gar nicht, wenn zwei bekiffte Idioten ihre Waffen auf mich richten. Alle drei bedienten sich großzügig und sahen mich aus glasigen Augen an.

»Zufällig weiß ich, daß unser Freund Pete in der Mafia ist«, bemerkte Kelly. »Er gehört zur Genovese-Familie, aber seine Männer stehen nicht zu ihm. Sein Freund George hat mir alles erzählt, nachdem ich ihn abgefüllt hatte. Petes Bosse würden ihn umbringen, wenn sie von seinen Drogengeschäften wüßten. Deshalb sieht er weder den Stoff noch das Geld von mir.«

Das Zeug, das sie schnupften, wirkte offensichtlich wie eine Wahrheitsdroge.

»Bestell Pete, er kann mich mal«, fuhr Kelly fort. »Wenn er keine Ruhe gibt, werde ich ein Wörtchen mit George über ihn reden müssen.«

Ich konnte kaum glauben, was dieses Arschloch von sich gab.

»Dann haben Sie den Stoff also gar nicht bekommen?« sagte ich. »Ich habe Pete gleich gesagt, daß ich das Ganze für einen Schwindel halte. Niemand, der so jung ist wie Sie, hat gute Verbindungen nach Bogota. Ich habe ihn gewarnt.«

Ich versuchte, den Süchtling herauszufordern. Mittlerweile ließen sie eine Flasche Jack Daniels herumgehen. Sie waren alle so dicht, daß ich einem von ihnen ohne Schwierigkeiten die Knarre hätte abnehmen können. Doch ich wartete ab – schließlich waren die Mädchen auch noch da.

»Ich werde dir etwas zeigen«, prahlte der Junkie. »Dann kannst du Pete etwas erzählen.«

Er schob mich ins Haus. Die Klimaanlage lief auf vollen Touren – es war eiskalt. Kelly führte mich in einen Abstellraum, in dem Päckchen in braunem, wasserdichtem Papier bis zur Decke gestapelt waren. Er riß ein Paket auf und ließ mich einen Blick auf das Kokain werfen.

»Du kannst Pete berichten, daß ich mein Geschäft verstehe. Außerdem möchte ich, daß du ihm etwas von mir gibst.«

»Ja, klar.« Ich ahnte schon, was jetzt kommen würde.

»Nimm das!« schrie er und versetzte mir mit dem Kolben seiner Waffe einen Schlag ins Gesicht.

Ich fiel unsanft auf den Boden. Blut schoß aus meiner Nase.

»Und jetzt hau ab. Wage es nicht, dich noch einmal hier blicken zu lassen, sonst lege ich dich um!« Alle drei lachten, während ich mich bemühte, wieder auf die Beine zu kommen.

Als Billy mein Gesicht sah, wollte er sofort ins Haus stürmen, doch ich hielt ihn zurück. »Es sieht schlimmer aus als es ist«, versicherte ich. »Die Nase ist nicht gebrochen. Die Kerle sind so high, daß sie nicht wissen, was sie tun. Bring mich nach Hause. Ich möchte mich waschen und dann Dominick anrufen.«

Bunny fing an zu weinen, als sie mich sah. »Was ist denn passiert?«

»Billy hat mich verprügelt.«

»Glaub ihm kein Wort«, protestierte Billy. »Das war ein Mädchen – sie wollte sich seine Frechheiten nicht gefallen lassen.«

Bunny lachte erleichtert. »Das kann ich mir gut vorstellen.«

Zwei Tage später fuhren wir gegen vier Uhr morgens mit unserem Lastwagen zu Bobby Kellys Haus. Es war stockdunkel und ganz ruhig.

Billy Ray kannte sich bestens mit Schlössern aus. Es dauerte nicht einmal eine Minute, bis er das Eisentor geöffnet hatte. Vorsichtig schlich ich zu der verglasten Veranda. Drinnen spielte leise Musik, und Kelly und seine Freunde waren total hinüber. Alle sechs waren nackt. Auf dem Spiegel befand sich noch mindestens ein Pfund Kokain.

Ralphie konnte seine Augen kaum von den Mädchen abwenden, während ich leise die Tür öffnete. »Hol den Wagen«, flüsterte ich Ralphie zu. Wir müssen den Stoff aufladen und dann so schnell wie möglich verschwinden.«

»Kann dir nicht einer von den anderen helfen? Das Mädchen gefällt mir.«

Wo hatte Dominick nur diesen kranken Typen aufgetrieben? Als Billy meinen bösen Blick bemerkte, zwinkerte er mir zu und machte sich auf den Weg.

Alle sechs auf der Veranda waren so high, daß sie nicht mit der Wimper zuckten, als wir 198 Kilo Kokain in den Wagen luden. Wir arbeiteten leise und schnell. Dominick hatte mir gute Leute geschickt – bis auf Ralphie.

Ich befahl den Jungs, Bobby Kelly zu fesseln und zu knebeln und in den Lieferwagen zu setzen. Er wachte nicht einmal auf.

Mafiosi wie Tommy A. und Little Dom hätten nie Peter ausgeraubt, um Paul auszuzahlen, wenn sie Peter einfach umbringen und dann Paul ausrauben konnten. Das bewunderte ich an ihnen. Wenn es darum ging, die eigenen Taschen zu füllen, wurde gründlich gearbeitet. Natürlich hatte Dominick auch einen Plan für den kleinen Betrüger Bobby Kelly bereit.

Wir versteckten Kelly in Pete Contes Haus in Homestead, südlich von Miami. Dort banden wir ihn am Bett fest und gaben ihm nur Wasser und Brot. Nach einer Woche hörte er auf zu zittern und kam langsam wieder zu sich. Ganz unerwartet meldete sich Little Dom plötzlich bei mir an.

Pete sah ein wenig erschrocken aus, als wir in meinem Wagen vorfuhren. »Dominick, ich wußte nicht, daß du kommst. Joe hat mir nichts davon gesagt. Stimmt etwas nicht?«

»Alles in Ordnung, Pete. Joe hat wahrscheinlich einfach vergessen, es dir zu sagen«, erwiderte Little Dom. »Du hast doch Kelly nicht etwa laufen lassen?«

Pete beklagte sich darüber, daß Kelly während des Entzugs die ganze Woche wie ein Tier geschrien habe.

»Das ist gut«, sagte ich grinsend. »Wann kommt George?«

»In ein paar Stunden. Was ist denn eigentlich los?«

Weder Dom noch ich gaben ihm eine Antwort. Ich führte Dominick ins Haus und stellte ihm Bobby Kelly vor. Kelly fing an zu zittern, als er mich sah. Zumindest schien er sich noch an einige Sachen zu erinneren. Ich packte ihn an den Haaren und schlug ihm meine Achtunddreißiger ins Gesicht. Er krümmte sich vor Schmerzen, als seine Vorderzähne zersplitterten. Dann zog ich ihm den Kolben der Waffe über die Stirn.

»Das genügt«, sagte Dom. »Laß mich den Rest erledigen. Zuerst werde ich ihm die Hände abhacken – und dann den Kopf.« Dom schwang ein Beil durch die Luft.

»Nein, Dominick, warte!« rief ich und hielt seinen Arm fest. »Der Kerl verdient es nicht zu sterben.«

»Doch. Mach ihn fertig, Dom«, mischte sich Pete ein. »Er hat versucht, mich reinzulegen – dafür soll er büßen.«

Jetzt war ich wieder an der Reihe. »Warte einen Moment, Pete. Wenn Bobby dir etwas über George verrät, läßt du ihn dann am Leben? Bobby weiß, daß du ein Gemachter bist – er hat es mir erzählt.«

Pete sah uns verblüfft an. Dom und ich grinsten, doch dann schnappte sich Dom die Achtunddreißiger und setzte sie Bobby an die Stirn. Ich packte seinen Arm und riß ihn nach oben, so daß der Schuß in die Decke ging. Wirklich – ich hätte Schauspieler werden sollen.

Bobby winselte verzweifelt, während Dom und ich scheinbar um die Waffe kämpften. Schließlich wandte sich

Dom an Kelly. »Ich will eine Tonne von dem Stoff, du Bastard. Wenn du mir nicht jetzt und hier versprichst, daß du lieferst, lege ich dich gleich um, du Arschloch. Hältst du dein Versprechen nicht, ist dein Leben keinen Pfifferling mehr wert.«

Bobby erklärte sich natürlich mit allem einverstanden. Ich blinzelte Dom und Pete zu. Als sie den Raum verlassen hatten, befreite ich Bobby von seinen Fesseln. »Es tut mir leid, daß ich dir einen Schlag auf den Kopf versetzen mußte, aber du hast mich herausgefordert«, erklärte ich. »Du mußt Pete jetzt von George erzählen, sonst kann ich für dein Leben nicht mehr garantieren. Und ich rate dir, dein Versprechen wegen des Stoffs zu halten – der Kerl ist gefährlich.«

Kelly schluchzte. »Bist du sicher, daß sie mich nicht umbringen? Lügst du mich auch nicht an?«

»Wenn du nicht tust, was ich dir sage, leg ich dich selbst um.«

Als Dominick und Pete zurückkamen, begann Kelly, über George auszupacken. Pete hörte schweigend zu und wandte sich schließlich an uns. »Was tun wir jetzt mit dem Kerl?«

Dominick spielte die Rolle des Paten. »Du zahlst ihm den Restbetrag – natürlich abzüglich deiner Unkosten. Bobby gehört jetzt zu mir. George ist deine Angelegenheit – ich habe dir nur einen Gefallen getan. Jetzt mußt du selbst sehen, wie du dieses Problem löst. *Capisci*?«

Während wir noch miteinander sprachen und uns für den Abend im Tender Trap verabredeten, fuhr George in seinem Wagen vor. Als er Bobby Kelly entdeckte, fielen ihm beinahe die Augen aus dem Kopf.

Pete verabschiedete sich von uns und legte seinen Arm um Georges Schulter. »Komm herein, mein *compare*«, sagte er freundlich. »Setz dich und trink eine Tasse Kaffee mit mir. Wir müssen übers Geschäft reden.«

Als wir die Auffahrt hinunterfuhren, hörten wir vier oder fünf Schüsse. Bobby vergrub seinen Kopf in den Händen und begann zu schluchzen. Dominick legte ihm beruhigend eine Hand auf den Kopf. »Keine Angst, Bobby. Du gehörst jetzt zu uns, und keiner – nicht einmal der Papst – kann dir etwas antun.«

Später tranken wir einige Cocktails. Bobby konnte nichts essen, weil sein Gesicht stark verschwollen war. »Ihr müßt mir ein wenig Zeit geben, um das Gras zu besorgen«, bat er. »Die letzte Ladung haben die Bullen abgefangen – das könnt ihr nachprüfen. Aber ich habe noch ungefähr zehn Kilo Kokain in meinem Haus versteckt. Das möchte ich euch geben, um meine Dankbarkeit zu zeigen.«

Wir nickten freundlich, als wäre er unser bester Freund.

17

Friedhofsgelände

Dom gab mir 45000 Dollar von den siebzig Riesen, die wir uns von Pete Conte besorgt hatten. Er nahm fünf Kilo Kokain mit nach New York, um sie dort zu verkaufen. Mir gab Kelly ein Kilo. Und ich verteilte einige Gramm unter den Mädchen. Sie waren begeistert, weil ich es nicht gestreckt hatte. Der Stoff war so gut, daß ich 2000 Dollar pro Unze dafür bekam. Das brachte mir 60000 Dollar ein. Bunny wurde prompt mißtrauisch, als ich ihr einige Schmuckstücke kaufte – man kann es den Frauen einfach nie recht machen.

Trotzdem muß man hin und wieder dafür sorgen, daß sie sich wohlfühlen. In der Mafia fuhr man gern in Gruppen in Urlaub. Die Frauen hatten dann Gesellschaft, und wir Männer konnten uns anderen Dingen, wie zum Beispiel Pferdewetten, widmen. Großzügig brachten wir unser ganzes Geld unter die Leute – vor allem auf dem Rennplatz.

Nachdem wir an Bobby Kelly gut verdient hatten, schlug Dom vor, Geschäft und Vergnügen miteinander zu verbinden. Er lud mich und Bunny nach Saratoga ein, um dort im August mit ihm und seiner Frau Clair auf die Rennbahn zu gehen.

»Ihr müßt unbedingt an diesem Donnerstag nach New York kommen«, sagte er. »Am Freitag läuft ein Pferd, das gewinnen wird. *Capisci?*«

Dom und Clair holten uns vom Flughafen ab und fuhren mit uns direkt nach Lake George, wo sie Zimmer in einem fabelhaften Hotel gebucht hatten. Dominicks sichere Wette am nächsten Tag ging daneben. Er verlor 15000 Dollar und verfluchte den ganzen Tag den Jockey.

Fünf Tage lang gaben wir mit beiden Händen unser Geld für Wetten aus. Auf der Rennbahn trafen wir Allie LaMonte, Little Doms Capo. Er hatte eine Kehlkopfoperation hinter sich und konnte nur mit Hilfe eines kleinen Stimmverstärkers am Hals sprechen. Immer wenn er eine Wette verlor, zerriß er wütend die Tickets und warf einen wütenden Blick zum Himmel. »Ihr Bastarde«, gurgelte er dann. Allie war wirklich ein lustiger Kerl.

Auf dem Rückweg in die Stadt nahmen wir die Taconic-Autobahn. Bunny und Clair unterhielten sich angeregt auf der Rückbank. Als wir an der Ausfahrt Peekshill vorbeifuhren, deutete Dominick nach links. »Da liegt Boot Hill«, sagte er leise zu mir. »Ich glaube, ich habe mittlerweile ungefähr acht Leute dort begraben – aber es gibt nur eine einzige zweistöckige Anlage.«

Clair hatte offensichtlich etwas mitbekommen, denn sie sah sich verwundert um und wollte wissen, von welchen zweistöckigen Gebäuden wir sprachen.

»Ich habe Joe erzählt, daß hier zweistöckige Häuser gebaut werden sollen«, erklärte Dom. »Und jetzt halt die Klappe, Clair. Du bist viel zu neugierig. Frage ich etwa, worüber du mit Bunny redest? Misch dich nicht in unsere Unterhaltung.«

»Sprich nicht so mit mir. Ich bin deine Frau, und nicht eine deiner Huren, mit denen du dich herumtreibst. Joe spricht nie so mit Bunny.«

Dominick drehte sich kurz um. »Hör auf damit, Clair. Denk an deine Eltern. *Capisci?*«

Ich lachte leise, doch Bunny hatte natürlich keine Ahnung, worauf Dom anspielte.

»Was haben deine Eltern damit zu tun?« fragte sie Clair verständnislos. Dom grinste breit.

»Eigentlich nichts«, erwiderte Clair. »Immer wenn mein Mann einen Streit beenden will oder wenn ich ihn verlassen möchte, weil er wieder einmal mit Lippenstiftflecken auf dem Hemd nach Hause gekommen ist, droht der Mistkerl, meine Eltern umzubringen.«

Ich konnte mich nicht mehr beherrschen, und sogar Bunny und Dom mußten lachen.

»Aber das würde er doch nie tun, oder?« fragte Bunny.

»Da kannst du Gift darauf nehmen. Du kennst meinen Mann nicht – er ist ein Killer.«

»Damit hast du dir soeben dein Taschengeld für diese Woche verscherzt, du Klatschmaul«, knurrte Dom.

»Aber Liebling, ich habe doch nur Spaß gemacht«, erwiderte Clair hastig. »Nicht wahr, Bunny? Ich habe dir doch zugezwinkert. Dom, du weißt doch, daß ich das Geld zum Kartenspielen brauche.«

»Na gut, wenn du ab jetzt die Klappe hältst, werde ich mir das noch einmal überlegen. Wenn nicht, streiche ich dir das Geld für zwei Wochen.«

Dom wandte sich mir zu. »Was sagst du dazu? Sie pokert liebend gerne zu Höchsteinsätzen.«

»Aber ich spiele sehr gut«, warf Clair ein. »Meistens gewinne ich.«

»Hey, Clair, was habe ich dir gesagt? *Zitto*!«

»Ich wollte dir nur zustimmen, mein Schatz.«

Wir lachten alle, und ich hörte, wie Clair ihrer Freundin Bunny zuflüsterte, sie solle jetzt besser den Mund halten.

Auf dem Heimweg hielt Bunny meine Hand und küßte mich immer wieder. Sie wollte mir zeigen, wie sehr sie unsere Reise genossen hatte. Ich hatte ungefähr 25000 Dollar beim Wetten verloren, und Dominick war sicher um über 100000 Dollar leichter. Wie gewonnen, so zerronnen. Lake George im Sommer war einfach herrlich.

18

»Ich bin doch nicht bescheuert«

Im August 1976 fing die Football-Saison an, und ich verlor eine Menge Kies. Meine eigenen Kunden gewannen am laufenden Band, und die vier Kunden, die ich für T. A. betreute, sahnten ebenfalls kräftig ab. Tommy hatte mich vor Beginn der Saison zu seinem Buchmacher ernannt.

»Ich möchte, daß diese Kerle ihre Wetten bei dir abschließen«, hatte er vorgeschlagen. »Wir teilen den Gewinn. Sollten allerdings die Kunden das Geld einstreichen, bin ich nicht mehr dein Partner.«

Tommy Agro war wieder einmal dabei, mich auszunehmen. Im Dezember war ich pleite – ich hatte nicht nur beim Football, sonder auch beim Pferderennen gewaltige Summen verloren. Glücklicherweise rief mich Dominick im Januar 1977 an. Er hatte das Kokain endlich losschlagen können.

»Komm und hol dir deinen Anteil, bevor ich alles beim Wetten verliere«, sagte er.

Ich flog noch am selben Tag nach New York, um meine 150000 Dollar anzuholen. Dom holte mich am Flughafen LaGuardia ab und lud mich auf einen Drink ein. Dann reichte er mir unter dem Tisch eine Papiertüte mit Bargeld. Ich verschwand damit aufs Klo, stopfte die Scheine in meinen Geldgürtel und zog das Jackett darüber. Da mein Rückflug erst in einigen Stunden möglich war, lud ich Dom zum Dinner ein.

Als wir zu seinem Wagen gingen, bat Dom mich um einen Gefallen.

»Kein Problem, Dom. Worum geht es?«

»Ich muß nach Boot Hill und ein Loch graben«, erklärte er. »Dieser Scheißkerl liegt in meinem Kofferraum. Ich muß ihn loswerden und brauche jemanden, der mir dabei hilft. Er war ein Mitglied der Lucchese-Familie.«

Ich trat einen Schritt zurück. »Du machst Witze, oder? Du hast doch nicht wirklich eine Leiche in deinem Wagen?«

»Warum sollte ich dich anlügen, Joey?« Dominick öffnete den Kofferraumdeckel und zeigte auf den zusammengekrümmten Toten. Mir wurde schlecht, als ich das große Loch in der Stirn sah.

»Na komm schon, Joey. Er liegt jetzt seit drei Tagen hier drin und fängt schon an zu stinken. Ich brauche jemanden, der mir hilft, ihn herauszuheben.«

Ich ließ Dom einfach stehen, doch er folgte mir. »Was ist los, Joey?«

»Ich bin doch nicht bescheuert, Dominick. Hast du etwa vor, ein weiteres zweistöckiges Grab auszuheben? Vergiß es. Hol dir einen anderen dafür – ich will nicht wissen, wo du diesen Typen vergräbst.«

»Ich verstehe dich, Joe«, sagte er beschwichtigend. »Du mußt mir glauben, daß ich nicht daran gedacht habe.«

»Such dir jemanden für den Job, den du nicht leiden kannst«, schlug ich vor. »Dann kannst du ihn gleich dort lassen.«

Wir fuhren mit einem Taxi zum Dinner nach Manhattan. Als ich später nach Hause flog, mußte ich daran denken, was T. A. über Dominick gesagt hatte: ›Wenn Dominick das Gefühl hat, daß du etwas über ihn weißt und ihn damit in Schwierigkeiten bringen könntest, legt er dich ohne mit der Wimper zu zucken um.‹

19

T. A. bekommt sein Abzeichen

Im Februar 1977 – sieben Monate, nachdem wir Bobby Kelly gezeigt hatten, wo es langging – kam er zu mir. Er hatte das Gras besorgt, das er Little Dom versprochen hatte, und beteuerte, daß es sich um Spitzenqualität handelte. Ich nickte verständig. Ehrlich gesagt, konnte ich guten Stoff nicht von Riedgras unterscheiden.

Dominick und ich beschlossen, einen Kleinlaster unter falschem Namen zu mieten. Zwei meiner Männer brachten den Stoff damit nach New York.

Dominick konnte nur 200000 Dollar für die 1000 Kilo-Ladung bekommen. Ein Teil des Gewinns schuldete Dom ›Johnny Irish‹ Matera für einen Auftrag, den Irish für ihn erledigt hatte. Ich mußte natürlich Tommy daran beteiligen. Mit fünfzig Riesen würde er wohl zufrieden sein.

Im April 1977 rief mich T. A. an. »Joey, wann besuchst du mich endlich?« fragte er.

»Hey, Tom! Seit wann bist du zu Hause? Warum hast du mir nicht Bescheid gesagt, daß du wieder draußen bist?«

»Bobby wußte es und hat mich gleich aufgesucht. Warum bist du nicht mitgekommen?«

Dieser verdammte DeSimone. Sicher hatte er auf seinem Kalender die Tage abgestrichen, bis Tommy entlassen wurde. Natürlich hatte er nicht im Traum daran gedacht, mich zu informieren.

»Verflixt, warum hat Bobby mich nicht angerufen? Komm doch in den Süden und mach hier Ferien. Dann können wir uns treffen – ich habe eine kleine Überraschung für dich.«

»Bist du verrückt, Joey? Du wirst zu mir kommen, verdammt.«

»In Ordnung, Tommy. Bitte ruf Dominick an und verabrede dich mit ihm. Er hat ein kleines Geschenk für dich.«

Sicher würde er über seinen Anteil am Verkauf des Marihuanas zufrieden sein. Der dürre Bobby DeSimone hatte wahrscheinlich wieder einmal nichts für ihn gehabt.

Am nächsten Tag holte ich Dominick am Flughafen in Miami ab und brachte ihn zu Castaways Hotel. Als ich erwähnte, daß er keinen besonders guten Preis für das Gras erzielt haben, erklärte er mir, daß Bobby Kelly uns gelinkt hatte. Das Zeug taugte nichts.

»Ich habe gute Lust, ihm den Schädel einzuschlagen«, knurrte Dom. »Aber wir haben für den Stoff schließlich nichts bezahlt. Du hättest Tommys Gesicht sehen sollen, als ich ihm die fünfzig Riesen mit einem schönen Gruß von dir in die Hand gedrückt habe. *Minchia,* ich dachte schon, der Kerl bekommt einen Herzinfarkt. Er ist sehr zufrieden mit dir. Ich soll dir sagen, daß er für morgen abend einen Flug gebucht hat.«

»Das ist gut. Hat er sein Abzeichen bekommen?« fragte ich.

»Ja. Er ist gemeinsam mit den anderen aufgenommen worden, aber ich habe es erst jetzt erfahren. Du arbeitest jetzt für eine Wiseguy, Joe.«

Dann erzählte ich Dom von meinem Problem mit Bobby Anthony. Er und sein Partner Rabbit hatten mich und T. A. damals bei dem Drogengeschäft übers Ohr gehauen. Anthony schuldete mir 5000 Dollar, und ich bekam ihn einfach nicht zu fassen. Er stand auch bei T. A. in der Kreide, aber das ging mich nichts an. Ich wußte, daß er in einer bestimmten Bar in Queens verkehrte, aber immer wenn ich dort anrief, ließ er sich verleugnen. Ich fragte Dom, ob er ihn nach seiner Rückkehr in New York aufsuchen könnte.

»Den Kerl kenne ich«, sagte Dom zu meiner Überraschung. »Sein richtiger Name ist – oder war – Bobby Amelia. Tommy hat ihn umlegen lassen, während er im Knast saß. Außer dir wissen das alle.«

»Dieser Mistkerl hat mir nichts davon erzählt«, sagte ich verblüfft. Wahrscheinlich war T. A. immer noch sauer, weil Bobby Anthony vor drei Jahren auf meiner Veranda nicht unterwürfig genug gewesen war. »Schade«, bemerkte ich. »Ich konnte Anthony gut leiden, obwohl er jeden beschissen hatte. Tu mir einen Gefallen und sag Tommy nichts davon, daß er mir 5000 Dollar schuldete.«

Dom gab mir meine fünfzig Reisen, und wir vergnügten uns mit einigen Nutten. Am nächsten Morgen flog er zurück, und kurz darauf kam T. A. an. Im Diplomat überschlugen sich alle, als sie ihn sahen. Schließlich war er jetzt ein Wiseguy und forderte gebührenden Respekt. Wir setzten uns an den Swimmingpool und bestellten Drinks. Nach einigen Minuten brachte ich das Gespräch auf Bobby Anthony.

Tommy lächelte. »Aber Joey, so etwas würde ich doch nicht tun. Und jetzt will ich nichts mehr darüber hören. *Capisci?* Erzähl mir lieber, wie es mit den Footballwetten steht.«

»Für deine Kunden konnte ich siebenundvierzig Riesen herausschlagen. Ich selbst bin in den Miesen – aber damit muß ich wohl leben.«

»Du blickst allmählich durch«, bemerkte Tommy grinsend.

Er wollte eine Woche bleiben und etwas Zeit mit mir verbringen. Mein Geschenk hatte ihn sehr zufriedengestellt. »Das hast du gut gemacht, Joey«, lobte er mich. Natürlich erwähnte ich nichts von dem Geld, das Dom und ich bei dem Kokaingeschäft kassiert hatten, während Tom im Gefängnis saß.

»Hast du schon gehört, Joey?« fragte T. A. »Ich habe mein Abzeichen bekommen.«

»Tatsächlich?« Ich tat überrascht.

»Ja. Fat Andys Männer Frank ›the Hat‹, Nicky und Lenny ebenfalls.«

Frank DeStefano, alias Frank ›the Hat‹, Nicky Corrazo und Lenny DiMaria waren Mitglieder von Andrew ›Fat Andy‹ Ruggianos Mannschaft in Miami. Sie waren alle berüchtigte Gefolgsleute der Gambino-Familie.

»Auch bei dir wird es eines Tages soweit sein«, fuhr Tommy fort. »Wenn du so weitermachst wie bisher, werde ich schon dafür sorgen. Du bist mein wichtigster Mann im Süden. Tu weiterhin alles für mich und unsere Familie, dann werde ich mich auch für dich einsetzen.«

»Danke, Tom. Ich weiß das zu schätzen«, erwiderte ich, obwohl mir nicht ganz klar war, was es eigentlich bedeutete, aufgenommen zu werden. Ich wußte allerdings, daß das Abzeichen das Ziel aller Mitarbeiter einer Familie war. Tommy schien sich dadurch verändert zu haben – er wirkte ruhiger. Zumindest glaubte ich das damals.

»Aber du mußt dein Geschäft erweitern«, mahnte T. A.

»Was soll ich denn noch alles tun? Ich beschäftige mich bereits mit Geldverleih, Buchmacherei, Drogenhandel und Erpressung. Mehr schaffe ich einfach nicht. Natürlich habe ich meine Männer, aber denen kann ich nur Handlangerdienste übertragen. Sie haben nicht genug Verstand und Mut, um etwas Neues an Land zu ziehen oder einen Job selbständig zu erledigen.«

Tommy lachte. »Ich weiß, was du meinst. Trotzdem möchte ich deine Mannschaft kennenlernen – vielleicht, wenn ich das nächste Mal hier bin.«

»Einer meiner Männer wird dir sicher gefallen. Sein Name ist Don Ritz – er hat ein gutes italienisches Restaurant in Singer Island.«

»Ritz!« schrie Tom. »Hast du etwa einen verdammten Juden in deiner Crew? *Minchia*!«

»Nein, Don ist Italiener und ein guter Mann. Ritz ist nur die Abkürzung seines Nachnamens. Viele meiner Männer sind Latinos. Für die Buchmacherei beschäftige ich einige Iren, aber die meisten sind Itaker.«

»Nenn sie nicht Itaker«, fuhr Tommy mich an. »Mein *compare* würde dich fertigmachen, wenn er dich so reden hörte. Wir sind Italiener, und alle anderen sind verdammte Juden – ist das klar?«

So ein Blödsinn. Was kümmerte mich die Nationalität eines Kerls, solange er gut arbeitete. Meinetwegen konnte er auch vom Mars kommen. Die meisten Mafiamitglieder waren in dieser Beziehung sehr empfindlich – in ihren Augen taugte nur ein richtiger Italiener etwas.

Tommy blieb eine Woche. Wir verbrachten viel Zeit miteinander, und er war meistens gut aufgelegt. Am letzten Tag erzählte er mir, daß er gleich nach seiner Entlassung für seinen *compare* jemanden hatte umlegen müssen. Die Sache war ihm nahegegangen, weil er die Familie des Opfers gut kannte. Auf der Fahrt zum Flughafen gab er mir noch einige Ratschläge.

»In unserer Position muß man tun, was einem befohlen wird. Sie suchen sich immer jemanden aus, der mit dem betreffenden Kerl gut steht und deshalb leicht an ihn herankommt. Ich konnte nicht ablehnen, weil es ein Befehl von oben war. – Laß dir nichts zuschulden kommen, Joey«, mahnte er dann. »Mach so weiter wie bisher, dann wirst du es zu etwas bringen. Du bist sehr schnell nach oben gekommen – deshalb ist es besonders wichtig, daß du auf mich hörst. Und wenn Jiggs, Little Dom, Johnny Irish oder irgendein anderer dir einen Job anbietet, dann besprichst du das zuerst mit mir. Verstanden, Joe?«

»Natürlich, Tip.« Ich umarmte ihn zum Abschied. Als ich ihm nachsah, wurde mir klar, daß unsere erste Begegnung schon fünf Jahre zurücklag.

20

Verliebt

Die nächste Footballsaison war ein voller Erfolg, und Tommy war zufrieden. Im Herbst 1977 starb Jiggs im Alter von zweiundsechzig auf der Rennbahn. Er saß auf der Haupttribüne, als er plötzlich einen Herzinfarkt bekam. Sophia befolgte seinen letzten Wunsch, ließ ihn einäschern und die Asche über dem East River in New York verstreuen.

Schon zu Beginn der Saison hatte ich einen Auftrag im Trockenbaugeschäft ergattern können. Auf Hutchinsons Island waren drei große Wohnanlagen geplant, und die Bauarbeiten sollten ohne Schwierigkeiten mit der Gewerkschaft erledigt werden. Durch meine Verbindung zu Chin Gigante bekam ich den Job. Gigante war damals ein Genovese-Capo – heute leitet er die Familie.

Ich traf eine Verabredung mit dem Bauunternehmen. Für 35000 Dollar pro Gebäude zusätzlich zu den regulären Kosten würde ich jegliche Streiks verhindern. Den Gewinn mußte ich mit Chin, Jiggs Forlano, dem Gewerkschaftsvertreter und – natürlich – Tommy A. teilen.

Als der Bauunternehmer einmal einige Tage mit den Zahlungen im Rückstand war, erschienen nachts einige Männer mit Gewehren auf der Baustelle und schossen wild um sich. Es wurde niemand verletzt, nur der Nachtwärter hatte einen Schock. Am nächsten Tag kam der Unternehmer aufgeregt zu mir. Ich versicherte ihm, daß ich mich darum kümmern würde. Ab da zahlte er immer pünktlich.

Ich hatte meinen kleinen Bruder mit der Leitung des Geschäfts beauftragt. Er hätte alles für mich getan, doch ich versuchte, ihn nicht zu sehr in mein Leben hineinzuziehen.

Ich wollte, daß er auf der anderen – auf der richtigen – Seite blieb.

Nach Jiggs Tod gab ich seinen Anteil an Tommy Farese weiter. Farese gehörte zur Mannschaft von Johnny Irish und war eine große Nummer im Rauschgifthandel. Thomas DiBella, der damalige Boss der Colombos, hatte Johnny Irish zum Capo ernannt. Es ging das Gerücht, daß DiBella von Irish über 500000 Dollar bekommen hatte. Der größte Teil dieser Summe stammte aus den Rauschgiftgeschäften, die Tommy Farese abgewickelt hatte. Zum Dank dafür hatte er von Johnny Irish das Abzeichen erhalten.

Solange Jiggs am Leben war, hatte Farese den Rauschgifthandel diskret abgewickelt. Jiggs war immer dagegen gewesen, hatte aber nie feste Regeln aufgestellt, weil Carmine ›the Snake‹ Persico, der frühere Boss der Colombos, ein großer Dealer war. Persico saß mittlerweile im Knast, und Jiggs lebte mich mehr, also begann Farese, den Rauschgifthandel im großen Stil aufzuziehen. Er verschob jeden Monat etliche Tonnen Gras und jede Menge Kokain.

Ende 1977 lernte ich ein Mädchen kennen und verliebte mich in sie. Nena war zweiunddreißig, also vierzehn Jahre jünger als ich. Ungefähr ein Jahr später erwischte uns meine Frau in Nenas Apartment. Sie mußte mir gefolgt sein. Als sie die Tür aufriß und uns zusammen im Bett sah, fing sie zu weinen an und lief davon.

Einen Monat lang versuchte ich, sie umzustimmen. Ich bettelte und flehte, doch diesmal hatte Bunny endgültig die Nase voll. Sie warf mich aus dem Haus, und ich wohnte eine Zeitlang bei Nena.

Nena war kein Dummerchen – sie war blond, hübsch und bedeutete mir sehr viel. Trotzdem konnte ich Bunny nicht vergessen. Ich hatte große Schuldgefühle, weil ich sie so verletzt hatte. Mit Bunny verließ mich auch mein geschäftliches Glück. Plötzlich ging alles schief, was ich anpackte.

Ich wurde vor ein Gremium zitiert, das organisierte Erpressung untersuchte. Irgendwie hatte die Regierung von den Erpressungsgeldern bei dem Hutchinsons-Island-Projekt Wind bekommen. Mir war klar, daß sie mich verdächtigten. Bob Sailor, mein Anwalt, hatte Mühe, mich herauszupauken.

Im Winter 1977 bekam ich auch noch Ärger mit den Florida-Colombos. Ich war auf dem Weg ins Bridge Restaurant in Fort Lauderdale, um Tommy Farese seinen Anteil an einem Rauschgiftgeschäft zu bringen. Auf dem Parkplatz lief ich Tommys *compare*, Johnny Irish, in die Arme. Er erzählte mir, daß Thomas DiBella gerade die Geschäfte in Florida überprüfe und mich gern kennenlernen würde.

Ich zögerte. Obwohl ich mit den Jungs der Colombo-Familie gut auskam, wollte ich mir keine Probleme einhandeln. Johnny kannte T. A. nicht besonders leiden, und ich hatte das Gefühl, daß er etwas im Schilde führte.

»Komm schon, Joey.« Irish ließ nicht locker. »Wir sind doch alle gute Freunde.«

Schließlich ging ich mit ihm in das Restaurant an Thomas DiBellas Tisch.

»Tom, das ist Joe Dogs«, stellte Irish mich vor. »Er arbeitet für den Scheißkerl Tommy Agro, aber eigentlich gehört er zu uns. Vor vielen Jahren hat er in New York mit unseren Leuten zusammengearbeitet. Es ist mir ein Rätsel, wie er dann zu diesem verdammten Agro gekommen ist.«

»Guten Tag, Mr. DiBella«, sage ich höflich.

»Hör zu, Tom«, fuhr Irish fort. »Ich bin hier, Joe Dogs ist hier und du bist hier. Und T. A. ist in New York. Joe gehört zu uns – ich würde ihn sofort aufnehmen.«

Er meinte damit, daß ich mein Abzeichen bei den Colombos bekommen würde. Die Situation wurde gefährlich. Ich sah von einem zum anderen und überlegte fieberhaft. »Für mich gibt es da keinen Unterschied«, sagte ich dann beschwichtigend. »Es ist doch egal, bei welcher *Famiglia* man ist. Wir sind doch alle Freunde.«

Ich wollte keine Probleme mit den Gambinos. Aber Johnny Irish war schon zu weit gegangen – er hatte das ungeschriebene Gesetz verletzt.

»Bleib sauber, Joe«, sagte DiBella. »Ich habe schon einige gute Sachen über dich gehört. Mal sehen, was ich für dich tun kann.«

An diesem Abend betrog ich meine Freundin und ging mit meiner Frau aus. Ich sagte ihr, wie sehr ich sie vermißte. Bunny gab zu, daß es ihr genauso ginge, erklärte mir aber, daß sie zu viel mit mir durchgemacht hätte und daß ich nie mehr zu ihr zurückkommen könne.

Nachdem ich Bunny nach Hause gebracht hatte, rief ich T. A. an und erzählte ihm von Irish. Das war ein großer Fehler! Innerhalb kurzer Zeit hatte Tommy überall verbreitet, daß Joe Dogs zu ihm gehöre. Niemand sollte geschäftlich an mich herantreten, ohne vorher mit ihm darüber gesprochen zu haben.

Jetzt stand ich bei den Colombos auf der schwarzen Liste. Kein Mitglied der Familie wollte mehr Geschäfte mit mir machen – das schmälerte mein Einkommen ganz beträchtlich.

In Florida ging es mittlerweile drunter und drüber. Eine Woche, nachdem Jiggs gestorben war, fand man die verstümmelte Leiche von Jack ›Ruby‹ Stein im Kofferraum eines Wagens. Er war einer von Jiggs Geldverleihern gewesen. In seiner Jackentasche entdeckten die Bullen eine Liste mit den Namen aller Kunden, die ihm Geld schuldeten. Bei der folgenden Untersuchung gab es einige Verhaftungen.

Solange Jiggs am Leben war, hatte Ruby nichts zu befürchten gehabt. Jiggs war ein einflußreicher Mann gewesen, den alle respektiert hatten. Kaum war er gestorben, machten diese Idioten Ruby mundtot. Schließlich wurde ein Gefolgsmann der Lucchese-Familie verhaftet und wegen Mordes zu zwölf Jahren verurteilt. Jiggs fehlte mir sehr.

Tommy und Nena konnten sich nicht ausstehen. Seit ich mit Nena zusammenlebte, hatte ich in Tommys Augen an Ansehen verloren.

»Warum gehst du nicht nach Hause zurück und vergißt diese Schlampe?« stichelte er immer wieder.

Ich erklärte ihm, daß Bunny mich nicht mehr haben wolle. »Was zum Teufel soll ich denn tun?« schrie ich ihn einmal am Telefon an. »Und nenn Nena nicht Schlampe. Das tue ich bei deinen Freundinnen auch nicht. Was willst du überhaupt von mir? Du hast dich doch auch von Marian scheiden lassen. Kehr erst einmal vor deiner eigenen Tür, Tip.«

Er legte einfach auf.

21

Unerledigte Geschäfte

Jemand aus den eigenen Reihen zu ermorden gehörte zu unserem Alltag. Niemand tat es gern, aber es war die einzige Möglichkeit, sich zu behaupten. Deshalb hatten alle Mafiosi davor Angst. Mit allen anderen Schwierigkeiten wie Polizei, Gefängnisstrafen oder Schlägereien konnte man fertig werden.

Manchmal verstand ich allerdings nicht, warum jemand umgelegt wurde.

Ende Januar 1978 rief mich Stanley Gerstenfeld an. »Joe, du mußt mir einen Gefallen tun.«

»Du bekommst keinen Dollar von mir, Stanley.«

»Ich will kein Geld von dir, Joe. Ich muß mit dir sprechen. Wann können wir uns treffen?« Er klang verängstigt und dankte mir überschwenglich, als ich ihn für den nächsten Tag in Bunnys Haus bestellte. Das wenigstens erlaubte sie mir.

Dort wartete ich bis zum frühen Abend vergeblich auf ihn. Schließlich bat ich Bunny, ihm zu bestellen, er könne sich zum Teufel scheren, und fuhr zum Kartenspielen nach Delray Beach.

Am nächsten Morgen – die Nacht hatte ich wieder einmal mit Bunny verbracht – schüttelte sie mich wach und hielt mir den Telefonhörer entgegen. Es war natürlich Stanley. Ich sagte dem Mistkerl, daß er mir den ganzen Tag verdorben habe.

»Bitte, Joe«, sagte er eindringlich. »Du bist der einzige, der mir helfen kann. Kann ich dich jetzt sprechen?«

»Na klar, Stanley. Komm in einer Stunde vorbei. Und wenn du deine Meinung wieder änderst, dann gib mir rechtzeitig Bescheid. Ich habe keine Lust, noch einen weiteren Tag auf dich zu warten.«

Nach zwei Stunden rief er wieder an und sagte, die Sache habe sich erledigt. »Ich fahre morgen nach Miami, um mir den Boxkampf anzusehen. Wir sehen uns dann am Samstag auf der Rennbahn.« Er klang plötzlich sehr erleichtert. »Willst du nicht mitkommen, Joe? Robbie und ein Bekannter von Freddie Campo fahren auch mit.«

Ich lehnte ab, weil ich am nächsten Tag eine Party zum fünfundzwanzigsten Geburtstag meiner Schwester geben wollte. An diesem Abend ging ich mit Bunny zu Papa Gallo's in Palm Beach. Während wir aßen, kam Freddie Campo hereinspaziert, und wir luden ihn ein, sich zu uns zu setzen.

»Ich glaube, Stanley hat ein Problem«, sagte ich und berichtete von unseren Telefonaten.

Freddie warf mir einen finsteren Blick zu. »Tu mir einen Gefallen – *fatti i fatti tuoi. Capisci?*« Ich sollte mich also um meine eigenen Angelegenheiten kümmern. Freddie hatte recht – die Sache ging mich nichts an.

Am Freitag, den 3. Februar, gab ich eine Party für meine Schwester und ihren Mann Mario. Wir hatten ungefähr fünfzehn Leute dazu eingeladen. Als sich die Gäste gegen Mitternacht verabschiedet hatten, half ich Bunny noch beim Aufräumen und ging dann ins Bett.

Um drei Uhr morgens klingelte das Telefon. Verschlafen meldete ich mich.

»Joe? Stanley wurde heute nacht auf einem Parkplatz in Miami erschossen.« Dann hörte ich Klicken in der Leitung.

Ich hatte Robbies Stimme erkannt. Stanley hatte wohl eine Ahnung gehabt und mich deshalb sprechen wollen. Trotzdem war es ihnen gelungen, ihn nach Miami zu locken. Freddies Bemerkung ergab jetzt Sinn. Ich war heilfroh, daß ich die Party für meine Schwester gegeben hatte, denn jeder in der Stadt wußte, daß ich Stanley im Lord's einmal verprügelt hatte. Der arme Kerl, dachte ich. Dann drehte ich mich auf die andere Seite und schlief weiter.

22

»Er hat sogar dich verpfiffen«

Es war ungewöhnlich kalt an diesem Morgen im Februar 1978. Ich hielt mich schon einige Tage bei Bunny auf, die das nicht ungern erlaubte. Genau zwei Wochen, nachdem Stanley Gerstenfeld auf einem Parkplatz in Miami umgelegt worden war, schüttelte sie mich wach. »Joe. Da ist jemand an der Tür, der dich sprechen will. Er sieht aus wie ein Cop.«

FBI-Beamte, Staatspolizisten, Steuerfahnder, Beamte des Alkohol-, Tabak oder Waffendepartments und sogar Verkehrspolizisten – wir nannten sie alle einfach Cops. Für uns waren sie ein lästiges Übel wie Steuern – die ich sowieso nie bezahlte – oder Heuschrecken. Meistens wußten sie über mich Bescheid. Das wußte ich wiederum. Ich mußte nur darauf achten, daß sie mir nichts nachweisen konnten.

»Sag ihm, du hättest dich getäuscht. Du hättest gedacht, ich schlafe noch, aber ich sei offensichtlich weggegangen.«

»Aber ich habe ihm schon gesagt, daß du zu Hause bist. Er wird merken, daß ich lüge.«

»Sag's ihm trotzdem!« befahl ich. »Es ist mir scheißegal, was der Typ denkt. Sieh zu, daß du ihn loswirst. Und laß dir keine Papiere von ihm andrehen. Er soll Bob Sailor anrufen.«

Sailor war mein Anwalt. Ich sprang aus dem Bett und wählte seine Nummer. Dann öffnete ich die Tür einen Spalt und lauschte. Bunny machte ihre Sache großartig. Sie erklärte dem Cop, sie habe einen Fehler gemacht, und schlug ihm die Tür vor der Nase zu. Es gelang ihm allerdings, ihr noch schnell eine Vorladung in die Hand zu drücken.

Mein Anwalt riet mir, ihr Folge zu leisten, und so erschien ich eine Woche später mit ihm im Büro des Staatsanwalts. Freddie Campo war verschwunden; angeblich besuchte er eine kranke Tante in Connecticut. Ihr muß es wohl sehr schlecht gegangen sein, denn Freddie ließ sich mehrere Monate nicht in Florida blicken.

Der stellvertretende Staatsanwalt Jack Scarola quetschte mich aus. Ich beantwortete nur einige seiner Fragen. Bereitwillig erzählte ich, daß Stanley mich einige Male aufgeregt angerufen habe. Freddie erwähnte ich nicht, obwohl Scarola von ihm sprach. Ich gab auch zu, daß mitten in der Nacht jemand mich angerufen und mir von Stanleys Tod erzählt hatte, aber ich sagte, ich hätte die Stimme nicht erkannt.

Außerdem betonte ich, daß ich mindestens zwanzig Zeugen hätte, die bestätigen könnten, daß ich an dem fraglichen Abend zu Hause gewesen sei. Schließlich ließ mich der Staatsanwalt gehen. Fünfzehn Jahre später ist der Mord an Stanley Gerstenfeld immer noch nicht aufgeklärt.

Als Freddie wieder auftauchte, trafen wir uns bei ihm, und ich erzählte ihm von meiner Vorladung.

»Dein Name wurde einige Male erwähnt«, sagte ich. »Dieser Scarola hat mich gefragt, ob ich dich schon lange kenne und wie gut ich mit dir befreundet sei. Den üblichen Quatsch. Dann wollte er wissen, wovon du lebst. Ich habe ihm schließlich gesagt, ich würde gern Fragen zu meiner Person beantworten. Wenn er etwas über Freddie Campo wissen wolle, müsse er sich allerdings an ihn selbst wenden.«

Freddie fluchte. »Diese Arschlöcher haben wohl nichts Besseres zu tun, als herumzuschnüffeln.«

»Warum mußte Stanley verschwinden?« fragte ich. »Ich weiß, er war eine Nervensäge und ein Schläger, aber er hat doch nie etwas so Schlimmes getan, daß man ihn dafür umlegen mußte.«

»Du kennst nicht die ganze Geschichte, Joey. Er war ein verdammter Verräter. Mein Verbindungsmann im Büro des Sheriffs hat mir genau berichtet, wen er verraten und was er gesagt hat.« Freddie schwieg eine Augenblick. »Er hat sogar dich verpfiffen, Joe«, fuhr er dann fort.

»Mich!« rief ich. »Er wußte überhaupt nichts über mich. Wenn er etwas über mich gesagt hat, dann hat er nur geraten oder verdammte Lügen erzählt. Aber diese idiotischen Cops glauben natürlich alles.«

Ich war stinksauer, und Freddie wechselte rasch das Thema.

23

Das FBI klopft an meine Tür

»Komm, Nena, beeil dich. Wir müssen ins Diplomat. Tommy wartet auf uns.«

»Wenn Diana Ross nicht auftreten würde, käme ich nicht mit, Joe. Du weißt, daß ich deinen Freund, diesen Mafioso, nicht ausstehen kann.«

Es war Silvester 1980. Nena und ich lebten gemeinsam in einem wunderschönen Apartment in North Palm Beach; ich hatte es mit neuen Möbeln und dicken Plüschteppichen eingerichtet. Natürlich hatte ich sämtliche Einrichtungsgegenstände über Beziehungen bekommen – einige Leute hatten noch Respekt vor mir. Aber ich verdiente kaum Geld. Mein Glück hatte mich verlassen, und ich hatte in Tommys Mannschaft an Einfluß verloren. Zwar war ich immer noch T.A.s wichtigster Mann in Florida, doch das konnte sich jederzeit ändern.

Zumindest schaffte ich noch einige Kohlen herbei – im Gegensatz zu solchen Jammerlappen wie Skinny Bobby DeSimone. Ich hatte fast ein Jahrzehnt gebracht, um die rechte Hand der Gambino-Familie in Süd Florida zu werden, und diesen Titel würde ich nicht kampflos aufgeben. Na gut, ich hatte ein schlechtes Jahr gehabt. Was soll's? Das ist auch Jimmy Carter passiert. Bald würden wir einen neuen Präsidenten bekommen – Ronald Reagan. Die 80er Jahre hatten begonnen, und ich gehörte immer noch zur Gang.

Diana Ross war großartig. Tommy war mit zwei hübschen, jungen Mädchen erschienen. Nena riß sich zusammen, bis es zwölf Uhr schlug. Da kam Diana Ross an unseren Tisch, küßte Tommy und wünschte ihm ein gutes Neues Jahr.

»Du läßt dich von einer Niggerin küssen?« fragte Nena, um Tommy zu ärgern.

»Hey, Nena, *zitto*!« T. A. war sauer.

»Was hat er gesagt, Joe?«

»Er möchte, daß du zu ihm kommst, weil er dir etwas ins Ohr flüstern will«, erwiderte ich lachend.

Tommy und Nena hatten beide schon einige Drinks gekippt. Als sie aufstand und auf ihn zuging, drehte er sich um.

»Warum schiebst du deinen dicken Arsch nicht mit jemand anderem durch die Gegend und läßt Joe in Frieden?« zischte er. »Du hast keine Klasse. Joes Frau hat mehr Klasse in ihrer Muschi als du in deinem ganzen Körper. Und jetzt will ich allein sein, Joey. Bring sie raus und ruf mich morgen an.«

Nena fing an zu heulen, und wir gingen.

Nena hatte in Dallas bei American Airlines die Ausbildung zur Stewardeß abgeschlossen und wurde in San Francisco stationiert. Als ich einen Herzanfall bekam, nahm sie sich unbezahlten Urlaub, um mich zu pflegen. Obwohl sie sehr lieb zu mir war, hatten wir einige Probleme miteinander. Sie wollte unbedingt, daß ich mich scheiden ließe und sie heiratete. Mit diesem Gedanken konnte ich mich nicht anfreunden. Ich hatte Bunny noch nicht aufgegeben. Mir war klar, daß wir nicht mehr zusammen leben konnten, aber ich wollte Nena nicht heiraten.

Nachdem ich mich erholt hatte, fing Nena wieder an zu arbeiten. Diesmal mußte sie nach Chicago, und das war mir ganz recht. Natürlich vermißte ich sie, aber wenn sie nicht da war, hatte ich Zeit für andere Mädchen oder meine Crew. Sonntags lud ich meist die ganze Mannschaft ein und kochte für sie. Beim Essen sahen wir uns Footballspiele im Fernsehen an, und anschließend holte ich mir ein Mädchen, das die Unordnung beseitigte.

Im Januar 1980 steckte das FBI meinem Vermieter, daß ich ein Mitglied der Mafia sei. Kurz darauf bekam ich die Kündigung. Ich mietete in der gleichen Gegend eine brandneue Maisonettewohnung, doch das FBI war auch hier zur Stelle. Diesmal ließ sich mein Vermieter allerdings nicht einschüchtern.

Mittlerweile handelte ich wieder mit Drogen, vor allem Kokain, und brachte einige Wagenladungen zu einem Käufer in Arizona. Das mußte immer Freitag nachts geschehen, weil die faulen Kerle vom FBI am Wochenende nicht arbeiteten. Wahrscheinlich dachten sie, daß auch die Cosa Nostra dann Pause machte.

Einmal nahm ich Aldo DiCuffa mit, einen Schläger aus meiner Crew, um auf der Reise Gesellschaft zu haben. Valerie, Aldos reizende Freundin, blieb in der Zwischenzeit in meinem Apartment. Als wir zurückkamen, erzählte sie uns, daß Beamte vom FBI hier gewesen seien und Fragen gestellt hätten.

»Was wollten sie denn wissen?« fragte ich.

»Nun, der Gutaussehende – sein Name war Larry – erkundigte sich, wohin du und Aldo gefahren seid.«

Woher wußten sie nur, daß Aldo mich begleitet hatte? Mein Telefon mußte angezapft sein. Wenn das tatsächlich so war, dann hatten sie den Streit mitgehört, den ich vor kurzem mit T. A. gehabt hatte. Tommy hatte 10000 Dollar in eines meiner Kokaingeschäfte investiert, doch die Sache ging schief. Mein Mann wurde gelinkt, und wir hatten alle unser Geld verloren. Für mich war das Berufsrisiko, doch T. A. sah das ganz anders.

»Das ist mir scheißegal, Joey. Du bist dafür verantwortlich«, hatte er behauptet. »Du schuldest mir Zinsen für die zehn Riesen, bis du es mir zurückzahlen kannst. Das Geld gehörte meinem *compare*. Wenn ich ihm erzähle, daß man uns übers Ohr gehauen hat, wird er seine Wut an dir auslassen.«

»Hör zu, Tommy«, hatte ich entgegnet. »Sag diesem verdammten Gallo, daß er das ruhig versuchen kann. Auf keinen Fall werde ich Zinsen bezahlen. Der Kerl, der beschissen wurde, hat mir versprochen, die Sache zu regeln. Er braucht aber etwas Zeit, also hab Geduld.«

Dieses Wort existierte nicht in Tommy Agros Vokabular.

»Bist du krank?« fragte er drohend. »Wenn ich ihm das sage, schickt er dir innerhalb weniger Stunden ein Dutzend Kerle ins Haus. Und wenn das nicht reicht, schickt er noch ein Dutzend hinterher, du Trottel. Hör gut zu, Joey. Ich habe Johnny Irish und Tony Black gesagt, daß du bald aufgenommen werden solltest. Schon sehr bald. Und weißt du, was sie mir geantwortet haben? Ich solle damit noch etwas warten. Sie glauben, du bist noch nicht soweit.« Tony Black hatte seinen ›button‹ von Irish bekommen, nachdem dieser zum Capo ernannt worden war.

»Kann ich denn nichts über Gallo sagen, ohne daß du dich aufregst, Tip? Du weißt doch, daß ich es nicht so meine. Was ist denn los mit dir? Und seit wann läßt du dich so leicht beschwatzen? Wenn Johnny Irish denkt, es sei noch zu früh für mich, warum hat er dann vor einigen Jahren versucht, mich von dir weg auf seine Seite zu ziehen, und mir angeboten, mich sofort zu einem Mitglied zu machen?«

»Du hast recht, Joey«, sagte Tommy. »Als ich ihn nach der Unterhaltung fragte, die du mit ihm vor DiBella geführt hast, hat er den Schwanz eingezogen und ist mit Tony Black abgezogen. Die beiden sind Schwachköpfe. Aber sag nichts Schlechtes über meinen *compare*. Und erwähne nie wieder seinen Namen am Telefon. Mach dir keine Sorgen – du bekommst dein Abzeichen. Mein *compare* steht hinter mir, also wird es keine Gegenstimme geben. Du darfst jetzt nur nichts falsch machen. Du bist mir doch sehr ähnlich, nicht wahr, Joey?«

Wenn mein Telefon angezapft war, hatte das FBI das alles mitgehört.

Am nächsten Morgen um halb neun weckte mich ein Klopfen an der Tür. Ich spähte durch den Spion und sah zwei Kerle. Einer war groß und dünn und hatte langes Haar. Der andere war untersetzt und trug einen Schnurrbart. In der Hand hielt er eine Aktentasche. Das mußten Drogenhändler sein. Ich verhielt mich ganz ruhig. Der Dünne fing an zu rufen. »Joe! Wir wissen, daß Sie zu Hause sind. Nicht schießen – wir sind vom FBI.«

Das konnte ich nicht glauben. Nicht einmal Dealer zogen sich so schlampig an. Der Dünne klopfte eine Viertelstunde an meine Tür, bevor die beiden endlich gingen. Ich schrieb mir das Kennzeichen ihres Wagens auf und rief meinen Anwalt an. Wenig später teilte er mir mit, der Wagen sei auf jemanden aus Tallahassee zugelassen. Jetzt war ich ganz sicher, daß es sich um Dealer aus einer Gang handelte, mit denen ich vor kurzem Ärger gehabt hatte. Papo Tortora, ein Drogenhändler der Genovese-Familie, hatte mir schlechten Stoff verkauft, und ich hatte mich geweigert, dafür zu zahlen. Darauf hatte er wüste Drohungen ausgestoßen. Ich rief sofort einige Männer meiner Crew an und bat sie, bewaffnet zu mir zu kommen.

Wir warteten. Schließlich klingelte das Telefon.

»Hallo.« Ich verstellte meine Stimme, so daß sie klang wie die einer Frau.

»Guten Morgen, Madam. Mein Name ist Larry Doss. Ich bin FBI-Agent und müßte dringend mit ihrem Sohn sprechen. Können Sie mich bitte mit Joe verbinden?«

»Mein Sohn ist nicht zu Hause«, piepste ich. »Warum lassen Sie Joseph nicht in Ruhe? Er ist ein guter Junge und tut niemandem etwas zuleide.« Meine Leute versuchten verzweifelt, das Lachen zu unterdrücken.

»Natürlich, Madam. Aber es ist meine Pflicht, Ihrem Sohn etwas sehr Wichtiges zu sagen.«

Ich schrieb mir die Telefonnummer auf und versprach, daß Joe ihn zurückrufen würde. Dann gab ich die Nummer an meinen Anwalt weiter und beauftragte ihn, herauszufinden, wessen Anschluß es war.

»Die Nummer läßt sich nicht zurückverfolgen«, berichtete er einige Minuten später. »Sie steht nicht im Telefonbuch, und meine Informanten konnten auch nichts herausfinden. Ich habe selbst dort angerufen. Ein Mann fragte mich, wen ich sprechen wolle. Als ich mir einen Namen ausdachte, sagte er, ich sei falsch verbunden und legte auf.«

»In Ordnung. Ich kümmere mich selbst darum«, erklärte ich Sailor. Nachdem ich meine Crew nach Hause geschickt hatte, wählte ich die Nummer.

»Ist Larry Doss zu sprechen?«

»Wer ist denn da?«

»Sagen Sie ihm, es ist Joe Dogs.«

»Hallo, Joe. Hier ist Larry Doss. Es freut mich, daß Ihre Mutter meine Nachricht weitergegeben hat. Sie ist eine reizende Dame. Ist sie zu Besuch bei Ihnen?«

»Langsam, langsam«, sagte ich. »Wer sind Sie eigentlich? Ein verdammter Drogendealer? Und warum haben Sie meiner Mutter gesagt, Sie seien vom FBI? Ich habe Papo doch gesagt, daß der Stoff nichts taugt. Deshalb habe ich das Zeug zurückgeschickt. Wollen Sie deswegen Streit anfangen?«

»Ich habe keine Ahnung, wovon Sie sprechen. Ich *bin* FBI-Agent und war heute morgen mit meinem Partner Gunnar Askeland bei Ihnen. Wir wußten, daß Sie zu Hause waren, aber wir hatten keine Ahnung, daß Ihre Mutter bei Ihnen ist. Wann ist sie angekommen? Wir haben das Haus 24 Stunden am Tag überwacht, sie aber nicht bemerkt. Wahrscheinlich ist jemand von der Nachtschicht eingeschlafen.«

»Hören Sie zu, Larry – oder wie immer Sie auch heißen mögen«, knurrte ich. »Mein Anwalt hat Ihre Nummer überprüft, war aber nicht mit dem FBI verbunden.«

»Bob Sailor verläuft sich doch schon auf seinem Weg nach Hause. Rufen Sie die Information an und lassen Sie sich die Nummer des örtlichen FBI-Büros geben. Fragen Sie nach Larry Doss oder Agent Doss. Ich werde auf Ihren Anruf warten.«

Das war ein faires Angebot. Irgendwie hoffte ich, daß es sich wirklich um das FBI handelte. Wer sonst könnte den Namen meines Anwalts wissen? Ich war nicht scharf auf eine Schießerei mit Papos Mannschaft. Mein Vermieter hatte mir klargemacht, daß ihm meine Identität egal sei, solange ich die Miete pünktlich bezahlte. Aber ich war mir nicht sicher, ob das auch galt, wenn hier eine Ballerei im Gang war.

Als ich die Nummer des örtlichen FBI-Büros wählte, meldete sich eine weibliche Stimme. Anstatt nach Doss fragte ich nach Agent Askeland.

»Hallo?« Die Stimme klang energisch.

»Hi, Larry«, sagte ich.

»Hier ist Gunnar. Wollen Sie Larry Doss sprechen?«

»Ja, geben Sie ihn mir.«

»Das war ein guter Versuch, Joe Dogs«, bemerkte Larry Doss. Anscheinend waren die Kerle doch nicht so dumm. Agent Doss erklärte mir noch einmal, er müsse mich dringend sprechen, wolle sich aber nicht am Telefon zu der Sache äußern. Dann fragte er mich, ob er und sein Partner vorbeikommen könnten.

»Nein. Kommen Sie allein«, erwiderte ich. »Ihren Partner brauchen Sie nicht – ich habe nicht vor, Sie zu erschießen. Aber kommen Sie ohne Wanze. Ich werde Sie gründlich durchsuchen, und wenn ich ein Mikrofon finde, fliegen Sie sofort raus.«

Fünfzehn Minuten später hielt ein Wagen vor dem Haus. Der große, schlanke Typ mit dem langen Haar stieg aus und klopfte an meine Tür. Nachdem er mir die Hand geschüttelt hatte, sah er sich rasch um und bemerkte das Gewehr und die drei Kanonen, die in meinem Apartment herumlagen.

»Diese Waffen sind nicht nötig«, bemerkte er, als ich ihn gründlich filzte.

»Die liegen auch nicht ihretwegen hier herum, Larry. Ich habe ein kleines Problem«, erklärte ich.

»Wo ist Ihre Mutter?« fragte er. »Ich hoffe, ich habe ihr heute morgen keinen Schrecken eingejagt.«

»Meine Mutter ist in New York«, sagte ich mit künstlich hoher Stimme. »Ich habe sie schon lange nicht mehr gesehen.«

Larry lächelte. Dann erklärte er mir, er habe aus zuverlässiger Quelle erfahren, daß Tommy Farese mich fertigmachen wolle. Es sei seine Pflicht, mir Schutz anzubieten. Er fragte mich, ob ich bereit sei, ihm zu helfen und mit ihm zusammenzuarbeiten. Ich lehnte natürlich ab.

Danach unterhielten wir uns noch fast eine Stunde, und ich räumte sogar meine Waffen beiseite. Larry Doss schien ein netter Kerl zu sein – er benahm sich wie ein Gentleman. Bevor er ging, versprach er mir, das Überwachungsteam abzuziehen. Natürlich glaubte ich ihm nicht. Er würde mich höchstens einige Tage in Frieden lassen.

Agent Larry Doss hatte mit seinem Besuch nicht viel erreicht. Ich hatte keine Angst vor Tommy Farese, wollte aber nicht, daß das FBI mir im Nacken saß. Es wurde Zeit, den Staat zu verlassen.

24

Das FBI läßt nicht locker

Am 1. März 1980 rief ich Nena an und sagte ihr, ich käme nach Chicago. Ich hatte ungefähr 30000 Dollar zur Hand, und ein Kokainhändler in Arizona schuldete mir noch 70000. Meine Möbel gab ich meinen Töchtern, und Kleidung und persönliche Gegenstände lud ich in meinen Lincoln. Am Tag nachdem Larry Doss mich besucht hatte, fuhr ich ohne Zwischenstop nach Chicago.

Nenas Apartment war zwar klein, bot aber genug Platz für zwei. Und Nena war begeistert, mich zu sehen. »Vielleicht kannst du dir ein legales Geschäft aufbauen«, meinte sie. »Wir könnten ein neues Leben beginnen. Du läßt dich von Bunny scheiden, dann heiraten wir. Ich möchte gern ein Baby, bevor ich zu alt dazu bin.«

Sie kannte mich offensichtlich nicht besonders gut. Ich mochte Nena, aber ihre Vorstellungen paßten mir überhaupt nicht. Eigentlich schade – ich war einmal ein netter Kerl gewesen, doch ich hatte mich sehr verändert. Inzwischen war ich ein richtiger Scheißkerl. Ich nickte lächelnd und tat so, als sei ich mit allem einverstanden.

»Natürlich, mein Schatz, ganz wie du willst. Doch zuerst möchte ich dich um einen Gefallen bitte. Du fliegst doch öfter nach Arizona, oder? Mein Freund Fred in Tucson schuldet mir Geld. Könntest du das für mich abholen?«

Nena war einverstanden, für mich den Kurier zu spielen. Allerdings mußte ich schwören, daß es sich nicht um Geld aus einem Drogengeschäft handelte.

»Ich bin Spieler und Geldverleiher«, betonte ich mit gespielter Entrüstung. »Du weißt, daß ich nicht mit Drogen handle. Wie kannst du so etwas nur andeuten?«

Was sie nicht wußte, konnte sie auch nicht verletzen.

Ich blieb einige Monate in Chicago. *Marrone*, es war verdammt kalt. Obwohl ich mir einen eleganten Kaschmirmantel gekauft hatte, fror ich ständig. Und ich vermißte den Trubel, an den ich gewohnt war. Nena war oft tagelang im Einsatz. Wenn sie nach Hause kam, gingen wir zuerst miteinander ins Bett und stritten uns anschließend – es war immer das gleiche und wurde allmählich langweilig.

Als sie wieder einmal für drei Tage weggeflogen war, klingelte das Telefon. Ich hob ab und erkannte Larry Doss' Stimme.

»Warum lassen Sie mich nicht in Frieden, Larry? Ihretwegen habe ich Florida verlassen. Hören Sie endlich auf, mir auf die Nerven zu gehen.«

»Ich möchte mit Ihnen sprechen, Joe«, erwiderte er. »Könne wir uns nicht irgendwo treffen? Ich fliege, wohin Sie wollen.«

»Sie hören sich an wie ein Schwuler. Ich gehöre zu den Gambinos und nicht zum FBI. Bringen Sie das nicht durcheinander. Warum zum Teufel sollte ich das Risiko eingehen, mich mit Ihnen zu treffen? Hören Sie auf, mich zu belästigen. Wenn Sie mich noch einmal anrufen, verständige ich meinen Anwalt. Und jetzt lassen sie mich in Ruhe.« Ich legte auf.

Dieser Mensch entwickelte sich wirklich zur Plage.

Wenige Sekunden später klingelte das Telefon wieder. Larry Doss wollte mir unbedingt seine Privatnummer geben, falls ich ihn ›aus irgendeinem Grund‹ sprechen wollte. *Marrone,* der Kerl war wirklich ein engagierter Agent. Ich fragte mich, ob er seinen Job so liebte oder mehr an mir und meiner Crew interessiert war.

Chicago hing mir allmählich zum Hals heraus. Mit den Leuten im Mittelwesten konnte ich nichts anfangen. Vielleicht lag es daran, daß sie zu nett waren; ich war den Umgang mit Gaunern und falschen Schlangen gewöhnt. Nena hatte mir inzwischen die 70000 Dollar von Fred besorgt. Obwohl wir eine schöne Zeit miteinander verbrachten, sagte ich ihr, daß ich mit dem Gedanken spielte, Chicago wieder zu verlassen.

Ich war einfach nicht bereit, mich auf Dauer niederzulassen. Nena verdiente einen besseren Mann als mich. Ich mochte sie wirklich sehr, konnte aber mit der Situation nicht umgehen. Sie brauchte einen Kerl, der von neun bis fünf seiner Arbeit nachging. Während dieser Zeit schlief ich meistens.

An einem Morgen im Mai 1980 hatten wir einen gewaltigen Krach. Nena packte ihre Sachen für einen Flug, und ich wollte sie nicht gehen lassen. Ich hatte einfach keine Lust mehr, allein herumzuhängen. Ich vermißte meine Freunde, meine Crew und die Straße.

»Wenn du nicht hierbleibst, verlasse ich dich«, verkündete ich.

»Ich würde lieber bei dir bleiben, Joe, aber ich bin noch in der Probezeit«, sagte sie. Dann erinnerte sie mich daran, daß sie deshalb noch auf Probe angestellt war, weil sie mich nach meinem Herzanfall lange Zeit gepflegt hatte.

»Das weißt du doch noch, oder?« stichelte sie. »Ich bin nicht wie die anderen Mädchen, mit denen du dich herumgetrieben hast. Jetzt muß ich gehen. Gib mir einen Kuß.«

Ich drehte mein Gesicht zur Seite. Sobald sie die Tür hinter sich geschlossen hatte, rief ich Ronnie aus meiner Crew an.

»Komm sofort nach Chicago und hol mich ab.«

Ronnie nahm noch am gleichen Tag einen Flug. Als ich ihn vom Flughafen abholte, hatte ich bereits meine Sachen im Lincoln verstaut. Wir fuhren direkt nach Singer Island, Florida, und ich nahm mir ein Zimmer im Best Western Sea Spray Inn. Fünf Minuten nach meiner Ankunft klingelte das Telefon.

»Hallo?«

»Hallo, Joe! Du bist gerade zurückgekommen, nicht wahr? Wie war die Reise?« fragte Agent Larry Doss.

»Arschloch.« Ich legte auf.

25

Falsches Spiel mit dem FBI

Am nächsten Tag rief Larry wieder an, und ich verabredete mich mit ihm am Strand. Vielleicht sollte ich dazu noch etwas sagen. Wir von der Mafia liefen nicht vor den FBI-Agenten davon. Im Gegenteil, wir sprachen oft mit ihnen. In allen *Famiglias* gab es ein ungeschriebenes Gesetz: Wenn die Leute vom FBI auf dich zukommen, dann sag ihnen, was sie hören wollen – aber gib ihnen keine wichtigen Informationen.

Jeder Wiseguy, der sein Abzeichen zu Recht bekommen hatte, benahm sich der Regierung gegenüber freundlich und zuvorkommend. Das galt für Joe N. Gallo genauso wie für Tommy A. und mich. Außerdem interessierte mich natürlich, was das FBI über die Mannschaft der Colombos in Süd-Florida zu sagen hatte. Angeblich hatte es jemand auf mich abgesehen. Auch wenn Larry Doss möglicherweise nur versuchte, mich reinzulegen, wenn er behauptete, Tommy Farese wolle mich umlegen, wollte ich doch wissen, welches Spiel er spielte.

Wir gingen am Strand spazieren, und plötzlich stellte Larry die entscheidende Frage: »Warum wirst du nicht mein Vertrauensmann? Außer mir wird niemand davon erfahren. Es würde mir sehr helfen, und ich würde für deinen Lebensunterhalt aufkommen.«

»Vergiß es, Larry. Ich bin kein Spitzel.«

»Denk noch einmal darüber nach, Joe«, sagte er eindringlich. »Wenn du mir hilfst, hast du völlig freie Hand. Brauchst du jetzt Geld? Vielleicht tausend Dollar?«

Ich sah Larry nachdenklich an. Er war kein übler Kerl, sondern erledigte nur seinen Job. Und er hatte eine gute Zeit gewählt. Die Colombos waren hinter mir her. Tommy A. ließ mich links liegen, und ich verdiente kaum etwas. Ich sagte, ich wolle einige Tage darüber nachdenken. »Ich bin sicher, daß ich bald wieder von dir höre«, fügte ich hinzu.

Es tat gut, wieder in Florida zu sein; in diesem Revier kannte ich alle Spieler und Mädchen. Nena rief weinend an, doch ich machte ihr klar, daß Chicago nicht der richtige Ort für mich sei. »Warte noch ein Jahr, dann heiraten wir«, log ich. »In der Zwischenzeit kannst du mich einmal im Monat hier besuchen, wenn du einen Freiflug bekommst.«

Ich dachte nur an mich selbst. Mit Geldverleih und Buchmacherei verdiente ich wieder einige Kohlen, doch meine

Position war stark geschwächt. Durch den Herzinfarkt hatte ich den Anschluß verloren.

Hin und wieder besuchte mich Nena. Wenn sie hier war, fielen wir in unsere alte Routine zurück. Zuerst sprangen wir ins Bett, und anschließend stritten wir uns. Wir beschuldigten uns gegenseitig, den anderen betrogen zu haben. Dann logen wir uns an und versöhnten uns wieder.

Ich verriet Nena nicht, daß ich inzwischen vom FBI Geld annahm.

Jede Woche beglich das FBI meine Hotelrechnung. Allein die Telefonrechnung betrug zwischen 200 und 300 Dollar. Am Swimmingpool, im Laden und im Restaurant zeichnete ich die Rechnungen nur ab. Ich traf mich regelmäßig mit Larry Doss und Gunnar Askeland und erzählte ihnen Dinge, die sie bereits wußten. Über die Gambinos sprach ich fast nie.

Von Zeit zu Zeit flog ich nach New York zu Tommy, um ihm die Zinsen für die 32000 Dollar zu geben, die ich verliehen hatte. Das FBI erstattete mir meine Auslagen, wenn ich ihnen anschließend berichtete, mit wem ich mich getroffen hatte, wo wir gegessen und worüber wir gesprochen hatten. Meistens schilderte ich ausführlich Tommys schwachsinnige Monologe. Ich log die Agenten nicht an, erzählte ihnen aber nur Dinge, die mir nicht wichtig erschienen. Larry und Gunnar fielen darauf herein.

Manchmal gab ich ihnen auch richtige Informationen, zum Beispiel die Namen der Bars und Clubs, in denen Tommy sich bevorzugt aufhielt. Als ich einmal erwähnte, daß T. A. zur Zeit regelmäßig in den Nachtclub Regine's ging, überprüfte Andris ›Andy‹ Kurins, ein FBI-Agent, meine Informationen und ließ Larry und Gunnar wissen, daß ich ihnen die Wahrheit gesagt hatte. Im Austausch für diese kleinen Hinweise wurden meine Unterhaltskosten beglichen. Das FBI beschattete mich auch nicht mehr – ich hatte keine Probleme mehr, denn ich war ein Vertrauensmann.

Nur das Geld rann mir durch die Finger. Als ich von Chicago zurückgekommen war, hatte ich den größten Teil der Kohle mitgebracht, die Nena mir von Fred besorgt hatte, doch mittlerweile war fast nichts mehr davon übrig. Ich zahlte jede Woche aus eigener Tasche Zinsen an T. A., weil die Leute, an die ich das Geld verliehen hatte, im Rückstand waren. T. A. betonte, das sei nicht sein Problem, und nach meinem Herzanfall fühlte ich mich noch nicht kräftig genug, um hart durchzugreifen.

Wir befanden uns in einer Rezession, die auch vor der Mafia nicht haltmachte.

Die Footballsaison 1980 begann, und ich hatte von Anfang an Pech. Es kam sogar so weit, daß ich mit dem Geld vom FBI meine Kunden auszahlen mußte. Das Problem mit dem Dealer Papo und seiner Mannschaft war immer noch nicht bereinigt. Als wir befürchteten, es würde zu einem Kampf kommen, flog Tommy mit einigen seiner Männer aus Brooklyn nach Florida. Wir waren bewaffnet und fest entschlossen, die Kerle umzulegen, doch sie tauchten nicht auf.

Tommy flog wieder zurück, und das FBI bezahlte seine Hotelrechnung, obwohl ich nie verriet, warum er sich hier aufgehalten hatte. Das Restaurant des Sea Sprays Inns war jeden Tag brechend voll gewesen, weil sich herumgesprochen hatte, daß ein Wiseguy zu Besuch war.

Im Oktober 1980 blieben mir nur noch fünfzehn Riesen übrig, nachdem ich mich bei einer Football-Wette total verschätzt hatte.

Im November kam ich kaum noch über die Runden, obwohl das FBI nach wie vor meine Hotelrechnung übernahm. Ich wurde festgenommen, weil ich einem Klugscheißer in einer Bar meine Pistole über den Schädel gezogen hatte, und mußte 5500 Dollar Kaution hinlegen. Deshalb hielt ich die Zinsen für T. A. zwei Monate zurück.

Im Dezember fielen mir einfach keine Geschichten mehr ein, die ich dem FBI erzählen konnte. Solange ich ihnen nichts Wichtiges anzubieten hatte, ließen sie sich nicht im Hotel blicken. Ich versuchte, mit dem Manager des nahegelegenen Hotels Colonades einen ermäßigten Preis für eine Suite zu vereinbaren, aber er winkte ab. Schließlich stellte das FBI die Zahlungen ganz ein, und ich zog zu Donna, einer Bardame. Ich hatte sie im DeCaesar's kennengelernt, einem Lokal, in dem es ausgezeichnetes Essen gab.

Als ich auch im Dezember T. A. die Zinsen schuldig bleib, fing er verzweifelt an, mich zu suchen. Er rief in allen Lokalen an, in denen ich mich normalerweise aufhielt, doch ich rief ihn nie zurück. Es war mir peinlich, daß ich nicht zahlen konnte, aber was sollte ich tun, wenn meine Kunden mich im Stich ließen?

Im Januar 1981 zogen Donna und in ein kleines Apartment in Riviera Beach. Ich telefonierte noch regelmäßig mit Nena und beteuerte ihr meine Liebe. Schließlich lud sie mich nach Hawaii ein. Kurz darauf gewann ich 35000 Dollar im Palm Beach Kennel Club. Ich war überglücklich – jetzt konnte ich meine Schulden bezahlen und Tommy sogar noch einige Riesen extra zustecken, um ihn zu versöhnen. Sobald ich von Hawaii zurückkehren würde, wollte ich alles in Ordnung bringen. Doch dazu sollte es nicht mehr kommen.

Dritter Teil

Das dicke Ende: Operation ›Home Run‹

1

Tritte, Fausthiebe und Schläge mit einem Bleirohr

Den 19. Januar 1981 werde ich nie vergessen. Don Ritz rief mich an und stotterte noch stärker als gewöhnlich.

»Joe, er ist hier! T-T-T. A. sucht dich!« rief er aufgeregt. »Er hat zwei Kerle dabei und wollte deine Nummer haben. Ich tat so, als wüßte ich sie nicht. Jetzt ist er mit Ronnie weggefahren. Wahrscheinlich will er ihn zum Reden bringen. Du kennst Ronnie – er würde sogar seine eigene Großmutter verkaufen.«

Ronnie Gerantino war der Kerl, der mich in Chicago abgeholt hatte. Er gehörte zu meiner Mannschaft und war ein Schwätzer ohne Mumm in den Knochen. Später fand ich heraus, daß er schon jahrelang als Informant für Larry Doss gearbeitet hatte. Durch ihn hatte Larry auch sofort Bescheid über meine Rückkehr nach Florida gewußt. Ronnie hatte sich auch die Geschichte ausgedacht, daß Tommy Farese es auf mich abgesehen hätte, weil ihm nichts anderes mehr eingefallen war.

Damals wußte ich das alles noch nicht, aber ich verfluchte trotzdem den Tag, an dem ich ihn angeheuert hatte. Er erledigte nur Handlangerdienste für mich und war keinesfalls mit Leuten wie Don Ritz, Aldo DiCuffa oder Tony Micelli zu vergleichen. Ronnie war derjenige in der Mannschaft, der mich am ehesten verpfeifen würde.

»Versuch, Ronnie zu erreichen, und sag ihm, er soll die Klappe halten«, befahl ich. »Ich fliege morgen nach Hawaii und will keine Probleme.«

Don warnte mich, vorsichtig zu sein, und legte auf. Ich rief sofort Larry Doss an und sagte ihm, daß Tommy Agro und zwei seiner Schläger mich suchten und daß ich nicht wisse, ob ich mich mit ihnen treffen solle.

»Verschwinde aus deiner Wohnung, wenn du Angst hast«, schlug Larry vor.

»Ich fürchte mich nicht«, log ich. »Ich will nur morgen abreisen, um mein Mädchen aus Chicago zu treffen. Mit T. A. wollte ich erst reden, wenn ich zurückkomme.«

»Ich verstehe nicht, warum du ihm aus dem Weg gehst«, bemerkte Larry. »Du bist seit zehn Jahren seine rechte Hand in Florida. Ruf mich an, wenn du mich brauchst.«

Ich hatte Larry nicht erzählt, daß ich Tommys Geld verliehen hatte und momentan mit meinen Zinsen im Rückstand war. Er wußte auch nicht, daß ich fünfunddreißig Riesen auf der Rennbahn gewonnen hatte und nach Hawaii fliegen wollte.

Gegen Mittag klingelte das Telefon wieder. Es war der Mistkerl Ronnie Gerantino. »Tommy ist hier und will dich sprechen. Er hat einige Jungs dabei.« Er reichte den Hörer T. A.

»Joey«, sagte Tommy. »Komm sofort her. Ich möchte, daß du einigen meiner Männer einen Job im Baugewerbe besorgst.«

»Warum bringst du sie nicht zu mir, Tip? Meine Wohnung liegt gleich am anderen Ende der Brücke. Ronnie kann dir den Weg zeigen.«

»Nein«, erwiderte Tommy. »Komm in die Pizzeria von Don Ritz. Wir warten in der Küche auf dich. Und beeil dich. Ich habe nicht den ganzen Tag Zeit – ich muß noch nach Miami.«

»Ich komme in einer halben Stunde«, versprach ich. »Ich möchte sowieso meine Rechnung begleichen. Außerdem habe ich ein Geschenk für dich.«

Nachdem ich aufgelegt hatte, blieb ich einige Minuten sitzen und dachte angestrengt nach. Eigentlich hatte ich nichts zu befürchten – schließlich sollte ich bald zum Mitglied der Gambino-Familie ernannt werden. Tommy war mein Mentor. Warum sollte ich mir also Gedanken wegen 7000 oder 8000 Dollar Zinsrückstand machen? Ich redete mir selbst ein, daß alles in Ordnung sei und daß ich überreagiert hätte. Trotzdem konnte es nichts schaden, wenn ich Sicherheitsmaßnahmen ergriff.

Ich rief Larry Doss an und erzählte ihm, daß ich mich mit T. A. treffen würde. »Ich fahre jetzt zur Pizzeria von Don Ritz und werde das Lokal durch die Küche betreten. Könntest du mit Gunnar die Sache im Auge behalten?«

Larry stimmte sofort zu. Ich beendete das Gespräch und wählte Nenas Nummer. Sie wußte, daß ich Tommy Geld schuldete. »Ich treffe mich gleich mit ihm und zahle meine Schulden, dann rufe ich dich noch einmal an. Nur noch ein Tag, dann sehen wir uns endlich wieder, Darling. Ich vermisse dich sehr. Wenn du heute nichts mehr von mir hörst, hat Tommy mich umgelegt«, scherzte ich, aber Nena fand das gar nicht komisch.

»Sag so etwas nicht, Joe. Wenn dir etwas passieren würde, könnte ich dich nicht einmal erreichen. Ich verstehe nicht, warum du mir deine Telefonnummer nicht gibst. Lebst du etwa doch mit einer anderen Frau zusammen?«

»Ich habe dir doch schon erklärt, daß man an meinem Apparat keine Gespräche entgegennehmen kann, Nena. Warum glaubst du mir nicht?«

Ich benahm mich wirklich wie ein Schuft. Sie bat mich, vorsichtig zu sein, und sagte mir, daß sie mich liebe.

Ich ging zum Kühlschrank und öffnete das Gefrierfach. Dort bewahrte ich in Alufolie gewickelt mein Geld auf. Ich beschloß, Tommy die 8000 Dollar zu zahlen, ihm zur Versöhnung 5000 extra zu geben, und mit 15000 Dollar einen Teil der Summe abzubezahlen, die ich ihm schuldete. Dann würde er nur noch 17000 Dollar von mir bekommen. Zehn Riesen legte ich zurück in das Gefrierfach – damit wollte ich die Reise nach Hawaii finanzieren.

Singer Island war durch eine Brücke mit Riviera Beach verbunden. Nach knapp fünfzehn Minuten war ich dort. Ich trug ein Seidenhemd und eine elegante Hose. Das Geld hatte ich in den Hosentaschen verstaut.

Ich stellte den Wagen hinter der Pizzeria von Don Ritz ab. Als ich die Tür zur Küche öffnete, sah ich Tommy A. – er trug einen teuren schottischen Mantel und darunter ein modisches Hemd. Tommy hatte schon immer großen Wert auf seine Kleidung gelegt. Neben ihm standen zwei große, kräftige Kerle, die aussahen wie Italiener.

Obwohl ich die FBI-Agenten draußen nicht gesehen hatte, war ich sicher, daß sie – wahrscheinlich gut getarnt – in der Nähe waren.

Ich streckte Tommy meine Hand entgegen und ging auf ihn zu, um ihn zu umarmen. Er packte mit festem Griff meine Hand und zischte: »Du Scheißkerl.« Aus dem Augenwinkel sah ich einen Gegenstand auf meinen Kopf zukommen. Es mußte ein Baseballschläger oder ein Bleirohr sein.

Wie in einem schlechten Traum fühlte ich, daß ich zu Boden ging. Dann spürte ich Tritte und Fausthiebe am ganzen Körper, bevor der harte Gegenstand wieder auf meinen Kopf niedersauste.

Nach einer Weile fühlte ich nichts mehr.

2

»Besorg mir sofort mein Geld«

Zwei Tage später kam ich in einem abgedunkelten Raum zu mir. Ich hatte keine Schmerzen, konnte aber kaum etwas erkennen.

Ein Schatten schwebte wie ein Geist über mir. Nach einigen Minuten erkannte ich meine Tochter Sheryl. Hinter ihr standen Bunny, meine Mutter, Molly und Donna, und etwas weiter weg Larry und Gunnar.

Außerdem sah ich noch einen Kerl in einer schwarzen Robe. Das mußte ein Priester sein. Warum betete er? War ich im Himmel? Wohl kaum. Lag ich im Sterben? Wie war ich hierher gekommen? Was zum Teufel war geschehen? Es fiel mir schwer, mich zu konzentrieren, aber ich versuchte verzweifelt, mich zu erinnern. Ich hörte jemanden weinen. »Lassen Sie mich ihn zum Abschied küssen.« Das war Bunnys Stimme.

Plötzlich klingelte ein Telefon. Zuerst hörte ich es nur gedämpft, doch dann bemerkte ich, daß der Apparat direkt neben meinem Bett stand. Auf einmal tauchte eine Krankenschwester auf. »Es tut mir leid«, sagte sie. »Er hat uns verlassen.«

Ich setzte mich ruckartig auf, und alle kamen dicht an mein Bett und beugten sich über mich. »Gott hat Ihre Gebete erhört«, sagte der Priester zu meiner Tochter.

»Er lebt!« rief die Schwester ins Telefon. Dann reichte sie mir den Hörer. Als ich die Bandage über meinem rechten Ohr bemerkte, preßte ich den Hörer an die linke Seite.

»Joey?« Die Stimme klang zornig.

»Tommy? Tommy! Hast du mir das angetan?«

»Halt die Klappe, du Arschloch. Besorg mir sofort mein Geld!«

Lange Zeit lag ich einfach nur da und überlegte, während meine Besucher sich aufgeregt um mich scharten. Der Priester fing an, den Rosenkranz zu beten. Nach einer Weile kam der Arzt herein und sagte, es sei ein Wunder.

Ich blieb fünf Tage im Krankenhaus. In dieser Zeit dachte ich viel nach. Und weinte.

Wie konnte mein Freund mir das antun? Wir waren uns so nahe gestanden. Ich hätte alles für Tommy Agro getan, und er machte mich wegen lausiger 8000 Dollar fertig. Und das, obwohl ich so viel Geld für ihn rangeschafft hatte. Das konnte ich einfach nicht glauben. Mir, Joe Dogs, T.A.s rechter Hand in Florida, war das passiert!

Das hatte ich nicht verdient. Warum hatte er mich nicht umgebracht? Dann müßte ich jetzt nicht so dahinvegetieren. Ich weinte vier oder fünf Tage vor mich hin, dann verließ ich das Krankenhaus und ging zu Donna.

Ich weiß nicht, wer mich dorthin brachte, und kann mich überhaupt an diese Zeit kaum noch erinnern. In Donnas Wohnung verschlechterte sich mein Zustand zusehends. Ich nahm dreißig Pfund ab. Ganz schwach erinnere mich mich daran, daß ich irgendwann mit Nena telefonierte. Sie erzählte mir, daß sie ohne mich in Hawaii gewesen sei und froh sei, daß ich noch lebte.

Donna kümmerte sich rührend um mich. Sie war in mich verliebt, aber ich konnte ihre Gefühle nicht erwidern. Ich liebte Nena – das glaubte ich zumindest. Donna flößte mir Hühnersuppe ein und zwang mich dazu, Schinkensandwiches zu essen, bis ich mich schließlich so weit erholt hatte, daß ich aufstehen und langsam in der Wohnung herumgehen konnte.

Meine Mutter kam vorbei, um sich vor ihrem Rückflug zu verabschieden. Und dann tauchten Larry und Gunnar auf und unterbreiteten mir ein Angebot, von dem sie dachten, daß ich es nicht ablehnen könne.

Die FBI-Agenten glaubten, ich sei wegen meiner Kooperation mit ihnen zusammengeschlagen worden. Als ich ihnen von meinen Schulden erzählte, waren sie verärgert, weil ich sie nicht früher informiert hatte. »Das FBI hätte das Geld vielleicht aufbringen können«, meinte Larry. Doch jetzt war es zu spät.

Gunnar erklärte, daß sie vor der Pizzeria gewartet hätten. »Wir wußten erst, was los war, als der Krankenwagen kam. Tommy muß mit seinen Männern den Vorderausgang benützt haben.«

Ich gab ihnen keine Schuld – es war allein mein Fehler gewesen. Ich hatte ein falsches Spiel mit ihnen gespielt. Hätte ich Larry von meinen Schulden erzählt, wäre das nie passiert. Dann begann ich zu grübeln. Eigentlich wollte ich noch immer nicht fest mit dem FBI zusammenarbeiten. Was ich bisher als Informant getan hatte, war zwar gefährlich, aber unbedeutend gewesen. Jetzt wollten sie, daß ich eine wichtige Rolle in einer umfassenden Operation gegen die Gambinos und Colombos spielen solle. Ich brauchte Zeit, um mich zu entscheiden.

Später rief ich Bunny an und bat sie, wieder zu ihr kommen zu dürfen.

»Ich werde ab jetzt ein guter Ehemann sein«, schluchzte ich. »Bitte gib mir noch eine Chance. Hier kann ich nicht bleiben. Donna liebt mich, aber ich empfinde nichts für sie. Bitte laß mich zurückkommen. Ich werde dich nie mehr betrügen.«

»O Liebling, bitte hör auf zu weinen«, bat Bunny. »Ich bin doch auch nur ein Mensch. Ich habe mir inzwischen ein eigenes Leben aufgebaut. Natürlich laß ich dich nicht im Stich. Ich kümmere mich gern um dich, bis du wieder auf die Beine kommst, aber dann mußt du wieder gehen. Auf eine gewisse Art liebe ich dich immer noch, Joe, aber es gibt jetzt einen anderen Mann in meinem Leben. Er war da, als ich ihn brauchte. Ich hoffe, du verstehst das, Joe.«

Ich war wirklich ein Bastard. Bunny war es sicher nicht leichtgefallen, offen mit mir zu sprechen. Ich hatte sie sehr verletzt, und jetzt tat ich das gleiche wieder mit Donna und Nena.

»Wenn es so ist, komme ich schon zurecht, Bunny«, versicherte ich ihr schnell. »Vielen Dank, daß du mir die Wahrheit gesagt hast. Ich wünsche dir alles Gute. Laß uns Freunde bleiben – ich werde dich immer lieben.«

Ich hatte starke Schmerzen. Im Krankenhaus hatten sie mich mit Morphium und anderen Schmerzmitteln vollgestopft. Man hatte mir auch Medikamente mitgegeben, aber ich wollte sie nicht nehmen. Ich brauchte jetzt einen klaren Kopf, um meine Haßgefühle gegen T. A. und die anderen Gambinos zu schüren.

Die Verletzungen, die ich erlitten hatte, würden mich für den Rest meines Lebens beeinträchtigen. Mein Kopf hatte immer noch die Größe eines Ballons. Meine Nase war nicht nur gebrochen, sondern regelrecht zertrümmert und aufgeschlitzt. Die Beule auf meiner Stirn war so groß wie eine Orange. Meine Zähne waren abgebrochen und teilweise ausgeschlagen. Als sie mich fanden, hing mein rechtes Ohr nur noch an einem Hautfetzen an meinem Kopf. Meine Rippen waren gebrochen, meine Hoden angeschwollen, und ich hatte am ganzen Körper Blutergüsse und Platzwunden. Wegen der starken Gehirnerschütterung sah ich ein Jahr lang doppelt.

Später fand ich heraus, daß Marilyn, die Frau von Don Ritz, plötzlich in der Küche aufgetaucht war. Sie sah mich bewußtlos am Boden liegen. Tommy kniete auf mir und schwang ein Beil in die Luft. Einer seiner Schläger hielt meinen rechten Arm fest. T. A. war dabei, mir die rechte Hand abzuhacken. Marilyn Ritz' Schrei des Entsetzens vertrieb die Männer. Sie hatte mir mein Leben und meine rechte Hand gerettet.

Tommy rief mich jeden Tag bei Donna an und drohte mir, doch ich war einfach zu schwach, um mich zu wehren. Schließlich sah ich keine andere Möglichkeit, als mich an das FBI zu wenden.

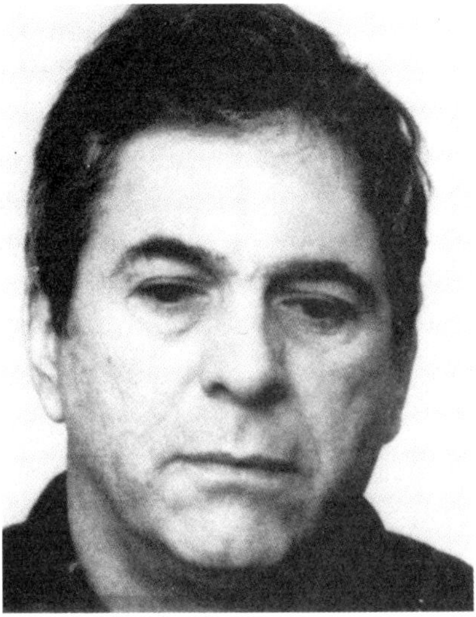

1992. Dominick ›Little Dom‹ Cataldo

Andrew Ruggiano im Jahr 1984 nach seiner Festnahme. Fat Andy war seit Oktober 1992 auf der Flucht gewesen und hatte versucht, bei einer Motorradgang unterzutauchen.

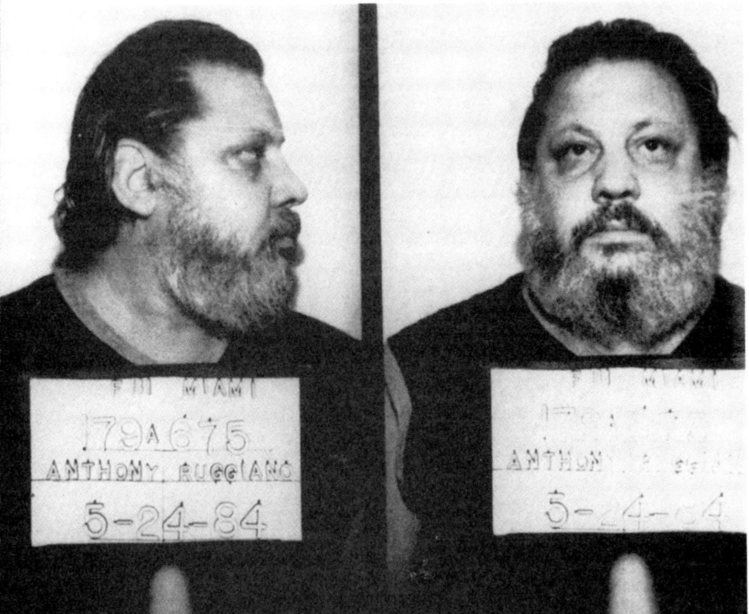

1982. Fat Andy spricht vor dem Club Suite 100 mit einem Freund.

7. März 1981. Frank Russo im Diplomat Hotel in Hollywood, Florida.

Von links nach rechts: Undercover-Agent John ›Marino‹ Bonino, Joe Blaze, Bobby DeSimone, Fat Andy mit Sonnenbrille und weißem Hemd, und ein Freund.

3

Die Abrechnung

Larry und Gunnar halfen mir die Treppe hinunter und führten mich zu einem Wagen, in dem ihr Vorgesetzter wartete. Ich erklärte den drei Agenten, daß ich bereit sei, ohne Vorbehalte bei der laufenden Operation gegen die Cosa Nostra mitzuarbeiten.

Gunnar Askeland sah mich zweifelnd an. »Diese Typen sind fertig mit dir«, meinte er. »Du bist bei ihnen in Ungnade gefallen.«

»Du täuscht dich, Gunnar.« Ich wandte mich an Larry Doss. »Wenn du jede Woche meine Zinszahlungen übernimmst, kriege ich T. A. für dich. Ich liefere dir alle drei.«

Ich wußte, daß Tommy A., seine Schläger und auch ich für das FBI nur kleine Fische waren – Köder, um an die großen Bosse wie Gallo, Persico und Castellano heranzukommen.

Gunnar versuchte Larry einzureden, daß es nur Zeitverschwendung sei, wenn er mich einsetzte, doch Larry ignorierte ihn. Er ließ mich einige Papiere unterschreiben, die festhielten, daß ich bereit war, alle Unterhaltungen mit Mafiamitgliedern aufzuzeichnen. Mit meiner Unterschrift bestätigte ich auch, daß ich jederzeit als Zeuge aussagen würde. Ich redete mir ein, daß ich damit zu einem freiwilligen Mitarbeiter des FBI wurde. Für den Rest der Welt war ich allerdings ein gewöhnlicher Spitzel.

Am nächsten Tag rief Larry an und verabredete sich mit mir. Da ich nicht fahren konnte, humpelte ich nur um den Block. Larry und Gunnar warteten schon auf mich, und ich trat meinen neuen Job an.

Larry wollte, daß ich meine Telefonate mit T. A. aufzeichnen solle. Ich wandte ein, daß Donna das Tonband bemerken würde und daß dann vielleicht andere Leute davon Wind bekommen könnten. Donna kümmerte sich immer noch rührend um mich, aber ich wußte, daß es mit uns beiden zu Ende war. Das FBI brachte eine größere Summe für mich auf, und Larry und Gunnar suchten ein Apartment für mich.

Sie lasen aufmerksam die Annoncen und fuhren mich zu verschiedenen Wohnungen; allerdings mußte ich mich immer allein vorstellen. Zweimal lehnte der Vermieter mich ab, weil ich so schrecklich aussah. Mein Gesicht war immer noch stark geschwollen, und ich mußte meinen Kopf in einem bestimmten Winkel halten, um sehen zu können. Meine Stimme klang schleppend und undeutlich, und ich hatte Schwierigkeiten beim Atmen, weil ich durch die zertrümmerte Nase beim Luftholen behindert wurde. Ich hätte mich auch nicht als Mieter haben wollen.

Die dritte Wohnung, zu der mich die beiden FBI-Agenten brachten, lag ungefähr sechs Meilen südlich von Palm Beach in Lake Worth in der tiefsten Provinz. Als ich in das Haus ging, um mich vorzustellen, überlegte ich mir eine andere Masche. Ich erzählte dem Makler, ich hätte einen schweren Autounfall hinter mir und sei gerade aus dem Krankenhaus entlassen worden. Meine Frau wolle sich scheiden lassen, und ich bräuchte dringend eine möblierte Wohnung.

Eine Stunde später unterzeichnete ich den Mietvertrag für eine Wohnung mit einem Schlafzimmer im zweiten Stock für 650 Dollar Monatsmiete. Das war Mitte Februar 1981.

Das FBI wollte, daß ich noch am selben Tag einziehen solle, doch ich brauchte einige Tage, um unbemerkt an Donna vorbeizukommen. Zwei Tage später – als Donna zur Arbeit gegangen war – bat ich meine Tochter Sheryl und ihren Mann, mir beim Umzug zu helfen. Ich fühlte mich beschissen, aber es wurde Zeit, mit Tommy A. abzurechnen.

Sheryl half mir, mich in der neuen Wohnung einzurichten, und erledigte regelmäßig meine Einkäufe. Als sie einmal hörte, wie freundlich ich mit T. A. am Telefon sprach, war sie überzeugt, daß ich an einem Gehirnschaden laborierte. Sie wußte nicht, daß das FBI ein Tonbandgerät an mein Telefon angeschlossen hatte. Ich nahm jeden Anruf auf und ließ niemanden außer Larry, Gunnar und Sheryl in meine Wohnung.

Larry und Gunnar riefen jeden Morgen an, um sich zu vergewissern, daß die Luft rein war. Dann besuchten sie mich. Sogar Sheryl mußte sich anmelden, bevor sie kam.

Das FBI hatte mir 1000 Dollar gegeben, um Tommy zu beschwichtigen. Der Scheißkerl freute sich natürlich sehr darüber.

Anfang März fragte mich Sheryl eines Tages, was mit dem vielen Geld geschehen sei, daß ich beim Hunderennen gewonnen hatte.

»Meine Güte!« rief ich. Ich hatte ganz vergessen, daß ich eine Menge Bargeld in Donnas Kühlschrank verstaut hatte. Dann fiel mir das Geld ein, das ich an dem Tag, als sie mich zusammenschlugen in meine Hosentasche gesteckt hatte.

Tommy mußte es sich genommen haben – ebenso wie meine goldene Uhr, den Diamantring und die Kette. Als man mich bewußtlos gefunden hatte, waren die Sachen verschwunden gewesen. Aber ich hatte noch einen Schlüssel zu Donnas Wohnung. Und ich wußte, daß sie jetzt in der Arbeit war. »Sheryl, fahr mich zu Donnas Apartment«, bat ich.

Auf der Fahrt erzählte ich Sheryl von dem Geld im Gefrierfach. Sie beruhigte mich und sagte, Donna sei nicht der Typ von Frau, die das Geld stehlen würde. Als wir zwanzig Minuten später die Wohnung erreichten, stand die Tür offen, und der Vermieter kam uns entgegen.

»Wer wird für den Schaden aufkommen?« fragte er zornig.

Das Apartment war leer, und die Wände waren mit schwarzer Farbe beschmiert. Überall standen Sprüche ›Verdammter Joe‹, ›Ich hasse Joe‹ und ›Liebe und Haß‹. Wenn Donna diese Graffiti verfaßt hatte, mußte sie verdammt wütend gewesen sein. Ich ging in die Küche und sah sofort, daß der Kühlschrank abgeschaltet war. Die Tür stand offen, und das Gefrierfach war leer. Der Vermieter erzählte, daß Donna schon vor sechs Tagen verschwunden sei. Irgend jemand hatte mein Geld gestohlen, und ich war ziemlich sicher, daß es nicht Donna gewesen war. Sie hatte nur ihre Kleider mitgenommen – die Möbel waren noch da.

»Wer bezahlt mir das?« wiederholte der Vermieter.

»Hör zu, Frank«, sagte ich. »Du läßt das Apartment streichen und behältst dafür die Möbel. Und wenn ich noch ein Wort darüber höre, dann klebst du neben der Farbe an der Wand. *Capisci*?«

Ich fühlte mich plötzlich wieder stärker.

Don Ritz hatte in West Palm Beach ein neues Restaurant eröffnet, das er Don Luigi's nannte. Er hatte sich mit einem Anwalt aus Utica, New York, zusammengetan – und er hatte ein Problem. Ein Wiseguy der Colombos, der allen als Donald Duck bekannt war, hatte sich eines Abends mit einigen Schlägern im Don Luigi's sehen lassen und hatte ihn mit einem Totschläger verprügelt. Am Morgen darauf rief Don mich an.

»Das ist T. A.s Fehler«, sagte ich. »Die verdammten Colombos denken, unsere Position sei geschwächt, deshalb trauen sie sich so etwas. Ich werde diesen *sciallo*, diesen verdammten Schakal, anrufen.«

Das Tonband lief, als ich Tommys Nummer in New York wählte. Außer einem Gespräch hatte ich alle Telefonate aufgezeichnet. Ich erklärte T. A., was Donald Duck und die Colombos getan hatten.

»Sag Don Ritz, er soll sich eine Knarre zulegen und die Kerle umpusten, wenn sie wieder bei ihm auftauchen. Deine ganze Crew soll sich bewaffnen und bereit sein«, befahl Tommy.

Doch meine Männer hatten Angst, und das verstand ich. Schließlich hatten wir es mit den Colombos zu tun, und die verstanden keinen Spaß.

Am nächsten Tag, dem 5. März, kamen Larry und Gunnar zu mir und hörten das Band ab. Sie fanden, daß sich Tommy verärgert anhörte, und schlugen vor, ich solle ihn herausfordern.

»Versuch ihn weiter zu reizen«, sagte Larry. »Du kennst ihn doch. Laß dir etwas einfallen, was ihn richtig wütend macht. Vielleicht sagt er dann etwas, was ihm später leid tun wird.«

Don Ritz rief mich noch einmal an und berichtete mir das Neueste von den Colombos. Am 7. März 1981 um halb zwei Uhr morgens erhielt ich einen Anruf von Tommy. Ich erzählte ihm, daß Johnny Irish, Freddie Campo, Pasquale ›Checko Brown‹ Fusco und Robbie am Abend zuvor im Don Luigi's gegessen hätten. Sie hatten eine Menge Fragen über mich gestellt und wollten wissen, ob ich noch mit T. A. zusammenarbeitete. In der gleichen Nacht war ich mit einem Taxi zu

Joey's Restaurant in Riviera Beach gefahren und hatte die Männer dort zufällig getroffen.

Freddie Campo, der früher keiner Familie angehört hatte, war mittlerweile bei den Colombos gelandet. Als er zwei Jahre zuvor nicht an Tommy und das Geld aus dem Wettbetrug herangekommen war, hatte er eingesehen, daß es von Vorteil war, sich einer *Famiglia* anzuschließen.

»Ich habe eine Runde für die Männer ausgegeben, doch sie haben sich nicht erkenntlich gezeigt«, berichtete ich Tommy. »Eigentlich hatte ich erwartet, daß sie meine Geste erwidern.«

»Für diese Idioten hätte ich kein Geld ausgegeben«, antwortete T. A. verächtlich.

»Ich sage das nicht gern, Tip, aber eigentlich bist du daran schuld.«

Es war nicht sehr schwer, T. A. zu reizen. Man mußte nur andeuten, er hätte etwas falsch gemacht.

»Ich?« brüllte er. »Meine Schuld? Meine Leute werden dir deine verdammten Augen aus dem Gesicht reißen, du blöder Bastard! Sie schrecken vor nichts zurück! Ich brauche ihnen nur zu sagen, sie sollen mit ihren Knarren zu einer bestimmten Zeit an einem bestimmten Ort sein, dann pusten sie jeden dort um. Sie fackeln nicht lange und stellen keine Fragen. Es ist ihnen egal, worum es geht. Sie legen dich einfach um. Du glaubst wohl, du hast etwas am Laufen? Nichts hast du! Du glaubst, mit mir kann man das machen? Denkst du denn, ich wäre heute da, wo ich bin, wenn ich mir etwas gefallen ließe? Was ich schon getan habe, davon träumst du nicht einmal, mein Junge. Was glaubst du, warum sich alle vor mir fürchten, du verdammter Schwachkopf? Etwa weil ich mich auf der Straße wie ein Trottel benommen habe? Du bist reichlich naiv, du Scheißkerl. Den größten Fehler hast du begangen, als du mich aufs Kreuz legen wolltest. Die Leute haben Angst vor mir, du Vollidiot. Du bist nur noch am Leben, mein Freund, weil Dons Frau gerade hereinkam. Und nicht, weil wir dich verschonen wollten. Eigentlich hättest du nie mehr aufstehen sollen. Und ich werde dir noch etwas verraten, damit du dir deine verdammten Illusionen abschminken kannst. Ich habe dich dreimal verfehlt. Zweimal habe ich dich dort bereits gesucht, du blödes Arschloch.«

Mit dieser klassischen Tonbandaufnahme hatte Tommy Agro sich selbst belastet – der Vollidiot hatte alles zugegeben. Ich streckte mich lächelnd auf dem Bett aus, während er noch zwanzig Minuten weitertobte. Am Schluß seiner Schimpftirade erklärte er, er werde am folgenden Abend in den Süden fliegen, um den verdammten Colombos klarzumachen, wer im Restaurant von Don Ritz das Sagen habe.

Nachdem er aufgelegt hatte, wollte ich das Band zurückspulen, doch ich wagte nicht, das Gerät zu berühren. Ich kannte mich mit diesen Dingern nicht besonders gut aus und wollte auf keinen Fall riskieren, etwas zu löschen. So wartete ich bis zum nächsten Morgen.

»Hast du etwas von Tommy A. gehört?« fragte Larry erwartungsvoll. Gunnar und er waren gegen halb elf Uhr aufgetaucht. Es war Zahltag. Ich bekam 500 Dollar pro Woche zuzüglich Spesen – diese Summe hatte ich früher in einer Nacht für Trinkgelder ausgegeben.

»Ja«, erwiderte ich lässig. »Wir haben heute morgen eine Weile miteinander gesprochen. Warum hört ihr euch die Aufzeichnung nicht an?«

Larry spulte das Band zurück, während Gunnar ein Formular Nr. 302 zückte, auf dem er üblicherweise seine Berichte für das Büro schrieb. Ich überreichte Larry zwei Bänder – auf dem ersten hatte ich das Gespräch mit Don Ritz mitgeschnitten, auf dem zweiten meine Unterhaltung mit T. A. ausgenommen. »Don scheint Angst zu haben«, bemerkte Larry, nachdem er sich die erste Aufnahme angehört hatte. »Das würde mir an seiner Stelle auch so gehen. Was sagst du dazu, Gunnar?«

Gunnar nickte pflichtschuldig. Die beiden waren ein Team. Larry hatte die Rolle des Anführers übernommen, und Gunnar pflichtete ihm meistens bei. Ich spielte mit. Die beiden waren in Ordnung, auch wenn sie offensichtlich nicht viel über organisiertes Verbrechen wußten. Aber sie bemühten sich beide, und das gefiel mir.

Während sie sich die Aufnahme von Tommys Anruf anhörten, ging ich in die Küche und brühte Kaffee auf. Nachdem die beiden etwa zwanzig Minuten belangloses Geschwätz über sich hatten ergehen lassen, kam Gunnar zu mir. »Sagt er noch irgend etwas Wichtiges, Joe?« fragte er ungeduldig.

»Ich glaube schon. Warte noch fünf Minuten, dann wird es interessanter.«

Belustigt beobachtete ich den Gesichtsausdruck der Agenten, als Tommy zu toben anfing und alles zugab. Larry tanzte begeistert um den Tisch, als er T. A. sagen hörte, daß er den Überfall auf mich schon Wochen vorher geplant habe. Gunnar kam auf mich zu und streckte mir die Hand entgegen. »Es tut mir leid, daß ich dir mißtraut habe, Joe«, sagte er. »Das hast du großartig gemacht.«

»Damit haben wir ihn«, fügte Larry hinzu. »Das beweist, daß es vorsätzlich geschehen ist. Es war eine Verschwörung. Das wird dem Kerl noch leid tun.«

Er packte die Bänder ein und befahl mir, ihn sofort anzurufen, wenn Tommy sich bei mir meldete. Nachdem die beiden gegangen waren, rief Sheryl an und wollte wissen, ob sie etwas für mich tun könne. Ich erzählte ihr, daß Tommy nach Florida kommen wolle und daß ich besorgt sei.

»Triff dich nicht mit ihm, Daddy«, bat sie. »Er wird dir wieder weh tun. Kann ich dir irgendwie helfen?«

»Ja, mein Schatz. Komm rüber und mach mir die Wohnung sauber.«

4

È pulito – er ist sauber

Tommy meldete sich gegen Mitternacht.

Inzwischen hatte ich mir angewöhnt, das Tonband anzuschalten, bevor ich den Hörer abnahm. Nur die Gespräche mit Little Dom schnitt ich nicht mit – das war Bestandteil unserer Vereinbarung.

»Ich bin im Dip, Joe, und möchte dich morgen hier treffen.«

»Mir geht's schlecht, Tip«, wimmerte ich. »Ich habe immer noch große Schmerzen. Bitte tu mir nichts mehr – ich habe doch nichts falsch gemacht. Können wir nicht noch einmal von vorne anfangen?«

Mein Gejammere war nicht nur gespielt. Ich hatte wirklich Angst, ihn wiederzusehen. Seit die Kerle mich verprügelt hatten, waren schon sieben Wochen vergangen, aber ich sah immer noch furchtbar aus. Überall wo ich genäht worden war, konnte man noch deutlich die Stiche erkennen.

»Ich werde dir nichts tun«, sagte Tommy beschwichtigend. »Ich bin nicht deinetwegen, sondern wegen der Angelegenheit mit Don Ritz hier. Ich schwöre bei meiner Tochter Kimmy, daß dir nichts geschieht. Glaub mir, die Sache ist vorbei. Ich werde dir nie wieder so etwas antun. Ich habe einige Männer dabei, falls es wegen Don Probleme geben sollte.«

»Du hast deine Mannschaft mitgebracht?«

»Sie sind nicht wegen dir gekommen, Joe. Würde ich dir sonst verraten, daß sie hier sind, du Dummkopf?«

»In Ordnung, Tip. Ich werde gegen Mittag am Swimmingpool sein. Ich kann nicht so schnell fahren, weil ich immer noch sehr schlecht sehe.«

Ich legte auf und rief Larry an. »Geh nicht aus dem Haus, bevor wir bei dir sind«, befahl er. »Wir kommen gegen neun Uhr.«

In dieser Nacht konnte ich kaum schlafen. Obwohl ich mir immer wieder vorsagte, daß alles gut laufen würde, gingen mir die Bilder von Mafiosi, die mit Eisenstangen auf mich einprügelten, nicht aus dem Kopf. Gegen sechs Uhr morgens schlief ich endlich ein, und um acht weckte mich das Klingeln des Telefons wieder auf. Larry und Gunnar waren auf dem Weg zu mir.

Ich brühte Kaffee für uns auf und spielte den beiden Agenten die letzte Tonbandaufnahme vor. Anschließend baten sie mich, nicht zu gehen.

»Am Pool können wir dir keine ausreichende Deckung geben«, sagte Gunnar. »Jetzt in der Hauptsaison wird die Terrasse überfüllt sein. Sei nicht dumm – du hast bereits genug getan.«

Das hörte sich so an, als würden sie sich wirklich Sorgen um mich machen.

»Wenn ich nicht hingehe, mache ich mich verdächtig, und höchstwahrscheinlich wird er dann zu mir kommen«, erklärte ich.

Larry und Gunnar zögerten, aber schließlich konnte ich sie davon überzeugen, daß ich aus Tommys Stimme sehr gut auf seine Absichten schließen konnte. Ich sagte, ich sei sicher, daß mir keine Gefahr drohe – aber ich glaubte selbst nicht so recht daran.

Auf der Fahrt zum Diplomat beobachtete ich Larry und Gunnar im Rückspiegel meines Wagens. Ich mußte meinen Kopf schief halten, um besser sehen zu können, und fuhr wie eine alte Frau. Nach eineinhalb Stunden hatte ich es endlich geschafft. Der Parkwächter erkannte mich und winkte mich durch, während er von Larry und Gunnar Eintrittsgeld verlangte.

Am Swimmingpool wimmelte es von Touristen. Tommys Umkleidekabine lag am südlichen Ende in der Nähe des Nichtschwimmerbeckens. Als ich Paul Principe und Frank Russo entdeckte – die beiden Kerle, die T. A. geholfen hatten, mich zusammenzuschlagen –, wurde mir flau im Magen. Sie starrten mich an, und ich blieb unwillkürlich stehen und hielt Ausschau nach Tommy.

Als ich Checko Brown sah, einen Gefolgsmann der Colombos, der sich gerade mit Fat Andy Ruggiano, dem Gambino-Capo unterhielt, wurde ich noch nervöser. Auch Bobby DeSimone war da – frisch aus dem Knast. Ich begann zu zittern und wäre am liebsten davongelaufen, doch meine Beine schienen mir plötzlich nicht mehr zu gehorchen. Dann kam Tommy zu mir herübergeeilt.

»Hey, Joe, entspann dich. Ich habe dir doch gesagt, ich würde dir nichts tun.«

Wir umarmten uns.

»Was tun sie hier?« Ich deutete auf Checko und Fat Andy.

»Sie leisten mir Gesellschaft«, erwiderte Tommy. »Komm zu uns. Zieh dein Hemd aus und setz dich in die Sonne.«

Das war eine merkwürdige Aufforderung. Tommy und die beiden Schläger trugen zwar nur Badehosen, aber Chekko, Fat Andy und DeSimone waren vollständig bekleidet. Mit einmal dämmerte es mir. Alle sechs beobachteten mich aufmerksam, als ich mein Hemd aufknöpfte. Sie wollten sehen, ob ich ein Mikrofon trug.

Danach entspannten sich alle, und wir unterhielten uns eine Weile über belanglose Dinge. Trotzdem hatte ich das Gefühl, daß sie sorgsam vermieden, über etwas Geschäftliches zu sprechen.

»Meine Güte, ist das heiß heute«, stöhnte ich. »Ich wünschte, ich hätte eine Badehose mitgebracht.«

»Tommy, hast du nicht noch eine zweite Badehose in deinem Zimmer?« fragte Fat Andy schnell. »Du trägst doch ungefähr die gleiche Größe wie Joe Dogs.«

Wollte der Kerl mich beleidigen? T. A. war einen guten Kopf kleiner als ich.

Schließlich bot mir Paulie Principe eine Badehose an, und Checko Brown begleitete mich auf dessen Zimmer. Ich fragte mich, was sich die beiden Agenten jetzt wohl dachten. Allmählich spürte ich meine Energie zurückkehren – ich wollte jeden dieser Kerle fertigmachen.

Checko hielt mir die Badehose entgegen, und ich zog mich vor seinen Augen nackt aus. Jetzt mußte er wissen, daß ich sauber war – außer er vermutete eine Wanze in meinem Hintern.

Als wir wieder am Swimmingpool waren, sahen alle erst mich und dann Checko fragend an.

»*È pulito*«, sagte Checko. Er ist sauber. Dachte der Mistkerl, daß ich ihn nicht verstand? Glaubte er, daß ich nur noch Japanisch sprach, bloß weil meine Augen zu Schlitzen zusammengeschwollen waren?

Zumindest trauten sich jetzt alle näher an mich heran. Ich hatte den richtigen Schritt getan – nun konnten wir übers Geschäft sprechen.

»Ich habe Tommy erzählt, daß du mir gesagt hast, Don Ritz gehöre zu dir, und ich solle ihn in Ruhe lassen«, wandte sich Checko an mich. »Erinnerst du dich an den Tag, als ich ihn fertigmachen wollte und du mich zurückgehalten hast?«

»Natürlich.« Ich nickte.

»Dann habe ich Tommy erklärt, daß wir mit dem, was vor kurzem passiert ist, nichts zu tun haben«, fuhr er fort. Der Kerl log wie gedruckt.

»Ja, wir glauben dir«, mischte sich T. A. ein. »Warum sollten wir auch an deinem Wort zweifeln?«

Damit war die Sache für Checko Brown erledigt. Er stand auf, küßte alle zum Abschied auf die Wange und ging.

Sobald er außer Hörweite war, bezeichnete Tommy ihn als elenden Lügner. »Habe ich euch nicht gesagt, daß er alles abstreiten wird?« tobte er. Dann weihte er mich ein. »Ich habe mich gestern mit Gerry Lang, dem Unterboß der Colombo-*Famiglia* getroffen«, berichtete er. »Ich sagte ihm, was diese verdammten Scheißkerle Johnny Irish und Checko unserem Don Ritz angetan haben. Deshalb ist Andy hier. Ich machte Gerry Lang klar, daß Don Ritz zu Joe Dogs und Joe Dogs zu mir gehört. Das bedeutet, daß Don Ritz auch zu meinen Männern zählt. Außerdem erklärte ich ihm, daß es niemanden etwas angeht, was zwischen dir und mir vorgefallen ist.«

»Der Kerl ist ein verdammter Lügner«, sagte ich. »Hast du seine Nase gesehen? Sie wurde immer größer – wie bei Pinocchio, wenn er eine Lüge erzählte. Du kennst doch Pinocchio, oder?«

»Nein. Zu welcher Familie gehört er?«

»Vergiß es, Tommy.«

Fat Andy fing an zu lachen. »Er verarscht dich, Tommy.«

»Du verdammter Idiot«, schimpfte T. A. aufgebracht. »Ich bin hierhergekommen, um mich ums Geschäft zu kümmern, und dir fällt nichts Besseres ein, als mich auf den Arm zu nehmen.«

Fat Andy wechselte schnell das Thema. Er war ein dicker, nachlässig gekleideter Mann. Wenn man sein Doppelkinn, die hervortretenden Augen und die Polyesterhemden sah, hätte man niemals gedacht, daß er ein Wiseguy wäre. Doch verhielt er sich ruhig und zurückhaltend, und wenn er sich zu Wort meldete, hörten alle respektvoll zu.

»Hör zu, Joey. Ich möchte in deiner Gegend einen Privatclub eröffnen«, sagte er. »Spielen die Leute dort Karten? Blackjack und Poker?«

»Aber ja. Warum fragst du?« Meine Güte, der Kerl lebte nur eine Stunde Fahrt von Palm Beach entfernt. Er tat so, als würde er von Alaska sprechen.

»Tommy hat mir erzählt, daß du und dieser Freddie Campo einen Polizisten an der Hand hättet, den man schmieren kann«, fuhr Fat Andy fort. »Er könnte uns doch eine Lizenz für den Club besorgen und aufpassen, daß uns dort niemand stört.«

In der nächsten Stunde sprachen wir über diese Idee. T. A. und Fat Andy beschlossen, daß ich mich so schnell wie möglich an den Cop wenden sollte. Dann begleiteten sie mich zu Tommys Kabine.

»Warum kommst du nicht heute abend wieder und siehst dir die Show mit uns an?« schlug Fat Andy vor, nachdem ich mich umgezogen hatte. »Air Supply gibt im großen Saal ein Konzert.«

»Ja, komm doch. Dann können wir uns noch etwas unterhalten«, meinte Tommy. Ich fragte, ob ich meine Tochter Sheryl und ihren Mann mitbringen könne. Sheryl war ein großer Fan von Air Supply, und ich sah bei Nacht so schlecht, daß ich mich nicht ans Steuer traute.

Als ich nach Hause fuhr, konnte ich die FBI-Agenten nirgendwo entdecken. Ich beschloß, ihnen nichts von der Geschichte mit der Badehose zu erzählen, wenn sie es nicht bemerkt hatten. Jetzt, da Tommy und Fat Andy einen Club eröffnen wollten, war ich mir nicht sicher, ob ich beim FBI noch mitmachen sollte. Es machte mir nichts aus, dem FBI noch eine Weile zu helfen, vor allem solange ich mich körperlich noch so schlecht fühlte. Doch ich begriff, daß nach Tommys Eingreifen meine Reputation auf der Straße wiederhergestellt war. Vielleicht konnte ich mir einen Weg überlegen, wie ich mich an Tommy rächen konnte, ohne mit den Agenten zusammenzuarbeiten.

Doch was war mit den Papieren, die ich unterschrieben hatte? Das war ein Problem, über das ich noch gründlich nachdenken wollte. Ich hatte ja keine Ahnung, daß mein Bericht über das Gespräch am Swimmingpool zu einer der größten und erfolgreichsten Undercover-Operationen in der Geschichte des organisierten Verbrechens führen sollte.

5

»Du hättest mich erschießen sollen, Tommy«

Der bestechliche Cop, den Tommy und Fat Andy erwähnt hatten, hieß William ›Boone‹ Darden. Er war der Polizeichef von Riviera Beach, Florida. Freddie Campo schmierte ihn schon seit einigen Jahren. Boone schützte Freddie bei seinen Buchmachergeschäften und war – wenn die Kohle stimmte – meist zu einem kleinen Gespräch bereit, in dem man einige vertrauliche Informationen bekommen konnte.

Als ich wieder in Lake Worth war, rief ich Larry Doss an und erklärte ihm, daß ich Geld bräuchte. Außerdem bat ich ihn, einen Stift und seine Formulare mitzubringen. Die Agenten verwendeten für ihre handgeschriebenen Berichte die Formulare Nr. 302, die später im Büro abgetippt wurden und als Beweismittel galten.

Larry traf wenig später bei mir ein, und ich erzählte ihm alles. Ich sagte, daß es mir genüge, wenn meine Tochter mit ihrem Mann bei mir seien. Allerdings bräuchte ich genügend Geld, um die Rechnung für alle bezahlen zu können.

»Ich möchte sie beeindrucken«, erklärte ich. Larry war einverstanden und gab mir 1000 Dollar.

Sieh zu, daß du etwas davon zurückbringst«, sagte er auf dem Weg zur Tür.

Der Oberkellner führte uns an Tommys Tisch. Alle standen auf, und wir umarmten uns zur Begrüßung. Tommy hatte ein chinesisches Mädchen dabei. Fat Andy, DeSimone mit seiner Frau Betty und Joe ›Piney‹ Armones Frau und ihre Tochter waren auch da. Nur Armone, T. A.s Capo, war nicht zu sehen. Kurz bevor die Show begann, tauchten Tommys Schläger Paulie und Frankie auf.

Wir aßen und tranken und hörten uns das Konzert von Air Supply an. Als der Kellner Tommy die Rechnung vorlegte, riß ich sie ihm aus der Hand. T. A. drohte mir mit einem Kinnhaken, doch als ich erwiderte, sein Schlag sei nicht kräftig genug, grinste er breit. Die Rechnung betrug 470 Dollar – ich gab dem Kellner 600 und bedeutete ihm, er könne den Rest behalten.

Tommy zwinkerte mir zu. »Du bist also wieder im Geschäft«, flüsterte er.

»Du weißt doch, daß mit Rauschgift eine Menge Kohle zu machen ist«, erwiderte ich leise. »Ich bin gerade dabei, mir wieder etwas aufzubauen, aber sag Fat Andy nichts davon. *Capisci?*«

»Keine Sorge. Aber sei vorsichtig und laß dich nicht erwischen, denn der Club, den Andy plant, kann ein einträgliches Geschäft werden – vor allem, wenn du an den Cop herankommst. Er ist ein Nigger, wie?«

»Ja, aber ich bin mir ziemlich sicher, daß er mitmachen wird.«

Nach dem Konzert gingen wir in die Bar. Alle amüsierten sich prächtig.

Plötzlich nahm mich Tommy zur Seite und bat mich, ihn zu begleiten.

»Wohin?« fragte ich nervös.

»In mein Zimmer, Pip. Ich möchte mit dir unter vier Augen sprechen.«

Als meine Tochter das hörte, kam sie herüber und nahm meinen Arm. »Michael und ich sind sehr müde, Daddy. Wir wollen jetzt gehen.«

»Warte noch zehn Minuten«, warf Tommy ein. »Ich möchte kurz mit deinem Vater sprechen.«

»Ich bin gleich zurück«, versprach ich und küßte Sheryl auf die Wange. Dann entschuldigten Tommy und ich uns und gingen in den ersten Stock zu seinem Zimmer.

»Weiß deine Tochter von unserem Streit?« fragte Tommy.

»Machst du Witze? Dann wäre sie heute abend nicht gekommen«, log ich. »Sie glaubt, daß die Colombos mir das angetan hätten und daß du hier wärst, um die Sache in Ordnung zu bringen.«

Tommy schenkte mir einen Scotch mit Eis ein, und ich fragte ihn, ob er dieses Gespräch geplant hätte, weil meine bevorzugte Marke bereit stand.

»Nein«, wehrte er ab. »Die Braut, mit der ich hier bin, trinkt Dewar's White Label. Ich verstehe nicht, wie ihr dieses Zeug saufen könnt. Es schmeckt wie Medizin.«

»Das ist Geschmackssache«, meinte ich. »Manche Männer mögen schwarze Mädchen, manche weiße. Du bist immer mit dunklen Frauen zusammen.«

»Meine Braut ist nicht schwarz, Joey. Bist du farbenblind? Sie hat chinesisches Blut in den Adern und eine rötliche Hautfarbe.«

»Sie ist weder rot noch weiß, Tommy. Ihr Sizilianer seid anscheinend an dunkle Haut gewöhnt – schließlich ist es von eurer Heimat nur ein Katzensprung nach Äthiopien.«

»Hör auf damit, du verdammter Idiot. Ich möchte dir etwas sagen, aber du mußt mir versprechen, daß du mit niemandem darüber redest. Es würde kein gutes Licht auf mich werfen, und das könnte ich dir nie verzeihen.«

Ich hob die Hände. »Mit wem sollte ich darüber sprechen? Du weißt doch, daß ich schweigen kann. Sogar bei Fat Andy, und er ist immerhin ein Capo in unserer Familie.«

»Das ist gut, Joey«, erwiderte T. A. »Andy steht nämlich auf Neils Seite. Du weißt doch, wen ich meine, oder? Versteh mich nicht falsch, aber ich stehe Paulie näher.«

Tommy spielte auf eine Aufspaltung in der Gambino Familie an. Es gab Unfrieden zwischen dem Boß Paulie Castellano und denen, die sich mit seinem Unterboß Aniello ›Neil‹ Dellacroce verbündet hatten. Einige Jahre später erklärten Dellacroces Männer, unter der Führung von John Gotti Big, Paulie den Krieg und legten ihn um. Ich wußte von diesem Konflikt, stellte mich aber dumm.

»Du verwirrst mich, Tip«, sagte ich. »Ich dachte, wir wären alle eine große, glückliche Familie, und Paulie wäre der Boß und Neil sein Unterboß. Zu wem gehören wir denn eigentlich? Gibt es jetzt zwei Familien? Gambino Senior und Gambino Junior? Ich weiß wirklich nicht, wovon du sprichst.« Wir lachten beide, doch dann wurde Tommys Miene plötzlich ernst.

»Ich wollte dir das nicht antun, Joey«, erklärte er. »Es war nicht meine Schuld. Mein *compare,* Joe Gallo, hat es mir befohlen. Es ging nicht um das Geld, das du mir schuldetest. Für Gallo war das nur ein vorgeschobener Grund, um an dich heranzukommen. Ich schwöre dir, Joey, es war nicht meine Entscheidung.«

»Aber warum wollte Gallo mich fertigmachen? Etwa weil wir ihm mit den Rauschgiftgeschäften und dem Schwindel auf der Rennbahn so viel Geld verschafft haben? Und schließlich habe ich für ihn diesen Kerl in Naples verprügelt – nur wegen seiner dummen Schickse.«

»Hör auf damit, Joey!« schrie Tommy. »Ich habe dir immer wieder gesagt, du sollst nicht so über meinen *compare* sprechen. Aber du liegst ganz richtig – das war der Grund. Du hättest den Kerl nicht so übel zurichten sollen. Er war so schwer verletzt, daß Sophia meinen *compare* deswegen verlassen hat. Joe Gallo hat das nie verwunden, und er gibt dir die Schuld daran.«

Ich sah ihn entgeistert an. Das alles sollte mir nur wegen einer dummen Nutte zugestoßen sein? Tommy mußte lügen – das konnte einfach nicht wahr sein!

»Aber du hast mir doch gesagt, ich würde bald mein Abzeichen bekommen. War das etwa gelogen?« fragte ich. »Gallo muß doch damit einverstanden gewesen sein. Er ist dein Mentor, und du bist meiner. Du hast mich sogar mit deinem Capo Joe Piney zusammengebracht. Ich verstehe das nicht. – Deswegen habe ich mir auch keine allzu großen Sorgen wegen meiner Schulden gemacht«, fuhr ich fort. »Du wußtest, daß ich dir das Geld beschaffen würde. Nach meinem Herzinfarkt habe ich dir acht Monate lang die Zinsen aus eigener Tasche bezahlt, weil die Kerle, an die ich das Geld verliehen hatte, im Rückstand waren. Und weißt du auch, warum? Weil ich nicht wie ein Schwächling angekrochen kommen wollte.«

»Ich weiß, Joey, ich weiß«, murmelte Tommy. Aber ich kann dir nur sagen, daß mein *compare* dich *morto* sehen wollte. Nur gut, daß die Frau von Don Ritz hereinkam, sonst wärst du jetzt entweder tot oder hättest keine rechte Hand mehr.«

»Du hättest mich erschießen sollen, Tommy. Was du mir angetan hast, habe ich nicht verdient. Über zehn Jahre habe ich mich loyal verhalten. Sieh mich an. Ich bin erledigt. Ich sehe aus wie ein Monster. Sogar essen kann ich nur, wenn ich meinen Kopf schief halte. Wenn ich etwas trinke, schmecke und spüre ich fast nichts. Und das alles, weil Joe Gallo mich für seine Nutte verantwortlich macht! Bobby hättest du das nicht angetan, oder? Er tut dir ja so leid, nicht wahr?«

Als ich Bobby DeSimone erwähnte, nahm T.A.s Gesicht einen merkwürdigen Ausdruck an.

»Bobby! Bobby! Weißt du, warum Bobby mir leid tut? Weil ich seine zwei Brüder umgelegt habe. Deshalb! Erinnerst du dich an den Kerl, der einmal für dich gearbeitet hat? Der mir eine Uhr kaufte?«

»Ja«, erwiderte ich. »Anthony DeSimone.« In den früheren 70er Jahren hatte ich Bobbys jüngstem Bruder einen Job auf einem meiner Baustellen besorgt. Ich wußte damals nicht, daß sowohl die Gambinos als auch die Colombos wütend auf ihn waren, weil er einige Leute in New York verpfiffen hatte. Tommy erzählte mir, daß er Anthony DeSimone unter einem Vorwand nach New York zurückgelockt und ihn dann umgelegt hatte.

»Einige Jahre später mußte ich auch den anderen Bruder fertigmachen«, fuhr T. A. fort.

»Meinst du Tommy DeSimone, den verrückten Kerl? Den Irren, der mit uns in Bobbys Haus Binokel spielte und dann mit Darts nach uns warf, weil er verloren hatte?«

»Genau den. Erinnerst du dich daran, daß er einige Probleme hatte und dann behauptete, er gehörte zu mir? Nun, er hat sich schließlich einer Crew der Lucchese-Familie angeschlossen und arbeitete für Paulie Vario. Dann hat er Billy Batts, einen Wiseguy unserer Familie, umgelegt. Vario und die Luccheses trafen sich mit Neil Dellacroce. Anschließend kam Gallo zu mir und beauftragte mich, DeSimone fertigzumachen, weil ich ihn gut kannte. Das hatte mir der Mistkerl John Gotti eingebrockt. Wir kamen nie gut miteinander aus. Batts hatte zu Gottis Mannschaft gehört, und mein *compare* erzählte mir, daß Gotti Neil gebeten hatte, mir den Auftrag zu erteilen.

Wahrscheinlich hat er gesagt, daß Großmaul T. A. solle das erledigen. – Hör zu, Pippie«, fuhr er fort. »In unseren Kreisen mußt du tun, was dir befohlen wird. Wenn jemand umgelegt werden soll, suchen sie sich immer Leute aus, die denjenigen gut kennen. Wenn du dich weigerst, dann bist du selbst dran. *Capisci?*«

Tommy sah mich Mitleid heischend an. Wir gingen zurück in die Bar, und Fat Andy gab mir seine Privatnummer.

»Ruf mich an, sobald du mit dem Cop gesprochen hast«, sagte er.

Ich hörte nur mit einem Ohr hin und schaute immer wieder hinüber zu Bobby DeSimone. Der arme Bastard tat mir wirklich leid.

Ich trank noch zwei Scotch, spürte aber keine Wirkung. Fat Andy und T. A. unterhielten sich mit mir, als wäre nie etwas zwischen uns geschehen. Schließlich lud ich die Crew für den nächsten Abend zum Essen zu Don Luigi's ein – ich würde selbst kochen. Tommy und Fat Andy schlugen vor, daß wir anschließend Joey's Disco und noch ein paar andere Bars besuchen sollten, um den Leuten zu zeigen, daß wir am Ball waren.

Ich beschloß, dem FBI nichts von meiner Unterhaltung mit Tommy zu erzählen. Ich würde die Agenten nicht anlügen, sondern die Geschichte einfach verschweigen.

Dieser Scheißkerl Gallo gehört mir, dachte ich. Mir allein.

6

Gift in der Sauce

»Meine Güte, ich hätte nicht gedacht, daß ihr sogar am Wochenende arbeitet. Bekommt ihr dafür einen Zuschlag?«

Ich reichte Larry Doss die restlichen 400 Dollar von dem Abend im Dip.

»Ich muß heute abend für die Männer kochen«, berichtete ich. Larry fragte mich, ob sie mich dabei schützen sollten. Ich erklärte ihm, das sei nicht nötig. Wir würden uns nur bei Don Ritz aufhalten, und dort fühlte ich mich sicher.

Tommy tauchte pünktlich mit seiner Mannschaft im Don Luigi's auf. Über DeSimone hatte ich inzwischen meine Meinung geändert, aber wenn ich Principe und Russo sah, bekam ich immer noch eine Gänsehaut. Don Riz hatte uns einen separaten Raum reserviert, und ich eilte in die Küche, um meine berühmte *caponata* zuzubereiten – das war eines von Tommys Lieblingsgerichten. Während ich kochte, kam Don Ritz zu mir. Er machte einen nervösen Eindruck.

»Himmel, Joe. Das kann ich einfach nicht fassen«, stammelte er. »Diese Kerle kommen hierher und schlagen dich fast tot, und jetzt verlangen sie, daß du für sie kochst. An deiner Stelle würde ich d-d-das nicht t-t-tun.«

Ich lächelte. Don Ritz war ein netter Kerl. Er hatte ein weiches Herz und führte ein gutes Restaurant. Alles, was er im Leben anstrebte, war, gute Pizza auf den Tisch zu bringen.

»Ja, Don. So ist das nun mal. Ich hoffe nur, die Jungs mögen meine *caponata*. Die *fettucini*, die ich gekocht habe, haben ihnen wohl nicht geschmeckt, denn sie haben mich deswegen beinahe umgebracht.«

»Ich verstehe nicht, wie du darüber Witze machen kannst«, erwiderte Don Ritz. »Haßt du die Kerle nicht?«

»Warum sollte ich? Ach, übrigens, hast du ein wenig Arsen für mich? Ich werde die ganze Bande vergiften.«

»Hör auf damit, Joe«, bat er. »Mein Partner und ich haben diesen Laden erst eröffnet und eine Menge Geld hineingesteckt. Wenn du sie erledigen willst, dann tu das bitte nicht hier.«

Als Bobby DeSimone plötzlich in der Küche auftauchte, fing Don Ritz noch stärker an zu stottern.

»Hey, Joey!« rief Bobby mit seiner Fistelstimme. »Gerade habe ich zu Tommy gesagt, daß du die beste *caponata* machst, die ich jemals gegessen habe.«

»Freut mich, daß sie dir schmeckt, Bobby. Aber du kannst nicht hier in der Küche bleiben – du stehst dem Koch im Weg.«

Als er bereitwillig zur Tür ging, hob ich meine Stimme, damit er mich auch verstand. »Don, gib mir das Zeug, das ich in die Sauce mischen will.«

Bobby drehte sich hastig zu mir um und ging dann hinaus.

»W-w-warum hast du das gesagt?« fragte Don aufgeregt. »Jetzt wird er den anderen erzählen, daß die Sauce vergiftet ist.«

»Lassen wir die Mistkerle ein wenig schwitzen«, entgegnete ich grinsend.

Ich verteilte die Soße über die *perciatelli* und befahl Don Ritz zu servieren, während ich mich an den Abwasch machte. Kurz darauf kam er zurück in die Küche.

»Sie möchten, daß du mit ihnen ißt«, sagte er ohne zu stottern. »Sie wollen auf dich warten.«

Mit einem breiten Grinsen ging ich zu den andern. »Los, Leute, haut rein.«

»Du zuerst«, sagte Fat Andy bestimmt. »Hier ist ein Teller für dich. Schließlich hast du gekocht, und wir möchten dir unsere Anerkennung zeigen. Hallo, Schätzchen? Bring Joe Dogs einen Drink. Du magst doch einen Dewar's, Joe?«

Andy schob mir einen Teller zu und fing dann an, langsam für die anderen auszuteilen. Genüßlich schob ich mir einige Bissen in den Mund und leckte mir die Finger, während mich alle erwartungsvoll anstarrten.

»Warum fangt ihr nicht an?« fragte ich, bevor ich mich wieder meinem Teller widmete. Erst dann folgten die anderen meinem Beispiel und machten mir Komplimente.

Später kamen wir auf Chief Boone Darden zu sprechen. Fat Andy und Tommy ermahnten mich, baldmöglichst herauszufinden, was der Cop für unseren Club tun könnte. Bei der Sache sollte für alle Beteiligten einiges herausspringen. Tommy gab der Bedienung fünfzig Dollar Trinkgeld und dankte Don für die Drinks.

Bis auf Don, der sich entschuldigte, weil er aufräumen und den Laden schließen mußte, machten wir uns alle auf den Weg. Wir besuchten einige Bars und landeten schließlich in Joey's Disco. Tommy legte großen Wert darauf, daß die Leute mich mit ihm zusammen sahen. Außerdem wollte er zeigen, daß man sich mit der Gambino-Familie nichts erlauben konnte. Und daß man nicht ungeschoren davonkam, wenn man es versuchte.

In dieser Nacht wälzte ich mich in meinem Bett hin und her und überlegte, was ich jetzt tun sollte. Sollte ich mich weiterhin vom FBI bezahlen lassen oder Larry und Gunnar endgültig Lebewohl sagen? Auf alle Fälle wollte ich mich an Tommy und Joe Gallo rächen. Es kümmerte mich wenig, daß Tommy von seinem *consigliere* den Auftrag erhalten hatte, mich zu beseitigen. Er hätte sich eben an höhere Instanzen wie Neil Dellacroce oder sogar Paulie Castellano wenden sollen. Gallo war ein liebeskranker alter Trottel. Castellano hätte die Sache sicher abgeblasen.

Mir wurde klar, daß ich beim FBI bleiben mußte. Die Agenten hatten mich gut behandelt und mir über eine schwere Zeit hinweggeholfen. Es wäre schäbig gewesen, sie jetzt im Stich zu lassen. Natürlich würde ich über kurz oder lang als Zeuge gegen Tommy Agro aussagen müssen, aber das FBI würde bestimmt einen sicheren Aufenthaltsort für mich finden.

Aber wenn sie mich nicht ausreichend schützen konnten? Es waren schon einige Zeugen unter dem Schutz der Regierung umgelegt worden. Ich wußte einfach nicht, was ich tun sollte. Schließlich beschloß ich, meine Entscheidung noch um eine Woche hinauszuschieben.

7

»Dein engster Freund wird dich umlegen.«

Am nächsten Morgen kamen Larry und Gunnar zu mir. Larry zog ein Formular Nr. 302 aus der Tasche und sagte mir, sein Vorgesetzter in West Palm Beach habe von der Zentrale in Washington mehr Geld angefordert. Sie wollten die Undercover-Operation ausweiten. Als ich ihm von Fat Andys

Idee mit dem Club und Chief Darden erzählte, wurde Larry nervös. Für die beiden Agenten, die in einem Büro in der Provinz Floridas arbeiteten, wurde die Sache ziemlich heiß.

Beide konnten nicht still sitzen. Larry lief im Wohnzimmer herum wie ein geköpftes Huhn. Ich mochte sie beide. Sie waren inzwischen meine Kumpel geworden.

»Wenn wir die Zustimmung von der Zentrale bekommen und diese Operation ausweiten, dann mußt du auch die Gespräche mit Little Dom Cataldo aufzeichnen«, meinte Larry.

»Vergiß es. Ich habe es euch schon öfter gesagt, und ich sage es noch einmal: Dominick ist mein Freund. Ich bin bereit, alle anderen Gespräche aufzuzeichnen, aber nicht die mit ihm. Das ist ein Punkt unserer Vereinbarung. Ich stehe zu meinem Wort, und das verlange ich auch von euch. Ich werde Dominick nicht für euch abhören.«

»Ich gebe zu, daß wir das ausgemacht haben, aber ich glaube, du machst einen großen Fehler, Joe. Denk daran, was Tommy A. gesagt hat: sie suchen sich die Leute aus, die dir am nächsten stehen, um dich umzulegen. Und wenn du dich weigerst, bist du selbst dran.«

»Mit Dom ist das anders«, behauptete ich. Ich bereute, daß ich den Agenten jemals von Tommys Theorie erzählt hatte. »Er ist mein Freund.«

»Ich glaube T. A.«, entgegnete Larry. »Wenn du deine Augen von der Wahrheit verschließen willst, dann tust du mir leid.«

Was zum Teufel wußte Larry Doss darüber? Mir war klar, daß Dom ein Killer war, aber ich weigerte mich, ihn abhören zu lassen. Das wollte ich ihm einfach nicht antun. Trotzdem beschloß ich, auf der Hut zu sein. Ich nahm weiterhin die Gespräche mit Tommy auf, und etwa zehn Tage später berichtete Larry, daß das FBI uns weitere Mittel für die Operation zur Verfügung gestellt hatte. Sie wollten, daß ich mich mit Boone Darden in Verbindung setzte.

Nach einer schlaflosen Nacht fällte ich meine Entscheidung. Ich würde auf ganzer Linie mit dem FBI zusammenarbeiten und die Mafia für immer verlassen.

8

Spionage

Genau zwei Monate hatte ich für das FBI gearbeitet; dann rief ich den Polizeichef Boone Darden an und verabredete mich mit ihm in Joey's Disco.

Das Aufnahmegerät Marke Nagra, das ich bei mir trug, war altmodisch und sperrig, aber etwas Besseres hatte das Büro in West Palm Beach nicht zu bieten. Im ländlichen Ocala, wo es kein organisiertes Verbrechen, sondern nur leidenschaftliche Pferdezüchter gab, hätte man mich wahrscheinlich mit einem modernen, technisch ausgefeilten Gerät ausgestattet. Einige Nullen beim FBI brachten alles durcheinander. Später fand ich heraus, daß die Büros in Manhattan und Brooklyn die gleichen Probleme hatten. Man witzelte darüber, daß die Agenten auf Guam die beste Ausrüstung von allen zugeteilt bekamen.

Zu Joey's Disco gehörte ein Dachrestaurant; dort wartete Boone Darden am Nachmittag des 23. März 1981 auf mich. Mehrere Bedienungen schwirrten um ihn herum, während er sein Bier schlürfte und sich benahm, als gehörte der Laden ihm. Ich streckte ihm meine Hand entgegen, und als er einschlug, verzog sich sein Gesicht zu einem breiten Grinsen. In meiner Handfläche lagen drei Hundertdollarscheine. Boone streckte sie so lässig ein, als hätte er sein ganzes Leben nichts anders getan, als Schmiergelder zu kassieren. Wir bestellten uns Muscheln und redeten eine Weile über belanglose Dinge, bis ich schließlich zur Sache kam.

»Die Jungs im Süden möchten hier einen Privatclub eröffnen, Boone. Wir wollen ein wenig pokern und Blackjack spielen, verstehst du? Allerdings nur, wenn wir sicher sein können, daß du nichts dagegen hast. *Capisci?*«

»Ich verstehe, Joe. Laß mich darüber nachdenken. Wie du weißt, stehen Wahlen vor der Tür. Ich möchte zuerst sehen, wer in den Stadtrat kommt. Wenn ein bestimmter Freund von mir wiedergewählt wird, sehe ich keine Probleme. Außerdem finde ich, daß der Stadt so ein Club sicher nicht schadet. Ich denke, ich kann euch helfen, aber gib mir eine Woche Zeit.«

»Natürlich, Boone. Sicher ist dir klar, daß auch du davon profitieren kannst. Wir gehören nicht zu den Leuten, die alles für sich behalten wollen, das weißt du doch, oder?«

»Ja, das weiß ich.« Boone nickte. »Mit Freddie und deinen Freunden verstehe ich mich schon seit langem sehr gut. Es freut mich, daß du mich angerufen hast. Solange ich diesen Posten habe, finden wir sicher eine Lösung.«

»Das war Boone Darden«, sagte ich ins Mikrofon des Recorders, nachdem er gegangen war. Dann nannte ich meinen Namen und Datum und Uhrzeit. Ich trank noch etwas, zahlte die Rechnung und machte mich auf den Heimweg. Larry und Gunnar folgten mir.

In meiner Wohnung nahmen sie mir den Kassettenrecorder ab und notierten das Gespräch auf einem Formular Nr. 302. Dann verschwanden sie wieder.

Im April 1981 war die Undercover-Operation in vollem Gang. Ich verabredete mich mit einem Beamten der Kreisverwaltung zum Mittagessen, der uns seine Hilfe angeboten hatte. Der Mann war dafür bekannt, daß er seinen Freunden gern einen Gefallen tat. Tommy A. schmierte ihn, um eine Lizenz für einen illegalen Bingo-Spielclub zu bekommen, und ich fungierte als Mittelsmann. Er war einer der typischen doppelzüngigen Politiker. Meiner Meinung nach waren die Tonbandaufnahmen von unseren Gesprächen wertlos, aber das FBI schätzte sie. Immer wenn sie glaubten, einen Regierungsbeamten festnageln zu können, wurden sie ganz wild.

Mitte April fuhr ich für einige Tage nach Washington zu Nena. Sie besuchte dort ihre Mutter und ihren Vater, der für einen Senator arbeitete. Wir wohnten bei ihrer Mutter, und ich kochte einige italienische Spezialitäten. Nenas Eltern schienen mich zu mögen.

Nach meiner Rückkehr nach Florida traf ich mich mit Freddie Campo. Er war sauer, weil ich ohne seine Einwilligung Kontakt mit Boone aufgenommen hatte.

»Boone gehört zu mir«, schrie er mich an, während ich vorsorglich nach dem Recorder tastete. »Ich arbeite schon sehr lange mit ihm zusammen, und das lasse ich mir nicht ungestraft wegnehmen.«

»Ganz ruhig, Freddie«, sagte ich beschwichtigend. »Das war keine böse Absicht. Er hat deinen Namen erwähnt, mir aber nicht gesagt, daß ich dich zuerst um Erlaubnis bitten müßte. Aber das ist kein Problem. Ich werde mit Fat Andy sprechen, und er wird sich dann mit dir in Verbindung setzen.«

Nachdem Freddie gegangen war, lachte ich lauthals los. Ich konnte es kaum erwarten, Fat Andy davon zu erzählen. Schade, daß ich ihm das Tonband nicht vorspielen konnte.

Meine beiden Agenten suchten mich in meiner Wohnung auf, spielten das Band ab und füllten eines ihrer Formulare aus.

»Erzähl Fat Andy lieber nicht, was Freddie gesagt hat«, bemerkte Larry. »Er wird sich ihn sonst verknöpfen.«

»Das ist mir scheißegal«, erwiderte ich. »Er steht uns im Weg, deshalb werde ich Fat Andy die Wahrheit sagen.«

Larry zögerte, aber Gunnar stimmte mir zu. Noch am gleichen Abend ließ ich Fat Andy Bescheid geben.

Im Frühjahr 1981 traf ich mich alle zwei Wochen mit Bobby DeSimone, um ihm die Zinszahlungen für Tommy zu geben. Bobby war Tommys Verbindungsmann zu mir. Ich hatte meinen alten Status noch nicht erreicht – wenn ich T. A. sprechen wollte, mußte ich Bobby anrufen, der dann Tommy ausrichtete, daß er mich anrufen sollte. Das ging so bis zum Juni. Dann erkannte T. A., daß er ohne Joe Dogs keine Geschäfte in Florida machen konnte – zumindest hatte ich ihm diesen Eindruck vermittelt.

An dem Tag, an dem ich das Gespräch mit Freddie aufgenommen hatte, traf ich mich mit DeSimone und berichtete über ihn. Bobby mußte meine Geschichte unverzüglich an den Gambino-Capo weitergegeben haben, denn Andy rief mich noch am gleichen Abend an und verabredete sich mit mir für den nächsten Tag, also den 1. Mai, im Thunderbird

Hotel im Norden von Miami. Larry und Gunnar waren nervös. Schließlich war das der erste große Test für mich und den Kassettenrecorder.

»Einige Agenten aus Miami werden dich nicht aus den Augen lassen«, erklärte Larry. »Dein Codename ist Bob Jackson. Wenn du irgendein Problem hast, geh auf die Toilette. Einer der Männer wird dir folgen und dich fragen, ob du Bob Jackson bist. Wenn du seine Hilfe brauchst, dann antworte mit ja. Wenn nicht, sagst du nein. *Capisci?*«

»*Capisco*«, antwortete ich. »Hör auf, Italienisch zu lernen, Larry. Sonst kann ich nicht mehr hinter deinem Rücken über dich sprechen.«

Nachdem er den Recorder unter meiner Kleidung befestigt und angeschlossen hatte, fuhr ich nach Miami. Unser Treffpunkt war Christine Lee's Gourmet Restaurant in der Lobby des Thunderbird Hotels. Als ich das Lokal gegen halb neun Uhr betrat, war ich ganz ruhig.

Fat Andy saß mit Bobby DeSimone und Joe Blaze, Gerald Alicino und Frank ›Junior‹ Abandando, drei Schlägern aus seiner Crew, an der Bar. Nach einigen Drinks entspannte sich die Atmosphäre, und wir setzten uns an einen Tisch.

DeSimone rutschte auf seinem Stuhl hin und her, als hätte er eine Hummel im Hintern. »Los, Joey, erzähl Andy, was Freddie gesagt hat! Na komm schon, erzähl's ihm!«

Fat Andy warf DeSimone einen verächtlichen Blick zu. »Schieß los, Joe«, sagte er. »Erzähl die Geschichte, bevor Bobby einen Schlaganfall bekommt.«

Als ich berichtete, daß Freddie damit gedroht hatte, sich nichts ungestraft wegnehmen zu lassen, beugte sich Fat Andy interessiert vor.

»Das kann ich nicht fassen«, meinte er schließlich. »Willst du damit sagen, daß er glaubt, der Cop gehöre ihm, und wir bräuchten seine Erlaubnis, um mit dem Nigger zu sprechen? Hör zu, Joe: Du wartest einige Tage, weil ich nach New York zurück muß. Dann rufst du Freddie an und erklärst diesem Mistkerl, daß ich mich mit ihm treffen will. Verabrede einen Treffpunkt, damit ich ihm sagen kann, wo's langgeht.

»Aber er ist ein Schützling von Johnny Irish«, warnte ich.

»Das ist mir scheißegal – meinetwegen kann er den Papst zum Freund haben«, knurrte Andy. »Dieser Scheißkerl soll mir ins Gesicht sagen, daß ich nicht an *seinen* Cop herantreten darf. Und jetzt laßt uns etwas essen – ich habe Hunger.«

Während wir aßen, fühlte ich mich so sicher, daß ich sogar mein Jackett auszog. Später ging ich zur Toilette. Joe Blaze folgte mir. Als ich mir die Hände wusch, klopfte mir plötzlich jemand von hinten auf die Schulter. »Entschuldigen Sie, aber Sie ähneln einem Mann, der mit mir in der Armee war. Er hieß Bob Jackson.«

Ich lächelte. »Das hat mir schon einmal jemand gesagt. Tut mir leid, aber der bin ich nicht.«

Plötzlich mischte sich Joe Blaze ein. »Ich kenne den Kerl. Du siehst ihm wirklich sehr ähnlich, Joe.«

Wieder einmal fragte ich mich, wo die Mafia nur all diese intellektuellen Mitarbeiter fand!

Nach einem letzten Drink bezahlte ich die Rechnung und stand auf.

Auf dem Weg nach draußen beauftragte mich Fat Andy, mich nach einem geeigneten Gebäude für den Club umzusehen. Er war sicher, so sagte er, daß Boone Darden mitspielen würde.

»Dieser Freddie wird Ärger bekommen«, sagte Gunnar auf italienisch. Wir lachten.

»Wo hast du das gelernt?« wollte ich wissen.

»Larry und ich üben jeden Tag. Nicht schlecht, oder?«

Offensichtlich verbrachte ich zuviel Zeit mit den beiden FBI-Agenten.

»Der Staatsanwalt, der sich mit unserer Sache beschäftigt, möchte dich kennenlernen«, berichtete Larry. »Wir könnten hier gemeinsam essen und uns unterhalten. Welcher Tag paßt dir?«

»Irgendwann nächste Woche«, erwiderte ich. »Nena kommt am 5. Mai – sie hat ein paar Tage frei.«

»Verflixt, hoffentlich findet sie nicht heraus, was du tust. Muß sie denn jetzt kommen?«

»Ich habe wirklich nichts dagegen, mit euch zu arbeiten, Jungs, aber es gibt auch noch andere Dinge im Leben. Ihr wißt doch, was ich meine, oder?«

Die beiden lachten und verabschiedeten sich.

9

Mein erster Boss muß dran glauben

Ich rief Freddie Campo an und erklärte ihm, ich müsse ihn sprechen. »Wie wär's mit Donnerstag?« fragte ich. »Selber Ort, selbe Zeit? *Capisci*?«

»Das geht nicht«, lehnte er ab. »Diese und nächste Woche habe ich keine Zeit.«

»Andy hat mich gebeten, ein Treffen mit dir zu vereinbaren. Was soll ich ihm denn sagen, Freddie? Spielst du jetzt plötzlich den großen Macker? Was ist denn los mit dir?«

»Ich muß mit J. nach New York. Du weißt doch, wen ich meine?« Natürlich wußte ich es. Er sprach von Johnny Irish. »Es geht um eine wichtige Versammlung«, fuhr Freddie fort. »Alle aus der C. *Famiglia* kommen. Ich melde mich bei dir, wenn ich zurück bin.«

Freddie versuchte, mich mit seinen engen Beziehungen zu dem Capo Johnny Irish und der Colombo-Familie zu beeindrucken. Natürlich konnte er nicht wissen, daß seine Information – die ich prompt an das FBI weitergab – zur Wiederverhaftung des Colombo-Bosses Carmine ›the Snake‹ Persico führte. Gegen ihn wurde ein Haftbefehl erlassen, weil er mit der Teilnahme an dem Treffen in Fred DeChristophers Haus gegen die Konditionen seiner bedingten Haftentlassung verstoßen hatte. Persico versuchte zu fliehen, wurde aber geschnappt.

Als Freddie mich nach seiner Rückkehr anrief, fragte ich, wie ihm die Reise gefallen habe. Mit ernster Stimme teilte er mir mit, daß er nicht darüber sprechen wolle. Ha!

10

Operation ›Home Run‹

Während Freddie verreist war, eröffneten mir Larry und Gunnar, daß ein höherer Beamter des Büros in Fort Lauderdale zu uns kommen würde, um die Operation zu überwachen. Er hieß Tony Amoroso und gab dem Unternehmen den Namen ›Operation Home Run‹. Diese Bezeichnung war sehr passend, wenn man daran dachte, wie Agros Schläger den Ball ins Rollen gebracht hatten.

Als Tony eines Tages zum Mittagessen zu mir kam, war ich sofort beeindruckt. Er war fast einsachtzig groß, sah gut aus und strahlte etwas aus, das jeden davor warnte, sich mit ihm anzulegen.

»Wie schön, endlich einmal einen Italiener in dem Verein zu sehen«, sagte ich und lächelte. »Ich dachte schon, alle Agenten wären Iren.«

»Nun, da habe ich gleich noch eine gute Nachricht für Sie«, erwiderte Amoroso. »Heute abend kommt ein weiterer Agent italienischer Abstammung zu uns. Er soll mit Ihnen zusammenarbeiten. Sprechen Sie mit ihm. Erzählen Sie ihm von den Jungs in New York. Seien Sie ehrlich zu ihm, und versuchen Sie herauszufinden, ob Sie mit ihm zurechtkämen. Ich möchte, daß in Zukunft ein weiterer Mann mit Ihnen als Undercover-Agent eingesetzt wird.«

Am nächsten Abend kochte ich ein Kalbfleischgericht und lud alle zum Essen ein. Amoroso brachte den Agenten Rossi mit. Er war Italiener und sah aus wie ein Sechzehnjähriger. Aber er machte einen professionellen und eifrigen Eindruck. Während wir aßen, klärte ich ihn auf.

»Wir haben es hier nicht mit dummen Jungs oder Bankräubern zu tun«, warnte ich ihn. »Es handelt sich um gefühllose Verbrecher und Killer. Wenn sie herausfinden, daß Sie FBI-Agent sind, können Sie sich keine Minute mehr in Sicherheit wiegen. Die Kerle werden Sie zerstückeln, Ihre sterblichen Überreste zermahlen und ins Klo spülen, damit kein Mensch Sie mehr finden kann. Ihre Freunde werden vor einem leeren Sarg stehen.«

Dann spielte ich dem Agenten Rossi die berühmte Aufnahme von Tommy Agro vor. (»Ich werde dir deine verdammten Augen aus dem beschissenen Gesicht reißen«.)

»Was ist los mit Ihnen? Schmeckt Ihnen das Kalbfleisch nicht? Sie sehen so blaß aus. Möchten Sie sich hinlegen?«

Agent Rossi hatte den Test nicht bestanden. Er würde es nicht schaffen – das wußte er. Und wir wußten es auch.

Der nächste Anwärter war Agent John ›Jack‹ Bonino aus dem Büro in Chicago. Als er Anfang Mai zu mir kam, bereitete ich Kalbfleischmarsala in Weinsauce zu. Dazu reichte ich Tomatensalat und italienisches Knoblauchbrot. Larry und Gunnar baten mich, die Geschichte mit der Klospülung wegzulassen.

»Das klingt so unappetitlich, Joe«, meinte Larry. »Sag ihm einfach, daß sie ihn zu Fischfutter verarbeiten werden.«

John Bonino hatte ein wesentlich selbstsichereres Auftreten als der Jüngling Rossi. Er war über einsachtzig groß und sah gut durchtrainiert aus – ein Typ, auf den die Mädchen flogen.

Das Essen schien ihm zu schmecken. Ich warnte ihn vor den Gambinos und machte ihm klar, wie sie reagierten, wenn sie sich bedroht fühlten. Dann erklärte ich ihm die Gefahren, denen er sich als Undercover-Agent aussetzen würde, und spielte ihm die Aufnahme von Tommy vor.

Als das Band abgelaufen war, sah ich John neugierig an, konnte aber keinerlei Reaktion feststellen.

»Du hast die Aufnahme gehört und kannst dir jetzt eine Vorstellung von den Typen machen«, sagte ich. »Wenn du noch irgendwelche Fragen hast, werde ich sie dir gern beantworten.«

»Na ja, da gäbe es schon etwas«, erwiderte er. »Ich hätte gern das Rezept für das Kalbfleisch und die Sauce – ich habe noch nie so gute Marsala gegessen.«

Ich warf Larry und Gunnar einen Blick zu. »Du wirst es schaffen«, sagte ich dann zu John. »Ich denke, wir werden gut miteinander auskommen.«

Larry und Gunnar verabschiedeten sich nach dem Essen. John sollte in meiner Wohnung übernachten. Wir bevorzugten sowohl bei Scotch als auch bei Zigaretten die gleiche Marke. Wenn ich ehrlich sein soll, fühlte ich mich von ihm ein wenig eingeschüchtert. Ein wenig wünschte ich mir, so zu sein wie er. Sicher hätte er einen guten Wiseguy abgegeben.

Er hatte nicht nur Mumm, sondern ungewöhnlichen Mut – und so etwas kannten Mitglieder der Mafia nicht. Sicher hatte auch ich Schneid, aber ich war mit den Leuten vertraut und konnte jeden Schritt voraussagen. Bonino konnte das nicht, und das erforderte wesentlich mehr Mut.

»Was hältst du davon, wenn wir noch auf einen Drink ausgehen? Man kann nicht früh genug anfangen, sich sehen zu lassen.«

Agent John Bonino und ich gingen zuerst in den Jachtclub, und ich stellte ihn als meinen Partner vor.

»John und ich wollen in Riviera Beach einen Privatclub eröffnen«, erklärte ich jedem, der an uns vorbeilief.

Alle schienen ihn zu mögen – vor allem die Ladies. Etliche Mädchen wollten von mir wissen, ob er verheiratet sei. Ich erzählte ihnen, er sei geschieden. John und ich mußten uns so bald wie möglich über Einzelheiten einigen. Am nächsten Tag brachte ich ihn ins Sea Spray Inn, und wir unterhielten uns über die vielen Fragen, die auftauchen konnten.

»Sie werden sehr neugierig sein – besonders die kleinen Fische«, warnte ich ihn. »Die Wiseguys werden keine Fragen stellen. Aber sie werden sich an mich wenden. Und dann werden sie einem der Handlanger wie Bobby DeSimone befehlen, sich hinter meinem Rücken an dich heranzumachen. Deshalb ist es wichtig, daß sich unsere Geschichten nicht widersprechen. Wir müssen auf alles vorbereitet sein. Auch die, die nichts zu sagen haben, dürfen wir nicht unterschätzen. Manchmal machen sie mehr Probleme als die Wiseguys. Wenn sie Verdacht schöpfen, rennen sie sofort zu ihren Bossen. *Capisci?*«

»*Hai capito*«, erwiderte John.

Mitte Juni waren die Jungs in Florida daran gewöhnt, daß John und ich ständig zusammen aufkreuzten. Doch wir mußten nach den Test vor der New Yorker Mannschaft bestehen. Eines Abends saßen wir in der Top O'Spray Lounge, als Boone Darden plötzlich hereinschlenderte.

»Gib mir ein paar Hunderter«, flüsterte ich John zu. »Und dann sieh dir den Kerl gut an.«

Als Boone an unseren Tisch kam, stellte ich Bonino als John Marino vor, einen alten Freund aus Chicago. »John ist mein Partner bei dem Club, von dem wir sprachen«, erklärte ich. »Kann ich dir einen Drink spendieren?«

Ich schob Boone die Scheine in die Hand, doch zu meiner Überraschung winkte er ab. »Vielen Dank, Joe, aber das kann ich nicht annehmen. Du mußt zuerst mit Freddie sprechen. Er möchte, daß ich nur mit ihm Vereinbarungen treffe.«

Als Boone gegangen war, fragte mich John, ob er den Polizisten verschreckt hätte.

»Das glaube ich nicht. Wir haben ein kleines Problem mit Freddie. Fat Andy sollte das regeln, aber er hat in New York zu tun. Doch wir werden uns bald treffen. Wenn du von Chicago zurückkommst, wird die Angelegenheit wohl erledigt sein.«

John wollte am nächsten Tag nach Chicago fliegen, um seine Sachen zu packen und sich von seiner Frau zu verabschieden. Außerdem würde er sich um eine erfundene Vergangenheit kümmern – also Adressen und Papiere besorgen, die uns helfen sollten, falls jemand Nachforschungen anstellte. In etwa zwei Wochen wollte er wiederkommen.

»Beeil dich, verdammt noch mal«, sagte ich, als wir uns verabschiedeten.

»Fluchst du eigentlich ständig?« fragte John.

»Zur Hölle, nein!«

11

»Johnny Irish hat ein großes Problem«

Während unserer zahlreichen Barbesuche hatte ich ein nettes Mädchen kennengelernt. Es ist kaum zu glauben, aber unsere Beziehung war streng platonisch. Sie war Friseuse, kam aus Utica, New York, und hatte sich gerade von ihrem Mann getrennt, als wir uns zum ersten Mal trafen. Inzwischen waren sie jedoch wieder versöhnt miteinander. Eines Tages hatte sie mir – telefonisch – ihre Freundin Brooke Johnson vorgestellt, und anschließend telefonierten wir häufig.

Brooke wollte mich persönlich kennenlernen. Da ich wußte, daß ich nicht viel Zeit haben würde, wenn John erst wieder zurück war, beschloß ich, nach New York zu fliegen. Überraschenderweise bestätigte sogar Larry Doss, daß ich einen Kurzurlaub verdient hätte. Allerdings machte er mir klar, daß das FBI die Kosten dafür nicht übernehmen würde.

Ich flog nach Syracuse. Brooke und ihre Freundin holten mich ab und brachten mich nach Utica ins Holiday Inn. Später fand ich heraus, daß ich während meines Aufenthalts von den örtlichen FBI-Agenten überwacht wurde. In einem Telex an das Büro in West Palm Beach hieß es, daß ein gewisser Joseph ›Joe Dogs‹ Januzzi (!) in Utica eingetroffen sei und daß sie ihn wegen möglichen Drogenhandels unter Beobachtung hätten.

Es war zum Brüllen. In Florida arbeitete ich mit den Leuten zusammen, und in New York beschatteten sie mich. Ich konnte mich nirgendwo mehr unbeobachtet bewegen.

Am nächsten Tag rief ich Little Dom an. Er wollte nach Lake George fahren und schlug vor, daß ich ihn mit meiner Freundin begleiten sollte.

So fuhr ich mit Brooke, mit der ich mich von Anfang an sehr gut verstand, nach Lake George. Im Hotel trafen wir uns mit Little Dom und seiner Freundin Lorraine.

Ich hatte Dominick schon lange nicht mehr gesehen, und wir begrüßten uns herzlich. Brooke zog die Augenbrauen hoch, als Dom ein Erdnußbutterglas mit Kokain aus der Tasche zog und einige Linien auf einem Glastisch ausstreute.

»Das ist nichts für mich«, wehrte ich ab, als er mir einen Strohhalm reichte. »Es ist schlecht fürs Herz, und meine Pumpe ist nicht die beste.«

Lorraine und Dom schnupften etwas von dem Zeug, aber Brooke lehnte höflich ab. Sie erklärte, sie habe damit schlechte Erfahrungen gemacht.

»Na, komm schon, Joe«, drängte Dom und warf Brooke einen neugierigen Blick zu. »Das Mädchen denkt wahrscheinlich, du wärst ein Cop. Hier, nimm etwas.«

Ich ließ mich überreden, aber Brooke weigerte sich. Wir gingen an die Bar, um etwas zu trinken. Plötzlich wurde mir übel; ich entschuldigte mich und ging zur Toilette. Als ich zurückkam, waren die Mädchen verschwunden. Dom sagte mir, sie wären schon eine Zeitlang gemeinsam im Waschraum.

»Lorraine gibt ihr wahrscheinlich etwas von dem Zeug«, meinte er. Das war mir egal – schließlich war es ihre Sache. Für mich hatte Stoff nur eine Bedeutung – man konnte Kohle damit machen.

»Ich möchte dich etwas fragen«, sagte Dom leise. »Hast du noch Verbindung zu Nena, dem Mädchen, deren Eltern in Washington arbeiten?«

»Ja, wir sind noch Freunde. Warum?«

»Ich muß im Oktober in den Knast.« Dom war wegen unerlaubten Waffenbesitzes verurteilt worden. »Aber erst nach der Hochzeit meines Sohns. Du kommst doch, oder?«

»Ja, natürlich.«

»Du hast mir mal erzählt, daß Nenas Vater für einen Senator oder Kongreßabgeordneten arbeitet, ja?«

»Und?«

»Nun, ich habe mir überlegt, daß Nenas Eltern mir vielleicht durch ihre Beziehungen bessere Bedingungen im Knast verschaffen könnten.«

»Keine Ahnung, Dom, aber ich könnte mich erkundigen.«

»Tu das, Joe. Wenn es möglich wäre, würde ich gern nach Louisville gehen. Ich glaube zumindest, daß das Gefängnis so heißt. Ruf mich doch an, wenn du wieder in Florida bist, dann kann ich es dir genau sagen. Es ist entweder Louisville oder Allenwood. Wenn ich Louisville meine, nenne ich es Nummer eins, bei Allenwood sage ich Nummer zwei. Kannst du dir das merken, Joe?«

»Das sollte ich mir wohl besser aufschreiben«, erwiderte ich sarkastisch. Dom sah, daß die Mädchen zurückkamen, und befahl mir, die Klappe zu halten.

Brooke redete wie ein Wasserfall; offensichtlich hatte sie etwas genommen. Dom und Lorraine lachten sich halbtot. Ich fragte mich, ob ich das FBI um einen Gefallen für Dom bitten konnte, denn ich wußte, daß Nenas Eltern in dieser Angelegenheit sicher nichts ausrichten würde. Wie kam Little Dom nur auf diese Idee?

Während die Mädchen wieder einmal auf die Toilette verschwanden, lehnte sich Dominick über den Tisch, um mir ein Geheimnis anzuvertrauen. »Mein Freund Johnny Irish hat ein großes Problem. Er hat das FBI auf die Spur des Bosses geführt, als er in Long Island war. ›The Snake‹ ist stinksauer. Johnny wird Ärger bekommen, aber sag niemandem etwas davon. Scheiß auf ihn. Hauptsache, du kannst etwas für mich tun.«

»Mit wem sollte ich denn darüber sprechen?« fragte ich. »Irish und seine ganze Mannschaft hassen mich wie die Pest – das habe ich dem Mistkerl T. A. zu verdanken.«

Little Dom flüsterte mir zu, daß Johnny Irish wohl kein alter Mann werden würde. Mir blutete das Herz.

Brooke und ich amüsierten uns großartig in Lake George. Bevor wir abfuhren, versprach ich Dom, mich um die Sache zu kümmern. Auf dem Rückweg nach Utica quasselte Brooke ohne Punkt und Komma, und als wir angekommen waren, bumste sie auch so. Ich war begeistert – sie war eine echte Blondine.

Am nächsten Tag fuhren wir in Begleitung meiner platonischen Freundin zum Flughafen. Ich küßte beide Mädchen zum Abschied und stieg in das Flugzeug nach West Palm.

Am nächsten Morgen tauchten Larry und Gunnar schon sehr früh in meiner Wohnung auf. Sie fragten mich, ob ich mich amüsiert habe, und fanden es sehr komisch, daß das FBI in Utica mich beschattet hatte.

»In einem Telex schrieben sie, daß du dich mit Joe Falcone treffen würdest«, berichtete Larry. Falcone war ein Wiseguy aus New York.

»Nein, ich habe ihn nicht gesehen«, erwiderte ich. »Joe lud mich zu sich nach Hause ein, aber ich wußte, daß ich beobachtet wurde, und wollte ihn nicht in Verlegenheit bringen. Ich ließ ihm ausrichten, daß ich ihn bei meinem nächsten Aufenthalt besuchen wolle.«

»Du hättest dich mit ihm treffen sollen«, bemerkte Larry kurz angebunden und deutete auf seinen leeren Notizblock.

»Warum? Du hast mir klar gemacht, daß das FBI nicht für die Reise aufkommen würde. Außerdem war ich mit einem netten Mädchen beschäftigt. Für mich war das eine reine Vergnügungsreise. Es gibt allerdings etwas, was du aufschreiben kannst. Little Dom hat mir erzählt, daß Johnny Irish ein Problem hat, weil ihr ›The Snake‹ eingelocht habt. Ihr habt ihn nur erwischt, weil ich die Informationen von Freddie Campo an euch weitergegeben habe. Daran erinnerst du dich doch noch, oder?«

Ich grinste.

»Wo hast du Dominick getroffen?« fragte Larry erstaunt.

Ich erzählte ihm von Lake George. Dann bat ich ihn um einen Gefallen.

»Die Sache ist etwas ungewöhnlich«, begann ich. »Little Dom wurde verurteilt und muß im Oktober nach der Hochzeit seines Sohns in den Knast. Er will seine Strafe in einem bestimmten Gefängnis absitzen, und ich habe ihm versprochen zu überlegen, was ich für ihn tun kann. Es würde mich bei seinen Leuten in ein gutes Licht setzen, wenn ich Dom helfen könnte. Denkst du, das ließe sich durch euch regeln?«

»Wohin will er denn?«

»Entweder nach Louisville oder nach Allenwood. Beides sind Staatsgefängnisse.«

»Ach wirklich?« fragte Gunnar ironisch. »Das haben wir nicht gewußt.«

»Ich werde mit Tony Amoroso sprechen«, meinte Larry. »Du bekommst morgen Bescheid von uns. Mittlerweile kannst du Dom anrufen und ihn fragen, welche der beiden Anstalten er bevorzugt. Bring ihn zum Reden. Tu etwas, um dir dein Geld zu verdienen.«

Nachdem die beiden gegangen waren, griff ich zum Telefon.

12

Ein guter Junge

»Nummer zwei«, sagte Little Dom. Er meinte Allenwood.

»Ich gebe dir bald Bescheid, Dom. Ich hoffe, daß ich etwas für dich tun kann.«

»Vielen Dank, Joey. Ich weiß das zu schätzen.«

Später rief mich Tommy an und wollte wissen, wo ich gewesen sei. Ich dachte, jetzt wäre der geeignete Zeitpunkt, um seine Telefonnummer zu bekommen.

»Ich war in New York.«

»Warum hast du dich nicht bei mir gemeldet?«

»Weil ich deine Nummer nicht habe. Wie hätte ich dich denn erreichen sollen? Ich habe deinen Manager Bobby angerufen, aber seine Leitung war ständig besetzt. Dann habe ich mich mit Little Dom getroffen – wir fuhren mit seiner Freundin nach Lake George und hatten eine Menge Spaß.«

»Du hättest Dom bitten sollen, mich anzurufen – er hat die Nummer«, schrie Tommy in den Hörer. »Außerdem ist Bobby nicht mein Manager.«

»Hör zu, Tommy. Ich bin nach New York geflogen, um mich dort mit einem netten Mädchen zu treffen und mich zu amüsieren – und nicht, um den ganzen Tag am Telefon zu verbringen. Natürlich hätte ich dich und die Leute von der *Famiglia* gern gesehen, aber du bist ebenso schwer zu erreichen wie Ronald Reagan. *Capisci*?«

»Dieser verdammte Bobby«, knurrte T. A. »Sein Sohn hängt ständig am Telefon. Ich habe ihm gesagt, er soll sich einen zweiten Anschluß legen lassen.«

Wahrscheinlich wollte er jetzt auch noch Bobby um die Ecke bringen – dann hätte er drei Mitglieder dieser Familie auf dem Gewissen.

»Hier hast du meine Telefonnummer«, sagte er schließlich und gab sie mir durch. »Wenn du mit mir sprechen willst, ruf mich an. Aber nenne keine Einzelheiten. Ich rufe dich dann von einer öffentlichen Telefonzelle zurück. Hast du das verstanden?«

Ich konnte es nicht lassen, ihn noch ein wenig zu reizen. »Vielleicht solltest du ihn erst fragen«, meinte ich unschuldig. »Oder hast du das bereits getan?«

»Wen fragen? Ich verstehe nicht, was du meinst«, erwiderte Tommy leise.

»Ich meine Bobby. Du solltest ihn fragen, bevor du mir deine Nummer gibst.«

»Wenn du nicht sofort damit aufhörst, fliege ich nach Florida – dann kannst du was erleben!« T. A. knallte wütend den Hörer auf die Gabel.

Larry gab mir noch an diesem Nachmittag Bescheid, daß Tony Amoroso einverstanden war und versuchen würde, Little Dom in das Gefängnis seiner Wahl bringen zu lassen.

»Welches soll es denn nun sein?« fragte er.

»Allenwood.«

»Das ist ein fast wie ein Erholungsheim. Dort sitzen hauptsächlich Politiker.«

»Bitte versucht es. Übrigens hat T. A. mir heute seine Telefonnummer gegeben.«

»Wirklich? Wie hast du das geschafft?«

»Ich bin ein guter Junge gewesen«, erklärte ich. »Meine Probezeit ist vorüber. Ich habe das Gespräch aufgenommen – du kannst es dir demnächst anhören.«

Allmählich begriff ich, daß dieser Job nicht so einfach war, wie ich gedacht hatte. Die Arbeit für das FBI war nervenaufreibend. Ich mußte ständig Gespräche provozieren, alle Telefonate mitschneiden und vor allem immer mit einem Tonband ausgerüstet sein, wenn ich mich mit einem der Jungs traf, die mich ohne mit der Wimper zu zucken dafür kaltmachen würden. Nur gut, daß Bonino mir bald helfen würde. Sicher würde er mir einen Teil der Last abnehmen, die schwer auf meinen Schultern lag.

13

Johnny Irish ist tot

John Bonino kam Ende Juni mit einer Menge Gepäck aus Chicago zurück, und wir suchten gemeinsam ein hübsches Apartment im Norden von Singer Island neben Palm Beach für ihn aus. Es befand sich im neunten Stock eines großzügig gebauten Hauses. Meine Wohnung lag etwa achtzehn Meilen entfernt, aber es war wichtig, daß John dort wohnte, wo die wichtigen Leute sich trafen. Zu der Zeit, als ich in die Provinz gezogen war, hatte ich Ruhe und Sicherheit gebraucht, doch jetzt fühlte ich mich dort ein wenig verlassen. Ein Umzug wäre das FBI allerdings zu teuer gekommen. Ich schmollte, weil John eine viel schönere Wohnung bekommen hatte.

Unterdessen beschloß ich, mir die Haare schneiden zu lassen. Auf dem Weg zum Parkplatz fiel mir ein vorbeifahrender Wagen auf. Johnny Irish saß auf dem Beifahrersitz. Hinter ihm erkannte ich Tony Black, und der Fahrer war ein Kerl namens Skeets. Ich dachte mir nichts dabei.

Am Nachmittag setzte ich mich mit John Bonino zusammen, um mich mit ihm auf eine Strategie zu einigen. Zuerst mußten wir ihm neue Klamotten und Schuhe besorgen. Er zog sich an wie ein typischer Cop. Bisher hatte ich allen erzählt, er hätte seine eigenen Sachen in Chicago, doch jetzt wurde es Zeit, daß er seinen Stil änderte.

»In Ordnung, Joey. Wir sprechen morgen weiter. Larry und Gunnar werden bald mit Tony Amoroso hier sein. Sie sind schon ganz wild auf deine berühmte Marsala mit Kalbfleisch.«

»Meine Güte, das hätte ich beinahe vergessen«, rief ich. »Komm, laß uns rasch einkaufen.«

Im Supermarkt gab ich John einige Verhaltensmaßregeln. Ich zeigte ihm den ›Mach-mich-nicht-an-Gang‹ und den stupiden Blick und gab ihm Tips über Schmuck.

»Ich möchte dir nicht zu nahe treten«, sagte ich. »Du bist ein netter Kerl, und du bist hier, um mich zu beschützen. Und ich möchte nicht umgelegt werden. Wenn ich meine Lektionen übertreibe, dann gib mir Bescheid. Ich werde dann noch dicker auftragen. *Capisci?*«

»*Hai capito.*«

John war nicht auf den Kopf gefallen. Er war geduldig und hörte mir aufmerksam zu – und das mit Vorbehalt. An diesem Abend teilte ich Tony Amoroso mit, daß ich den Wiseguys von John erzählt hätte.

»Ich habe ihnen gesagt, daß er mein Partner für den Club ist«, erklärte ich. »Sie denken, John hätte früher Geschäfte mit mir gemacht.«

»Was für welche?« fragte Amoroso erstaunt.

»Drogenhandel. Ich erzählte ihnen, John hätte sich damit eine Menge Kies verschafft.«

»Du hättest Tony zuerst fragen sollen«, warf Larry ein.

»Einen Moment mal.« Ich war verärgert. »Ich habe das mit John abgesprochen. Es war die beste Geschichte, die uns beiden einfiel. Schließlich müssen wir eine Erklärung dafür haben, daß John hier plötzlich mit einem Haufen Kohle auftaucht.

Vergeßt nicht, daß John und ich dort draußen unseren Kopf hinhalten – ihr sitzt inzwischen schön im Warmen. Wir sind diejenigen, die auf der Straße überleben müssen – deshalb müssen wir auch einige Entscheidungen selbst treffen. Versteht mich nicht falsch – ich möchte nicht, daß ihr denkt, ich würde die ganze Sache an mich reißen wollen. John ist einer von euch. Er ist wohl fähig, einige Dinge in eigener Regie zu regeln.«

Eine Weile herrschte gespanntes Schweigen, dann erklärte Tony Amoroso, daß er mit der Drogenhändlergeschichte einverstanden sei.

»Mit drei FBI-Italienern lege ich mich nicht an«, bemerkte Larry trocken, und wir brachen alle in Gelächter aus. Plötzlich klingelte das Telefon.

»Hallo?« Ich schaltete das Tonband auf Aufnahme.

»Ich dachte schon, du wärst nicht zu Hause. Sonst nimmst du immer nach dem ersten Läuten ab.«

Als ich Dominicks Stimme erkannte, schaltete ich den Recorder ab. Das war ein großer Fehler.

»Hast du schon Neuigkeiten?« wollte er wissen.

»Ich wollte dich gerade anrufen.« antwortete ich. »Du kannst die Nummer zwei haben.«

»Wirklich, Joey? Ist das wahr?« Dominick konnte es kaum fassen. »Das ist großartig, alter Freund. Bist du wirklich sicher?«

»Ja, Dom, kein Problem. Du bekommst die schriftliche Bestätigung im Juli.«

»Hast du ihnen meine Adresse gegeben?« fragte Dominick mißtrauisch.

»Nein, Dom, aber sie haben sie doch sowieso. Du bist doch verurteilt worden, oder?«

»Natürlich, Joey, daran habe ich nicht gedacht. Ich bin so aufgeregt. Tausend Dank. Ich stehe in deiner Schuld.«

Wir unterhielten uns noch eine Weile, und Dom lud mich zur Hochzeit seines Sohns ein. Unvermittelt fragte er mich mit geheimnisvoller Stimme: »Du kennst doch meinen Freund Johnny im Süden, oder?«

Er meinte Johnny Irish. »Ja, was ist mit ihm?«

»Er ist tot, Joey.« – »Machst du Witze, Dominick?«

»Du solltest wissen, daß ich über so etwas keine Scherze mache. Mein *compare* – du weißt, wen ich meine – hat mir heute um sechs Uhr gesagt, daß Johnny tot ist.« Er sprach von Dominick ›Donny Shacks‹ Montemarano, der Little Doms Mannschaft seit dem Tod von Allie LaMonte im Jahr 1979 führte.

»Das muß ein Irrtum sein«, erwiderte ich. »Ich habe ihn mit Tony Black und Skeets gegen vier Uhr hier in Singer Island gesehen.«

»Was ist los mit dir, Joey? Selbst wenn du ihn um halb sechs noch gesehen hättest, ist er jetzt tot. *Capisci*?«

Ich legte auf und ging ins Wohnzimmer zurück. Tony bemerkte, daß ich blaß aussah.

»Das war Dominick Cataldo«, erklärte ich nüchtern. »Er hat mir gesagt, daß Johnny Irish tot ist. Man hat ihn heute nachmittag umgelegt.«

»Aber du hast ihn doch vor kurzem noch gesehen«, warf Larry ein.

»Ja, zusammen mit Tony Black und Skeets. Kurz danach muß es passiert sein. Ihr habt doch die Geschichte, die Dom mir in Lake George erzählt hat, auf einem eurer Formulare festgehalten, oder?«

»Hast du das Telefonat mit Little Dom aufgezeichnet?« fragte Larry.

»Zum Teufel, nein. Ich ärgere mich krank deswegen.«

»Ich brauche dir wohl nicht zu sagen, daß wir dann kein Beweismaterial in Händen haben. Du weißt, daß ich dich mehrmals gebeten habe, auch die Telefonate mit Little Dom aufzuzeichnen.«

Dies war der nächste Mord, der unaufgeklärt bleiben sollte – wie im Fall von Stanley Gerstenfeld wurde nie jemand angeklagt.

»Hast du Dom gesagt, daß er seine Strafe in Allenwood absitzen kann?« fragte Tony Amoroso.

»Ja, er war begeistert und hat sich ein dutzendmal bei mir bedankt. Er will mir eine Einladung für die Hochzeit seines Sohns Sammy am achten August schicken.«

»Das könnte gefährlich werden«, meinte Larry. »Gibt Tommy nicht auch ein Fest zu der Zeit?«

»Ja. Seine Tochter heiratet Ende Juli. T. A. hat bereits angedeutet, daß er mich dabeihaben will, aber ich werde nicht hinfahren. Wenn er mir eine Einladung zukommen läßt, werde ich ein Geschenk schicken. Aber zu Dominicks Fest möchte ich gern gehen. Mit großer Sicherheit werden einige wichtige Mafiosi dort sein, und wenn bekannt wird, daß ich Dom einen Platz in Allenwood verschafft habe, werde ich bei ihnen großes Ansehen genießen.«

»Nimm doch John mit«, schlug Tony vor. »Er sollte einige der Wiseguys kennenlernen.«

»Ich weiß nicht. Das könnte Verdacht erregen.« Ich hatte keine Lust, einen Fremden auf eine Mafia-Hochzeit mitzubringen. »Vielleicht könnte ich mir aber etwas einfallen lassen, um ihn vor und nach der Feier bei mir zu haben. Was denkst du darüber, John?«

John hatte bisher ruhig zugehört. Jetzt stand er auf und nahm ein Gänseblümchen aus einer Vase. »Ich gehe, ich gehe nicht, ich gehe ...« Als er das letzte Blütenblatt abriß, gab er seinen Entschluß bekannt. »Ich komme mit.«

»Du lieber Himmel!« rief Larry. »Aus euch FBI-Italienern wird man nicht schlau. Gebt mir noch einen Dewar's.«

Während der Nachspeise und dem Kaffee beschlossen wir, daß Johnny neue Kleider brauchte. Larry empfahl John, meinen Anweisungen zu folgen, aber nichts zu übertreiben. »Wenn Joe außer Kontrolle gerät, dann erschieß ihn.«

Später traf ich mich mit Freddie Campo. Ich war neugierig, ob er über Johnny Irish sprechen würde, doch niemand erwähnte den ehemaligen Capo der Colombos. Freddie erklärte mir, daß er Boone Darden beauftragt hätte, für unseren Club zu tun, was in seiner Macht stünde.

»Vielleicht könnte ich mich auch daran beteiligen«, meinte er.

»Kein Problem, Fred. Ich werde das mit Fat Andy besprechen. Er möchte sich sowieso mit dir treffen. Ich werde ihm ausrichten, daß du uns helfen willst.«

Gut, Joey. Aber vergiß nicht, daß Boone bei allem zuerst meine Zustimmung braucht. *Capisci*?«

»Natürlich, Fred.«

Auf dem Weg zu meinem Wagen senkte ich den Kopf und sprach in das Mikrofon. »Ich traf mich soeben mit der Rübennase Fred Campagnuolo, alias Freddie Campo, in der Howard Johnson Lounge in West Palm Beach, Florida. Heute ist der 29. Juni 1981. Hier spricht Joseph Roberto Iannuzzi, Junior.«

Auf diese Weise beendete ich alle Aufzeichnungen, weil ich wußte, daß das Larry Doss nervte.

14

»Darf ich dir meinen neuen Partner vorstellen?«

Der nächste Tag war Zahltag. Ich mußte die Zinsen für Tommy A. abliefern und wollte bei dieser Gelegenheit den Agenten John Bonino, alias John Marino, vorstellen. Deshalb rief ich Bobby DeSimone an und sagte ihm, daß mein Wagen kaputt sei.

»Er ist in der Werkstatt, Bobby. Ich werde dir das Geld schicken.«

»Aber das dauert drei Tage, und Tommy will die Kohle sofort«, jammerte er. »Außerdem könnte das Geld auf der Post verloren gehen. Was ist mit deinem Partner? Könnte er dich nicht herbringen?«

Es war so leicht, Bobby zu ködern.

»Keine Ahnung«, erwiderte ich. »Ich werde ihn fragen. Aber ich möchte ihn nicht ausnützen.«

Eine Stunde später rief ich Bobby zurück und sagte ihm, daß wir ihn am nächsten Tag, dem 1. Juli, um zwei Uhr treffen könnten.

Ich bat John, im Auto zu warten, als wir die Auffahrt zu Bobbys Haus in Hollywood erreicht hatten. Es hätte Verdacht erregen können, wenn ich Bobby in Gegenwart eines Fremden das Geld überreicht hätte. »Laß uns abwarten, ob Bobby dich hereinbittet«, schlug ich vor.

Ich ging ins Haus und gab Bobby die fälligen Zinsen für T. A.

»John hat ein Gebäude gemietet«, erzählte ich ihm. »Es muß noch renoviert werden, aber es gibt genügend Parkmöglichkeiten dort. Das Haus hat zwei Etagen – wir könnten oben spielen und unten die Bar einrichten. Du mußt es dir bald mal ansehen – es wird dir sicher gefallen.«

»Ich möchte ehrlich mit dir sein, Joey«, meinte Bobby zögernd. »Als ich Tommy in New York angerufen und ihm von deinem Partner erzählt habe, war er nicht sehr begeistert. Er befahl mir, vorsichtig zu sein.«

»Du hast mir doch gesagt, ich sollte John mitbringen«, erinnerte ich ihn. »Ich habe dich nicht darum gebeten. Außerdem hat er keine Ahnung, warum ich hier bin. Er stellt mir keine Fragen.«

»Wie lange kennst du den Kerl schon?« wollte Bobby wissen. »Du bist seit zehn Jahren mit uns zusammen, hast aber noch nie seinen Namen erwähnt. Er ist plötzlich aus dem Nichts aufgetaucht – das ist irgendwie faul.«

»Du weißt doch, daß auch ich mir meine Brötchen verdienen muß, oder? Ich schulde unserem Befehlshaber in New York eine Menge Moos, und er verlangt jede Woche hohe Zinsen. Denkst du denn, ich sauge mir das Geld aus den Fingern? John schuldet mir einiges – und er hat gute Verbindungen zur Rauschgiftszene. Alles andere betrifft euch nicht. Du, Tommy oder Fat Andy braucht ihn nie kennenzulernen. Warum rufst du Fat Andy nicht an? Dann kannst du ihm gleich sagen, daß er den Club vergessen kann. – Die Jungs wollen immer alles für nichts. Vergiß es. Ich kümmere mich ab jetzt um meine eigenen Geschäfte. Natürlich werde ich Tommy pünktlich bezahlen. Also, mach's gut, Bobby.«

Noch bevor ich die Küchentür erreicht hatte, rief Bobby mich zurück.

»Warte, Joey. Ich möchte den Kerl wenigstens sehen.«

»Zur Hölle, nein!« wehrte ich ab. »Anschließend machst du dir wahrscheinlich vor Angst in die Hose. Gib einfach meine Nachricht weiter. Ich werde John sagen, er soll den Mietvertrag wieder kündigen. Der arme Kerl sitzt dort draußen in der Hitze – du hättest ihn wirklich hereinbitten können. Du weißt einfach nicht, was sich gehört.«

Bobby lief zur Haustür und rief John herein. Dann stellte er sich ihm vor. »Meine Freunde nennen mich ›Skinny Bobby‹. Tut mir leid, daß du in dem heißen Auto warten mußtest. Joe hätte dich hereinbringen sollen – er weiß einfach nicht, was sich gehört.« Er lächelte freundlich. Es war wirklich nicht schwer, ihn einzuwickeln.

Innerhalb weniger Minuten gelang es John, Bobby für sich zu gewinnen. Es war wirklich erstaunlich, wie perfekt er seine Rolle spielte. Als Bobby ihm einige Fragen stellte, antwortete John, daß er sich ganz nach mir richten würde. »Ich stehe voll und ganz hinter Joey«, erklärte er mehrmals.

Auf dem Rückweg gratulierte ich ihm zu seiner tadellosen Vorstellung. »Bobby wird jetzt Tommy anrufen und ihm erzählen, was für ein netter Kerl du bist und daß ich dich ihm eigentlich gar nicht vorstellen wollte. Wir haben unseren Köder ausgelegt – jetzt bleibt uns nichts anderes übrig, als abzuwarten.«

John und ich hatten schon einige passende Kleidungsstücke eingekauft, aber wir brauchten noch Schuhe. Auf dem Heimweg von DeSimones Haus hielten wir bei Bally's in Boca Raton und kauften drei Paar Schuhe für mich und zwei Paar für John. Obwohl sie reduziert waren, zahlten wir über 900 Dollar. Als wir Amoroso die Rechnung vorlegten, verschluckte er sich beinahe an seinem Kaffee.

»Du lieber Himmel, die Leute von der Buchhaltung werden einen Herzinfarkt bekommen«, meinte er aufgeregt. »Niemand vom FBI gibt in seinem ganzen Leben so viel Geld für Schuhe aus!«

»Verdammt, glaubt ihr denn, unser Leben dort draußen ist einfach?« entgegnete ich.

Larry Doss mißfiel meine Ausdrucksweise schon seit langem. »Mußt du denn immer fluchen, Joe? Das ist schrecklich. Und verwende bitte am Telefon nie wieder das Wort ›Nigger‹. Die Bänder werden dem Gericht vorgespielt, und der Staatsanwalt, der diesen Fall bearbeitet, ist ein Schwarzer. Wie sieht denn das aus?«

Tony Amoroso kam mir zur Hilfe. »Laß ihn in Frieden, Larry. Wenn Joe nicht so wäre, wie er ist, dann hätten wir keinen Fall zu bearbeiten. Wäre er ein Chorknabe, würde er die Jungs von der Mafia nicht kennen.«

15

»Wir schlagen sie mit ihren eigenen Waffen«

Im Juli 1981 hielt ich ständigen Kontakt zu Tommy Agro und Bobby DeSimone. Mehrere Male rief ich Freddie Campo und den Polizeichef Boone Darden an. Ich blieb mit allen wichtigen Personen im Gespräch – dafür wurde ich schließlich bezahlt.

Die Dinge entwickelten sich plötzlich schneller, als ich erwartet hatte. Mitte Juli brachte ich Bobby DeSimone wieder mit John zusammen. Der einfältige Kerl hatte von sich aus vorgeschlagen, daß ich John mit in die Bar bringen sollte, in der er Stammgast war. Dort erklärte er uns, daß er mit Fat Andy gesprochen hätte und daß wir uns am darauffolgenden Tag im Howard Johnson's in West Palm treffen sollten, damit John dem Gambino-Capo das Haus zeigen konnte, das er für den Club ausgesucht hatte.

Am nächsten Abend stellte ich ›John Marino‹, meinen sogenannten Geschäftspartner, Fat Andy Ruggiano und seinem Schläger Joe Blaze vor. Bobby strahlte begeistert, während John seine erfundene Geschichte erzählte: Das Drogengeschäft sei ihm mittlerweile zu riskant geworden, und er hätte schon immer in einen Nachtclub einsteigen wollen.

»Wenn es Joey gelingt, den Polizeichef auf seine Seite zu ziehen, bin ich an der Sache wirklich interessiert«, sagte John. »Ich habe einige gute Ideen, und wenn ihr einverstanden seid, engagiere ich mich hundertprozentig. Gefällt euch das Haus nicht, können Joe und ich uns auch nach etwas anderem umschauen.«

»Wir werden sehen«, brummte Fat Andy.

Auf der kurzen Fahrt zu dem Gebäude fragte mich John, wie er seine Rolle gespielt hätte.

»Du warst prima, John. Fat Andy ist von Natur aus ein vorsichtiger Typ. Aber wir haben jetzt Bobby auf unserer Seite – ohne es zu wissen, hilft er uns. Ich bin sicher, daß er momentan Loblieder auf dich singt.«

John sah mich zweifelnd an. »Ich habe da so meine Zweifel, Joe. Andy war sehr zurückhaltend. Denkst du, er hat etwas gewittert?«

»Mach dir keine Sorgen – er ist einfach ein schweigsamer Typ«, beruhigte ich ihn. »Er ist kein Großmaul wie Tommy Agro, aber er hat einen scharfen Verstand. Wenn er jemanden mag, dann tut er alles für ihn. Mach weiter so, John. Wir werden sie mit ihren eigenen Waffen schlagen.«

Fat Andy war von der Größe des Hauses in Riviera Beach in Palm Beach County begeistert. Wir berieten, wo die Bar sein sollte und wo wir die Flaschen für die Mitglieder aufbewahren würden. Aufgeregt ging Andy mit mir in den ersten Stock.

»Es wird großartig werden«, schwärmte er. »Hier können die Spieler ganz unter sich sein – niemand wird sie stören.«

»Ich hoffe nur, daß sie nicht zuviel Lärm machen und damit die zahlenden Gäste vertreiben«, meinte John.

»Keine Sorge«, mischte sich Joe Blaze ein. »Wenn sich jemand danebenbenehmen sollte, bekommt er es mit mir zu tun.«

Anschließend fuhren wir alle zum Palm-Beach-Jachtclub, um das Ereignis gebührend zu feiern. Fat Andy redete die ganze Zeit davon, wo die Spieltische stehen sollten und wie er die Pokerspiele organisieren würde. Ich sagte ihm, daß Boone Darden die Genehmigung sofort beschaffen könnte, wenn Freddie Campo und sein *compare* uns keinen Strich durch die Rechnung machen würden. Gespannt wartete ich auf seine Reaktion.

»Johnny Irish ist kein Problem für uns«, erwiderte Fat Andy. »Er wird uns nie wieder Schwierigkeiten machen.« Bobby DeSimone grinste und nickte bestätigend.

Später fuhren wir zu Papa Gallo's Restaurant. Während ich mich mit Fat Andy über Boone Dardens Bezahlung unterhielt, schmeichelte sich John bei Bobby und Joe Blaze ein. Nach dem ausgezeichneten Abendessen fuhren wir zurück in den Jachtclub, um uns noch einige Drinks zu genehmigen.

Fat Andy war in guter Stimmung. Er sprach lobend über T. A. und bezeichnete ihn im Gespräch mit mir als »deinen Freund«. Wenn ich offizielles Mitglied der Mafia gewesen wäre, hätte er von T. A. als »unserem Freund« gesprochen. So war das Leben in der Cosa Nostra – an einem Tag versuchten die Kerle, dich umzulegen, am nächsten boten sie dir die Mitgliedschaft an.

Nachdem die Crew gegangen war, setzte ich mich mit John an die Bar. Er erzähle mir, daß Bobby DeSimone versucht habe, ihn so unauffällig wie möglich auszufragen.

»Er wollte wissen, woher ich komme, wo ich dich kennengelernt habe, und so weiter. Dann meinte er, ich würde jetzt zu ihnen gehören. Es gäbe nichts auf der Welt, was man gemeinsam mit ihnen nicht erreichen könnte, aber man dürfe im Gegenzug nichts allein unternehmen. Dann schimpfte er auf Freddie Campo und Don Ritz. Bevor er ging, gab er mir seine Telefonnummer.«

»Ich frage mich, was er gegen Don Ritz hat«, meinte ich erstaunt. »Der Kerl hat in seinem ganzen Leben keiner Fliege etwas zuleide getan. Aber das Wichtigste ist, daß Fat Andy dich leiden kann. Es wird schwieriger sein, Tommy zu überzeugen. Und wir dürfen auch Bobby DeSimone nicht unterschätzen. Er ist ein Dummkopf, aber jederzeit bereit, dich umzulegen, wenn es sein muß. Außerdem tut mir der Kerl leid. Tommy schreit ihn ständig an, und wegen seiner beiden Brüder kann er nie ein offizielles Mitglied werden. Er ist ein hinterhältiger Kriecher, aber ich empfinde irgendwie Mitgefühl für ihn.«

Ich hatte dem FBI nicht erzählt, daß T. A. Bobbys Brüder umgelegt hatte. John wurde neugierig und versuchte, mich auszufragen, doch ich sagte ihm, es handele sich um eine persönliche Angelegenheit, und wechselte schnell das Thema.

16

Eine Mafia-Hochzeit

Die nächsten Wochen war John damit beschäftigt, die Eröffnung des Clubs in Gang zu bringen. Boone Darden schickte uns einige Bauinspektoren, und wir zahlten sie alle brav aus.

Ich telefonierte häufig mit Tommy Agro und Little Dom. Die Gespräche mit T. A. nahm ich alle auf. Vorsichtig versuchte ich herauszufinden, ob ich John zu Sammy Cataldos Hochzeit mitbringen könnte. Ich erzählte Dom, daß mein Partner mit mir fliegen würde, weil er seinen *compare* in New Jersey treffen müßte. »Ich würde ihn dir bei dieser Gelegenheit gern vorstellen«, sagte ich. »Er ist ein netter Kerl. Du wirst ihn mögen.«

»Kein Problem«, meinte Dominick. »Aber ich denke, daß dein Freund damit vielleicht nicht einverstanden sein wird.«

»Es ist mir scheißegal, ob es Tommy gefällt«, erwiderte ich. »Er muß sich nicht mit ihm treffen. Und du auch nicht, Dom. John hat geschäftlich in New Jersey zu tun und fliegt deshalb mit mir zusammen.«

»Ganz ruhig, Joey«, sagte Dom beschwichtigend. »Mir ist das egal. Du bist mein Freund. Wenn er mit dir kommt, ist er in meinem Haus willkommen. Das weißt du doch, also hör auf, dich wie ein Idiot aufzuführen.«

»Das verstehe ich nicht, Joey. Bobby ist auf dem Weg zu mir. Warum gibst du ihm die zwei Riesen nicht mit? Ich will das Geld haben!«

Tommy Agro rief mich in der letzten Juliwoche an. Das FBI hatte vorgeschlagen, daß ich T. A. einen Teil des Geldes, das ich ihm noch schuldete, per Post schicken solle. Sie wollten Belege darüber haben – die Dinge spitzten sich allmählich zu.

»Hör zu, Tip. Ich habe Bobby gebeten, bei mir vorbeizufahren, um das Geld abzuholen, aber er wollte nicht. Dabei wohne ich nur zwei Meilen von der Autobahn entfernt. Er hat mich gefragt, ob John etwas von unseren Geschäften mitbekommt. Schließlich hast du ihn noch nicht kennengelernt. Und ich bin im Moment furchtbar mit dem Club beschäftigt. Ständig muß ich mich mit Freddie, dem Cop und all seinen Freunden treffen. Ich habe gute Lust, in eine Telefonzelle einzuziehen.«

»Was meinst du damit?«

»Vergiß es, Tip.« Ich lachte. »Ich werde das Geld überweisen und ein Geschenk für deine Tochter abschicken. Tut mir leid, daß ich auf der Hochzeit nicht dabeisein kann.«

Am 7. August warteten John Bonino und ich im Flughafen von Palm Beach County auf unseren Flug nach New York.

»Hast du deiner Frau erzählt, daß du in New York einige von den wichtigen Wiseguys treffen wirst?« fragte ich.

»Nein. Warum sollte ich? Ich spreche mit ihr nicht über meinen Job – sie will sowieso keine Einzelheiten wissen.«

»Nun, ich habe ein schlechtes Gefühl bei der Sache, John, und du weißt, daß mich meine Vorahnungen selten trügen. Die Kerle könnten uns umlegen. Vielleicht solltest du dich besser von deiner Frau verabschieden.«

Ich betrachtete aufmerksam Johns Miene, konnte aber keine Reaktion feststellen. Entweder kannte er mich schon zu gut, oder er hatte Nerven wie Drahtseile.

Wir flogen Erster Klasse – zum großen Bedauern des FBI. Während wir uns unseren ersten Scotch schmecken ließen, bat ich John um sein Rückflugticket. Stirnrunzelnd beobachtete er, wie ich seines gegen mein eigenes austauschte.

»Was soll das, Joe?«

»Vergiß es, John.«

»Na komm schon. Warum zum Teufel hast du das getan?«

»Du kannst ja fluchen, John!«

Über eine Stunde lang diskutierten wir miteinander, dann beschloß ich, John die Sache zu erklären.

»Du hast also jetzt mein Ticket und deinen Gepäckschein, nicht wahr?«

»Ja, aber was soll das?«

»In meinem Gepäck befindet sich eine 38er«, erklärte ich ihm. »Ich wollte nicht ohne Waffe nach New York fliegen.

Wenn sie die Knarre bei dir finden, kannst du ihnen ja sagen, daß du ein Agent bist. Ich würde allerdings große Schwierigkeiten bekommen. *Capisci?*«

»Du Idiot.« John grinste. »Ich werde die verdammte Knarre in den Mülleimer werfen.«

»Weißt du, daß du dich allmählich genauso anhörst wie ich?«

Als wir landeten, fiel John ein, daß er seinen FBI-Ausweis nicht bei sich trug.

»Keine Panik, John«, meinte ich. »Du kannst doch im Büro anrufen lassen.«

Wir kamen ohne Probleme durch die Zollkontrolle.

»Joe! Joe Dogs! Hier bin ich!« Dom hatte seinen Schwager Tito geschickt, um uns abzuholen. Ich stellte ihm John vor, dann fuhren wir zu Little Doms Haus. Auf dem Weg schwärmte Tito davon, wie toll es wäre, daß ich es geschafft hatte, Dom einen Platz in Allenwood zu besorgen. Die ganze *Famiglia* sei begeistert.

Dominick und John verstanden sich ausgezeichnet. Die Stimmung war entspannt, da ich ja nicht geschäftlich, sondern nur zum Vergnügen hier war. Wir fuhren zu einem hervorragenden Italiener, und John und Dom stritten sich um die Begleichung der Rechnung. Dom war ein wenig verärgert, als sich John durchsetzte.

»Das hättest du nicht zulassen dürfen, Joey«, meinte er gekränkt. »Ich bin kein Schnorrer wie einige deiner Freunde.«

»Meinst du damit die Gambinos?« wollte ich wissen.

»Du weißt schon, was ich damit sagen will«, erwiderte Dom.

»Wir erledigen doch ständig die Drecksarbeit für sie. Jetzt bringe ich euch zum Riviera Hotel – und wenn dein Freund John noch einmal seinen Geldbeutel zückt, werde ich stinksauer.«

Wir fuhren noch auf einen Drink ins Casbah, und als John erwähnte, daß er sich einen Wagen mieten wolle, um nach New Jersey zu fahren, wollte Dom nichts davon hören. Er zwang John förmlich sein eigenes Auto auf.

»Danke, Dom«, sagte John. »Ich werde vorsichtig damit umgehen. Immerhin habe ich schon seit einer Woche keinen Unfall mehr gebaut.«

»Mir ist es egal, wenn du den Wagen demolierst«, entgegnete Dom lächelnd. »Ich kann mir sofort einen neuen besorgen.«

John und ich setzten Dom zu Hause ab und fuhren zum Riviera Hotel zurück. Ich warnte John, daß sich in Doms Wagen eventuell Wanzen befinden könnten. Kurze Zeit später wurde ich zu Sammys Empfang abgeholt – Little Dom hatte mir einen Wagen geschickt, der mich nach Brooklyn zu Le Mans brachte.

Da ich mir sicher war, daß das FBI nicht weit entfernt war und sicher Bilder machen würde, winkte ich fröhlich, als ich aus dem Wagen stieg. Dom und die anderen Wiseguys lachten mir zu. Ich begrüßte die, die ich kannte, und Dom stellte mich einigen anderen vor. Nachdem ich Little Dom ein Kuvert mit fünfhundert Dollar überreicht hatte, wurde das Buffet eröffnet – Dom hatte sich nicht lumpen lassen, und die dreihundert Gäste ließen es sich gut gehen. Während ich durch die Menge schlenderte, entdeckte ich plötzlich Tony Black, Checko Brown und Skeets. Als sie mich erkannten, wandten sie sich ab.

Dom kam vorbei und legte mir den Arm um die Schulter. »Amüsierst du dich gut?« fragte er.

»Ja, eigentlich schon«, erwiderte ich. »Aber dieser Idiot Checko und sein Freund Tony Black dort drüben tun so, als würden sie mich nicht kennen.«

»Tatsächlich? Den Burschen werde ich gleich die Meinung sagen. Ich mußte sie einladen, weil sie zu meiner *Famiglia* gehören. Dieser Johnny Irish hat wirklich allen ein Abzeichen verschafft, die ihm Geld besorgt haben. Komm mit mir.«

Ich protestierte, als er mich quer über die Tanzfläche mit sich zog. »Sag nichts zu ihnen, Dom. Du willst doch nicht diese tolle Party ruinieren. Mir sind die Typen egal – ich kann sie sowieso nicht ausstehen.«

Plötzlich stand Donny Shacks, Little Doms Capo, vor uns.

»Das ist mein Freund Joe Dogs«, stellte Dom mich vor. »Er hat mir den Platz in Allenwood besorgt.«

»Wir alle wissen zu schätzen, was du für Dom getan hast«, sagte Donny Shacks. »Wenn ich irgendwann etwas für dich tun kann, dann laß es mich wissen.«

Dominick deutete auf Tony Black und Checko Brown. »Siehst du die beiden Kerle, Donny? Sie haben Joe schon in Florida Schwierigkeiten gemacht, und jetzt benehmen sie sich wieder unmöglich. Kannst du dagegen nicht etwas unternehmen?«

Bevor ich begriff, was vor sich ging, stand Donny Shacks schon neben den beiden und sprach auf sie ein. Er deutete auf mich, und sie senkten den Blick und nickten. Anscheinend hatten sie sich rasch geeinigt, denn schon kurz darauf kam Checko auf mich zu. »Joe Dogs!« rief er und küßte mich auf beide Wagen. »Ich wußte nicht, daß du auch hier bist! Wir hätten doch zusammen fliegen können. Es ist großartig, was du für Dominick getan hast. Warum besuchst du mich nicht einmal in Miami?«

Auch Tony Black kam zu mir herüber und begrüßte mich freundlich. Ich war erleichtert – zumindest war von dieser Seite keine Einmischung wegen unseres Clubs mehr zu befürchten.

Nach dem Empfang brachten Dom und ich seine Frau Clair nach Hause und fuhren dann zum Casbah. Jetzt waren wir ganz unter uns – natürlich waren Mädchen dabei, aber keine Ehefrauen.

Little Dom dankte mir überschwenglich für mein Hochzeitsgeschenk für seinen Sohn Sammy.

»Gern geschehen, Dom«, entgegnete ich. »Die Kinder können es sicher gut gebrauchen.« Ich drehte mich lächelnd um und stockte plötzlich erstaunt. »*Marrone*, da stehen drei *melanzanes* mit zwei weißen Bräuten!« rief ich überrascht.

»Das ist New York«, bemerkte Dom. »Ich kann es nicht ausstehen, daß diese Nigger sich bei uns herumtreiben. Zuerst war es nur einer, und jetzt sind sie plötzlich überall. Die Weißen hatten schon Angst, hierherzukommen. Eines Tages hat man einen Schwarzen nebenan tot aufgefunden. Ein paar Tage später waren noch zwei hinüber, aber diese Kerle scheinen daraus nichts gelernt zu haben.«

Dom drehte sich um und rief nach einem seiner Schläger. »Petey! Sag diesen schwarzen Bastarden, sie sollen von hier verschwinden. Und die zwei weißen Schlampen ebenso. Dies ist eine Privatparty. Wenn der Barkeeper diesen Kerlen noch einen Drink ausgibt, hacke ich ihm eine Hand ab!«

Petey schnappte sich einen der Gorillas und ging mit drohenden Gesten auf die Schwarzen zu. Innerhalb weniger Sekunden waren sie mitsamt ihren Damen verschwunden.

»Danke, Petey. Was hast du zu ihnen gesagt«

»Ach, nichts Besonderes. Ich habe ihnen nur klargemacht, daß es eventuell morgen geröstete Nigger zum Mittagessen geben würde, wenn sie nicht sofort von hier verschwinden. Big Jake von der Bar hat sie noch aufgefordert auszutrinken, aber seltsamerweise hatten sie dazu keine Lust mehr.«

Gegen zwei Uhr morgens tauchte John auf und wollte eine Runde ausgeben.

»Das kannst du nicht machen, John«, meinte ich. »Dom wird das nicht zulassen.«

John lächelte. »Das ist ja wie in Chicago.« Dann wandte er sich an Dom. »Ich habe mit deinem Wagen in Jersey ein anderes Fahrzeug gestreift und bin abgehauen. Keine Ahnung, ob sie das Kennzeichen notiert haben.«

»Kein Problem, John«, erwiderte Dom lässig. »Hauptsache, dir ist nichts passiert.«

»War nur ein Scherz.« John lächelte.

»Ich weiß«, meinte Dom. »Ich bin ja kein Idiot.«

Wir genehmigten uns noch einige Drinks, und gegen vier Uhr morgens fing ich an zu gähnen.

Dom schleifte mich auf die Toilette und hielt mir einen Löffel Koks vor die Nase. Ich schniefte das Zeug, und es weckte mich tatsächlich wieder auf.

»Hol John. Sag ihm, der Stoff ist wirklich gut«, befahl Dom.

»Ich weiß nicht, ob er darauf steht, aber ich werde ihn fragen.«

John überlegte kurz, als ich ihn in der Lounge daraufhin ansprach. »Erzähl ihm, ich hätte schon einige Gramm intus und wolle jetzt ins Bett. Zuvor will ich mich aber noch von Dom verabschieden.«

Dom war überrascht, als John ihm ein Kuvert mit zweihundert Dollar in die Hand drückte. »Das ist für Sammy und seine Frau«, meinte er.

»Das wäre doch nicht nötig gewesen«, wehrte Dom ab. »Du kennst uns doch gar nicht.«

»Jeder Freund von Joe ist auch mein Freund«, erwiderte John ernst.

Als Dominick mich zu meinem Zimmer brachte, versuchte er, mich über John auszufragen. Offensichtlich war er mit meinen Antworten zufrieden. Er erklärte mir allerdings, daß Tommy A. sich wegen meines neuen Partners Sorgen machte.

»Hast du den Eindruck, daß John neugierig oder aufdringlich ist?« fragte ich. »Gibt es etwas an ihm, das dich stört?«

»Nein, Joe.« Dom zuckte die Schultern. »Aber T. A. denkt anders darüber. Er hat mir gesagt, daß Bobby DeSimone und Fat Andy den Jungen okay finden, aber er ist trotzdem beunruhigt.«

Als ich schließlich in meinem Zimmer ankam, war es bereits fünf Uhr morgens. Ich war nicht an Drogen gewöhnt und total aufgedreht, konnte nicht schlafen und beschloß, meinem Partner noch einen Streich zu spielen.

»John? Hier ist Joe. Komm sofort in die Lounge. Es handelt sich um einen Notfall!«

Eine Minute später stürmte John mit zerzaustem Haar und offenem Hemd in die Bar. Seine Schuhe und Socken hielt er in der Hand.

»Was ist los, Joey? Was ist passiert?« fragte er atemlos.

»Nimm Platz und trink etwas. Ich fühle mich einsam.«

John fluchte wie verrückt und bestellte Kaffee mit einem Schuß Scotch. Wir sprachen bis zum frühen Morgen miteinander, bis uns ein Anruf von T. A. unterbrach. »Komm sofort zu mir«, befahl Tommy. »Und komm allein. Den Typen, den du als deinen Partner vorgestellt hast, läßt du gefälligst zu Hause.«

17

»Wenn er nicht aufpaßt, geht er hops«

Eines von Tommys Mädchen führte mich in T. A.s Wohnung in Kew Gardens. Seit er von Marian geschieden war, versammelte er eine Menge exotischer Schönheiten um sich. Obwohl ich nur rasch geduscht und mich rasiert hatte, fühlte ich mich einigermaßen frisch. T. A. umarmte und küßte mich und führte mich auf die Veranda.

»Hier sind zwölfhundert Dollar, Tip«, sagte ich und reichte ihm das Geld. »Die Zinsen für die letzte Woche sind zwar noch nicht fällig, aber wenn ich schon hier bin, möchte ich dir gleich alles geben.«

»Danke, Joey«, erwiderte Tommy und sah mich aufmerksam an. Er war nicht so dumm, wie er aussah. »Wer ist der Kerl, den du mitgebracht hast?«

»Ein guter Freund. Sein Name ist John Marino. Er kommt aus Chicago, und ich kenne ihn schon länger als dich. Warum fragst du, Tip?«

»Bist du sicher, daß er in Ordnung ist? Du glaubst doch nicht etwa, du könntest einen Cop hier einschleusen, oder?«

»Bitte verzeih mir, aber ich bin nicht hier, um mich beleidigen zu lassen. Wenn du John überprüfen lassen möchtest, habe ich nichts dagegen. Doch dann erwarte ich eine Entschuldigung von dir. John ist mein Partner im Drogenhandel. Er schuldet mir Geld und schafft jetzt einiges für mich ran. Ich kenne ihn schon seit den 70er Jahren.«

»Ach wirklich? Und warum genau stehst du so gut mit ihm?«

»Hey, Tip, machst du Witze? Du weißt doch, daß wir in unseren Kreisen persönliche Dinge für uns behalten.«

T. A. lächelte. »Du machst also Drogengeschäfte mit ihm? Dann hör mir jetzt gut zu, denn ich werde es dir nur einmal sagen. Paulie, unser Boß, will das nicht mehr. Er hat gerade drei Kerle aus Neils Bekanntenkreis deswegen umlegen lassen. Sie hatten sich alle mit dem Arschloch Gotti abgegeben. Ich hoffe, du hast mich verstanden, Pippie. Such dir einen anderen Weg, um Geld zu verdienen. Und wenn sich dieser John nicht an unsere Spielregeln hält, dann wirst du für ihn geradestehen müssen. Sag ihm deshalb, daß es aus ist. *Finito. Capisci?*«

»Mist, gerade jetzt, wo ich versucht habe, wieder auf die Beine zu kommen«, sagte ich bedauernd. »Wenn ich John aus dem Geschäft hinausbugsieren soll, dann sag es mir bitte. Er wird es verstehen. Allerdings hat er schon eine Menge Kohle dafür organisiert. Er möchte gern weiterhin mit mir zusammenarbeiten – er bewundert mich so, wie ich dich bewundert habe, als wir uns zum ersten Mal trafen. Aber wenn du nicht möchtest, daß ich weiter Kontakt zu ihm halte, dann trenne ich mich von ihm.«

»Nein, das mußt du nicht«, erwiderte Tommy. »Aber ich will ihn nicht in meiner Nähe haben. Fat Andy scheint ihn zu mögen – in Ordnung. Aber du gehörst zu mir. *Capisci?* Und bestell dem Jungen, wenn er weiterhin mit Drogen handelt, könnte er hops gehen. Und du wirst derjenige sein, der ihn umlegen muß. Verstehst du mich, Joey?«

»Natürlich, Tip. John wird alles tun, was ich ihm sage. Hat dir Little Dom eigentlich erzählt, daß ich ihm einen Platz in Allenwood beschafft habe?«

»Ja, Joey. Ich finde das sehr gut.« Tommys Tonfall verriet mir, daß er schon davon wußte. »Dom ist ein Freund von mir, obwohl er zu den anderen gehört. Ich bin froh, daß du ihm helfen konntest.«

Wir sprachen noch eine Weile miteinander, dann holte mir Tom einen Fahrer, der mich ins Hotel zurückbringen sollte. Mittlerweile war ich todmüde, aber ich mußte meinen Flug erreichen. John schleifte mich zum Flughafen, und mit Hilfe einiger Whiskys schaffte ich die Reise. Ich lud sogar noch die Chefstewardeß zum Abendessen ein. Schließlich lebt man nur einmal.

18

Noch ein Gefängnisdeal

Das FBI war mit der Entwicklung der Dinge zufrieden. Larry und Gunnar hatten ein Haus in West Palm gemietet, und wir schmiedeten eifrig Pläne. John arbeitete hart, damit wir den Club so bald wie möglich eröffnen konnten, aber ich zollte ihm wenig Anerkennung dafür. Mir wuchsen die Dinge über den Kopf. Eigentlich wollte ich nicht weiter mit dem FBI zusammenarbeiten, aber es gab keinen Ausweg für mich. Ich hatte mir diese Suppe selbst eingebrockt – jetzt mußte ich sie auch auslöffeln.

Fat Andy hatte sich mittlerweile mit Freddie Campo getroffen und ihm deutlich zu verstehen gegeben, daß wir Boone Dardens Dienste in Anspruch nehmen würden, wann es uns paßte. Im August und September 1981 traf ich mich zweimal mit Freddie und Boone. Dominick rief mich häufig an und bedankte sich jedesmal für den Gefallen, den ich ihm getan hatte.

»Am 1. Oktober gebe ich eine Abschiedsparty. Du bist herzlich dazu eingeladen.«

Ich sagte, ich würde sehen, was sich machen ließe, aber das FBI wäre damit nur einverstanden gewesen, wenn ich John hätte mitnehmen können. Doch das war einfach unmöglich. Eine zufällige Übereinstimmung war noch zu erklären, aber eine zweite gemeinsame Reise war undenkbar. Ich versuchte Tony Amoroso zu erklären, daß wir damit Verdacht erregen würden.

»Wir haben es hier nicht mit einigen bestechlichen Politikern zu tun«, meinte ich. »Die Jungs sind Wiseguys, und sie verwenden scharfe Munition. Es handelt sich um organisiertes Verbrechen!«

Tony war sauer, aber das war mir egal. Die meisten seiner Pläne waren gut durchdacht, aber diesmal lag er falsch. Ich sagte Dom, daß ich leider keine Zeit hätte.

Am 1. Oktober, als Dom in New York seine Abschiedsparty gab, trafen John und ich uns in Palm Beach mit Bobby De-

Simone und meinem ›Freund‹, einem Regierungsbeamten von Palm Beach. Wir sprachen darüber, ein illegales Bingospiel aufzuziehen. Mein Freund wollte sich zu nichts verpflichten – schon gar nicht, nachdem Bobby DeSimone erwähnt hatte, daß sein Junge wegen Drogenbesitzes im Gefängnis saß. Damit wollte der Kerl nichts zu tun haben.

Als ich nach Hause kam und das Tonband abschnallte, klingelte das Telefon.

»Hast du das Geld für mich, du Idiot?«

Tommy Agro hatte wirklich einen netten Sinn für Humor.

»Nein.« Ich lachte. »Ich bin pleite.«

»Eigentlich habe ich dich wegen einer anderen Sache angerufen«, fuhr Tommy fort. »Es geht darum, was du für Dom getan hast.« – »Ja und?«

»Ein Freund von mir braucht auch deine Hilfe.«

»Wer ist es?«

»Kümmere dich nicht darum, Joey. Tu es einfach. Dom wird dich morgen anrufen und dir alles erklären. Aber sprich nicht von deiner Wohnung aus mit ihm. Geh in eine Telefonzelle. *Capisci*?«

»Um wen geht es denn?« Ich ließ nicht locker.

»Es handelt sich um jemanden, der mir sehr nahesteht. Dominick wird dich gegen zwei Uhr anrufen und dir alles erklären. Ich möchte jetzt nicht mehr darüber sprechen.«

»Warum bist du nicht auf Doms Party?« fragte ich.

»Bin ich doch. Ich rufe dich von dort aus an. Aber jetzt muß ich Schluß machen. Die Sache ist sehr wichtig, Joey – kümmere dich sofort darum.«

Nach unserem Gespräch fuhr ich in den Jachtklub – ich hatte mich mit Freddie Campo verabredet und war schon zu spät dran. Ich hatte ungefähr achtzig Stundenkilometer drauf, als der Fahrer eines Chevrolets ein Stopzeichen überfuhr. Ich prallte mit großer Wucht in seine Beifahrerseite und konnte mich gerade noch aus meinem Lincoln retten. Der Chevrolet flog durch die Luft. Im Krankenhaus befragte mich ein Cop über den Unfallhergang. Leider hatte ich keine Zeit, mich stationär behandeln zu lassen – ich hätte bei der Sache einiges herausschlagen können.

Als ich endlich den Jachtklub erreichte, war Freddie bereits gegangen. Meine Tochter Sheryl holte mich ab und brachte mich nach Hause.

Am nächsten Morgen berichtete ich Larry von T.A.s Anruf. Kurz darauf meldete sich Tony Amoroso und befahl mir, die Gespräche mit Dominick mitzuschneiden.

»Du mußt es tun«, beschwor er mich. »Er hat direkten Kontakt zu Agro. Wir brauchen Tonbänder, um belegen zu können, was sie vorhaben.«

Schließlich erklärte ich mich dazu bereit, nur damit er mich in Frieden ließ, aber ich wollte noch einmal darüber nachdenken.

Als ich gegen drei Uhr noch nichts von Dom gehört hatte, rief ich ihn an. Er hatte noch geschlafen, war verkatert und hatte keine Lust, die Sache am Telefon zu besprechen. Ich erzählte ihm von meinem Unfall, dann beschlossen wir, am folgenden Tag wieder miteinander zu reden. Jetzt mußte ich mir ein tragbares Tonbandgerät vom FBI besorgen.

Am nächsten Morgen brachte mir Larry das Gerät, und ich ging zu einer Telefonzelle in der Nähe meines Hauses. Ich konnte niemanden entdecken, also beschloß ich, das Gespräch mit Dom aufzunehmen.

Dominick berichtete, daß Carmine ›the Snake‹ Persico seine Haft derzeit in der Strafanstalt von Manhattan absaß und entweder dort bleiben oder nach Danbury, Connecticut, verlegt werden wollte.

»*Serpente* will in der Nähe von New York sein, damit er weiterhin die *Famiglia* führen kann«, erklärte Little Dom. »Er weiß, daß er verlegt werden soll. Wenn du arrangieren kannst, daß er nicht zu weit weg kommt, hast du ausgesorgt, Joey.«

»Ich werde sehen, was sich tun läßt, aber diesmal wird es etwas kosten. Dir habe ich einen Gefallen getan – der Politiker, der mir geholfen hat, stand sowieso in meiner Schuld. Doch jetzt kann ich es nicht mehr umsonst machen.«

»Keine Sorge, Joey. Die Jungs haben genug Geld. Tu es einfach.«

Als ich Larry später das Tonbandgerät überreichte, fing er an zu fluchen. »Mist, ich habe die Batterien vergessen.«

Am 8. Oktober um neun Uhr morgens klingelte das Telefon.

»Ich habe ein R-Gespräch von Dominick Cataldo. Übernehmen Sie die Kosten?«

»Ja, natürlich. Hallo, Dominick. Wie geht's dir? Wie gefällt es dir in Allenwood?«

Little Dom war begeistert. »Hier ist es wie in einem Erholungsheim. Und das Essen ist großartig.« Dann erkundigte er sich nach meinen Bemühungen für Snake. Ich erzählte ihm, daß ich schon am nächsten Tag nach Washington fliegen würde, um mich mit meinem Verbindungsmann zu treffen.

Tony Amoroso hatte es mir so aufgetragen. Er selbst war bereits in Washington und kümmerte sich um die Angelegenheit. Die Operation ›Home Run‹ hatte äußerste Priorität in der FBI-Abteilung gegen organisiertes Verbrechen. »Wir spielen jetzt in der ersten Liga«, erklärte Tony.

Am 20. Oktober rief Dominick mich wieder an.

»Ich brauche vierzig Riesen dafür«, sagte ich zu ihm.

»*Minchia,* das ist eine Menge Kohle. Immerhin geht es nicht darum, ihn aus dem Knast zu holen!«

»Ich kann versuchen, den Preis zu drücken, aber du hast mir gesagt, daß Geld dabei keine Rolle spielt und daß ich mir darüber keine Gedanken machen soll.«

»Ich weiß, Joey. Aber ich sitze hier drin und kann den Geizhälsen nicht vorschreiben, was sie tun sollen. Versuch, es für die Hälfte zu kriegen. Ich würde meinem Freund Donny gern sagen, daß er mit zwanzig Dollar dabei ist.«

»Ist gut, Dom. Ruf mich morgen wieder an.«

»Ich werde es versuchen. Wie du weißt, bin ich im Knast.«

Zehn Minuten später rief Tommy A. an, und ich erzählte ihm von meinem Gespräch mit Little Dom.

»Vierzig Riesen?« brüllte er. »Ist dein Freund verrückt? Warum kostet das soviel?«

»Hör zu, Tom. Für Dom habe ich das aus Gefälligkeit getan. Jetzt will mein Verbindungsmann bezahlt werden, sonst könnte ›the Snake‹ an der kanadischen Grenze landen. Dom hat mir gesagt, Geld spiele dabei keine Rolle. Was soll ich denn jetzt tun?«

»Versuch, den Preis um die Hälfte zu drücken! Die Jungs haben gedacht, du könntest es wie bei Dom umsonst erledigen. Das hat er ihnen gesagt.«

»Ich habe Dom von Anfang an klar gemacht, daß ich es nur für eine größere Summe tun kann. Wenn er etwas anderes behauptet, lügt er.«

»Natürlich lügt er. Er sitzt gemütlich in diesem Erholungsheim und kümmert sich um nichts. Jetzt hat der Mistkerl auch noch mich in so eine Sache hineingezogen!«

Während Tom vor sich hinfluchte, beschloß ich, ohne Absprache mit dem FBI einen Trick zu versuchen.

»Hör zu«, unterbrach ich T. A., »ich möchte ehrlich mit dir sein. Der Kerl verlangt nur fünfundzwanzig Riesen – die restlichen fünfzehn wollte ich für unsere *Famiglia*. Schließlich gehören die Typen nicht zu uns.«

»*Serpente* steht mir nahe, Joey. Ich will an der Sache nichts verdienen. Versuch alles, was du kannst. Wenn möglich, sollte es ein Gefallen sein, der nichts kostet.«

»Na gut, Tip. Ich werde morgen abreisen. Gegen Abend werde ich dir sagen, wie sich mein Freund entschieden hat.«

Nachdem ich aufgelegt hatte, fragte ich mich, worauf ich mich da eingelassen hatte. Warum halste ich mir soviel Arbeit auf? Aber die Idee, daß das FBI dadurch bestimmten Leuten an den Kragen konnte, gefiel mir.

19

»Warum sollten wir den Kerl schröpfen?«

Am 10. November 1981 fuhr ich mit Bobby DeSimone zu Christine Lee's Restaurant in North Miami. Wir wollten uns dort mit Fat Andy treffen. Das FBI hatte vorgeschlagen, daß ich versuchen sollte, ihn dazu zu überreden, John Geld zu leihen. Sie wollten mehr Beweise haben – deshalb trug ich unter meinem Seidenhemd wieder einen tragbaren Recorder.

»Ich wußte es schon am folgenden Tag, daß sie Johnny Irish umgelegt haben«, prahlte Bobby DeSimone. »T. A. hat es mir erzählt.«

Er redete weiter vor sich hin und belastete dabei Tommy – und das Tonband lief und lief.

Fat Andy blickte mißtrauisch drein, als wir ohne John auftauchten. Hinter ihm standen Joe Blaze und Gerry Alicino. Ich erklärte, daß John überraschend nach Chicago hätte fliegen müssen, weil eines seiner Kinder krank geworden wäre. Sofort drückten alle ihr Bedauern aus. Wie schön, daß sie John so ins Herz geschlossen hatten!

»Wie steht's mit dem Club?« wollte Fat Andy wissen. »Hast du die Genehmigung schon bekommen?«

Diese Kerle waren nur noch an dem Club interessiert. Schon bald würden sie sich alle in einem Club mit Gittern vor den Fenstern befinden.

»Noch nicht«, antwortete ich. »Aber Boone Darden hat mir versprochen, daß es nächste Woche soweit sein wird. Ich möchte dir ein Geschäft vorschlagen. John braucht eine Anleihe für den Club. Ich habe ihm gesagt, du könntest ihm vielleicht die Kohle besorgen – dabei kannst du noch etwas verdienen. Aber nimm den Kerl nicht aus.«

»Wieviel braucht er?«

»Fünfundzwanzig Riesen würden genügen.«

»Du stehst doch für den Typen gerade, oder?« fragte Fat Andy. »Er gehört doch zu dir?«

»Ich würde mein Leben für ihn verwetten«, erwiderte ich.

»Dann kann er sich das Geld bei mir leihen. Ich verlange nur zwei Prozent die Woche. Warum sollten wir den Kerl schröpfen? Dann müßte ich mir nur Sorgen um meine Zinsen machen. Wann will er den Kies haben?«

»So bald wie möglich.«

»Wie wäre es Mitte nächsten Monat?«

»Prima«, stimmte ich zu. »Und jetzt laß uns etwas essen. Ich habe Hunger.«

Auf der Heimfahrt plapperte Bobby wieder ununterbrochen vor sich hin. Ich verstand nicht, wie ein einzelner Mensch so viel quatschen konnte.

Juli 1981. Junior ›Fingers‹ Abbandando (Mitte) und Bobby DeSimone (rechts), der sich gerade überlegt, welches Auto er nehmen soll.

Juli 1981. Wir verlassen gerade Suite 100 in einem Cadillac des FBI, der bei einem Drogengeschäft konfisziert wurde. Von links nach rechts: Joe Dogs, Jack Bonino und Joe Blaze.

1982. Ich und Joe Blaze gehen in den Club Suite 100.

1982. Von links nach rechts: Gerald Alicino und ein Bauunternehmer, der für Suite 100 arbeitete.

1982. Tommy Agro umarmt mich. Ich bin mir nicht sicher, ob er mich nur begrüßen oder prüfen will, ob ich einen Recorder bei mir trage. Wir befinden uns vor Lanza's Restaurant in Manhattan. Ich bin etwas nervös – ein Schluck Scotch würde mir jetzt gut tun.

1981. Agro und Joe ›Piney‹ Armone von hinten.

Im November erlaubte mir Tony Amoroso, in das Haus in Singer Island umzuziehen, in dem John seine Wohnung hatte. Meine neue Unterkunft mit Blick auf das Meer lag im elften Stock und besaß zwei Schlafzimmer. John hatte seine Kollegen davon überzeugt, daß er so besser für meine Sicherheit sorgen könne. Er kümmerte sich auch darum, daß das Büro meine Gesichtsoperation genehmigte. Meine Nase war immer noch im Eimer, und auf den Tonbändern konnte man meine Stimme kaum erkennen – sie klang wie das Quaken eines Frosches. Die Nase mußte vollständig neu aufgebaut werden.

Nach dem Treffen mit Fat Andy rief mich Dominick wieder an. Anscheinend entwickelte ich mich allmählich zum Spezialisten für Gefängnisaufenthalte. Außer Snake Persico wollte jetzt auch noch Tommys *compare*, der Gambino-*consigliere* Joe N. Gallo, einen solchen Gefallen von mir. Sein Sohn, Joe Gallo Jr., war in New York wegen Heroinhandels festgenommen und zu acht Jahren Knast verurteilt worden. Jetzt saß er in Attica, einem berüchtigten Staatsgefängnis abseits von New York. »Ich möchte, daß er von den Niggern wegkommt«, forderte Gallo Senior. »Er hat dort niemand, der ihn beschützt.«

Bis heute denke ich über die Ironie dieser Geschichte nach. Gallos Mitgefühl für seinen Sohn sollte eine Reihe von Ereignissen in Gang bringen, die die Hierarchie der mächtigsten Mafia-Familie zum Einstürzen brachte. Und mir gelang damit meine Rache an ihm und Tommy Agro.

Ich teilte Dom mit, daß ich den ›Reisepreis‹ halbieren könnte. »Das ist alles, was ich tun kann.«

»Gut, gib mir einige Tage Zeit«, meinte Little Dom. »Mein Bruder wird das Geld bei Donny abholen.«

»Kümmere dich bald darum«, forderte ich. »Mein Freund will das Geld sofort. Außerdem habe ich jetzt auch noch den Sohn von Tommys *compare* am Hals. Ich will nicht, daß die Mistkerle noch einmal auf mich losgehen.«

»In drei oder vier Tagen ist alles erledigt«, versicherte Dom, bevor er auflegte.

»Hier ist ein R-Gespräch von Dominick. Wollen Sie es annehmen?«

»Ja, bitte verbinden Sie.« Seit fünf Tagen hatte ich nichts mehr von Little Dom gehört. »Hallo, Dom. Wie geht's deinem Bruder? Mein Freund will das Geld haben. Was ist denn los?«

»Es dauert nicht mehr lang, Joey. Mach dir keine Sorgen. Ich werde dich nicht im Stich lassen. Wie geht es dir? Ist mit der Operation alles gut verlaufen?«

»Ja, ja. Ich brauche wirklich bald Bescheid von deinem Bruder, sonst läuft die Sache mit Tommys Freund nicht, verstehst du?«

»Natürlich. Er wird sich bald mit dir in Verbindung setzen.«

Am 20. November rief mich Tommy an. Er erzählte mir, er würde sich bei Neil Dellacroce über die Colombos und ihre Verzögerungstaktik beschweren. Es ginge einfach nicht, daß die Typen mich so lange hängen ließen. Ich wußte genau, daß er nur Angst hatte, die Sache mit Gallos Jungen könnte schieflaufen.

»Ich hatte eine Besprechung mit meinem *compare* und dem, der unter ihm kommt – du weißt doch, wen ich meine. Sein Freund war auch dabei.« Er spielte auf Joe N. Gallo, den Unterboß der Colombos, Gennaro ›Gerry Lang‹ Langello, und Little Doms Capo, Dominic ›Donny Shaks‹ Montemarano an. »Anfang Dezember solltest du das Geld haben.«

Ich berichtete Tommy A. die Neuigkeiten vom Club. Wir hatten mittlerweile die Genehmigung erhalten. Dann warnte ich ihn, daß mein Verbindungsmann ›the Snake‹ auf den Mond verlegen würde, wenn das Geld nicht bald einträfe.

Erstaunlicherweise hatten Boone Darden und Freddie Campo nichts dazu beigetragen, um die Genehmigung für den Club zu bekommen. Obwohl die Bauinspektoren fleißig Bestechungsgelder kassierten, bekam John schließlich die nötigen Papiere auf die herkömmliche Weise. Er beantragte sie bei den zuständigen Ämtern und ließ nicht locker, bis die Sache bearbeitet war.

20

»Mein compare *will, daß wir das für seinen Jungen erledigen.«*

Am 3. Dezember erhielt ich einen geheimnisvollen Anruf von Agro. »Komm sofort hierher, Joey. Ich muß mit dir sprechen.«

Ich flog Erster Klasse nach New York – Larry und Gunnar saßen hinten in der Touristenklasse.

Tommy holte mich vom Flughafen ab. Das Tonbandgerät, das ich in meinem Aktenkoffer bei mir trug, war so eingestellt, daß es sich durch einen Knopfdruck auf das Schloß einschalten ließ. Während wir zum Riviera Hotel fuhren, fing Tommy an zu sprechen, und ich stellte das Gerät unauffällig an.

»Johnny Irish wurde umgelegt, weil er das FBI auf die Spur der Familie geführt hat; er verriet eines ihrer Treffen. Persico kam seinetwegen wieder in den Knast – deshalb mußte Irish sterben.« Das war ganz eindeutig als Warnung für mich gedacht.

»Aber deshalb habe ich dich nicht hergeholt«, fuhr er fort. »Ich wollte mit dir sprechen, weil Joe, mein *compare,* will, daß wir das für seinen Jungen tun.« Er schob mir ein Stück Papier in die Hand. »Kannst du das lesen?«

»Nein, es ist zu dunkel im Auto. Ist das deine Handschrift?«

»Das hat mein *compare* geschrieben. Schreib es dir im Hotel ab, damit ich das Original vernichten kann. Es ist eine Liste von verschiedenen Gefängnissen, wohin man seinen Sohn verlegen soll. In dieser Reihenfolge. Ich will aber nicht, daß dein Verbindungsmann diesen Zettel bekommt. Das ist mir zu riskant.«

Vor dem Hotel bemühte sich ein Page um mein Gepäck.

»Warum läßt du ihn den Aktenkoffer nicht tragen?« fragte Tom.

»Wichtige Papiere«, erwiderte ich schnell. »Die möchte ich nicht aus der Hand geben.«

An der Bar erzählte mir Tommy die rührende Geschichte von seinem *consigliere*, der ganz krank sei, weil sein Sohn in Attica zusammen mit einer Menge Nigger einsitzen müsse. Er beschwor mich, dem alten Mann einen Gefallen zu tun.

Nach einigen Minuten ging ich auf die Toilette, schrieb die Liste ab und legte das Original in meine Brieftasche. Dann betätigte ich die Spülung und schob die Kopie in meine Jakkentasche. Zurück an der Bar legte ich meinen Zettel auf den Tresen. »Also das sind die Gefängnisse, um die ich mich bemühen soll?« fragte ich.

»Ja. Wo ist das Original in Joes Handschrift?«

»O Tip, ich wußte nicht, daß du es noch brauchst. Ich habe es in die Toilette gespült.«

»Gut, Joey. Das hätte ich auch getan. Laß uns noch etwas trinken und dann ins Skyway gehen. Nach dem Essen rufen wir Doms Bruder an und fragen ihn, ob er die zwanzig Riesen bereit hat. Übrigens siehst du mit diesem Aktenkoffer aus wie ein Manager.«

Am nächsten Tag war ich mit den FBI-Agenten verabredet. Ich sagte ihnen, daß ich mich in New York sicher fühle. Als sie sich überzeugt hatten, daß niemand plante, mich umzulegen, beschlossen sie abzureisen. Den Aktenkoffer mit dem Beweismaterial wollten sie mitnehmen.

»Was tust du, wenn Tommy wissen will, wo der Koffer ist?« fragte Gunnar.

»Dann sag ich dem Arschloch, man hätte ihn mir gestohlen.«

Ich blieb noch zwei weitere Tage in New York und fühlte mich großartig. Endlich hatte ich etwas gegen Joe N. Gallo in der Hand.

21

Geldverleih

»Warum müssen wir beide mit einem Tonband herumlaufen? Es reicht doch, wenn einer ein Gerät bei sich trägt.«

In der Woche vor Weihnachten 1981 planten John, Larry, Gunnar, Tony Amoroso und ich unsere Fahrt zu Fat Andy. Wir wollten uns die fünfundzwanzigtausend Dollar für John abholen.

»Weil wir dann weiter alle Gespräche aufnehmen könne, falls du und John getrennt werdet«, meinte Larry.

John und ich fuhren in seinem Cadillac vor, Larry und Gunnar folgten uns in sicherer Entfernung.

»Hör mal, John, ich habe ein ganz schlechtes Gefühl in der Magengegend.« Ich wollte dem Kerl ein wenig Angst einjagen. »Irgendwie weiß ich, daß etwas schiefgehen wird. Es ist nicht klug, mit zwei Tonbandgeräten dort aufzutauchen. Sie werden uns durchsuchen und dann umlegen.«

John sah mich ernst an. Dann streckte er die Hand aus.

»Nun, Joe, dann laß mich dir noch einmal die Hand schütteln, falls wir keine Gelegenheit mehr dazu haben sollten. Die Zusammenarbeit mit dir war ein Alptraum. Wenn es ein Weiterleben gibt, hoffe ich nur, daß ich nicht noch einmal in diese Lage komme. Aber mach dir keine Sorgen – Larry und Gunnar werden sicher noch ein paar hübsche Bilder von uns machen.«

»Na, die Jungs warten doch draußen – währenddessen können uns die Kerle von der Mafia zu Fischfutter verarbeiten.«

»Was soll's? Vielleicht verspeist mich dann eine Meerjungfrau«, erwiderte er. »Und jetzt hör endlich auf damit. Du siehst doch, daß ich vor Angst schon halbtot bin. Zufrieden?«

Fat Andy wartete mit seiner Crew in der Auffahrt zu seinem Haus. Ich stellte John einigen seiner Schläger vor. Sal Reale war ein ›gemachtes‹ Mitglied von Andys Gang, und Ronnie ›Stone‹ Pearlman war ein reicher Jude, der allerdings nur Mitarbeiter der Mafia war. Junior Abbandando bekam bei der Maniküre immer Rabatt, weil er nur noch neun Finger hatte. Hinter ihm lungerte Bobby DeSimone herum. In der Küche bereitete Gerry Alicino gerade das Essen vor.

Andy führte uns ins Wohnzimmer und erklärte, daß Gerry Pasta für alle kochen würde. Wir sprachen über den Club, über die Preise für das Baumaterial und darüber, wie John das obere Stockwerk eingerichtet hatte. Plötzlich winkten mich Fat Andy und Sal ins Schlafzimmer, um mir einige Fragen über John zu stellen.

»Wie gut kennst du den Kerl?« wollte Sal wissen. »Du weißt, daß wir ihm das Geld nur leihen, weil du für ihn bürgst. Tommy hat uns gesagt, daß er ein guter Freund von dir ist.« Sal Reale war ein reicher Angeber, der überall in New York seine Verbindungen hatte – vor allem zum New York Police Department. Ich hatte keine Lust, mir seinen Mist anzuhören.

»Wenn Tommy euch das gesagt hat, warum fragt ihr mich dann? Wollt ihr mich einschüchtern? Ihr beleidigt mich«, sagte ich entrüstet. Dann wandte ich mich an Andy. »Vergiß das Geld. Ich kann es auch von jemand anderem bekommen. Natürlich bist du trotzdem noch unser Partner. Wir sehen uns dann im Club.«

Als ich mich zur Tür wandte, spürte ich plötzlich eine Hand auf meiner Schulter. Ich machte mir vor Angst beinahe in die Hose und befürchtete, die Schweißströme, die mir über den Rücken liefen, würden einen Kurzschluß am Tonbandgerät verursachen.

»Nimm es nicht übel, Joe«, bat Andy. »Sal hat es nicht so gemeint. Er hat dir nur eine Frage gestellt. Gebt euch die Hand, und dann essen wir gemeinsam. Sal wird dir jetzt zehntausend geben. Den Rest bekommst du nächste Woche. Ich habe vergessen, den Jungs zu sagen, daß du fünfundzwanzig Riesen brauchst. Meistens schleppen sie allerdings noch mehr mit sich herum.«

Wir lachten, und Sal schüttelte mir die Hand. Als er mir das Geld geben wollte, lehnte ich ab. »Tu mir einen Gefallen und gib es John«, sagte ich. »Er fühlt sich dann von euch respektiert.«

»In Ordnung, Joe.«

Sal vereinbarte mit John, daß er den Restbetrag im nächsten Monat erhalten sollte.

Auf dem Heimweg fuhren Larry und Gunnar an uns vorbei, und John schwenkte mit einem breiten Grinsen das Geldbündel. Als wir uns wieder sicher in unserer konspirativen Wohnung befanden, setzten sich die FBI-Agenten zusammen und begannen mühsam, die Seriennummern der Geldscheine zu notieren.

Ich bemerkte lachend, sie könnten froh sein, daß wir die Anleihe nicht in Zehnern und Zwanzigern bekommen hatten.

22

»Ich habe ihm drei oder vier Kugeln in den Kopf gejagt.«

Drei Tage vor Weihnachten rief mich Robbie an. Er wollte mich in DeCaesar's Restaurant treffen, um über die Football-Wetten der letzten Woche abzurechnen. Freddie Campo war mein Partner, und Robbie nahm für uns die Wetten entgegen und trieb das Geld ein. Meine Kunden nannten das Codewort ›Blau‹, wenn Robbie ihre Wetten annahm. Wenn jemand anrief und ihm das Kennwort ›Rot‹ nannte, wußte er, daß es einer von Freddies Kunden war. Dabei wettete jeweils eine Hälfte auf ein Team, um die Verluste gering zu halten.

Larry hatte einigen FBI-Agenten, die natürlich jedes Gespräch aufzeichneten, Robbies Telefonnummer gegeben.

Ich bat John, mich zu DeCaesar's zu begleiten. Larry und Gunnar konnte ich nicht erreichen, und mein Tonbandgerät war im Eimer, also nahm John seines mit. Auf dem Hinweg meinte John, ich solle versuchen, Robbie in ein Gespräch über den Mord an Stanley Gerstenfeld zu verwickeln.

»Ich werde es versuchen. Der Kerl prahlt sowieso gern damit. Er ist ein selbstgefälliger Bastard – vielleicht glaubt er, er kann dich beeindrucken.«

Robbie war in guter Stimmung. Nachdem er mich ausbezahlt hatte, spendierte ich eine Runde und brachte das Gespräch auf Stanley Gerstenfeld.

»Ich glaube, Stanley hat etwas geahnt«, begann ich. »Er wollte sich mit mir treffen, aber es hat nicht geklappt. Wahrscheinlich wußte er, was passieren würde.«

»Er hatte keine Ahnung«, behauptete Robbie. »Erst als ich ihm den Sack über den Kopf zog, wußte er Bescheid. Ich habe ihm drei oder vier Kugeln in den Kopf gejagt und ihm dann noch ins Herz geschossen, damit er mir nicht das ganze Auto vollblutete.«

»Hilft das denn?« Ich stellte mich dumm.

»Natürlich, Joey. Du willst mich wohl verarschen – das weißt du doch.«

John saß dabei und verhielt sich ruhig und freundlich. Das Tonband lief.

Auf dem Heimweg erklärte ich John, daß ich Robbie für einen Verrückten hielte. »Hast du gehört, daß er gesagt hat, wie sehr er sich wünsche, Italiener zu sein?«

»Mehr von der Sorte können wir nicht gebrauchen«, meinte John. »Mir sind die ruhigen, gelassenen Typen wie Tommy A. lieber.«

Während der Feiertage flog John zu seiner Familie nach Chicago. Ich verbrachte Weihnachten mit meiner Tochter Sheryl. Am 2. Januar kam John zurück, und wir machten uns gleich auf den Weg in den Jachtklub von Palm Beach. Unser Club war mittlerweile fertig und sah toll aus. Im oberen Stockwerk standen bereits die Spieltische. Wir hatten einen dichten Plüschteppich und gepolsterte Stühle ausgesucht. Unten befanden sich Eßtische, eine Tanzfläche, eine Bühne und eine Bar aus Mahagoni. An den Wänden standen bequeme Sofas, und vor den Fenstern hingen dicke Vorhänge.

Mitte Januar wollten wir den Laden eröffnen und berieten, ob wir Einladungen verschicken sollten. Allerdings mußten wir noch auf eine letzte Bescheinigung des Bauinspektors warten.

Zwei Tage später rief Fat Andy an, um mir zu sagen, daß er die restlichen 15000 Dollar für John habe. Wir trafen uns sofort mit den anderen Agenten, um uns die Tonbänder zu besorgen. Als ich Larry Doss begrüßt hatte, fing ich an, ihn wegen seines hageren Aussehens aufzuziehen.

»Als ich dich kennenlernte, rauchte ich nicht, hatte noch keine grauen Haare und trank nur gelegentlich Alkohol«, erwiderte er. »Seit wir mit dieser verdammten Operation begonnen haben, trinke ich viel zu viel, und mein Haar wird grau, ich fluche wie ein Seemann, und Philip Morris verdient sich eine goldene Nase an mir.«

Offensichtlich hatte ich diesen Einfluß auf manche Leute.

Fat Andy erwartete uns wieder in der Auffahrt und sagte uns, Sal Reale wolle uns das Geld in einem abgelegenen Bootshaus in der Nähe des Castaways Hotels in Miami Beach übergeben. Während der Fahrt versuchte ich wieder einmal, John Angst einzujagen, aber er winkte nur müde ab.

Die Geldübergabe klappte ohne Probleme. Sal wies John darauf hin, daß er sich glücklich schätzen könne, nur zwei Prozent Zinsen zahlen zu müssen. Nach drei Monaten würde er allerdings drei Prozent verlangen. Als John nickte, überreichte Sal ihm das Geld. Bevor wir fuhren, luden wir Sal zur Eröffnung unseres Clubs am 15. Januar ein.

23

»Sehe ich denn aus wie ein Agent?«

Am Morgen des 11. Januar rief mich Tommy an und sagte mir, er sei im Dip und wolle mich schnellstens sehen. Ich erklärte ihm, daß John und ich uns gegen Mittag mit Fat Andy verabredet hätten und anschließend bei ihm vorbeikommen würden.

»Halt mir diesen John vom Hals«, befahl Agro. »Ich will den Kerl nicht sehen.«

Eines muß ich Tommy lassen – er war der einzige Wiseguy, der den Braten roch.

»Gut, Tip. Dann werde ich ihm sagen, er soll bei Andy auf mich warten.«

Später meldete sich Fat Andy. Er hatte sich inzwischen mit T. A. verabredet und bat uns, eine Stunde eher in sein Haus zu kommen, damit wir vorher über den Club sprechen könnten.

Ich holte John ab. Er trug bereits sein Tonbandgerät, aber es blieb uns keine Zeit mehr, mich zu verkabeln. Auf dem Weg nach Miami hatte ich eine Idee und bat John, an einer Telefonzelle anzuhalten.

»Hallo, Andy, hier ist Joe Dogs. Wir stehen wegen eines Unfalls im Stau und kommen deshalb ungefähr eine Stunde später.«

»Das ist schlecht, Joey. Komm lieber direkt ins Dip. Ich werde dort mit deinem Freund auf dich warten.«

»Aber Tommy will nicht, daß ich John mitbringe. Was soll ich denn tun? Ich kann ihn doch nicht auf dem Parkplatz warten lassen, oder?«

»Nein! Warum denn? Sag Tommy einfach, ich hätte dich aufgefordert, ihn mitzubringen. Ich weiß nicht, warum der Kerl sich darüber so viele Gedanken macht.«

Ich lief zum Wagen zurück. »Jetzt wirst du endlich T. A. kennenlernen«, verkündete ich. »Aber zuerst müssen wir noch eine Stunde totschlagen.«

John war verblüfft. »Wie hast du das gemacht?«

Bei einer Tasse Kaffee erzählte ich ihm grinsend von meinem Trick. Dann fuhren wir ins Dip.

Als wir die Bar betraten, schnappte sich Bobby DeSimone John und zog ihn zur Seite. Hinter Tommy und Fat Andy stand der allgegenwärtige Joe Blaze.

»Hey, Tip.« Ich umarmte meinen *compare* zur Begrüßung.

Tommy war charmant wie immer. »Ich habe dir doch gesagt, daß du deinen Freund nicht mitbringen sollst«, knurrte er.

»Andy meinte, es wäre in Ordnung. Frag ihn!«

»Das stimmt, Tommy«, warf Andy ein. »John ist ein netter Kerl. Du solltest ihn wirklich kennenlernen.«

Tommy ließ seinen Blick mißtrauisch zwischen mir und Andy hin und her wandern. Man konnte beinahe hören, wie es in seinem Gehirn arbeitete. Ich rechnete schon damit, daß gleich Rauch aus seinen Ohren kommen würde. »Na gut, Andy. Wenn du das sagst, soll es mir recht sein. Bobby spricht gerade mit ihm. Wenn er mit ihm fertig ist, könnt ihr ihn mir vorstellen.«

Ich schüttelte den Kopf. T. A. und Bobby waren wirklich die schlechtesten Schauspieler der Welt. Sie benahmen sich wie Schwachköpfe, wenn sie Fernsehstars aus Krimiserien imitierten. Ich hätte beinahe laut losgelacht. Da stand Bobby und fragte John aus! Ausgerechnet Bobby, dessen Intelligenzquotient sich irgendwo in den unteren zweistelligen Zahlen befand. Gut, er war vielleicht nicht der Allerdümmste in der Mafia – Joe Blaze besaß wahrscheinlich nur die Hälfte von seinem Grips.

»Wie steht's mit dem Club?« brummte Tommy. »Ihr hattet doch bereits einen Termin für die Eröffnung, und jetzt findet sie nicht statt. Ich wollte eigentlich kommen, aber ich muß nächste Woche wieder zu Hause sein.«

Ich erklärte ihm, daß wir Schwierigkeiten mit den Eigentumsurkunden hätten und deshalb erst in einigen Wochen loslegen könnten. Schließlich brachte Bobby John an unseren Tisch.

»Ich freue mich sehr, dich endlich zu sehen, Tommy«, sagte John. »Es ist wohl einfacher, den Präsidenten kennenzulernen – wie heißt er gleich noch?«

»Zum Teufel, woher soll ich den Namen dieses Typen kennen?« erwiderte T. A. »Nett, dich zu treffen.«

John plauderte los. Alle starrten ihn überwältigt an, als er von seinen Rauschgiftgeschäften und dem Schmuggel in der Karibik erzählte. Wenn William Webster, der Chef des FBI-Büros in Washington, ihn gehört hätte, wäre er sehr stolz auf ihn gewesen. Diese verdammten Gangster benahmen sich plötzlich, als stünde der Star einer Krimiserie vor ihnen. Mitglieder der Mafia vergleichen sich selbst oft genug mit anderen Kerlen, die sie in Filmen sehen oder von denen sie in Büchern lesen. (Soweit sie lesen können.) John paßte genau in diesen Rahmen. Alle wollten so sein wie er – ein wenig verrückt, gutaussehend und immer im Kampf mit dem Gesetz. Diese Idioten!

»Ich habe Joey schon gesagt, daß ich jetzt wegen der verschobenen Eröffnung des Clubs noch einmal hierherfliegen muß«, bemerkte T. A. schließlich. Er hatte wieder einmal dicke Schweißperlen auf der Stirn. »Allerdings besitze ich kein eigenes Flugzeug – das kostet mich wieder eine Menge Geld.«

»Natürlich, Tom, aber gib bitte Joe keine Schuld – es war mein Fehler«, erwiderte John ernst. »Du mußt auf der Eröffnung unbedingt dabei sein. Bitte komm – ich werde Joe das Geld geben, um deine Unkosten zu decken.«

Das gefiel dem egoistischen, habgierigen Scheißkerl ungemein. »Danke, John.« Er strahlte übers ganze Gesicht. »Hör dir das an, Joe. Dieser Mann hat Klasse – im Gegensatz zu dir.«

Wir redeten noch eine Zeitlang miteinander, dann gab John Fat Andy die fälligen Zinsen. Andy reichte ihm 200 Dollar zurück. »Du hast dich verzählt. Siehst du nun, wie ehrlich wir sind?«

Auf der Heimfahrt gratulierte ich John zu seinem Verhalten. Sein Angebot, Toms Flug zu bezahlen, war wirklich raffiniert gewesen.

»Warum soll die Regierung nicht für seine Reise aufkommen?« scherzte John. »Hauptsache, er kommt wieder.«

Dann erzählte er mir, Bobby habe Informationen aus seiner Vergangenheit haben wollen, die er überprüfen konnte. »Sie haben anscheinend Angst, ich könnte ein Spitzel sein. Sei ehrlich, Joey, sehe ich denn aus wie ein Agent?« Er lachte.

»Ich habe ihm einige Namen von Leuten in Chicago und Indiana gegeben, aber ich glaube nicht, daß er wirklich mit jemandem Kontakt aufnehmen wird. Wenn doch, wird er feststellen, daß diese Leute alle in Boot Hill sind.«

Ich mußte plötzlich wieder an die Leiche in Little Doms Kofferraum denken.

In unserer konspirativen Wohnung trafen wir uns mit Richard McKeen alias Richard Bennett, kurz R. B. genannt. Der neue Undercover-Agent sollte in unserem Club als Barkeeper getarnt arbeiten. Er war Ire, groß und dürr wie eine Bohnenstange und hatte dichtes krauses Haar.

»Tommy und Fat Andy werden allmählich ungehalten«, berichtete ich. »Können diese Schlafmützen in Washington denn nichts unternehmen?«

»Das FBI trägt keine Schuld an der Verzögerung«, entgegnete Tony Amoroso verärgert. »Wir warten, daß der zuständige Richter die nötigen Papiere für die Abhörung im Club unterschreibt. Und nenn unsere Leute nicht Schlafmützen.«

»Auf jeden Fall werde ich jetzt die Einladungen für die Eröffnung am 7. Februar verschicken«, warf John ein. »Verdammt, ich kann mir keine Ausflüchte mehr leisten. Wenn das Papier bis dahin nicht da ist, muß es eben ohne gehen.«

»Richtig!« rief ich. »Zum Teufel, wie lange sollen wir denn noch warten? Ihr hattet es doch so eilig. Wozu? Damit wir jetzt lahmarschig herumsitzen und Däumchen drehen? Das habe ich schon bei der Armee getan.«

Larrys Blick verriet, daß er mich für einen hoffnungslosen Fall hielt. »Ich hoffe, du genießt die Zusammenarbeit mit Joe Dogs«, sagte er zu R. B. »Mich treibt der Kerl in den Wahnsinn. Sieh dir meine Falten und grauen Haare an. Ich habe sogar angefangen zu rauchen.«

»Du siehst wirklich verändert aus«, meinte R. B. »Mir gefällst du so besser.«

Irgendwie erinnerte der Agent mich an eines der Kaninchen, die man in Florida ständig plattgewalzt auf den Autobahnen sah. »Bravo!« Ich grinste ihn an. »Ich kenne einen guten Friseur, der deine Haare schneiden und in Fasson bringen wird. Im Moment siehst du noch aus wie ein Schwuler, aber wenn ich mit dir fertig bin, wirst du wirken wie einer von den Jungs.«

»Hast du Agro gefragt, wann Dominick endlich die zwanzigtausend Dollar wegen ›the Snake‹ besorgt?« fragte Tony Amoroso ungeduldig.

»Nicht Dominick, sondern die Colombos müssen das Geld aufbringen. Tommy meint, daß ich es im Februar bekommen werde.«

»Wenn wir es bis zum 15. Februar nicht haben, wird dein Freund aus dem Erholungsheim ausziehen müssen.«

»Das soll mir recht sein. Vielleicht wachen die Colombos dann endlich auf.«

R. B. sah uns verständnislos an. John erklärte ihm, daß das FBI mit mir als Schlüsselfigur im Moment zwei Untersuchungen durchführte. Bei der Operation ›Home Run‹ ging es um die Gambinos, also Gefolgsleute wie Agro, Capos wie Fat Andy und den *consigliere* der Familie, Joe N. Gallo. Das zweite Unternehmen hatte Vorrang, da es den Kopf der Colombo-Familie, Carmine ›the Snake‹ Persico betraf.

»Und Joe Dogs ist wirklich der Schlüssel zu beidem?« fragte er lakonisch.

»Was denkst du denn, mit wem du es hier zu tun hast?« erwiderte ich. »Mit einem irischen Straßenjunge von der West Side?«

»Ruf Tommy gleich an und sag ihm, daß du morgen nach Washington fliegst, um deinen Verbindungsmann wegen Gallos Jungen zu treffen«, befahl Tony.

»Soll ich das wirklich tun?« Ich war skeptisch. »Und wenn er mich dort zurückrufen will?«

»Kein Problem. Du wirst dort sein. Larry hat bereits die Vorbereitungen getroffen. Ich fliege schon heute und hole dich morgen vom Flughafen ab. Wenn Tommy dich in Washington zurückgerufen hat, fliegst du weiter nach New York. Ich werde dir morgen genau erklären, was du Tommy sagen sollst.«

»*Gesù Cristo*!« rief ich. »Was soll ich denn sonst noch alles tun? Wahrscheinlich willst du auch noch, daß ich das Tonband bei mir trage.«

»Nein, diesmal nicht. Aber die Sache ist sehr wichtig. Das Büro in New York weiß nichts davon, und ich kann dir leider Larry und Gunnar nicht mitgeben. Du bist auf dich allein gestellt.«

Am nächsten Tag, dem 12. Januar, flog ich nach Washington, D.C. Tony brachte mich in ein Hotel und gab mir eine Liste mit Anweisungen für meine Unterhaltung mit Tommy. Außerdem drückte er mir einen Kassettenrecorder mit einigen Kassetten in die Hand. Nachdem ich T. A. meine Nummer gegeben hatte, rief er mich zurück. Ich gab vor, mich am Abend mit meinem Verbindungsmann zu treffen, und bat ihn, mich gegen neun Uhr wieder anzurufen. Um Punkt neun klingelte das Telefon.

»Tip, es ist zu riskant, jetzt darüber zu sprechen. Ich nehme morgen einen Flug nach New York, dann können wir uns abends zum Dinner im Skyway in Queens treffen. Ich habe gute Nachrichten für dich und deinen *compare.*«

Am nächsten Morgen nahm ich mir vom Flughafen ein Taxi zum Plaza. Ich fand, ich hatte ein gutes Hotel verdient. Die Arbeit für das FBI war so gefährlich, daß mir ein wenig Luxus zustand. Außerdem kostete das Zimmer nur zweihundertfünfundsiebzig Dollar die Nacht.

Ich legte mich aufs Bett und schlief ein, doch wenig später weckte mich das Klingeln des Telefons. Es war Larry Doss.

»Woher weißt du, wo ich bin?« fragte ich mißtrauisch. »Ich habe es niemandem verraten, und Tony meinte, das Büro in New York wüßte nichts von meiner Reise.«

»Glaubst du denn wirklich, du könntest nach New York fliegen, ohne daß wir wissen, wo du dich aufhältst? Das können wir dir noch nicht antun. Ich habe mir einfach Sorgen um dich gemacht.«

Ich erklärte ihm, daß ich gut allein auf mich aufpassen könne. Nachdem ich ihm von meinen Plänen für den nächsten Tag berichtet hatte, beschwor er mich, ihn sofort anzurufen, wenn ich das Treffen mit Tommy A. hinter mich gebracht hätte.

»Auch wenn es nach Mitternacht ist?«

»Ihr Italiener versteht wohl kein Englisch«, erwiderte er. »Die Zeit spielt keine Rolle, *capisci*? Ich gebe dir noch eine Nummer in New York für den Notfall. Wenn du nach Andy frägst, verbinden sie dich mit Andris Kurins. Und jetzt schlaf weiter.«

Als ich im Skyway ankam, hatte Tommy bereits das Essen für uns bestellt. Ich überreichte ihm ein Stück Papier. »Diese Liste mit den Namen der Gefängnisse hat mir mein Verbindungsmann gegeben. Mit ein wenig Glück wird Gallos Sohn sogar nach Allenwood kommen. Dort wird er sechs Monate bleiben und dann nach New York verlegt werden, wo er in ein Programm für Freigänger integriert wird. Nach einem weiteren Jahr wird er entlassen. Ohne Bewährungsauflagen. Natürlich geht das alles nur, wenn mein Freund zwanzig

Riesen im voraus bekommt. Das verstehst du doch, Tip, oder?«

»Natürlich, Joey. Das ist in Ordnung. Ich werde meinen *compare* entscheiden lassen. Hat dein Verbindungsmann diese Liste geschrieben?«

»Bist du verrückt, Tom? Das ist meine Handschrift. Mein Freund denkt genauso wie du. Er traut niemanden – außer mir. Hast du nicht gesagt, Joe Gallo würde auch hier sein?«

»Er wollte eigentlich kommen, aber die Sache mit dir ist ihm peinlich.«

»Was meinst du damit? Daß er mich umbringen lassen wollte? Der arme Kerl – ich will ihn wirklich nicht in Verlegenheit bringen. Hast du ihm gesagt, daß ich weiß, daß er mich kaltmachen lassen wollte?«

»Wo denkst du hin? Erst vor kurzem hat er mir gesagt, wie großartig er es findet, was du alles für uns tust, obwohl wir dich fertiggemacht haben. Wenn diese Sache gut läuft, dann wirst du dein Abzeichen bald haben.«

»Ich hoffe, daß ich dafür etwas bekomme«, antwortete ich. »Die Flüge und Übernachtungen in den Hotels sind nicht gerade billig. Solange ich etwas für die *Famiglia* erledige, macht mir das nichts aus. Aber die Colombos sollten eigentlich selbst für die Unkosten aufkommen, die ihre Angelegenheiten verursachen.«

Wir unterhielten uns noch eine Stunde, bevor ich ein Taxi nach Manhattan nahm. Als ich gegen Mitternacht ins Hotel kam, begegnete mir eine ehemalige Freundin von Tommy. Sie war ein wunderschönes Penthouse-Model – ich verbrachte ein paar tolle Stunden mir ihr. Als ich Tommy erwähnte, erzählte sie mir, er wäre im Bett wie Superman. »Schneller als eine Rakete.«

Am nächsten Morgen flog ich zurück nach Florida und fuhr direkt in unsere geheime Wohnung. Larry nahm sofort ein Protokoll auf.

24

Die Eröffnung des Clubs

Das FBI hatte endlich die nötigen Papiere zur Überwachung des Clubs bekommen. Wir legten das Datum für die Eröffnung auf den 7. Februar fest. Ich hatte vorgeschlagen, den Club am 19. Januar aufzumachen – also genau ein Jahr nach dem Tag, an dem ich hätte sterben sollen, doch die anderen fanden das nicht witzig. John hatte eine Band und einen weiteren Barkeeper angeheuert und ein reichhaltiges Buffet bestellt. Als ich gerade meinen Smoking anzog, rief Tony Amoroso an.

»Ich gebe dir jetzt eine Adresse. Der Ort liegt nur einige Kilometer westlich von Fat Andys Haus. Wir treffen uns dort um sieben Uhr.«

»Tony! Um acht Uhr ist die Eröffnung des Clubs! Was ist denn los?«

»Sei pünktlich, Joe. John wird dich entschuldigen. Du wirst eben erst später erscheinen. Trag bitte einen Anzug und Krawatte. Bis nachher.«

Zum Teufel! Ich zog mich um und fuhr Richtung Süden. Kurz vor sieben war ich an der angegebenen Adresse. Vor dem Haus und in der Einfahrt standen einige amerikanische Wagen. Ich war sicher, daß es sich um einen geheimen Treffpunkt des FBI handelte. Drinnen saßen ungefähr fünfzehn Agenten um einen runden Tisch und berieten sich. Als Tony Amoroso mich sah, stellte er mich ihnen vor.

»Es handelt sich nur um eine Vorsichtsmaßnahme«, erklärte er dann. »Wahrscheinlich brauchen wir dich gar nicht. Wir werden heute abend in Fat Andys Haus eine Abhöranlage installieren, nachdem er sich auf den Weg zum Club gemacht hat.«

Ich sollte mit einer Agentin namens Lucy an Fat Andys Tür klopfen, um herauszufinden, ob er jemand zur Bewachung zurückgelassen hatte. Wenn jemand aus seiner Crew auftauchen sollte, würde ich sagen, daß meinem Mädchen und mir auf der Fahrt von Miami das Benzin ausgegangen wäre und daß ich zwanzig Dollar zum Tanken bräuchte.

»Welchen Zinssatz soll ich für diesen Kredit akzeptieren?« fragte ich Tony, doch er hatte anscheinend keinen Sinn für meinen Humor.

Die Agenten, die Andys Haus überwachten, meldeten, daß der Gambino-Capo gerade wegfuhr. Fünfzehn Minuten später lief die Aktion an.

»Es geht keiner ans Telefon. Wir glauben, daß das Haus leer ist, aber wir sind nicht hundertprozentig sicher.« Tony hatte auf einem verlassenen Grundstück in der Nähe einen Kommandoposten aufgestellt. »Geh zum Haus und klopf an die Tür.«

Als ich in die Einfahrt einbog, öffnete Lucy ihre Handtasche und zeigte mir ihre 38er. Ich zog mein Jackett zur Seite und zeigte ihr meine.

»Joe! Du darfst eigentlich nicht bewaffnet sein.«

»Wenn ich die Arbeit eines Agenten mache, dann trage ich auch eine Waffe, Schätzchen. *Capisci*? Laß uns gehen.«

Wir hörten, daß Radio und Fernseher auf voller Lautstärke liefen – ein alter Mafiatrick. Ich klopfte an die Tür. Ich trommelte mit der Faust dagegen. Ich schrie so laut ich konnte: »Hier ist Joe Dogs.« Keine Reaktion. Wir fuhren zurück zu Tonys Kommandoposten, und ich erklärte, daß die Luft rein sei.

»Lucy wird gegen vier Uhr morgens zurück sein«, fuhr ich fort und hielt ihre Hand fest. »Ich werde sie persönlich nach Hause bringen.«

»Hör auf damit, Joe. Sie ist keines deiner Flittchen. Und jetzt verschwinde endlich – du bist schon viel zu spät dran. Lucy, du steigst in mein Auto.«

»Auf Wiedersehen, Schätzchen«, sagte ich bedauernd.

»Bis dann, Joe Dogs«, erwiderte Lucy. »Und viel Glück.«

Während ich mit 160 Stundenkilometern auf der Autobahn in Richtung Norden raste, überlegte ich angestrengt, welche Entschuldigung ich vorbringen konnte, daß ich zur Eröffnung des Clubs zu spät kam. Ich hatte meinen Smoking im Kofferraum des Wagens, aber die Zeit war zu knapp, um mich umzuziehen. Dann bemerkte ich, daß die Knöchel meiner rechten Hand aufgeschürft waren, weil ich mit aller Kraft an Fat Andys Tür gehämmert hatte.

Wir nannten den Club ›Suite 100‹. Als ich endlich dort vorfuhr, war es bereits halb zehn – ich kam eineinhalb Stunden zu spät. Es war brechend voll und roch nach einer Mischung aus frischer Farbe, marokkanischem Leder, Alkohol und Schweiß. Ich mochte diesen Geruch. Langsam schob ich mich durch die Menge und holte mir dabei etliche Küßchen auf die Wange und einige freundschaftliche Schläge auf den Rücken ab. Dann sah ich die ›Intellektuellen‹. Sie saßen an einem Tisch in einer Nische, blickten grimmig drein und wirkten, als wären sie von einer unsichtbaren Mauer umgeben. Offensichtlich warteten sie auf mich.

Tommy Agro, Fat Andy Ruggiano, Skinny Bobby DeSimone und Gerry Alicino starrten mich an wie vier Bulldoggen, die auf ihr Futter warteten.

»Wo warst du, Joe?« fragte Tommy.

John tauchte plötzlich auf und stellte sich neben mich. Ich verzog schmerzlich das Gesicht und fuhr mir mit der linken Hand über die rechte Faust.

»Du wirst kaum glauben können, was mir passiert ist, Tommy. Ich fuhr nach Miami, um diese Puppe abzuholen, die ich am Strand kennengelernt habe. Sie ist zweiundzwanzig und sieht einfach phantastisch aus – du solltest ihre Figur sehen! Erinnerst du dich an sie, John? Ihr Name ist Jaclyn. Du hast sie vor zwei Tagen im Jacht-Klub gesehen.«

John nickte.

»Wo zum Teufel steckt sie?« Tommy drehte sich erwartungsvoll um. »Bring sie her.«

»Sie ist der Grund, warum ich zu spät komme. Wir stiegen gerade in meinen Wagen, als ihr Mann um die Ecke bog. Verdammter Mistkerl! Er redete auf mich ein und quatschte eine Menge Blödsinn. Plötzlich fing die Puppe an zu schniefen. Sie heulte, bis ihr die Wimperntusche über die Wangen lief. Ihr Ehemann, der Trottel, sprang auf die Motorhaube meines Autos. Mir war das scheißegal. Ich fuhr los wie der Teufel, aber der Kerl klammerte sich mit aller Kraft fest. Da fing Jaclyn an zu schreien, ich würde ihn umbringen. Ich bremste scharf, und der Typ fiel herunter. Dann stieg ich aus und verpaßte ihm einen Kinnhaken, der es in sich hatte. Leider habe ich mir dabei die Knöchel aufgeschlagen. Die Schickse kreischte immer noch wie wild, also gab ich ihr einen Tritt in den Hintern. Und jetzt bin ich endlich hier.«

Alle grinsten. So eine Geschichte hörten sie gern.

Ich mischte mich wieder unter die Leute und begrüßte meine Tochter und meinen Schwiegersohn. Jede Menge Puppen waren ohne Begleitung gekommen – ich allein hatte schon ein rundes Dutzend eingeladen.

Nach einigen Drinks setzte ich mich zu Tommy an den Tisch, und wir besprachen flüsternd die Angelegenheit, die Gallos Sohn betraf. Tommy kippte – ebenso wie die anderen der Crew – einen Drink nach dem anderen. Fat Andy, der üblicherweise schweigsam und zurückhaltend war, hatte sich in einen gesprächigen Kerl verwandelt.

»Hat sich Freddie Campo blicken lassen?« fragte er. »Hast du ihm eine Einladung zukommen lassen?«

»Ja«, erwiderte ich. »Aber er hat nur seine rechte Hand geschickt. Lee Lehman, der große Kerl dort drüben, ist an seiner Stelle gekommen.«

»Ist das ein verdammter Jude?« fragte Andy geringschätzig.

»Nein, er ist Araber – ein netter Kerl.«

»Araber, Juden – sie sind alle gleich«, philosophierte Andy. »Sag ihm, wir wollen ihn sprechen. Gibt es hier ein Büro, in dem wir mit ihm reden können?«

Als ich auf eine Tür am Ende des Raums deutete, standen Tommy und Fat Andy gleichzeitig auf. Tommy gab Bobby mit einer deutlichen Geste zu verstehen, er solle sitzenbleiben.

»Und wenn er nicht mitkommen will?« fragte ich.

»Dann kannst du ihm sagen, daß ich ihn gleich hier zerlegen und scheibenweise ins Büro bringen werde«, erwiderte Tommy.

Lee Lehman, dessen Boß jetzt zu den Colombos in Süd-Florida gehörte, war nicht begeistert, als er hörte, er solle sich mit einer Delegation der Gambinos im Büro treffen.

»Was wollen sie denn von mir?« fragte er mit schwacher Stimme. »Ich habe nichts getan – ich bin nur hierher gekommen, um mich zu amüsieren. Ich möchte nicht, daß sie mir etwas antun.«

Lee war ein netter Kerl – und er hatte recht. Ohne es zu wollen, war er plötzlich in den schwelenden Konflikt zwischen den Colombos und den Gambinos verwickelt worden.

Ich garantierte Lee persönlich, daß in meinem Club niemand Hand an ihn legen würde, bemerkte aber, daß ihn das nicht überzeugte. Es war kein Geheimnis, was Tommy Agro mit mir gemacht hatte. Lee hatte die Bürotür noch nicht hinter sich geschlossen, als T. A. schon auf ihn losging.

»Wo ist Freddie? Warum ist er nicht zur Eröffnung gekommen? Er hat eine Einladung erhalten. Es gibt keinen Grund, der ihn entschuldigt.«

Tommys Stimme wurde noch lauter, als er weitersprach.

»Dieser verdammte Freddie hat bei seinem Polizeifreund keinen Finger für uns gerührt. Was zum Teufel denkt er eigentlich, wer er ist? Glaubt er etwa, dieses Gebiet gehöre ihm oder den Colombos? Wo ist dieses Arschloch? Er hat mir ins Gesicht gesagt, daß wir uns um den Cop keine Sorgen machen müßten – aber der hat sich taub gestellt. Wo zum Teufel ist der Kerl?«

Lee Lehman wurde blaß. »Freddie hatte keine Zeit«, stammelte er.

»Er hatte also keine Zeit? Hör gut zu, Lee. Hat Freddie Beziehungen zum Büro des Bezirkssheriffs? Kann er uns da helfen?«

Lee antwortete, daß Freddie niemanden dort kennen würde.

»Warte einen Moment, Lee«, unterbrach ich ihn. »Ich habe dir versprochen, daß dir hier niemand etwas tun würde, aber wenn du lügst, verläßt du diesen Raum nicht lebendig. Also sag den Jungs die Wahrheit.«

»Natürlich.« Lee kratzte sich umständlich am Kopf. »Das habe ich ganz vergessen. Freddie kennt einen Beamten dort.«

Tommy kam um den Tisch herum und ging auf Lee zu. Ich sah, daß er kurz davor war, ihm eine zu verpassen, deshalb ging ich schnell dazwischen. »Nein, Tommy. Laß ihn in

Ruhe. Heute ist schließlich die Eröffnung des Clubs. Wir kümmern uns später darum.«

Als Tommy einen Schritt zurückwich, fing Fat Andy an zu reden.

»Hör gut zu, du Scheißkerl, wie immer du auch heißen magst. Ich bin nicht so ängstlich wie meine Freunde hier.« Zum erstenmal sah ich den massigen Kerl angetrunken. »Freddie hat dich hierhergeschickt, damit du ihn vertrittst, deshalb wirst du ihm eine Botschaft von mir überbringen. Sag dem Arschloch, wenn er uns nicht helfen will, dann soll er sich ganz raushalten. Meinetwegen kann er das erzählen, wem er will. Wenn er Leute hat, an die er sich halten kann, dann soll er zu ihnen gehen – nein, besser laufen. So schnell er kann. Hast du das kapiert?«

»Ja! Ja, Sir! Kann ich jetzt gehen?«

»Na klar, Lee. Bestell dir einen Drink auf unsere Kosten«, meinte Tommy großspurig.

Nachdem Lee gegangen war, unterhielten wir uns noch eine Weile. Dann klopfte John an die Tür. »Alles in Ordnung?«

Wir versicherten ihm, das alles bestens liefe, und gingen gemeinsam zurück an unseren Tisch. Auf dem Weg kamen wir an Lee Lehman vorbei.

»Hallo, Lee, alter Freund. Schön, daß du noch hier bist«, sagte Tommy zu ihm.

Als wir uns gesetzt hatten, ließ sich plötzlich ein hübsches Mädchen mit dem Namen Cookie auf meinem Schoß nieder und fragte mich nach meiner Telefonnummer.

Natürlich gab ich sie ihr.

Es war bereits nach zwei Uhr morgens, als sich der Club allmählich leerte. Tommy, sichtlich angeheitert, legte seinen Arm um Johns Schulter und erzählte ihm von der Episode im Büro.

»Ich habe Joe gesagt, er soll eine Rolle Klopapier bereithalten, falls Lee sich in die Hosen machen und den neuen Teppich versauen würde.« Er lachte, als wir ihn hinausbegleiteten.

Die Eröffnung war nicht nur im Hinblick auf das Geschäft ein Erfolg gewesen. Tommys vertrauliche Unterhaltung mit John war ein kleines Wunder – und ein Durchbruch.

»Ich wünschte nur, wir hätten die Videoanlage bereits installiert«, meinte John, während wir gemeinsam noch einen letzten Scotch tranken. »Tony hätte die Eröffnung sicher gefallen. Aber bald wird es ja soweit sein.«

Unser Club war von Donnerstag bis Sonntag geöffnet. An den Freitagen und Samstagen boten wir Live-Shows. John suchte die Darsteller aus, und R. B., unser vertrottelter, langhaariger Barkeeper, kümmerte sich um die Getränke und die Buchhaltung. Obwohl er ständig ein Glas Bier in der Hand hielt, machte er beides sehr gut. Es gehörte zu seiner Rolle, den Biertrinker zu spielen. Wer würde bei ihm wohl Verdacht schöpfen, daß er ein Agent sein könnte? R. B. war der Schützling von Larry Doss; sie hatten in Philadelphia bereits an einigen Fällen gemeinsam gearbeitet. Als wir R. B. kennenlernten, beschlossen John und ich, den Namen Operation ›Home Run‹ in Operation ›Fehlschlag‹ umzutaufen, doch inzwischen fand ich, daß R. B. in Ordnung wäre. Zumindest gab er sich als aufrichtiger Kerl.

Außer R. B. gehörten noch Gary, unser Barkeeper fürs Wochenende, und Greta und Terry, zwei sexy Bedienungen – Freundinnen von den Typen meiner alten Crew –, zu unserer Mannschaft.

Normalerweise öffneten wir um 23 Uhr. Wenn genügend Kundschaft kam, schlossen wir erst am nächsten Mittag. John und ich schauten meist gegen Mitternacht vorbei. Den Rest der Nacht verbrachten wir damit, in den verschiedensten Lokalen Mitglieder für unseren Club zu werben.

Im ›Suite 100‹ wurde Blackjack auf Tischen gespielt, die das FBI in einem illegalen Spielclub in Tampa beschlagnahmt hatte. Ich schlug John vor, zusätzlich ein Kreditgeschäft anzufangen. »Wir schicken sie einfach in die Küche«, sagte ich. In Mafiakreisen war das das Synonym für den Ort, wo solche Geschäfte abgewickelt wurden. Ähnliche Ausdrücke verwandte man für Waffen- oder Geldverstecke.

Unsere Jukebox spielte hauptsächlich Songs von Sinatra oder Musik aus Italien. R. B. lag uns ständig damit in den Ohren, wir sollten mehr Countrymusik spielen. Im Club zockte er meistens die Kunden beim Backgammon-Spiel ab, und wenn die Leute noch Geld übrig hatten, dann zog er es ihnen beim Pokern aus der Tasche. Anscheinend bekam man beim FBI auch eine Ausbildung im Pokern. Wahrscheinlich gab es in Quantico Kurse für Kartenspielen, Fischen und Biertrinken.

Eines Tages hörte ich, wie die Jungs aus der Crew darüber sprachen, daß sich einer von ihnen um R. B. kümmern sollte, weil er ihnen beim Spielen ständig Geld abnahm. Sofort machte ich allen klar, daß R. B. ›unantastbar‹ wäre.

»Warum setzt du diesen häßlichen irischen Bastard nicht vor die Tür?« fragte mich Don Ritz. »Hol dir einen Italiener. Einen von uns.«

Nachdem Tommy R. B. kennengelernt hatte, schüttelte er den Kopf.

»Wo hast du diesen Idioten aufgetrieben? Fat Andy und Skinny Bobby waren entsetzt. Wenn du willst, besorge ich dir einen guten italienischen Barkeeper.«

Tony Amoroso und Larry Doss ließen nicht mit sich reden. »Er bleibt«, erklärten sie einstimmig. So mußten sich meine Freunde aus der Mafia mit einem Barkeeper abfinden, der aussah wie ein Bauer, in Wirklichkeit aber ein FBI-Agent war.

25

Little Dom setzt einen Killer auf mich an

»Ich bin mit Bobby im Dip, Joey. Komm zum Swimmingpool. Ich muß mit dir über die Sache sprechen, die meinen *compare* betrifft.«

Es war Ende Februar 1982. T. A. hörte sich ruhig und gelassen an.

Ich rief Larry Doss an. Wahrscheinlich hatte T. A. das Geld bei sich, um Gallos Jungen in ein anderes Gefängnis verlegen zu lassen.

»Wenn er dich am Pool treffen will, solltest du das Tonband lieber zu Hause lassen«, meinte Larry. »Ruf mich nachher an, damit ich ein Formular Nr. 302 ausfüllen kann.«

Nachdenklich legte ich auf. Ich wußte, wie wichtig das kommende Gespräch für den Prozeß sein würde. Unter der Dusche beschloß ich, es zu wagen, den Recorder am Pool zu tragen. Vergeblich versuchte ich, Larry oder Gunnar zu erreichen. Schließlich wandte ich mich an R. B., und er erklärte sich einverstanden, mir das Tonband anzuschließen.

Als ich im Dip ankam, tranken T. A. und Bobby am Swimmingpool Kaffee. Tommy umarmte mich zur Begrüßung.

»Hast du die zwanzig Riesen mitgebracht?« fragte ich.

»Ich habe sie nicht bei mir, aber das Geld liegt bereit.« Ich witterte sofort, daß etwas im Busch war. »Mein *compare* hatte eine Idee«, fuhr Tommy fort. Der Kerl versteckte sich ständig hinter dem Rockzipfel von Joe Gallo. Warum hatte ich ihn nur jemals für einen tollen Typen gehalten?

»Bobby hat das Geld. Er wird es auf ein Konto einzahlen, das auf seinen, deinen und Johns Namen läuft. Wie heißt der Kerl eigentlich mit Nachnamen?«

»Marino.«

»Gut. Sag deinem Freund in Washington, das Geld wird solange auf dem Konto bleiben, bis der Junge sich in der dritten Stufe unserer Vereinbarung befindet. *Capisci?*«

»*Hai capito*«, erwiderte ich. Ich freute mich jetzt schon darauf, was die Aufzeichnung dieses Gesprächs für diesen Idioten bedeuten würde. »In Ordnung, Tip. Ich bin sicher, daß er damit einverstanden sein wird.«

»Ruf ihn an und sag ihm, daß das Geld bereit liegt. Dann kann die Sache losgehen«, erwiderte Tommy.

Während der nächsten beiden Stunden lieferten Bobby und T. A. eine Menge Beweismaterial für die Untersuchung, und der Recorder lief.

»Mein Freund in Washington wird Dominick bald in die Prärie versetzen«, erklärte ich. »Ich kann nichts dagegen tun.

Er ist verärgert, weil er immer noch nicht dafür bezahlt wurde, daß durch ihn ›the Snake‹ in New York bleiben konnte. Er hatte vor, ›the Snake‹ ebenfalls verlegen zu lassen, aber ich sagte ihm, das wäre alles Dominicks Schuld. Du hast mir befohlen, ihm das zu sagen, weißt du noch? Ich habe kein gutes Gefühl dabei. Immerhin ist Little Dom mein Freund.«

»Ach wirklich? Hast du das gehört, Bobby? Joey hat Mitleid mit seinem *Freund* Little Dom. Ich glaube, ich sollte ihm reinen Wein einschenken. Was denkst du, Bobby?«

»Ja, Tommy, sag's ihm«, quäkte Bobby.

»Was? Was willst du mir sagen?«

Tommy senkte die Stimme. Dann erzählte er mir, daß Little Dom seiner *Famiglia* weisgemacht hätte, er habe für seine Verlegung in das ›Erholungsheim‹ gesorgt und es auch erreicht, daß ›the Snake‹ in New York bleiben konnte. Er hatte es so dargestellt, als ob er einen Verbindungsmann auf Regierungsebene habe. Was T. A. dann sagte, ging mir an die Nieren.

»Little Dom hat sogar einen Killer auf dich angesetzt, Joey. Der Kerl, der dich umlegen sollte, wollte sich unser Einverständnis holen, doch wir haben ihn nach einer Besprechung davon abgehalten. Was sagst du jetzt zu deinem Freund Dominick Cataldo?«

Ich war froh, daß ich den Recorder in meiner Unterhose versteckt trug, auch wenn ich das Gefühl hatte, mein Schwanz würde jeden Moment abfallen. Ich trug das Tonband im Schritt, weil kein Wiseguy mich jemals dort berühren würde. Mir wurde klar, daß ich auf Larry Doss hätte hören sollen. Warum hatte ich Little Doms Anrufe nicht von Anfang an aufgezeichnet? Als ich nach Hause fuhr, war ich erschüttert. Am Abend rief Larry an.

»Wie ist es dir ergangen, Joey?«

»Alles in Ordnung, Larry.«

»Sag mir, was los war. Ich schreibe mit.«

»Warum kommst du nicht morgen vorbei und hörst dir das Band an?«

»Hast du etwa den Recorder am Pool getragen?« rief er aufgeregt. »Bist du verrückt?«

»Warte, bis du die Aufnahme hörst. Sie ist großartig – genau das, was wir brauchen! Ich habe R. B. angerufen, und er hat das Gerät für mich verkabelt.«

»Ich komme gleich morgen früh«, sagte Larry und warf den Hörer auf die Gabel.

Als John Anfang März aus Chicago zurückkam, schmiedeten wir Pläne, wie wir Boone Darden reinlegen konnten. Ich rief ihn an und bat ihn vorbeizukommen. Zuvor hatte John mir das Tonband umgeschnallt. Gegen zehn Uhr abends steckte der Polizeichef seine Nase zur Tür herein.

»Hallo Boone, alter Freund, wie geht's?«

»Gut. Sehr gut. Ich habe schon seit langem nichts mehr von dir gehört.«

»Ich weiß. Deshalb wollte ich dich sprechen. Laß uns auf dem Parkplatz spazierengehen – dort sind wir ungestört.«

Als wir draußen waren, steckte ich Boone Darden 400 Dollar zu. »Falls deine Beamten das Vorgehen in der ersten Etage unseres Clubs zu eifrig beobachten sollten«, meinte ich. »Wir wollen im nächsten Monat weitere Spieltische aufstellen. Bis wir mit den Spielen Einnahmen erzielen, können wir dir nur hundert Dollar die Woche geben. Ist das okay?«

»Geht klar, Joe«, erwiderte Boone. »Ich weiß, daß es einiges kostet, so einen Club auf die Beine zu stellen.«

Ich begleitete Boone zu seinem Wagen. Schon bald würde er hinter Gitter landen – und ein Cop im Gefängnis hatte wirklich nichts zu lachen.

Am nächsten Tag fuhr ich mit John und Bobby nach Fort Lauderdale, um dort das Konto zu eröffnen. Wir zeichneten alle drei für das Konto, so wie Tommy es gewollt hatte. Damit hatte er nicht nur sich, sondern auch Bobby und seinen *compare* Joe N. Gallo ans Messer geliefert.

Am 12. März rief Tony Amoroso aus Washington an, um mir zu sagen, daß Little Dom in ein berüchtigtes Staatsgefängnis in Ashland, Kentucky, verlegt worden sei. Ich gab die Nachricht sofort an Tommy A. weiter.

»Ich erwarte jeden Moment einen Anruf von ihm«, sagte ich lachend.

»Stell dich einfach dumm«, befahl T. A. »Tu so, als wüßtest du von nichts. *Capisci?*«

Wenige Minuten später klingelte das Telefon. Ein R-Gespräch von Dominick.

»Hallo, Dom! Wie geht's dir? Ich habe schon seit ewigen Zeiten nichts mehr von dir gehört.«

»Sie haben mich verlegt, Joe! Ich bin jetzt in diesem verdammten Kentucky. Das hätte dein Freund nicht tun sollen! Ich habe das nicht verdient. Du mußt etwas unternehmen, Joey! Schnell! Hier sind ein Haufen Nigger – ich gehe in diesem Laden ein. Bitte, Joey!«

»Hör zu, Dominick«, sagte ich grob. »Mein Freund wartet seit November letzten Jahres auf sein Geld. Du kannst dein Schicksal deinen eigenen Leuten zuschreiben. Ihr habt es herausgefordert. Es tut mir leid, aber ich kann nichts für dich tun. Meine *Famiglia* ist nicht gut auf dich zu sprechen. *Capisci?*«

Wir sprachen noch etwa fünfundvierzig Minuten miteinander, dann rief ich Tommy an.

»Gut, gut«, meinte er hämisch. »Vielleicht legen seine Leute jetzt endlich die Kohle auf den Tisch. Du hast mir davon nichts erzählt. *Capisci?*«

»Natürlich, Tom. Ich habe nie mit dir darüber gesprochen.« Nach unserem Gespräch legte ich mich auf mein Bett und dachte nach. Dominick hatte also einen Killer auf mich angesetzt. Und jetzt wollte er, daß ich ihm einen Gefallen tat. Zur Hölle mit dem Scheißkerl!

26

Dieses Lokal ist in Ordnung

Die Untersuchung ging nun rasch voran. Am 17. März 1982, am Tag des heiligen Patrick, trafen John und ich uns wieder mit Boone Darden. Er wollte einen Vorschuß, weil er 3000

Dollar Steuerschulden hatte. Ich versicherte ihm, das sei kein Problem, und gab ihm noch einmal 400 Dollar auf die Hand. Er bedankte sich so überschwenglich, daß Larry und Gunnar beinahe einen Lachkrampf bekamen, als sie später die Tonbandaufnahme abhörten.

Am folgenden Freitag erschien Fat Andy im Club. Wie immer hatte er seine geistlose Begleitmannschaft dabei: DeSimone, Joe Blaze, Fingers Abbandando und Gerry Alicino. John und ich – beide mit Recordern ausgerüstet – luden sie nach Palm Beach ins Bentley's zum Abendessen ein. Anschließend fuhren wir alle in unseren Club ›Suite 100‹.

Obwohl John und ich uns Mühe gaben, stellte sich bald heraus, daß wir beide keine Begabung hatten, ein Lokal zu führen. Als ich einmal Gary, unserem Barkeeper fürs Wochenende, befahl, eine Runde für alle auszugeben, beschwerte er sich, daß John bereits drei Lokalrunden bestellt hätte. Er meinte, wenn wir so weitermachten, würden wir bald unseren Kunden Geld schulden.

Ich setzte eine strenge Miene auf und erklärte ihm, daß ich hier der Boß sei. Er zuckte die Schultern und schenkte die Drinks ein. Kurz nachdem alle mir zugeprostet hatten, bestellte John die nächste Runde für alle. Als wir uns am folgenden Tag mit Tony, Larry und Gunnar in der konspirativen Wohnung trafen, mußte R. B. die Zahlen auf den Tisch legen.

»Der Club war mindestens acht Stunden gerammelt voll«, betonte er. »Wir haben aber nur zweiunddreißig Dollar eingenommen.«

»Großartig«, bemerkte Gunnar trocken. »Ihr Jungs macht das wirklich toll.«

»Das finde ich auch«, warf Larry ein. »Vielleicht solltet ihr noch mehr Personal einstellen.«

Tony Amoroso erklärte uns, daß am folgenden Montag Videokameras und Wanzen in das Büro des Clubs eingebaut werden sollten.

»Kümmert euch darum, daß Boone Darden seinen Vorschuß im Büro entgegennimmt«, befahl er. »Immer wenn einer der Wiseguys etwas Wichtiges mit euch besprechen will, dann führt ihn dorthin.«

Gesagt, getan. Am 3. April kam der Polizeichef Boone Darden, um sein Geld abzuholen. John wischte eifrig den Boden im Büro – ich hatte ihm kurz vorher noch gezeigt, wie er den Besen in der Hand halten mußte. R. B. tat so, als verstünde er etwas vom Gläserpolieren.

Ich konnte die Videokamera mit einem Schalter anstellen, der direkt neben dem Lichtschalter lag. Nach einer Weile hatte ich mich daran gewöhnt, beide Schalter umzulegen, wenn jemand das Büro betrat. Es wurde für mich ebenso zur Gewohnheit, wie den Recorder anzustellen.

Boone sah direkt in die Kamera, die hinter dem Spiegel versteckt war, als ich ihm die 3000 Dollar vorzählte.

Nachdem er das Geld eingesteckt hatte, fragte ich ihn nach Freddies Beziehungen, die er angeblich im Büro des Bezirkssheriffs in Palm Beach hatte. Unser Dialog war so umfassend, daß wir in einem Kinofilm hätten mitspielen können. Allmählich tat mir der dumme Kerl leid.

»Wie habe ich ausgesehen?« fragte ich R. B. anschließend. Er war für den Monitor zuständig.

»Da gibt es keinen Zweifel, Joe«, meinte er. »Sollten sie jemals eine Fortsetzung von ›Der Pate‹ drehen, dann wirst du einen Pferdearsch spielen.«

Im April fielen mir keine Entschuldigungen mehr ein; die Mitglieder des Clubs wollten endlich spielen. Aus gewissen Gründen hatte das FBI die Spieltische bisher nicht eröffnet. Ich glaube, sie waren nur zu bequem, um sich mit der Sache zu beschäftigen. Immer wenn die Gäste spielen wollten, legte ich ihnen ein Päckchen Karten auf den Tisch.

Eines Abends spielten Don Ritz und sein Freund Carmine mit einer schlitzohrigen Mannschaft aus Utica Poker. Schon nach kurzer Zeit stiegen die Einsätze, und das Spiel schien außer Kontrolle zu geraten.

Dons Freunde verloren große Summen. Jeder von ihnen hatte bereits einen Schuldschein über 5000 Dollar auf den Tisch gelegt.

Carmine zog mich zur Seite und bat mich um einen Gefallen.

»Bitte mach den Kerlen klar, daß sie ihre Schulden bezahlen müssen. Wenn sie es nicht tun, dann wird sich schnell herumsprechen, daß dieses Lokal nicht in Ordnung ist. Du bekommst zehn Prozent für deine Mühe.«

Carmine hatte recht. Wenn man in ein Lokal ging, in dem gespielt wurde, mußte man seine Schulden auch begleichen. Ich unterbrach das Spiel und gab eine Runde aus. Dann erklärte ich den beiden Kerlen aus Utica, daß sie jeweils bereits mit 7000 Dollar in den Miesen waren. »Bevor ihr weiterspielt, möchte ich euch etwas sagen, Jungs. Alles, was ihr einsetzt und verliert, müßt ihr bezahlen. *Capisci*? Dieser Laden gehört mir, und wenn ich auch nur eine Beschwerde über euch bekomme, dann werde ich mit euch abrechnen. Ihr habt ein Limit von 10000 Dollar. Ist das klar?«

Die beiden starrten mich eine Zeitlang an. Zum ersten Mal, seit T. A. mich ›degradiert‹ hatte, wagte ich es, mich zu behaupten. Ich sah, daß die zwei Kerle überlegten, ob ich blufften, doch schließlich willigten sie ein. Als beide zehntausend Dollar verloren hatten, war das Spiel zu Ende. Sie versprachen Don Ritz und Carmine, das Geld in der nächsten Woche vorbeizubringen – und das taten sie auch.

Es war ein herrliches Gefühl, wenn man wieder respektiert wurde.

»Wenn ich nicht wüßte, daß du einer von uns bist, hätte ich dir geglaubt«, meinte R. B. später. »Die beiden hatten die Hosen gestrichen voll. Das war eine gute Vorstellung! Trotzdem siehst du aus wie ein Pferdearsch.«

27

Zum Tode verurteilt

Mitte April rief mich Tommy an. »Joey, sie haben es.«

»Was ist los?«

»Little Doms Leute haben das Geld. Du erinnerst dich doch noch daran, oder?«

Anscheinend hatte die Verlegung Dominicks nach Kentucky Persicos Leute aufgeweckt. »Sehr gut. Das wurde auch Zeit«, erwiderte ich.

»Ich möchte dir etwas sagen, mein Freund.« Tommys Stimme hatte wieder einmal das dumpfe Knurren angenommen, das einen Ausbruch ankündigte. »Ich möchte, daß du mir die Wahrheit über deinen Verbindungsmann sagst. Sollte ich herausfinden, daß du mich anlügst, werde ich dir persönlich die Zunge herausschneiden. Hast du das verstanden?«

Tommy schrie den letzten Satz, so laut er konnte. Er war wirklich unberechenbar. Allerdings fragte ich mich, woher er plötzlich einen Verdacht gegen meinen angeblichen Freund in Washington hatte.

»Könnte ich dich jemals anlügen, Tip?« fragte ich unschuldig und lächelte, als ich einen Blick auf das laufende Tonband warf. »Ganz ehrlich, Tip – alles, was ich dir gesagt habe, stimmt.«

»Das hoffe ich, Joey. Ich bin damit bis zur Spitze gegangen. Weißt du, was ich damit meine? Es geht nicht um meinen *compare* oder den Unterboss!«

»Sicher. Du sprichst von Paulie Castellano.«

»Nenn keine Namen, du verdammter Idiot! Meine Leute könnten wegen deines losen Mundwerks zwanzig Jahre Knast bekommen! Hör zu, du kommst übermorgen, um dich mit dem Bruder von dem Kleinen zu treffen. Er hat die Piepen. Alles klar?«

»Natürlich, Tip«, antwortete ich. »Vielen Dank. Mein Verbindungsmann wird sich riesig freuen.«

»Ach ja?« fragte Tommy sarkastisch. »Das ist gut. Dann kannst du dem Arschloch gleich bestellen, daß er vor Freude sterben wird, wenn er die Sache mit dem Jungen von meinem *compare* verbockt. Verstanden?«

»Ja, ja, Tip. Sprich nicht so – wir könnten abgehört werden. Ich sehe dich dann in einigen Tagen.«

Ich rief Larry Doss an und sagte ihm, daß ich nach New York müsse. »Gib mir ein paar Tausender für die Reisekosten und Spesen.«

Am 16. April kam ich am Kennedy Airport an. Larry und Gunnar waren in Washington beschäftigt, deshalb holte mich der Agent Andris Kurins ab. Er und sein Partner Joe O'Brien bauten eine Undercover-Operation gegen Paul Castellano auf. Später verließen die beiden das FBI, weil es wegen ihres Bestsellers ›Boß der Bosse‹, in dem es um das Privatleben der Gambino-Familie ging, Streit gegeben hatte. Das Buch handelte von einem impotenten Paten.

Als Andy Kurins mich fragte, wo ich wohnen wollte, nannte ich natürlich das Plaza. Ich hatte mit meiner Zigarette ein Loch in mein Seidenhemd gebrannt, und Kurins kaufte mir ein neues für 140 Dollar.

»Du brauchst dich nicht bei mir dafür zu bedanken«, meinte er. »Das gehört zu den Spesen.«

Am Abend traf ich Tommy im Regine's. Er hatte zwei Penthouse-Models mitgebracht. Vom Restaurant rief ich Joe Cataldo an und befahl ihm, mir das Geld am nächsten Morgen ins Plaza zu bringen.

»Enttäusch mich nicht«, sagte ich zu Little Doms Bruder. »Ich fliege am Nachmittag weiter nach Washington, um mich mit meinem Verbindungsmann zu treffen. Wenn ich nicht erscheine, verlegt er ›the Snake‹ am nächsten Tag. *Capisci?*«

»Natürlich, Joe. Keine Sorge, ich werde da sein«, versicherte Doms Bruder.

»Mir ist es scheißegal, ob du auftauchst oder nicht«, erklärte ich. »Ihr hättet das Geld schon im letzten November übergeben sollen.«

Ich genoß diesen Abend. Tommy zahlte die Rechnung für das Abendessen. Warum auch nicht? Er bekam es später sowieso zurück. Immerhin kassierte er in diesem Lokal zwanzig Cents von jedem verkauften Drink.

Nachdem die FBI-Agenten mir am nächsten Morgen das Tonbandgerät angeschlossen hatten, kam Joe Cataldo zum Frühstück zu mir. Dominicks Bruder hatte eigentlich nichts mit der Mafia zu tun – er war nur zufällig mit den Leuten bekannt geworden. Ich bin froh, daß er in New York nie angeklagt wurde. In Florida verhaftete man sogar jemanden, der einem betrunkenen Affen eine Banane gestohlen hatte.

Während wir Kaffee tranken, entschuldigte sich Joe Cataldo immer wieder. Er behauptete, Doms Capo, Donny Shacks, wäre schuld daran, daß Dom jetzt in Kentucky saß. »Donny hätte einfach schneller handeln sollen«, meinte er.

»Hast du das Geld gezählt?« wollte ich wissen.

»Nein, aber ich bin sicher, daß es stimmt. Sie würden jetzt nicht versuchen, euch übers Ohr zu hauen. ›The Snake‹ würde sie alle umbringen, wenn er verlegt wird.«

Er reichte mir zwei Geldbündel à zehntausend. Ich zählte kurz nach, damit das Geräusch auf das Band kam. Nach einer halben Stunde ging Joe Cataldo. Sofort waren die FBI-Agenten da und nahmen mir das Tonband ab. Ich fuhr zu Lanza's Restaurant in Manhattan, wo Tommy A. und sein Capo, Joe ›Piney‹ Armone, auf mich warteten.

Als ich Agro das Geldbündel zeigte, grinste er zufrieden. Joe Piney grüßte mich freundlich. Er wurde später zu fünfzehn Jahren Knast verurteilt – heute grüßt er sicher niemanden mehr.

Tommy prahlte damit, wie Paul Castellano und sein Unterboß Neil Dellacroce mich gegen die Geizhälse der Colombos verteidigt hätten. »Na komm schon, Joe. Ist es ein Senator?« Tommy ließ nicht locker.

»Das kann ich dir nicht sagen. Ich kann seinen Namen nicht preisgeben – ebensowenig würde ich dich an ihn verraten.«

T.A.s Stimmung schlug – wie immer – sehr schnell um. »In Ordnung, Joe«, meinte er beschwichtigend. »Das wollte ich von dir hören. Wenn du mir mehr gesagt hättest, wäre ich enttäuscht gewesen.«

Am nächsten Morgen flog ich nach Florida zurück. Andy Kurins behielt die Bänder bei sich, und Larry Doss nahm das Geld an sich und notierte die Seriennummern.

Zwei Wochen später weckte mich das Klingeln des Telefons. Tommy wollte mich so bald wie möglich in New York treffen.

»Meine Güte, Tom. Was ist los? Ich war doch erst im Norden.«

»Ich weiß, Pip. Aber ich muß dich sprechen, also mach dich auf den Weg.«

Plötzlich wußte ich, daß sie mir auf der Spur waren. Ich kann es nicht erklären, aber mir war klar, daß ich zum Tode verurteilt worden war. Larry versuchte, mich zu beruhigen. Ich sagte ihm, daß ich keinen Schritt ohne ihn und Gunnar tun wolle. Er wandte ein, daß Tony Amoroso die Spesen nicht bezahlen würde – außerdem hätte Andris Kurins doch gute Arbeit geleistet.

Trotzdem war ich fest entschlossen, nicht ohne die beiden Jungs, die mich in diese Lage gebracht hatten, zu fliegen.

Am nächsten Tag stieg ich in eine Maschine nach New York City – natürlich flog ich Erster Klasse. Nach dem Start zündete ich mir eine Zigarette an und bestellte bei der Stewardeß Drinks für die beiden Gentlemen in der Touristenklasse.

»Die beiden sind FBI-Agenten«, verriet ich dem Mädchen. »Sie folgen mir nach New York. Bitte sagen Sie ihnen, Joe Dogs lädt sie auf einen Drink ein – sie sollen ihn bitte nicht mehr verfolgen.«

Als ich mich wenig später umwandte, hob Larry Doss drohend die Faust.

Andy Kurins holte uns mit einem Kleinbus vom Flughafen ab. Die Agenten verkabelten mich und gaben mir ein kleines Instrument, das aussah wie ein winziger Transistor.

»Das ist ein Präzisionsmikrofon«, erklärte Kurins. Es übermittelt alle Geräusche auch in einem Auto. Wenn du ein Problem hast oder spürst, daß etwas schiefgehen könnte, dann sag einfach das Kennwort ›Home Run‹. Unsere Jungs werden mit gezückten Waffen innerhalb von Sekunden bei dir sein.«

Nervös steckte ich das Mikrofon in meine Zigarettenschachtel. Der Gedanke, daß immer jemand zur Verfügung stand, beruhigte mich etwas.

In Lanza's Restaurant begrüßte ich Tommy und Piney Armone.

»Joey, wie geht's dir? Du bist zehn Minuten zu spät«, bemerkte Agro. Kurz nachdem ich mich gesetzt hatte, bestand T. A. darauf, mit mir in den angrenzenden Raum zu gehen, um ein Eis zu essen. Ich hoffte, daß dieses verdammte Mikrofon funktionierte. Aus dem Augenwinkel beobachtete ich jeden, der vorbeiging, und fragte mich, wer wohl derjenige war, der mich umlegen sollte. Währenddessen beobachtete ich Tommy A., der hinter der Theke verschwunden war und sich dort leise mit jemandem unterhielt.

Als die Bedienung einen Eisbecher für mich brachte, bedankte ich mich, rührte das Zeug aber nicht an. Ich war sicher, daß K.O.-Tropfen darin waren.

Schließlich kam Tommy mit einem anderen Mann zurück an den Tisch. Jetzt sollte ich ›Home Run‹ rufen, dachte ich verzweifelt, doch dann sah ich, daß es sich bei T.A.s Freund um einen älteren Mann handelte, mit dem ich jederzeit fertig werden würde.

Tommy stellte ihn mir als ›Frank‹ vor und fragte, warum ich mein Eis nicht gegessen hätte. Als ich ihm erklärte, daß ich Schokoladeneis nicht ausstehen könne – obwohl es meine Lieblingssorte war –, bestand er darauf, mir etwas anderes zu bestellen. Ich entschloß mich für Karamel und beobachtete genau, wie der Kellner das Eis aus der Truhe in ein Glas einfüllte. Als ich sicher war, daß niemand es berührt hatte, ließ ich es mir schmecken.

Eine Zeitlang sprach ich mit Tommy über Gallos Jungen. Unsere Unterhaltung, die ich auf meinem Recorder festhielt, sollte der Sargnagel für die Gambino-Familie werden – aber ich hätte das gleiche Ergebnis auch am Telefon erreichen können. Ich wußte, daß sie es auf mich abgesehen hatten, und fragte mich, warum ich noch nicht umgelegt worden war.

Nachdem wir uns verabschiedet hatten, ging ich in Richtung Innenstadt und schrie ›Home Run‹ in das Mikrofon. Es passierte überhaupt nichts. Erst nachdem ich mir eine halbe Stunde lang die Lunge aus dem Leib geschrien hatte, fuhr ein Wagen des FBI vor. Diese verdammten Idioten!

»Wie ist es gelaufen, Joe«, fragte Larry Doss.

»Gut. Ich bin froh, daß ihr alles über das Mikrofon aufgenommen habt«, erwiderte ich.

»Warum?«

»Ich habe vergessen, den Recorder anzustellen. Bloß gut, daß die Jungs im Bus alles mitgehört haben.«

Im Auto brach Panik aus, während Larry sich mein Tonband ansah. Ich lachte Tränen, als er entdeckte, daß ich alles mitgeschnitten hatte. Die Agenten aus New York bekamen beinahe einen Herzinfarkt.

28

Auf der Zielgeraden

John und ich luden Fat Andy mit seiner Crew Ende April ein. Tony Amoroso wollte eine Videoaufnahme von ihm haben. Wir hatten bisher regelmäßig 500 Dollar Zinsen pro Woche für den Kredit über 25000 Dollar gezahlt und wollten ihm jetzt einen geschäftlichen Vorschlag machen.

Nachdem wir in Palm Beach gegessen hatten, fuhren wir in den Club, und ich führte den Capo in unser Büro. Als ich das Licht einschaltete, fing der Videorecorder an zu laufen.

»John bat mich, dich zu fragen, ob du die neuntausend vom Club von der Summe abziehen kannst, die er dir schuldet«, begann ich.

»Wovon sprichst du? Welche neuntausend?«

»John hat ausgerechnet, daß sich seine Ausgaben für den Spielerraum in der oberen Etage auf siebenundzwanzig Riesen belaufen. Diese Summe umfaßt die Tische, den Teppich, die Schreinerarbeiten, die Karten und Chips und die dreitausendachthundert, die wir Boone gegeben haben. Wir haben alles genau in den Büchern aufgelistet. Da John an den Spieltischen nicht beteiligt ist, hat er diesen Betrag durch drei geteilt. Somit kommen auf dich, mich und T. A. jeweils neun Riesen. Tommy meinte, du solltest Johns Zinsen nicht erhöhen, sondern bei zwei Prozent belassen. Außerdem könntest du die neuntausend von der Summe abziehen, die er dir schuldet.«

Von einem Gambino Geld zu bekommen war ein hartes Stück Arbeit. Fat Andy sah mich an, als hätte ich seine Mutter beleidigt.

»Das geht nicht«, erwiderte er. »Ich bin zwar für das Geld verantwortlich, das wir John geliehen haben, aber eigentlich gehört es Sal. Ich werde die Zinsen nicht erhöhen, und wir werden John einen Anteil an der oberen Etage geben. Der Junge arbeitet hart – er hat es verdient. Gib Tommy Bescheid. Und jetzt laß uns etwas trinken – ich habe Durst.«

Fat Andy ging schnurstracks zu John, um ihm die guten Nachrichten zu überbringen. Als ich zu den beiden gehen wollte, kam R. B. vorbei.

»Wie habe ich ausgesehen?« flüsterte ich. »Immer noch wie ein Pferdearsch?«

»Nein, Joe. Der Anzug steht dir gut. Diesmal hast du ausgesehen wie ein Esel.«

Mitte Mai wurde Tommy in New York wegen Erpressung verurteilt, aber auf Bewährung freigelassen. Er führte sich auf wie ein Verrückter. Ständig wollte er Geld. Er verlangte, daß ich ihm die zwanzig Riesen schicken solle, die die Colombos für Snake Persico gezahlt hatten. Ich weigerte mich – schließlich konnte ich ihm nicht sagen, daß das FBI das Geld hatte. In den Tagen danach drohte er mindestens zehnmal, mich umzubringen.

Eines Tages teilte uns Tony Amoroso mit, daß das FBI sich nichts mehr vom Club Suite 100 erwartete.

»Wir lassen die untere Etage für Mitglieder noch geöffnet, aber es lohnt sich nicht mehr, den Spielsalon aufzumachen«, erklärte er. Bevor ich noch Bedenken äußern konnte, daß die Wiseguys Verdacht schöpfen könnten, erläuterte er mir seinen Plan.

»Sag Fat Andy und seiner Crew, daß das FBI herumgeschnüffelt und Fragen über den Club gestellt hätte«, befahl er.

John und ich trafen uns kurz darauf mit Fat Andy und DeSimone in Dano's Restaurant in Miami.

»Wir gehen kein Risiko ein«, beschloß der Gambino-Capo. »Sie könnten uns das Lokal auseinandernehmen und verwanzen. Wir lassen den Spielsaal geschlossen. – Vielleicht haben sie durch diesen verdammten Freddie Wind von der Sache bekommen«, fuhr Fat Andy wütend fort. »Dieser verdammte Scheißkerl. Ich denke, er wird bald für immer verschwinden müssen.«

John gab Fat Andy die Zinsen für vier Wochen und ließ sich dann lang und breit darüber aus, wie leid es ihm täte, daß es solche Schwierigkeiten mit dem Club gäbe.

»Ich habe fast hundert Riesen in den Club gesteckt«, tobte er. »Und ich zahle jede Woche fünfhundert Dollar Zinsen und habe einen Kredit über fünfundzwanzigtausend. Diese Probleme habe ich diesem verdammten Arschloch Freddie zu verdanken!«

John spielte seine Rolle so perfekt, daß ich der Meinung war, er habe soeben Freddies Todesurteil unterschrieben. Wir unterhielten uns noch eine Zeitlang über den Club und waren uns einig, daß er uns eine Menge Kohle einbringen würde, wenn sich die Aufregung einmal gelegt hatte.

»Hallo?«

»Wach auf, Joey, du Esel! Es ist vier Uhr morgens!« Tommys liebliche Stimme weckte mich.

»Ich bin wach. Seit Stunden warte ich auf deinen Anruf.«

»Wie steht die Sache mit dem Jungen meines *compares*? Wann ist es soweit?«

»In etwa drei Wochen. Ich habe heute mit meinem Freund gesprochen. Es ist alles vorbereitet. Aber sag deinem *compare*, er soll seinem Jungen kein Wort verraten. *Capisci*? Und jetzt muß ich mich wieder Lori widmen.«

»Wer ist sie? Sieht sie gut aus? Wie alt ist sie?«

»Lori, wie alt bist du? Sag es Tommy gleich selbst.«

»Hallo, Tommy«, schnurrte mein Kätzchen. »Ich bin neunzehn. Ja, ich bin blond. Nein, das weiß ich nicht – da mußt du Joey fragen.«

Lächelnd reichte sie mir den Telefonhörer.

»Du solltest dich schämen, Joey. Sie ist zu jung für dich. Schick sie zu mir. Das ist ein Befehl, hast du verstanden?«

»Sie ist nichts für dich, Tom – sie ist eine Weiße. Ich rufe dich morgen wieder an.«

Ich besorgte es Lori noch einmal, dann schickte ich sie nach Hause und sagte ihr, sie solle nach ihrem zwanzigsten Geburtstag wiederkommen.

Am 3. Juni befahl mir Tony Amoroso, bei Tommy anzurufen und ihm zu sagen, daß Gallos Junge in zwei Wochen verlegt würde.«

»Großartig«, bemerkte Tommy. »Ich bin gerade auf dem Weg zu meinem *compare* und werde die Nachricht weitergeben. Schick mir das Geld, du Idiot.«

Den Abend verbrachte ich mit John im Jachtklub. Ich fragte ihn, wann er zurückfahren wolle. Beide wußten wir, daß die Operation ›Home Run‹ nach achtzehn Monaten allmählich zu Ende ging. Mir wurde klar, daß ich John vermissen würde. Er war ein absoluter Profi – und er war mein Freund geworden. John hatte mir beigebracht, daß es etwas gab, das meine Freunde von der Mafia nicht besaßen. Wahrscheinlich wurde ich allmählich sentimental.

»Ich bleibe noch bis nächsten Monat«, sagte John. »Wir haben also noch sieben oder acht Wochen zusammen. Wer ist denn das hübsche Mädchen dort drüben, die mit dem Finger auf uns zeigt? Ich meine die Rothaarige.«

»Ihr Vorname ist Annabelle. Sie kann mich nicht leiden – sie hat mir einmal in Lord's Restaurant eine geklebt.«

»Warum?«

»Freddie Campo hatte mir erzählt, daß sie hervorragend blasen würde. Also habe ich sie gefragt, ob alle Männer gleich schmecken würden. Dann ist sie auf mich losgegangen und hat mich ein stinkendes Schwein genannt. Kannst du dir das vorstellen?«

»Ja, Joey. Mich wundert nur, daß sie dich nicht erschossen hat. Komm, laß uns gehen. Ich habe die Nase voll von diesen Lokalen. Warum gehen wir nicht in den Club, schnappen uns eine Flasche und trinken sie zu Hause aus?«

Wir fuhren in meine Wohnung, leerten eine Flasche und unterhielten uns die ganze Nacht.

Eine Woche später war John für ein Wochenende in Chicago. Plötzlich tauchte Bobby DeSimone im Club auf und wollte wissen, wann John den Kredit zurückzahlen würde.

»Keine Ahnung, Bobby. Warum fragst du ihn nicht selbst? Wenn Andy sich darüber keine Sorgen macht, solltest du das auch nicht tun. Hat Andy dir befohlen hierherzukommen?«

»Nein, Joey. Du weißt, daß wir John nicht gut kennen – wir haben ihm den Kredit nur deinetwegen gegeben.«

»Was meinst du damit? Gehört etwa ein Teil des Geldes dir?«

»Nein. Ich meinte natürlich das Geld der Familie.«

»Ich glaube, du kümmerst dich mehr um die Geschäfte deiner Leute, als sie es tun. Du steckst deine Nase in Dinge, die dich nichts angehen.«

»Ich bin einfach ein wenig beunruhigt«, meinte Bobby. »Wir können nichts über John herausfinden.«

»Er ist nicht wie wir, Bobby«, erklärte ich. »Bevor er mich traf, hatte er eine weiße Weste. Sicher wäre er froh, mich wieder loszuwerden. Sogar Tommy traut ihm – er hat immerhin ein Konto für Gallos Jungen eröffnen lassen, für das John zeichnen kann. Du bist offensichtlich der einzige, der mißtrauisch ist.«

»Wahrscheinlich hast du recht«, erwiderte Bobby zögernd. »Ich mag John sehr, und ich hoffe, daß mit ihm nichts schiefläuft. Warum ist er dir gegenüber eigentlich so loyal?«

»Gute Nacht, Bobby. Ich weiß nicht, wer dich geschickt hat, und es ist mir auch gleichgültig. Ich werde Tommy von unserem Gespräch erzählen.«

Jetzt war mir klar, daß sie Bescheid wußten.

29

»Blas die Sache ab!«

»Hallo?« Seit einiger Zeit drückte ich automatisch auf den Aufnahmeknopf des Tonbands, wenn ich den Telefonhörer abnahm.

»Ruf mich aus einer öffentlichen Telefonzelle zurück – ich traue deinem verdammten Apparat nicht.« Tommy Agro warf den Hörer auf die Gabel.

Ich holte den tragbaren Recorder aus dem Schrank, legte neue Batterien und eine Kassette ein und fragte mich, ob der Trottel T. A. von dieser Erfindung überhaupt etwas ahnte.

Auf der anderen Straßenseite stand eine Telefonzelle. Nachdem ich das Mikrofon am Hörer befestigt hatte, wählte ich Tommys Nummer.

»Was gibt es, Tip?«

»Es geht um die Sache für meinen *compare.* Blas sie ab.«

»Was?«

»Vergiß es, hörst du? Hast du kapiert? Mein *compare* ärgert sich krank darüber. Ich hätte nie damit anfangen sollen. Er hat Angst, daß etwas schieflaufen könnte. Blas die Sache ab.«

Wir schrieben den 10. Juni – in vier Tagen wollte das FBI Joe Gallo Junior verlegen lassen.

»Verdammt, Tip, ich weiß nicht, ob das geht. Am 14. Juni sollte es losgehen. Ihr wißt wohl nicht, was ihr wollt! Warum sagst du mir erst jetzt Bescheid?«

»Tut mir leid, Joey, aber mein *compare* befürchtet, daß an der Sache etwas faul sein könnte. Ihr müßt sofort das Geld von dem Konto abheben. Bobby versucht gerade, John zu erreichen.«

Ich sagte ihm, daß sich John noch in Chicago befände und erst in zehn Tagen zurückkommen wolle.

»Das ist gar nicht gut, Joey.« Die Stimme von T. A. hatte einen ungewöhnlichen Klang – nach einer Weile wußte ich, woran es lag: Er hatte Angst. »Setz dich mit ihm in Verbindung. Sag ihm, er soll sofort zurückfliegen, um das Konto aufzulösen. Ich zahle ihm den Heimflug. Wenn du mir seine Nummer gibst, werde ich ihn selbst anrufen.«

»Nein, Tip, ich werde ihm sagen, daß er so schnell wie möglich kommen muß. Aber ich kann dir nicht versprechen, daß ich die Aktion für Gallos Sohn noch abbrechen kann.«

»Du mußt es versuchen, Joey! Tu, was du kannst! Der Junge ist kurz davor durchzudrehen! Er weiß, daß etwas in der Luft liegt. Brich die Sache ab!«

Ich versprach Tommy, ihn sobald wie möglich wieder anzurufen. Dann ging ich in meine Wohnung und rief Tony Amoroso an.

»Da stimmt etwas nicht«, sagte ich leise, nachdem ich ihm die Aufnahme vorgespielt hatte.

John flog noch am gleichen Tag zurück. Wir trafen uns gegen Mitternacht im Club und besprachen die Sache.

»Wir holen das Geld und lassen es Bobby hier im Büro zählen«, schlug John vor.

Am nächsten Morgen fuhren wir zu dritt zur Bank und lösten das Konto auf. Wir hatten sogar 181,04 Dollar Zinsen bekommen.

Zurück im Club ließen wir uns von R. B. Cocktails mixen und gingen ins Büro. Unauffällig schaltete ich den Videorecorder ein, bevor Bobby anfing, das Geld zu zählen.

»Junior Abbandando kann dich nicht leiden«, meinte Bobby unvermittelt.

»Was? Fingers mag mich nicht?«

»Er kann deine Sprüche über seinen fehlenden Finger nicht ausstehen. Für ihn bist du ein Klugscheißer.«

Nachdem Bobby gegangen war, machte R. B. wieder die üblichen Witze über mein Aussehen auf Video, doch diesmal konnte ich nicht darüber lachen. Ich fragte mich allmählich, um wessen Hals sich die Schlinge langsam zuzog.

John flog nicht wieder nach Chicago zurück, sondern veranstaltete eine Geburtstagsparty für mich. Am 14. Juni 1982 wurde ich 51 Jahre alt. Wir feierten zuerst in Joey's Disco und zogen dann durch Palm Beach. Meine Freunde beschenkten mich reichlich – leider hatten sie alle die gleiche Idee gehabt, und so besaß ich am nächsten Tag zwölf Feuerzeuge.

Tommy rief mich dreimal an. Schließlich konnte ich ihm sagen, daß ich die Sache mit Gallos Jungen abgeblasen hatte. Irgendwie schien er sich darüber nicht richtig freuen zu können. Er fragte mich immer wieder, wann John den Kredit an Fat Andy zurückzahlen würde. Die ganze nächste Woche belästigte er mich damit. Fat Andy selbst meldete sich nicht bei mir – er hatte Angst, am Telefon darüber zu sprechen.

Anfang Juli schickten wir Andy 3000 Dollar Zinsen – den Kredit sollte er nicht mehr zurückbekommen.

Bei jedem seiner Anrufe klang Tommys Stimme schriller. Ich genoß es, ihn schwitzen zu sehen. Der Kerl drehte allmählich durch – und das gefiel mir.

»Auf dem Weg zum Club haben mich zwei FBI-Agenten aufgehalten«, berichtete ich. »Sie wollten mit mir über dich, John und Fat Andy sprechen.«

»Und was hast du ihnen gesagt?« fragte er nervös.

»Ich habe ihnen klargemacht, daß ich ohne meinen Anwalt nichts sage. Was denkst du denn?«

»Sehr gut, Joey. Was haben sie dann gemacht?«

»Nichts, Tommy. Sie sind wieder abgezogen. Mein Anwalt ist ausgezeichnet – er hat es schon geschafft, mich nach dreißig Tagen aus dem Knast zu holen, als ich für einen Monat verurteilt worden war.«

»Ausgezeichnet, Joey – hey, warte mal. Du willst mich wohl auf den Arm nehmen, du Scheißkerl! Wenn ich dich jetzt vor mir hätte, würde ich dir den Hals umdrehen! Was wollten sie über diesen verdammten John wissen? Dieser beschissene Club bringt mir keinen Pfennig ein. Warum hast du diesen Mistkerl John mitgebracht? Warum? Erklär mir das, du Idiot! Hörst du mich?«

»Ja, Tom, ich höre dich.« Ich lehnte mich bequem zurück, nippte an meinem Scotch und zündete mir eine Zigarette an. »John hat mir geholfen, den Club auf die Beine zu stellen«, sagte ich lächelnd. »Erinnerst du dich noch an unsere Unterhaltung im März letzten Jahres? Ihr wolltet doch alle daran verdienen, nicht wahr? Die Idee stammt von dir und Fat Andy, nicht von mir. Ich habe mir dann jemanden gesucht, der investieren wollte. *Capisci?*«

»Schieb jetzt nicht mir die Schuld in die Schuhe, du Arschloch! Warum wollten die Agenten mit John sprechen? Wahrscheinlich erzählt der Kerl dem FBI alles, was er weiß.«

»Was weiß er denn schon, Tip? Ich habe ihm nichts erzählt. Du etwa?« Ich forderte Tommy absichtlich heraus.

»Wenn ich dich wieder vor mir habe, reiß ich dir deine verdammte Zunge aus deinem beschissenen Maul und stopf sie dir in den Hintern! Hast du mich verstanden, du Arschloch?«

»Ja, du hast gesagt, daß du ...«

»Ich weiß selbst, was ich gesagt habe! Dein Geschwätz treibt mich noch in den Wahnsinn!«

»Ganz ruhig, Tip. Reg dich nicht auf, mein Freund. Schenk dir einen Drink ein und nimm ein Aspirin. Ich werde mich mit John treffen, dann rufe ich dich wieder an, okay? Und jetzt leg dich hin und ruh dich aus.«

»In Ordnung, Joey«, keuchte er.

John packte gerade, als ich bei ihm klingelte. Ich lud ihn auf einen Drink ein. Wir waren immer füreinander da. Natürlich gab es auch hin und wieder Streit, aber wir hatten nie ein ernsthaftes Zerwürfnis. Ich brachte ihm bei, wie sich ein Gangster verhielt, und er versuchte, mir zu zeigen, wie ein anständiger Bürger lebte. Er lernte dazu, aber ich war ein hoffnungsloser Fall.

Am nächsten Tag rief ich Tommy wieder an.

»Was hat John gesagt? Und sprich anständig mit mir, sonst nehme ich das nächste Flugzeug in den Süden und leg dich um.« Tommy hatte sich anscheinend etwas beruhigt und benahm sich wieder wie gewohnt. Ich hielt das für ein gutes Zeichen.

»Ich habe ihm erklärt, daß der Club ein Reinfall sei – das FBI habe nach ihm gesucht, um ihm Fragen zu stellen. Ich schlug ihm vor, er solle nach Chicago zurückkehren – R. B. wird den Laden für uns verkaufen. Ich sagte John auch, er müsse weiterhin die Zinsen an Fat Andy überweisen, bis er den Kredit abbezahlt habe.«

»Gut, Joey. Wie hat er reagiert? Und können wir diesem irischen Barkeeper trauen? Er sieht aus wie ein Cop. Selbst Andy und Bobby denken das.«

»Nein, Tip. Der Kerl hat acht Jahre in Atlanta gesessen. Was zum Teufel ist denn los mit euch? Glaubt ihr, ich hätte nicht alles überprüft? *Marrone*!«

»Er war im Knast?« Tommys Stimme klang erleichtert. »Das hättest du uns sagen müssen.«

»Das spielt doch jetzt keine Rolle mehr. R. B. wird mit John nach Chicago zurückgehen, wenn der Club verkauft ist. Und ich habe es wohl nicht nötig, meine Loyalität zu beweisen.«

»So habe ich das nicht gemeint«, lenkte T. A. ein. »Ruf mich an, wenn es etwas Neues gibt.«

Als ich den Recorder abstellte, entdeckte ich, daß ich vergessen hatte, eine Kassette einzulegen.

John war nach Chicago zurückgekehrt, und der Club war geschlossen. Tony Amoroso befahl mir, mit R. B. die Stadt zu verlassen. Wir fuhren in die Everglades und nach Fort Myers. Eine Woche lang spielten wir Golf und fielen uns gegenseitig auf die Nerven.

Ich mußte einfach wieder zurück. Sogar von Fort Myers aus rief ich Tommy jeden Tag an – ich konnte es einfach nicht lassen. Es war, als wäre ich süchtig nach ihm. Er bemerkte nicht einmal, daß ich nicht zu Hause war. Als ich wieder in meiner Wohnung in Singer Island gelandet war, meldete ich mich sofort bei ihm.

»Bobby hat schon einige Male versucht, dich zu erreichen. Er sagt, du gehst nie ans Telefon.«

»Ich befürchte, daß das FBI versucht, mich anzurufen«, erwiderte ich. »Was zum Teufel will der Schwätzer von mir? Ständig spricht er von Johns Kredit. Sag ihm, er soll mich nicht mehr anrufen – er bringt mich noch in Teufels Küche.«

»Du hast recht, Joey. Er macht sich große Sorgen um Fat Andys Geld. Dabei hat Andy als einziger bei der Sache verdient – die zwei Prozent haben sich ausgezahlt. Ich werde dem dürren Mistkerl Bobby sagen, er soll dich nicht mehr belästigen.«

30

Ich soll endgültig dran glauben

Die letzten beiden Juliwochen verliefen ruhig. Tommy erkundigte sich jeden Tag nach dem Club, doch ich erklärte ihm, daß der Verkauf nicht von heute auf morgen zu bewerkstelligen sei. Im August mußte ich wegen einer Geschichte, die bereits zwei Jahre zurücklag, vor Gericht. Der Staatsanwalt wollte meine Bewährungsstrafe verlängern, da er der Meinung war, ich sei bei der Klage auf Körperverletzung sowieso zu gut davongekommen, aber der Richter sprach mich frei.

Kurz darauf verliebte ich mich in Francie – diesmal war es mir wirklich ernst.

Mitte August rief mich Tommy an. Carmine ›the Snake‹ Persico war nach Kalifornien verlegt worden, und ich sollte ihn mit Hilfe meines Verbindungsmannes wieder nach New York zurückschaffen. Ich versprach T. A., mich darum zu kümmern, widmete mich dann aber lieber wieder Francie.

Eine Woche danach gab ich Tommy Bescheid, daß ich noch Zeit bräuchte. Tony Amoroso machte sich große Sorgen um meine Sicherheit. Es ging das Gerücht, daß Victor ›Little Vic‹ Orena, ein Capo der Colombos, mit dem ich in den 70er Jahren Geschäfte gemacht hatte, einen Spion beim FBI hatte. Dieser Kontaktmann hatte behauptet, Joe Dogs würde mit den Agenten zusammenarbeiten.

Amoroso ordnete an, daß ich mit Larry und Gunnar nach Fort Myers fahren sollte, während das FBI eine neue Wohnung für mich suchte. Als die beiden mich abholten, war ich stinksauer, weil ich mich gerade mit Francie treffen wollte. Schon bald sah ich allerdings ein, daß das FBI recht hatte. T. A. drohte mir am Telefon, mich umzubringen – ungewöhnlicherweise hob er dabei nicht einmal seine Stimme.

Das Büro brachte mich schließlich in einer abgelegenen kleinen Wohnung in Cape Coral unter. Am 16. August meldeten Larry und Gunnar, daß einige von Agros Schlägern in

Singer Island nach mir gesucht hätten. T. A. war wieder auf meiner Spur.

Cape Coral war das ödeste Provinznest im Westen Floridas. Es lag einige Kilometer von der ›Großstadt‹ Fort Myers entfernt am Caloosahatchee River. In dem ganzen Ort gab ein kein einziges Lokal, wo man sich aufhalten konnte. Ich hatte kein Telefon, kein Auto und – wie es mir schien – auch keine Zukunft mehr. Am ersten Tag ging ich zur Bank und ließ mir einen Sack voll Kleingeld geben. Dann verbrachte ich Stunden in der Telefonzelle gegenüber meiner Wohnung und sprach mit Francie.

Ich mußte mich jeden Tag bei Larry melden, damit er wußte, daß es mir gut ging. Schließlich machte ich Spaziergänge und sah mir die ›Sehenswürdigkeiten‹ des Ortes an – manchmal dachte ich, daß mir selbst Agros Gesicht lieber wäre. Tony Amoroso hatte vor, einige Kugeln in meinen Mietwagen zu jagen und etwas Blut auf dem Fahrersitz zu verteilen, um meinen Tod vorzutäuschen. Wahrscheinlich sahen die Jungs zu viel fern. Glücklicherweise wurde Tonys Plan nie in die Tat umgesetzt.

An meinem sechsten Tag in dieser Geisterstadt ließ mich Larrys Sekretärin wissen, daß er meinen Anruf in Washington erwartete. Er befahl mir, einige Sachen einzupacken und mit der nächsten Maschine zu ihm zu kommen. Sogar die Fahrt zum Flughafen war in diesem Kaff ein Problem. Larry holte mich in Washington ab, und ich flehte ihn an, nach Hause fahren zu dürfen.

»Ihr könnt mich doch dort nicht versauern lassen«, klagte ich. »Ich hasse dieses Provinznest. Dort laufen nur Idioten herum.«

»Hör auf, dich zu beklagen«, meinte Larry ungerührt. »Wenn wir dir ein neues Auto besorgt haben und wenn du erst ein paar Mädchen kennengelernt hast, wird es dir schon gefallen.«

»Machst du Witze?« fragte ich entrüstet. »Als ich meiner Nachbarin zwanzig Dollar angeboten habe, damit sie mich zum Flughafen fährt, meinte sie, für das Geld würde sie mir auch noch etwas kochen! Mit solchen Weibern kann ich nichts anfangen, Larry. Du mußt mich da herausholen!«

In einem Hotel in Washington sollte ein wichtiges Meeting stattfinden. Tony Amoroso, Larry und Gunnar waren dabei. Andris Kurins war aus New York angereist, und Roma Theus, der Staatsanwalt aus Florida, der die Operation ›Home Run‹ vor Gericht vertreten sollte, war aus Miami gekommen. Theus war ein Schwarzer – seinetwegen hatte Larry mich davor gewarnt, in meinen Telefonaten von ›Niggern‹ zu sprechen.

Sie baten mich, an der Bar auf sie zu warten. Das war ein großer Fehler – als die Besprechung zu Ende war, hatte ich einen sitzen und begriff kaum noch, was die Agenten von mir wollten. Immerhin war ich seit einer Woche nicht mehr aus gewesen und hatte einiges nachzuholen.

Am nächsten Morgen trafen wir uns zum Frühstück, und Tony erklärte mir alles noch einmal. Das FBI ging davon aus, daß die Operation ›Home Run‹ bald beendet sein würde, da meine Tarnung aufgeflogen war. Allerdings waren sich die Agenten nicht hundertprozentig sicher. Immerhin hatte die Mafia schon einmal versucht, mich umzulegen, und mich dann doch wieder in ihre Kreise aufgenommen. Vielleicht hatten die Gerüchte doch keinen großen Einfluß auf die Bosse gehabt.

Ich sollte Tommy anrufen und mich so verhalten, als hätten wir uns erst vor kurzem getroffen. »Wahrscheinlich wird er dich anschnauzen«, meinte Tony Amoroso. »Am besten denkst du dir schon vorher eine gute Entschuldigung aus, warum du dich so lange nicht bei ihm gemeldet hast. Dieses Gespräch ist sehr wichtig. Wir wollen sehen, wie Agro sich benimmt. Dann werden wir entscheiden, ob wir dich nach New York schicken oder nicht.«

»Ich bin nur froh, daß ihr den Trick mit den Schüssen auf meinen Wagen nicht in die Tat umgesetzt habt. Meine armen Töchter wären verzweifelt. Sie wissen auch jetzt nicht, ob ich überhaupt noch lebe.«

»Stimmt das?« fragte Tony. »Hast du deine Familie aus Cape Coral nicht angerufen?«

»Nein, ich habe nur mit Francie gesprochen. Und sie weiß nicht Bescheid – ich habe mir eine schöne Geschichte für sie ausgedacht.«

Nachdem die Agenten das Tonband angeschlossen hatten, wählte ich Tommys Nummer.

»Hi, Tip. Wie geht's dir, mein Freund? Ich wollte dir nur sagen, daß ...«

»Joey? Du lebst? Ich kann es kaum fassen.« T. A. hörte sich erstaunlich gelassen an – das beunruhigte mich. Doch schon wenige Sekunden später fing er an zu brüllen.

»Du verdammtes Arschloch! Wo warst du? Wir haben alle gedacht, du wärst tot. Deine Tochter weint sich die Augen aus dem Kopf. Sie denkt, John hätte dich umgelegt. Ich wollte schon mit einigen meiner Jungs nach Chicago fahren, um John zu suchen. Wir wollten wegen dir mit ihm abrechnen, du Vollidiot!«

»Warte mal, Tip. Wie kommst du darauf, ich könnte tot sein? Warum sollte John mir etwas antun? Er ist mein Freund. Meine arme Tochter – ich werde sie gleich anrufen. Ich weiß wirklich nicht, warum du gedacht hast, jemand hätte mich umgelegt. Ich bin doch ein netter Kerl, oder nicht?«

»Du meldest dich sonst regelmäßig – und plötzlich bist du wie vom Erdboden verschluckt. Was war los?«

»Ich habe mich in das süßeste Mädchen verliebt, das du dir nur vorstellen kannst. Sie wollte mit mir nach Costa Rica fliegen, aber ich sagte ihr, ich müßte zuerst etwas Geschäftliches in Washington erledigen. Außerdem wollte ich dir noch fünf Riesen überweisen.«

Der Gedanke an Geld stimmte Agro immer milde. »Du hast fünftausend für mich?« fragte er erfreut.

»Ja, Tip, aber laß mich meine Geschichte weitererzählen. Das Mädchen steckte mir die Zunge ins Ohr und flüsterte, ich solle für einige Tage alle Geschäfte vergessen. Bevor ich mich versah, war ich mit ihr in Costa Rica gelandet. Dir wäre es mit dieser Puppe nicht anders ergangen, Tommy.«

Lächelnd sah ich die Agenten an, die zustimmend nickten. Tony hob anerkennend den Daumen.

»Nein, Joey, so etwas geht einfach nicht. Wir waren kurz davor, nach Chicago zu fahren, um dort ein paar Leute umzulegen. Sogar mein *compare* war damit einverstanden. Tu so etwas nie wieder, Pip, hörst du? *Capisci*? Mr. *Serpente* ist immer noch an der Westküste. Wie steht es mit dieser Sache?«

»Deshalb bin ich jetzt in Washington«, erklärte ich. »Ich bekomme noch heute nachmittag Bescheid. Hier ist meine Nummer – wenn du mich nach zwei Uhr anrufst, kann ich dir mehr sagen.«

Bevor die Agenten gingen, befahlen sie mir, im Zimmer zu bleiben. Sie würden mich rechtzeitig informieren, was ich Agro sagen sollte.

Ich rief meine Tochter Sheryl an.

Sie berichtete, daß Bobby DeSimone sich jeden Tag bei ihr gemeldet hätte. Er war davon überzeugt, daß ich von John umgelegt worden wäre.

»Sie wollten nach Chicago fliegen, um sich an John zu rächen. Beinahe wäre der beste Freund, den du jemals hattest, deinetwegen ermordet worden.«

Ich wünschte, ich hätte meiner Tochter sagen können, daß ich für das FBI arbeitete, aber das konnte ich nicht riskieren.

Tommy rief um fünf nach zwei an.

»Es klappt, Tommy«, sagte ich. »Du kannst den Jungs sagen, daß die Sache morgen in einer Woche über die Bühne gehen wird. Aber ich muß jetzt wissen, wohin er verlegt werden soll.«

»Schick ihn dorthin, wo der Kleine war.« T. A. meinte damit Allenwood in Pennsylvania. »Er möchte nicht zurück nach New York.«

»Gut. Ruf mich trotzdem heute abend noch einmal an, um zu bestätigen, daß die Jungs das wirklich wollen.«

Als T. A. sich um neun Uhr abends wieder bei mir meldete, gratulierte er mir zu meinem Weitblick. »Du hattest recht, Joey. Keiner weiß genau, was der Boß wirklich will. Du mußt mir noch einen Tag Zeit geben.«

»In Ordnung, Tip. Bitte sieh zu, daß die Entscheidung so rasch wie möglich fällt. Ich möchte zurück zu meinem Mädchen. Dieses Mal habe ich mich wirklich verliebt – ich möchte sie heiraten.«

»Das freut mich, Joey. Ich bin schon sehr gespannt auf sie. Bring sie mit, wenn du kommst.«

Genau vierundzwanzig Stunden später, am 26. August 1982, rief mich Agro wieder an. Der Colombo-Capo Donny Shacks und er feierten im Skyway. ›The Snake‹ hatte sich für Allenwood entschieden.

»Die Jungs lassen dir herzlich danken«, sagte Agro. »Sie werden hier alles für dich tun, glaub mir.«

Tony hatte mir befohlen, T. A. auf mein Abzeichen anzusprechen. Ich hielt diese Idee für lächerlich. Die Kerle planten, mich aus dem Weg zu räumen, und hatten nicht vor, mich als Mitglied aufzunehmen. Ich wußte, daß etwas in der Luft lag. Immerhin hatte ich sehr lange mit ihnen zusammengelebt – ich dachte und kämpfte wie diese Jungs. Auch wenn die FBI-Agenten es nicht wahrhaben wollten – meine Zeit als Undercover-Agent war so gut wie vorbei. Trotzdem wollte ich den Leuten, die bald für meinen Schutz zuständig sein würden, meinen guten Willen zeigen. Sie sollten wissen, daß ich ihre Anordnungen befolgte.

Zuerst erkundigte ich mich bei Tommy, warum seine Schläger sich vor meiner früheren Wohnung herumgetrieben hätten. Ich muß zugeben, daß er sich sofort etwas einfallen ließ. Er erklärte, seine Männer hätten versucht, etwas über mein Verschwinden oder über John herauszufinden. Ich tat so, als würde ich ihm glauben, und sprach ihn auf mein Abzeichen an.

»Was muß ich eigentlich noch tun? Denk doch an den Gefallen für *Serpente*. Muß ich erst noch ein Dutzend Kerle kaltmachen, um dabei zu sein?«

»Nicht am Telefon«, unterbrach mich Tommy. »Mach dir keine Sorgen. Du stehst sehr gut da – sie respektieren dich alle. Und jetzt stell keine weiteren Fragen mehr. *Capisci?*«

»Ich verlange kein Geld von euch.«

»Natürlich, Joey, ich weiß genau, wovon du sprichst. Hab noch ein wenig Geduld.«

Tony hörte sich das Band an und war begeistert. Das FBI beschloß, daß ich nach New York gehen und dort wieder mit John zusammenarbeiten sollte. Ich war einverstanden – solange John mich beschützte, hatte ich keine Angst. Zuerst sollten wir nach Florida fliegen, damit John sich auf die Reise vorbereiten konnte. Dann wollte er sich in Chicago von seiner Familie verabschieden.

Doch dann brach unser Team auseinander. Gunnar Askeland verließ das FBI. Er hatte seinem Vorgesetzten gemeldet, einer seiner Informanten habe ihm berichtet, daß es in den einschlägigen Kreisen Gerüchte über die Operation ›Home Run‹ gäbe. Als Gunnars Boß verlangte, er müsse den Namen seines Mittelsmannes preisgeben, weigerte er sich und kündigte. Das FBI verlor mit ihm einen guten Mann.

Unser Plan wurde erst einmal aufgeschoben. Tony meinte, John und ich sollten noch nicht nach New York gehen. »Laßt uns vorsichtig sein. Warum versuchst du nicht, Tommys Reaktion abzuwarten? Ich möchte wissen, was er davon hält, dich wieder in New York zu haben.«

Am 30. August rief ich T. A. von meinem Zimmer im Hyatt Hotel in West Palm Beach an. Ich versicherte ihm, daß ›the Snake‹ noch in der gleichen Woche verlegt werden würde.

»Ich denke daran, nach New York zurückzukommen«, sagte ich dann. »Mein Mädchen plant, dort ein Geschäft für Drogeriewaren aufzumachen. Was hältst du davon?«

»Gute Idee, Joey«, sagte er ein wenig zu schnell. »Ich würde mich freuen, dich hier zu haben. Worum geht es denn bei dem Geschäft?«

»Vor allem Seife und Putzmittel für Hotels und Restaurants. Denkst du, du könntest uns helfen, Verbindungen zu knüpfen?«

»Aber natürlich, Joey. Ich bringe dich in einer Woche in Hunderten von Lokalen unter. Was soll die Frage, du Idiot?

Selbstverständlich helfe ich dir! Du bist momentan eine große Nummer in New York – du besitzt mehr Ansehen als ich. Ich bin nur ein Drei-Sterne-General, während du fünf Sterne trägst.«

Das würden wir ja bald sehen – der Soldat war kurz davor, sich ins Gefecht zu stürzen.

31

Ich bin immer noch auf der Hut

Am nächsten Tag fuhr ich nach Cape Coral und packte meine Sachen zusammen. Später rief ich Francie an und erzählte ihr, daß ich bereits Vorbereitungen für unser Geschäft getroffen hätte. »Wir werden die größten Restaurants und Hotels als Kunden gewinnen«, sagte ich. »Du wirst mindestens hundert Angestellte haben.«

Francie war ganz aufgeregt und wollte wissen, woher ich diese Verbindungen hätte. Ich sagte ihr, der Bürgermeister von New York wäre mein Freund. Als sie mich nach seinem Namen fragte, wußte ich einen Moment lang nicht, was ich antworten sollte.

»Weißt du das nicht?« fragte ich schließlich.

»Nein.«

»Er heißt Carlo Gambino.«

Sie zeigte keine Reaktion.

Am 14. September flog ich mit Francie nach New York. Ich hatte vor, mich mit Tommy im Skyways in Queens zu treffen. Dem FBI gefiel es nicht, daß Francie bei mir war, aber Tommy hatte darauf bestanden, mein Mädchen kennenzulernen.

Francie und ich nahmen uns ein Zimmer im Holiday Inn in Manhattan – ebenso wie die Agenten Larry Doss und Andris Kurins. Während Francie duschte, ging ich unter einem Vorwand zu den beiden und ließ mir den Recorder anschließen. Am Abend fuhren wir mit einem Taxi zum Skyway. Als wir aus dem Auto stiegen, bemerkte ich, daß es vor dem Lokal von FBI-Agenten nur so wimmelte. In einer dunklen Ecke neben dem Parkplatz entdeckte ich sogar Kurins und Doss.

Die Bar war gut besucht. Agro saß mit Paul Principe an einem Tisch, und Fat Andy hatte Sal Reale, Ronnie ›Stone‹ Pearlman und drei andere Männer aus seiner Crew an einem anderen Tisch um sich versammelt. Das war kein gutes Zeichen – Fat Andy war normalerweise immer im Ravenite Social Club in Manhattan zu finden. An der Bar des Skyway befanden sich ungefähr fünfundsiebzig Leute, und mindestens vierzig davon waren FBI-Agenten.

Ich stellte Francie Tommy vor und bestellte uns etwas zu trinken. T. A. machte einen ruhigen Eindruck, obwohl er redete wie ein Maschinengewehr. Einer der Männer am Tisch neben uns mußte ein Agent sein. Niemand sonst kam mit solchen Schuhen und weißen Socken ins Skyway. Als Francie zur Toilette mußte und ich sie zur Tür begleitete, kamen drei Männer auf mich zu. Sie fragten mich, ob ich ›Bob Jackson‹ wäre, ihr ehemaliger Ausbilder aus der Armee. Wenn ich nicht so ängstlich gewesen wäre, hätte ich laut gelacht.

Ich ging zur Theke, um mir noch einen Drink zu holen. Der Barkeeper beklagte sich über das miese Geschäft.

»Diese verdammten Leute geben heute überhaupt kein Trinkgeld«, beschwerte er sich. »Ich bin sicher, daß es hauptsächlich Cops sind.«

Meine Güte, sogar der Barkeeper wußte Bescheid.

John schuldete Fat Andy noch 4500 Dollar Zinsen – dieses Problem mußte gelöst werden. Wenn ich Francie nicht bei mir gehabt hätte, wären sicher nicht so viele Agenten in der Bar gewesen. Bis heute bin ich davon überzeugt, daß die Mafia mich an diesem Abend umlegen wollte.

Eine Stunde später ging ich in den Waschraum. Zwei Männer folgten mir und wollten wissen, ob ich ›Bob Jackson‹ sei. Ich schüttelte den Kopf und fragte sie, wieviele Agenten im Lokal wären.

»Zu viele«, antwortete einer der beiden.

Nachdem Francie und ich uns verabschiedet hatten, blieb ich auf dem Weg zur Tür an Fat Andys Tisch stehen. Ich sagte ihm, daß John in der kommenden Woche nach Florida kommen würde.

»Er will nicht nur seine Zinsschulden begleichen, sondern dir auch den Kredit zurückzahlen.«

Als er mir auf den Bauch klopfte – und um ein Haar den Recorder berührt hätte, den ich in der Hose trug –, war mir klar, daß er Bescheid wußte.

»Du bist ein wenig dick um die Taille«, meinte er vielsagend. Sie waren hinter mir her.

Am nächsten Tag ging ich mit Francie in den Central Park – es sollte mein letzter Spaziergang in meiner Heimatstadt sein. Larry Doss war ebenso entmutigt wie ich und schlug vor, nun doch den Trick mit dem von Kugeln durchlöcherten Auto zu riskieren. Ich lehnte ab – diesen Kummer wollte ich meiner Familie nicht zumuten.

Nachdem ich nach Florida zurückgekehrt war, erklärte Tony, die Untersuchung sei beendet. Ich verhielt mich äußerst vorsichtig und nahm keine Telefonate aus New York an. Larry brachte mich wieder in die Provinz nach Cape Coral. Wenn Francie – entgegen den Regeln des FBI – nicht jeden Freitag abend bei mir gewesen wäre, hätte ich mir eine Kugel in den Kopf gejagt.

Der Rest meines Lebens war verplant. Mir war klar, daß ich das nächste Jahrzehnt damit verbringen würde, gegen meine alten Freunde, Mitarbeiter und *compares* auszusagen. Dann würde ich eine neue Identität bekommen und – hoffentlich – in Frieden unter dem ständigen Schutz des FBI alt werden. Irgend etwas in mir zog mich immer noch zu meinem bisherigen Lebensstil hin. Vielleicht war es die Saat des Bösen – oder einfach nur die Liebe zu leicht verdientem Geld. Möglicherweise vermißte ich die Aufregung, die das Leben eines Mafioso mit sich brachte, oder die Macht, die einen Gefolgsmann wie ein magnetisches Feld umgibt. Eines Tages konnte ich mich nicht mehr beherrschen und rief Tommy Agro an.

»Tip«, sagte ich leise. »Du hättest mich niemals zusammenschlagen sollen. Das hättest du mir nicht antun dürfen.«

»Was vorbei ist, ist vorbei, Joey. Ist man dir an jenem Abend gefolgt? Das Lokal wimmelte von FBI-Agenten.« Tommy sprach ruhig und langsam. Er hörte sich an, als wüßte er genau Bescheid, wolle aber um der guten alten Zeiten willen das Spiel mitspielen.

»Wie meinst du das?« fragte ich. Ich fühlte mich plötzlich elend.

»Was denkst du denn?« T. A. lachte. »Die Cops waren überall. Und du hast sie mitgebracht. Sie wurden sogar gesehen, als sie sich an meinem Wagen zu schaffen machten.«

»Mir ist niemand gefolgt«, erwiderte ich halbherzig. Einen Moment lang dachte ich, er würde einfach auflegen.

»Hör gut zu, Joey«, sagte Tommy nach einer Pause leise. »Wenn du mit diesen Arschlöchern zusammenarbeitest, dann kriege ich dich. Oder meine *Famiglia* wird dich erledigen. Du solltest dich für den Rest deines Lebens in acht nehmen, mein Freund. Das nächste Mal kommst du nicht davon, Pip. Dieses Versprechen werde ich mit in mein Grab nehmen.«

Dieses Mal konnte ich T. A. wirklich glauben.

Aufgrund meiner Zeugenaussage wurde Tommy Agro 1986 wegen Geldwucherei, Erpressung und versuchten Mordes verurteilt. Er bekam eine Gefängnisstrafe von fünfzehn Jahren, doch wegen eines Verfahrensfehlers sollte der Prozeß wiederholt werden. T. A. wollte nicht noch einmal alles über sich ergehen lassen und bekannte sich schuldig. Er wurde zu zwanzig Jahren Haft im Staatsgefängnis von Florida verurteilt. 1987 wurde er aus gesundheitlichen Gründen entlassen. Im Juni starb er an einem Gehirntumor. Ich bin immer noch auf der Hut.

Nachwort

In den folgenden zehn Jahren sagte ich in zwölf Prozessen gegen fast alle Leute aus, mit denen ich je zusammengearbeitet hatte. Ich konnte meine Rache nicht immer genießen. Während des Verfahrens gegen Agro stand ich dreizehn Tage nacheinander als Zeuge vor Gericht. Bei Joe N. Gallo waren es elf Tage. Der *consigliere* war mittlerweile vierundsiebzig Jahre alt und döste die meiste Zeit vor sich hin. Im Dezember 1987 – fast zwei Jahre, nachdem sein ehemaliger Boß Paul ›Big Paulie‹ Castellano umgelegt worden war – wurde er zu zehn Jahren Knast verurteilt. Als Little Dom Cataldo hauptsächlich aufgrund meiner Aussagen zu fünfunddreißig Jahren verurteilt wurde, hatte ich fast Mitleid mit ihm. Er starb später im Gefängnis.

Obwohl ich mich immer mehr in meine Rolle als wichtiger Zeuge einlebte und ständig zwischen Florida und New York hin und her pendelte, erinnere ich mich am besten an einige absurde Begebenheiten aus dieser Zeit. Tommy A., zum Beispiel, war ein Jahr in Kanada auf der Flucht gewesen und erschien schließlich 1986 in einem Rollstuhl vor Gericht, um die übliche Mitleidsmasche der Mafiosi abzuziehen. Der Richter wies mich während des Prozesses ständig zurecht, weil ich T. A. dauernd angrinste.

Fat Andy Ruggiano versuchte, in einer Motorradgang in Miami unterzutauchen. Er hatte sich einen Bart wachsen lassen und noch etliche Kilo an Gewicht zugelegt. Bei seiner Festnahme mußten die Cops die Handschellen vor seinem Bauch befestigen, weil seine Arme nicht mehr weit genug nach hinten reichten.

Als die Agenten bei Bobby DeSimone auftauchten und ihm den Haftbefehl vor die Nase hielten, in dem ich als Zeuge genannt war, fing er an zu toben. »Dieser verdammte Mistkerl! Ich wußte es! Ich habe Tommy gesagt, daß an der Sache etwas faul ist. Mir kam es gleich komisch vor, daß Joey mit einer Menge Geld aufgetaucht ist, nachdem wir ihn fertiggemacht hatten. Ich wette, dieser verdammte John Marino steckt mit ihm unter einer Decke!«

Die Agenten nickten und erklärten ihm, daß es sich bei ›John Marino um den FBI-Mann John Bonino handelte.

»Und R. B.?« wollte Bobby wissen.

Die Cops nickten wieder.

»Dieser verdammte Joey«, murmelte Bobby. »Dafür werde ich etliche Jahre bekommen. Ich habe Tommy immer gesagt, wir sollten diesen Scheißkerl umlegen.«

Ich brachte sie alle hinter Gitter. T. A., Skinny Bobby, Little Dom, Joe N. Gallo, Andrew ›Fat Andy‹ Ruggiano, Ronnie ›Stone‹ Pearlman, Carmine ›the Snake‹ Persico und Dominick ›Donny Shacks‹ Montemarano. Auch der Polizeichef Boone Darden, Frank ›Fingers‹ Abbandando, Gerry Alicino, der höfliche Joe ›Piney‹ Armone und Sal Reale, der Kredithai, mußten dran glauben.

Das Gericht sprach Paulie Principe frei. Frank Russo, der gemeinsam mit Principe meinen Kopf als Schlagball benützt hatte, wurde angeklagt, aber nie verurteilt. Man ließ die Anklage nach einiger Zeit fallen. Freddie Campo gelang es, ungeschoren aus der Sache herauszukommen. Man konnte ihm nichts nachweisen. Soviel ich weiß, hält er sich immer noch in Süd-Florida auf. Sein Kumpel Robbie, der mir erzählt hatte, daß er Stanley Gerstenfeld drei oder vier Kugeln in den Kopf und eine ins Herz gejagt hätte, treibt sich ebenfalls noch in Florida herum. Anscheinend wurde nie Anklage gegen ihn erhoben. Vielleicht wollte er mir damals auch nur eine tolle Geschichte erzählen – wer weiß?

Nachdem die Operation ›Home Run‹ beendet war, kam Francie mit ihrer reizenden Tochter Danielle zu mir nach Cape Coral. Wir lebten etwa ein Jahr zusammen, bis sie schließlich Wind davon bekam, was ich alles für das FBI getan hatte. Sie bekam große Angst und verließ mich – ich kann es ihr nicht übelnehmen. Bis heute denke ich oft an sie und liebe sie immer noch. Wenn ich wüßte, wo sie sich aufhält, würde ich versuchen, sie zurückzugewinnen.

Während der letzten hektischen Tage der Operation ›Home Run‹ erhielt ich einen Brief von Nena. Ich kann nicht verstehen, warum sie noch einmal mit mir Kontakt aufnehmen wollte. Ich wünsche ihr alles Glück dieser Welt, Gesundheit und Wohlergehen. Sie ist eine phantastische Frau.

Agent Larry Doss erhielt eine Auszeichnung vom FBI für seine Verdienste bei der Operation ›Home Run‹. Er schwor, daß er niemals wieder einen Auftrag annehmen wolle, der mit organisiertem Verbrechen zu tun habe. Er hatte die Nase so voll von FBI-Italienern, daß er keine Pizza mehr riechen konnte. Seine Frau ließ sich von ihm scheiden – als Grund nannte sie die Zeit seiner Zusammenarbeit mit mir. Man gab mir wirklich für alles die Schuld.

Agent Gunnar Askeland bewarb sich 1984 wieder beim FBI, und die Regierung schätzte sich glücklich, ihn zurückzubekommen. Als Skinny Bobby vor Gericht stand, war Gunnar bereits wieder als Agent tätig. Wir beide amüsierten uns köstlich über die Masche, die das Plappermaul T. A. abzog. Er erschien mit einer Halskrause, doch die Jury nahm ihm seine Leidensmiene nicht ab. Gunnar wurde nach einem kurzen Aufenthalt im Büro in Seattle wieder nach West Palm versetzt.

Agent Anthony ›Tony‹ Amoroso, der bei der Operation die Aufsicht geführt hatte, ließ sich kurz nach seinem fünfzigsten Geburtstag pensionieren. Ich denke, er war enttäuscht, weil der Richter William Webster ihm etwas vorgemacht hatte. Tony hatte sich im Büro für den Posten des offiziellen Attachés in Rom beworben und hörte sich den ganzen Tag Kassetten an, um Italienisch zu üben. Bis zur letzten Minute ließ man ihn glauben, daß er den Posten bekommen würde. Dann stellte sich plötzlich heraus, daß ein anderer Mitarbeiter, der nicht italienischer Abstammung war, den Job erhalten hatte. Tonys Frau ließ sich wegen der langen Untersuchung ebenfalls scheiden. *Marrone*, jetzt hatte ich bereits zwei Ehen auf dem Gewissen.

Agent Richard ›R. B.‹ McKeen wurde nach Fort Lauderdale versetzt. Er schwor, daß er nie den Text des Lieds ›Ninety-nine Bottles of Beer on the Wall‹ vergessen würde. Als ich ihn zum letzten Mal sah, tanzte er zu der Melodie von ›The Beer Barrel Polka‹. R. B. ließ sich nicht scheiden – soviel ich weiß, war er nie verheiratet.

John ›Jack‹ Bonino kehrte nach über einem Jahr äußerst gefährlicher Arbeit im Untergrund zu seiner Familie in Chicago zurück. Mit Intelligenz, Charisma und Mut hatte er es geschafft, sich in die Kreise der Mafia einzuschmuggeln und sich so die Sympathie eines Capos wie auch eines gefährlichen und verrückten Gefolgsmanns der Gambino Familie erobert. Beide hatten ihn behandelt wie ihresgleichen. Der Kredit über 25000 Dollar, den Fat Andy ihm gegeben hatte, war die höchste Summe, die einem Undercover-Agenten jemals von der Cosa Nostra ausgehändigt worden war.

Die Auszeichnung, die John vom FBI bekam, war keine angemessene Anerkennung für die gefährliche Aufgabe, die er übernommen hatte. Er hatte ausgezeichnete Arbeit geleistet; in seiner Gegenwart fühlte ich mich während der Operation immer sicher. John arbeitet weiterhin außerhalb Chicagos im Bereich des organisierten Verbrechens. Sarah Bonino, die stärkste aller Ehefrauen, hat sich nicht von ihm scheiden lassen.

Viele Leute – vor allem FBI-Agenten – haben mich gefragt, ob ich alles noch einmal machen würde. Die Frage ist schwer zu beantworten. An einigen Tagen, an denen ich vor Gericht gegen meine alten Freunde ausgesagt hatte, ging ich in mein Zimmer und weinte. Nie hatte ich vorgehabt, sie alle auf diese Weise fertigzumachen.

Eigentlich fing ich die Sache nur an, weil ich mich an Tommy Agro rächen wollte. Später, als ich mehr über die Hintergründe herausgefunden hatte, wollte ich auch Gallos Kopf rollen sehen. Würde ich es noch einmal tun? Ich glaube nicht. Ich würde nicht noch einmal mit dem FBI zusammenarbeiten und alle meine Freunde verraten.

Ich würde ein Gewehr nehmen und T. A. erschießen. Damit wäre alles erledigt.

Man lebt, um zu lernen. *Capisci*?

Danksagung

Ich hätte nie gedacht, daß ich einmal ein Buch schreiben, geschweige denn mich bei einer Menge Leuten dafür bedanken würde. Bei wem fängt man an? Es gibt Menschen, ohne die man nicht leben kann, aber wie sagt man ihnen das? Ich denke, ich lege einfach los.

Zuerst möchte ich mich bei Bunny und meinen vier Kindern bedanken, die mich respektierten und zu mir hielten. Sie haben mich ermutigt und unterstützt und es mir möglich gemacht, die Strapazen der letzten zehn Jahre zu überstehen.

Mein Dank und meine Anerkennung gilt auch Spezialagent John Bonino vom FBI. Wenn man mit einem Menschen unter solch schwierigen Bedingungen zusammengearbeitet und viele gefährliche Situationen gemeinsam mit ihm erlebt hat, kann man sich ein Urteil über ihn erlauben. Ich wüßte niemanden, der in der Operation ›Home Run‹ ein besserer Partner gewesen wäre. An dieser Stelle möchte ich seinen Sohn Robin Marie Stienbach Bonino erwähnen, der vor kurzem bei einem Verkehrsunfall ums Leben kam. Ich weiß, du bist im Himmel, Robin. Meine Gebete gelten dir und deinen Eltern, John und Sarah.

Dann möchte ich meiner besten Freundin danken. Loretta hat mir geholfen, die ersten zehn Kapitel dieses Buchs zu schreiben. Lorettas Mann, Bob, bin ich sehr dankbar für sein Verständnis und seine Freundschaft. (Deswegen verlange ich auch nichts für die Anglertricks, die ich dir beim Fischen in Florida beigebracht habe.)

Ruggero Miti und Nicoletta Jacabacci von der italienischen Fernsehgesellschaft RAI verdienen ebenfalls meine Anerkennung. Ihre Unterstützung war von unschätzbarem Wert.

Natürlich möchte ich auch die vielen reizenden Damen erwähnen, die mich während meiner wilden Zeit und auch danach mit ihrer Freundlichkeit und Freundschaft verwöhnt haben. Jewel Mason, Janet Scavone, Libby Proctor, Stephanie Lamy, Linda Carter, Cindra Ridge und Tina Windsor – ich danke euch. Und Bridgid aus Naples – ich werde dich niemals vergessen.

Ich danke auch Michael Korda von Simon & Schuster, der mir Gelegenheit gab, ein neues Leben – und damit hoffentlich eine neue Karriere – zu beginnen. Gott schütze dich, Michael. Vielen Dank auch an Nick Pileggi, der mich Sterling Lord und seinem wunderbaren Team vorstellte – im besonderen Jody Lee und Jacob Hoye. Alle drei bewiesen außergewöhnlich viel Geduld mit einem Menschen, der mit der literarischen Welt noch nichts zu tun gehabt hatte.

Auch Bob Drury und Carolyn Beauchamp danke ich für ihre Freundschaft, ihr Wissen und ihren Sachverstand. (Ohne Drury würden in diesem Buch wesentlich mehr unanständige Wörter vorkommen.)

Meine Anerkennung und Dankbarkeit möchte ich auch folgenden FBI-Agenten aussprechen, die mir geholfen haben, mich an Daten und Fakten zu erinnern, und die mir zusätzliche Informationen gaben: Anthony ›Tony‹ Amoroso, der die Leitung der Untersuchung hatte, Agent Larry Doss und seinem Assistenten Gunnar Askeland in der Operation ›Home Run‹, Agent Al Sadowski, Agent Richard ›Dickie‹ Gentelcore, Agent Dennis ›Tricks‹ Tierney und Agent Don Dowd vom FBI-Büro in Florida; Bruce Mouw, der die Operation ›Castaway‹ in Brooklyn leitete, Agent Kenny Brown, Agent Charlie Beaudion, Agent Richard Tofani und Agent Ralph ›Ralphie‹ Hilborn, die alle unter der Aufsicht von Christopher Mattiace arbeiteten – er verdient ein besonderes Dankeschön für seine Arbeit in der Phase ›Starquest‹ der Operation. Natürlich danke ich auch den Staatsanwälten, die die bösen Jungs von der Bildfläche verschwinden ließen: unter ihnen waren Roma Theus, Aaron Marcu, Peter Lieb, Laura Ward und Peter Outerbridge.